인법팔견전

야마다 후타로 지음

김소연 옮김

AK

일러두기

1. 제목 『인법팔견전(忍法八犬伝)』은 '팔견사들의 닌자술 이야기'를 의미하며, '인법(忍法)'은 닌자가 신체나 도구를 이용하여 발휘하는 기술을 말한다.

2. 일본 고유명사는 국립국어원 외래어 표기법에 따랐으며, '고가(甲賀)'와 '구노이치(くノ 一)'만 예외로 '코가', '쿠노이치'로 표기하였다.

3. 본문 하단의 각주는 모두 역자 주석이다.

목차

충효제인의예지신
(忠孝悌仁義禮智信)

1

1613년 9월 9일 밤이었다.

이가조(組)의 두목 핫토리 한조는 마쓰바라 소로(小路)에 있는 사도[주1] 태수 혼다 마사노부의 저택에 불려갔다.

사도 태수 혼다는 쇼군 히데타다의 보좌이지만 슨푸[주2]에 있는 선대 쇼군의 분신이라고도 평가되고 있는 인물이다. 웬만한 일에는 놀라지 않는 핫토리 한조도 도대체 무슨 용무이신가 싶어 긴장으로 얼굴이 창백해진 채 서원(書院)에서 기다리고 있었다.

잠시 후, 사도 태수가 나왔다.

"밤중에 수고가 많네."

라고 말했지만 그러는 사도 태수 쪽이 약간 피로한 안색이었다. 76세라는 노령 때문만이 아니라, 그날 막부에서 중양[주3] 축하연이 있었으니 그 탓도 있는 듯하다.

"오늘 밤에 그대를 부른 것은 부탁이 좀 있어서일세."

한조의 눈에 안도의 빛이 비쳤다. 그는 어떤 사정 때문에, 사도 태수에게 소환된 것은 핫토리 일족에 관련된 불길한 용건이 아닐까 하는 불안을 안고 왔던 것이다.

"이가조의 힘을 빌리고 싶네."

주1) 佐渡(사도), 현재의 니가타시 서쪽을 가리키는 옛 지명.

주2) 駿府(슨푸), 시즈오카시의 옛 이름.

주3) 중양(重陽), 5대 명절 중 하나. 음력 9월 9일로, 일본에서는 나라 시대부터 궁중에서 국화를 관상하는 연회가 열렸다.

"어떠한 일이든 맡아 하겠습니다. 무슨 일이신지요."

"그것을 말하기 전에, 해둘 이야기가 있네."

하고 사도 태수는 생각에 잠기며 말했다.

"오늘, 막부에서는 중양 축하연이 있었네."

"알고 있습니다."

"그때, 예년과 같이 각 집안의 보물을 쇼군께서 보시는 자리가 있었지."

그것도 한조는 알고 있다.

영주가 에도성에 등성하는 것은 연초와 5대 명절[주4], 매달의 등성일, 이것만이 정해진 날이지만 5대 명절 중 이 9월 9일 중양 축하연에는 매년 각 제후들이 각자의 집안에 전해지는 귀한 보물을 가져와 쇼군과 미다이[주5]께 보여드리도록 되어 있다. 그것은 갑옷이나 투구, 도검, 향로, 다기 등 가문에 따라 다르지만, 보통은 집 밖으로 내보내지 않는 귀한 보물뿐이다.

이 자리에는 막부의 중신이나 오오쿠[주6]의 로조[주7]들까지 함께 구경할 수 있는 영광을 얻는데, 말하자면 당대 명품 전람회라고나 할 수 있다. 거기에 각 영주로 하여금 물건을 내게 함으로써 막부의 권위를 천하에 보여주고 약간의 예술 감상 욕구를 만족시키기 위한

주4) 1년에 다섯 번 있는 명절. 정월 7일(人日, 인일), 3월 3일(上巳, 상사), 5월 5일(端午, 단오), 7월 7일(七夕, 칠석), 9월 9일(重陽, 중양)을 가리킨다.

주5) 御台(미다이), 미다이도코로(御台所). 쇼군의 아내에 대한 경칭.

주6) 大奧(오오쿠), 에도성의 중심부 중 쇼군의 부인인 미다이도코로와 측실들이 머물던 곳. 남자는 이곳에 들어갈 수 없었다.

주7) 老女(로조), 무가(武家)의 영부인을 받드는 시녀들의 우두머리.

행사였을 것이다.

"그중에 아와^{주8)} 태수 사토미 님이 내놓으신 후세히메의 구슬이라는 것이 있었네."

"후세히메의 구슬?"

"사토미가에 대대로 전해지는 여덟 알의 백옥 구슬일세. 사토미가의 조상 중에 후세히메라는 사람이 있는데, 그분이 염주로 사용했다고 하고 끈을 꿰는 구멍이 있네. 그 여덟 개의 구슬에 하나씩, 충, 효, 제, 인, 의, 예, 지, 신이라는 글자가 있네. 그것이 칼로 새긴 것도 아니고, 옻으로 그린 것도 아니라네. 그런데도 불구하고 이 글자들이 구슬 속에 투명하게 비쳐 보이지. 뿐만 아니라 그 구슬의 밝은 빛은 시력을 빼앗아, 다른 집안에 전해 내려오는 갑주나 명검도 그림자가 흐릿해 보일 정도일세."

"……호오."

"이것을, 다케치요 님이 갖고 싶다고 하셨네."

다케치요 님은 나이 아홉 살이 된 쇼군의 적자다.

"설마 염주로 쓰실 생각은 아니시겠지만, 그 글씨의 신기한 장치가 어지간히 마음에 드신 모양이야. 떼를 쓰시는 것을 보고 아와 태수 사토미는 웃으며, 그렇다면 다케치요 님께 헌상하겠다고 말씀드렸네."

장난꾸러기로 소문난 다케치요 님의 모습이 눈에 보이는 것 같았다.

"그러자 아와 태수 뒤에 대기하고 있던 여덟 명의 사토미가의 노

주8) 安房(아와), 현재의 지바현 남부를 가리키는 옛 지명.

신(老臣)이, 그것은 안 됩니다, 하고 말렸네. 평소 같으면 등성할 수 없는 영주의 신하들이지만, 오늘만은 귀중한 보물을 실어 오고 정리하기 위해 특별히 수행이 허락된 가신들이었네. 하지만 그것은 아와 태수를 꾸짖는다기보다 다케치요 님까지 냅다 들이받을 듯한 기세여서, 주인이 헌상하겠다고 하는데 무엇 때문에 그처럼 아까워하는가, 하고 나는 말했네. 그러자 그 여덟 사람은 이구동성으로, 이것이야말로 사토미가를 지키는 보물, 설령 영지는 팔더라도 이 구슬은 팔지 않겠다고까지 생각하고 있을 정도라고 말했네."

"…………."

"나는 쓴웃음을 지으며, 그렇게 소중한 것이라면 받을 수 없지, 다케치요 님 포기하십시오, 하고 말했네. 그러자 아와 태수도 곤혹스러운 듯, 잠시 후에 그렇다면 내년에 헌상하겠다, 내년에는 다케치요 님이 드디어 관례를 치르는 의식이 있다고 하니, 그것을 축하하기 위해 내년의 같은 중양절에 삼가 바치겠노라고 말했네."

사도 태수는 잠시 침묵하고 있었지만, 이윽고 말했다.

"한조, 이가조를 부려 그 구슬을 훔치게."

"──예?"

약간 의외인 감이 있어, 핫토리 한조는 얼굴을 들었다.

"구슬이 갖고 싶어서 훔치라는 것이 아닐세. 아무리 다케치요 님이 갖고 싶어 하시더라도, 관(官)은 그렇게 비열한 짓은 할 수 없지. 실제로 아와 태수는, 내년이 되면 헌상하겠노라고 말했고."

"──그럼 무엇 때문입니까?"

"아와 태수의 맹세가 그에게 치명적인 재앙이 될 걸세. 무심코 한 말이겠지만 쇼군과 미다이 님 앞에서 똑똑히 말한 것일세. 바꿀 수는 없지. 만일 내년 오늘, 사토미가에 그 여덟 알의 구슬이 없다면, 설령 사토미가에 어떠한 운명이 닥치더라도 그쪽에서는 한 마디 변명도 없을 것일세. 참으로 여덟 명의 가신이 말한 대로 그것은 사토미가의 수호신이었어. 반대로 말하면, 그 수호신을 잃으면 사토미가도 사라지게 되네——."

"사도 태수님."

한조는 숨을 삼키며 머뭇머뭇 말했다.

"그렇다면, 사토미가를 멸문시키실 마음이십니까."

"그자는 오쿠보의 일족과 이어져 있네."

사도 태수는 철퇴를 내리는 듯한 목소리로 말했다. 이때, 이 노인의 얼굴은 조금 전까지의 피로의 빛은 씻은 듯이 사라지고 무서울 정도의 의지력으로 가득 차 있었다.

핫토리 한조는 전율했다. ——왜냐하면, 핫토리가(家) 또한 오쿠보의 일족과 이어져 있기 때문이다.

도쿠가와가의 중신 중에 사가미[주9] 태수 오쿠보 다다치카라는 인물이 있다. 미카와[주10] 이후로 선대 쇼군과 함께 나란히 행동하며 싸워내어 지금의 도쿠가와가를 쌓아 올린 공신으로, 현재 오다와

<hr />

주9)　相模(사가미), 현재의 가나가와현을 가리키는 옛 지명.
주10)　三河(미카와), 현재의 아이치현 동부를 가리키는 옛 지명. 여기에서는 도쿠가와 가문의 창업에 공을 세웠던 미카와 출신의 무사들을 가리킨다.

라^{주11)}의 영주이다. 보기에 따라서는 사도 태수 혼다보다 막부에 중요시되는 존재였다. 그런 만큼, 선대 쇼군의 뜻을 거스르면서까지 자신의 소신을 말하는 것을 꺼리지 않는 강직함, 또는 거만함을 가지고 있었다. 그러나 이 사가미 태수가 곧 예상되는 오사카성과의 절연에 반대 의향을 표명하고 있다는 것을 한조는 들어 알고 있었다. ——그리고 사가미 태수의 손녀는 아와 태수 사토미의 아내라는 인연이 있다.

한편, 이 사가미 태수 오쿠보의 일족 중에 이와미 태수 오쿠보 나가야스라는 자가 있었다. 일본의 금광 총부교^{주12)}로 슨푸에 있는 선대 쇼군의 제일가는 총신이었으나, 이 나가야스가 올해 초여름에 죽었다. 죽고 나니 여러 가지 심각한 부정이 발견되어, 이 때문에 나가야스의 아들 일곱이 모조리 주살된다는 사건이 있었다. 죄는 구족에 미치는 것이 상식이었던 시대다.

하필이면 핫토리의 선대 한조가 이 나가야스의 딸을 아내로 맞이했다. 선대라고 해도 지금의 한조의 형으로, 올해 여름까지 그 형이 핫토리조의 두목이었다. 그러나 이 사건의 여파로 쫓겨나, 후계자의 지위와 이름을 동생인 자신이 물려받은 참이다. 그가 오늘 밤 사도 태수에게 불려 오면서 두려워했던 것은 이 때문이었다.

지금 사도 태수는 사토미가를 멸문할 의향을 한조에게 비쳤다. 그 이유로 '오쿠보 일족과 이어져 있기 때문이다'라고 말했다.

주11) 小田原(오다와라), 가나가와현 남서부에 있는 도시. 한때 오쿠보 씨(氏) 11만 석의 성곽도시였다.
주12) 奉行(부교), 무가(武家)의 직명으로, 정무의 한 부분을 담당하는 사람을 말한다.

그렇다면 말할 것도 없이 오쿠보의 종가(宗家)인 사가미 태수 오쿠보도 실각시키려는 것이다. 어쩌면 나가야스의 부정 운운하는 것도, 그를 장사지내기 위한 사도의 음모였을지도 모른다. 아마 그것은 오사카를 향한 개전(開戰)에 있어서 눈엣가시가 되는 존재를 제거하기 위해서일 것이다. ——그리고 선대 쇼군의 분신이라고들 하는 사도 태수가 하는 말인 이상, 이것이 선대 쇼군의 의지인 것도 분명했다.

"절대 남에게 말해서는 안 되는 큰 비밀이라는 것은 알고 있겠지."

사도 태수 혼다의 기분 나쁜 웃는 얼굴을 올려다보며, 핫토리 한조의 이마에 비지땀이 배어 나오기 시작했다.

오쿠보 나가야스의 친척인 사가미 태수 오쿠보, 또 그 인척인 사토미까지 장사지내려는 사도 태수다. 나가야스와 직접 이어져 있는 핫토리가가 단순히 두목의 교대만으로 용서받은 것은 그나마 자비라고 생각해야 한다.

"오쿠보와 인연이 이어져 있는 자는, 이참에 뒤탈이 없도록 청소해두고 싶네."

사도 태수는 조용히, 그러나 단호하게 말했다.

"그리고 사토미 멸문의 재료로, 그 구슬을 받고 싶네. 하지만 어제 그렇게 다케치요 님이 갖고 싶어하셨던 여덟 개의 구슬일세. 그것과는 무관하다고 생각하기 위해서는, 아무래도 핫토리 일당의 힘을 빌려야 해."

핫토리 일당은 막부 직속의 닌자 조직이었다.

"동시에, 이것이 성공하느냐 성공하지 못하느냐는, 핫토리가의 명운과도 관련되는 일일세. 한조, 알겠지."

핫토리 한조는 답삭 엎드렸다.

"알고 있습니다. 핫토리의 이름에 걸고!"

2
───

중양 축하연이 끝난 후, 아와 9만 2천 석의 태수 사토미 다다요시는 거성인 다테야마성으로 돌아갔다.

그 행렬의 선두에 여덟 명의 노신이 나전 상자를 공손하게 들고 걸었다. 안에는 물론 '후세히메 님의 구슬'이 들어 있다.

주군 아와 태수가 가는 곳이면 이 사토미가의 수호신은 언제든, 어디든 따른다. 이것은 사토미가에 있어 '8종의 신기(神器)'였다. — 그것은 좋으나, 그때마다 이 여덟 명의 노인이 따라오는 것은 아와 태수에게는 약간 우울한 일이다.

여덟 명의 노신의 이름은 다음과 같다.

이누즈카 시노.

이누카이 겐파치.

이누카와 소스케.

이누야마 도세쓰.

이누타 고분고.

이누에 신베에.

이누사카 게노.

이누무라 가쿠타로.

그들은 모두 각각 한 마리의 거대한 하얀 개를 데리고 있었다.

모두가 조상으로부터 물려받은 이름이다. 그리고 평소 여덟 알의 구슬을 각각 지키는 것이 그들의 임무였다.

아와 태수는 그들을 볼 때마다 몇백 년인가 지난 고목의 혹을 보는 듯한 기분이 들었다. 그들이 충의의 화신인 것은 인정하지만, 지나치게 완고하고 신들린 듯한 구석도 있어 함께 어울리기가 난감하다.

사토미가는 벌써 백오십 년이나 전부터 난소주13) 일대에 위세를 떨쳐 온 호족이었는데, 그들은 그 초대(初代) 사토미 요시자네 공을 따르며 싸운 여덟 명의 용사의 후손이다. 그 무렵부터 그들의 조상도 같은 이름을 쓰며 활약했다. 아와 태수는 한 번도 본 적은 없지만, 그들은 이름과 함께 조상으로부터 전해진 고괴(古怪)한 무예를 수련하고 있다고 한다.

그것은 그들도 굳이 아와 태수에게 보여주려고는 하지 않지만, 진저리가 나는 것은 걸핏하면 그 한 사람 한 사람이 각자 수호하는 구슬을 가지고 나와 충(忠)을 설교하고, 효(孝)를 설교하고, 제(悌)를 설

주13) 南總(난소), 가즈사(上總)의 다른 이름. 가즈사는 현재의 지바현 중부를 가리키는 옛 지명이다.

교하고, 인(仁)을 설교하고, 의(義)를 설교하고, 예(禮)를 설교하고, 지(智)를 설교하고, 신(信)을 설교하는 것이다. 그 지루함은 언어로 다 할 수 없을 지경이다. 더욱 비명을 지르고 싶어지는 것은 그 구슬의 유래와 그들의 조상인 여덟 명의 호걸의 무용(武勇)을 끊임없이 이야기하는 것이다.

잘은 모르지만 후세히메라는 것은 요시자네 공의 딸인데, 야쓰후사라는 개의 사랑을 받아 함께 집을 나가 개의 아이를 배었고, 자결을 하자 그 배에서 튀어나온 것이 이 여덟 개의 백옥 구슬이라고 한다.

그 구슬을 가지고 태어난 것이 그들의 조상으로, 이를 팔견사(八犬士)라고 부른다. 이 유래도 황당무계하기 그지없지만, 그 후로 시작되는 이누즈카 시노의 호류카쿠[주14]의 결투라느니, 이누야마 도세쓰의 마루즈카[주15]의 화정[주16]이라느니, 이누사카 게노의 다이규로[주17]의 복수라느니, 무용담은 날이 어두워지고 밤이 밝아도 끝나지 않는데, 그 내용이 어찌나 견강부회인지 듣고 있다 보면 머리가 아파지고 뭐가 뭔지 알 수가 없게 되고 만다.

아와 태수 사토미는 아직 스물두 살이었다.

이 여덟 명의 노인에게도 거의 아와 태수와 동년배인 아들이 하

주14) 芳流閣(호류카쿠), 교쿠테이 바킨(曲亭馬琴)이 지은 소설 『난소 사토미 팔견전(南總里見八犬伝)』에 등장하는 가공의 건축물.

주15) 円塚(마루즈카), 『난소 사토미 팔견전』에 등장하는 산의 이름.

주16) 火定(화정), 불도를 수행하는 사람이 불 속에 스스로 몸을 던져 입정(入定)하는 것.

주17) 對牛樓(다이규로), 『난소 사토미 팔견전』에 등장하는 누각의 이름.

나씩 있다. 그들은 이야기가 통하는 자들이었다. 떫은 얼굴을 하고 있는 아와 태수를 앞에 두고 이야기하는 노인의 뒤에서, 머리에 손가락을 대고 빙글빙글 돌려 보일 정도로 재치가 있는 젊은이들이었다. 그러나 그런 소행을 알았는지 어쨌는지, 노인들은 3년 전에 아들들을 쫓아 보내버렸다. 행선지는 코가의 만지다니인가 하는 곳이다. 그곳에 옛날부터 닌자의 마을이 있는데, 이 늙은 팔견사가 어찌 알고 있는 것인지 그곳에서 수행하고 오라고 엄명을 내려 떠나게 한 것이다.

고향인 다테야마로 돌아와도 아와 태수는 심심했다.

여덟 명의 늙은 견사는 여전히 달라붙어 있다. 뿐만 아니라 그보다 더할 정도로 엄격한, 이 또한 초대 사토미 가주 때부터 쭉 가로[주18]의 혈통을 이어온 마사키 다이젠이라는 노인이 있고, 게다가 3년 전에 얻은 아내는 아직 열여섯 살이다.

아내는 도쿠가와가의 중신 사가미 태수 오쿠보의 손녀인데, 동시에 선대 쇼군의 증손녀이기도 했다. 그녀의 외조모가 선대 쇼군의 딸 가메히메라는 사람이었기 때문이다. 이름은 무라사메 님이라고 한다.

그런 관계이다 보니 앳되다기보다 어리고 아직 단단한 봉오리 같은 아내에게 심하게 대할 수도 없어서, 아와 태수는 한층 더 지루해졌다.

주18) 家老(가로), 에도 시대에 영주의 중신(重臣)으로 영주의 가신(家臣) 무사들을 통솔하고 집안의 일들을 총괄하던 지위. 하나의 영지에 여러 명이 있었고 대개 자식에게 세습되었다.

다만 딱 하나 숨통이 트이는 곳이 있었다. 그것은 가로인 인도 우네메라는 남자의 집이다.

인도 우네메는 처음에는 녹봉이 적은 자였으나 대단한 수완가여서, 선대 쇼군 님의 피를 이어받은 무라사메 님을 얻어 오는 데 노력한 공으로 3년 전에 사사 부교[주19]가 되었고, 게다가 작년부터 녹봉 천 석의 새 가로가 되었다.

성에서는 가로인 마사키 다이젠이나 늙은 팔견사의 잔소리가 심하다며, 우네메는 자신의 집에 덴가쿠[주20]나 교겐[주21], 곡예 씨름과 같은 종류의 예인(藝人)을 부르고 주군의 행차를 청했다.

그 해 말이었다.

"영주님, 진귀한 것이 와 있습니다."

아무도 없는 것을 확인하고, 인도 우네메는 아와 태수 옆으로 다가와 속삭였다.

"무엇인가."

"온나가부키[주22]라는 것입니다."

"오오, 이즈모노 오쿠니[주23]의 흐름을 잇는 자인가."

주19) 寺社奉行(사사 부교), 사사(寺社), 즉 절과 신사에 관한 인사, 잡무, 소송을 관장하던 관직.

주20) 田樂(덴가쿠), 헤이안 시대부터 시작된 일본 전통 예능. 원래는 모내기 때 피리와 북을 치며 노래하고 춤추었던 데서 유래하였으나, 나중에는 전문적으로 덴가쿠를 하는 기예사가 생겼다.

주21) 狂言(교겐), 전통 연극 노(能)의 막간에 상연하는 희극. 웃음의 요소가 많은 대사극으로 가마쿠라, 무로마치 시대에 주요 예능으로 자리 잡았으며 에도 시대에 크게 발전했다.

주22) 女歌舞伎(온나가부키), 에도 막부 성립 초기에 유행한 연극으로 가무를 중심으로 하는 내용이었다. 많은 유녀들이 출연하여 풍기를 문란하게 한다는 이유로 1629년에 금지되었으며, 이후 가부키 극에서는 여자의 역할도 남자 배우가 맡아 하게 되었다.

주23) 出雲阿國(이즈모노 오쿠니), 오쿠니 가부키(阿國歌舞伎)의 창시자이며 가부키 극의 시조. 이즈모 신사의 무녀로 알려져 있으나 출신지는 미상이다.

"아니, 오쿠니와는 직접 관계가 없는 시골을 도는 무희들인데, 같은 일을 하는 예인으로부터 이 다테야마에 오면 대우가 좋다고 들었다며 얼마 전에 와서, 제 저택에 묵고 있습니다."

"흠."

"여덟 명의 여자인데, 교토나 에도에서도 보기 드문 미녀들뿐이고——그게, 다들 남장을 하고 있습니다."

"온나가부키는 다 그렇지."

"춤도 그렇습니다만."

인도 우네메는 무엇이 생각났는지 기묘한 웃음을 지었다.

"그 무희들, 매우 신기한 술법을 씁니다."

"어떤 술법 말인가."

우네메는 입을 다물었다. 아와 태수는 초조해졌다.

"아니, 이것은 저택에 보러 오시라 청할 수는 없겠군요."

"말을 꺼내놓고, 무슨 소리인가. 빨리 말하게."

"온나가부키의 춤에는 손에 북, 종 같은 것을 들고 장단을 맞추는 것이 보통인데, 이자들은 손에 아무것도 들지 않고 종을 울립니다."

"손에 들지 않고, 어디에서 울린단 말인가?"

"여인의 계곡에서."

"뭐라?"

"거기에 종을 숨기고."

"……으음."

"그것을 보여주기 위해 여자들은 춤을 추면서 의상을 하나씩 벗어 나가다가, 마지막에는 실오라기 하나 걸치지 않은 모습이 됩니다. 그리고 손에는 금부채 은부채를 들고 있을 뿐인데 춤을 추다 보면 어디에서인지 모르게 미묘한 방울 소리가 들리기 시작하고, 이어 여덟 사람이 합하여 가릉빈가[주24]와도 같은 천상의 음악 소리가 되지요."

"……보고 싶네, 우네메, 꼭 그것을 보여주게."

"다이젠 님께는 말씀하시면 안 됩니다."

"그건 내가 하고 싶은 말일세."

아와 태수 사토미가 인도 우네메의 저택에 가서 이 온나가부키 일행을 본 것은 그 이튿날의 일이었다. 종자(從者)는 우네메의 입김이 닿은 젊은 심복 가신들뿐이었다.

아와 태수는 그 온나가부키의 여자 예인들을 보고 내심 신음했다.

어떤 이는 풍만하고 아름답고, 어떤 이는 고상하고 아름다워 얼굴 생김새와 자태는 여덟 명이 전부 다르지만, 반짝반짝 빛나는 눈동자, 새빨갛게 젖은 입술, 하나같이 암표범 같은 격렬한 정기(精氣)가 피어 오르는 것이, 참으로 우네메가 말한 것처럼 에도에서도 좀처럼 볼 수 없으리라 생각되는 미녀들뿐이다.

검은 머리카락은 효고마게[주25]로 묶어 올렸는데 어떤 이는 순백의

주24) 가릉빈가(迦陵頻伽), 불교에서 극락 정토에 산다고 하는 상상의 새. 아름다운 울음소리를 가지고 있으며 사람의 머리에 새의 몸을 하고 있다고 한다.

주25) 兵庫髷(효고마게), 여성의 머리 묶는 방법 중 하나. 머리카락을 정수리 뒤쪽으로 모아 높이 원으로 묶고, 머리 아래쪽은 똬리를 틀어 정수리 쪽으로 튀어나오게 묶는다. 효고의 유녀가 처음 시작했다고 하며, 게이초(慶長) 시대(1596~1615) 이후에 유행하였다.

고소데^{주26)}, 하카마^{주27)} 차림에 구름 속의 용을 그린 하오리^{주28)}를 펄럭이고, 어떤 이는 홍매(紅梅)의 고소데에 금실로 무늬를 짠 화려한 비단 하오리를 걸치고 거기에 하얀 상어 가죽으로 감은 검집에 든 커다란 칼을 차고 어지러이 춤추는 모습은, 마치 꽃보라의 정령인 것처럼도 보였다.

그리고 춤을 추면서 실로 교묘하게 하오리를 벗고, 띠를 풀고, 고소데를 떨어뜨려 가는 것이다. ……숨을 삼키며 지켜보고 있는 사이, 그녀들은 실오라기 하나 걸치지 않은 하얀 뱀 같은 나신이 되었다.

정말로 손에는 부채를 번쩍이고 있을 뿐인데 종소리가 들린다. 종이라고도 생각할 수 없는 미묘하고 감미로운 합주였다.

"어떠십니까."

침을 흘릴 듯한 얼굴로 넋을 잃고 보고 있던 아와 태수는, 우네메의 목소리에 제정신으로 돌아왔다.

"……정말로, 그곳에 종을 숨기고 있는 겐가?"

"보십시오."

인도 우네메의 끄덕임에, 여덟 명의 여자는 춤을 추면서 아와 태수 앞에 나란히 서서 요염한 미소를 띠고 간드러지게 허리를 꿈틀거렸다.

주26) 小袖(고소데), 소매가 좁은 평상복. 현재의 기모노의 모체이다.

주27) 袴(하카마), 일본 전통 복식의 남성용 하의. 허리에서 다리까지를 덮는 겉옷으로, 대부분 양 다리를 넣는 부분은 두 갈래로 나뉘어 있다.

주28) 羽織(하오리), 일본 전통 복식에서 긴 옷 위에 걸쳐 입는, 옷깃을 접은 짧은 옷.

눈을 크게 뜨고 있는 아와 태수 앞에서, 여덟 명의 무희는 종을 낳았다. ——여덟 개의 금색 종과 여덟 개의 백옥이, 몹시 가냘픈 울림을 내며 아름답게 젖어 빛나면서 바닥 위를 구르고 있었다.

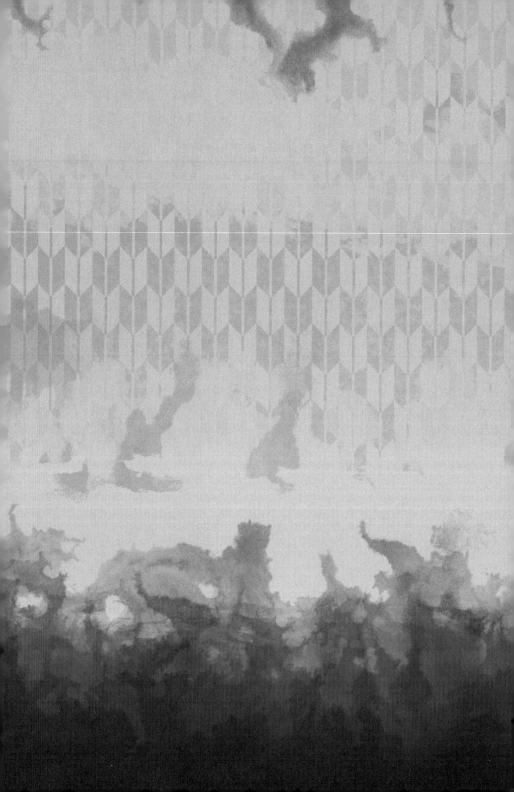

음희난도광혹열농
(淫戲亂盜狂惑悅弄)

1

"어떠십니까."

인도 우네메가 다시 한번 그렇게 말한 것은, 여덟 명의 무희가 그 여덟 개의 종과 여덟 개의 구슬을 주워 각각 양손에 한 개씩 종과 구슬을 받쳐 들고 아와 태수 사토미 앞에 무릎을 꿇었을 때다.

"과연."

하고 아와 태수 사토미는 중얼거리며 침을 삼켰다. 입 안이 칼칼하게 말라 있었다.

"이것이, 그런 불가사의한 소리를 내는 것인가."

하고 말했지만, 눈은 멍하니 여덟 명의 여자의 얼굴을 바라보고 있다.

이 인도 우네메의 저택에 불려 와 구경한 예능은 많지만, 실오라기 하나 걸치지 않은 여인의 춤을 본 것은 처음이다. 게다가 그들은 아름답다. ……그 아름다움이 어린 아내는 물론이거니와 성의 시녀들에게서는 상상도 할 수 없는 암표범 같은 야성미다.

"아니, 그보다 더 불가사의한 것은, 이것이 공중에서 서로 닿아도 그렇게 아름다운 소리는 내지 않고, 이 여자들의 몸 속에서 서로 닿아야만 비로소 그러한 미묘한 음악을 연주한다는 것입니다. ……아마 부드러운 주름과 짙은 액즙에 둘러싸여, 소리에 부드러움이 생기는 탓일까요."

아와 태수는 또 군침을 꿀꺽 삼켰다. 무섭도록 자극적인 구경거리를 보여주고, 무섭도록 자극적인 말을 하며 인도 우네메는 힐끗 곁눈질로 주군을 보았다. ──그러고 나서 말했다.

"영주님. 린의 구슬이라는 것을 아십니까."

"린의 구슬?"

──우네메는 설명했다.

그것은 성적인 도구의 일종이다. 한 개의 속이 빈 구슬과, 한 개의 보통은 황동으로 된 구슬이 한 쌍으로 되어 있고, 교합할 때 여인이 사용하면 몸 속을 굴러다니는 쾌감과 또한 미묘한 선율 때문에 더욱더 황홀경에 빠진다고 한다.

"호오."

그 말에 근질근질한 표정이 된 아와 태수를 이번에는 정면에서 바라보며,

"영주님, 한 번 시험해보시면 어떠십니까."

하고 우네메는 정통으로 말했다.

"──이 여자들과 말인가?"

"이 우네메, 결코 다른 사람에게는 말하지 않겠습니다. 여러 가지로 수고가 많으신 영주님이시니, 가끔은 도를 지나친 즐거움을 누리셔도 좋겠지요."

가차 없이 물리치기에는 이 여자들과 방금의 비밀스러운 유희의 유혹은 너무나도 요사스럽고 강렬했다.

"그런데."

우네메는 무릎걸음으로 앞으로 나오며 말한다.

"영주님, 이 백옥 구슬 말인데, 어디에선가 보신 것 같은 기분은 들지 않으십니까?"

"오오."

아와 태수는 눈을 크게 떴다.

"끈을 꿰는 구멍은 없지만 일견 후세히메의 구슬과———."

"저도 그리 생각했습니다."

우네메는 물끄러미 아와 태수를 들여다보듯이 시선을 쏟으며 말했다.

"영주님, 그것을 사용하시면 어떻겠습니까."

"뭣이?"

"다른 사람도 아닌 영주님께서 노시는 것입니다. 구경거리로 쓰던 구슬을 다시 쓰는 것은 황공한 일이지요. ……이 여자들도, 구슬은 양질이면 양질일수록 미묘하고 감미로운 소리를 낸다고 했습니다."

"하지만 그것은."

"사토미가의 수호신이라는 말씀이시겠지요. 참으로 그 말이 옳습니다만…… 이 우네메, 요즘 곰곰이 생각해보니 그것은 과연 사토미가의 수호신일까, 오히려 사토미가를 괴롭히는 마(魔)의 구슬이 아닐까 싶습니다."

"우네메, 왜 그런 말을 하는가."

"영주님, 평소부터 그 팔견사라는 여덟 명의 노인 때문에 고민이 많으시지요. 터무니없는 전승을 내세워 지루하기 짝이 없는 설교로 영주님을 옭아매고, 그 고루함은 사토미번을 뒤덮어 모두가 당장이라도 질식할 것만 같습니다. 그것도 그 여덟 명의 노인 때문, 나아가 팔견사가 가지고 있는 그 여덟 개의 구슬의 마력 때문이라고는 생각지 않으십니까. 이 우네메는 그 수상한 구슬은 그들에게야말로 수호신이지만 사토미가에 있어서는 가난을 가져오는 신이라고 보고 있습니다."

과연 창백하게 질린 것이, 죽음을 각오한 얼굴이다. 영주의 총애를 받는 인도 우네메이지만, 가문의 보물 후세히메 님의 구슬에 대해 이런 대담무쌍한 말을 지껄인 것은 처음 있는 일이었다. 이것은 그의 본심이지만, 동시에 여러 정황으로 보아 그 여덟 명의 노인이 있는 한, 또한 그 여덟 개의 구슬이 있는 한, 더 이상 자신의 날개를 펼칠 여지는 없다고 보고 한 제안이었다.

"그래서?"

"황공하옵니다만, 영주님도 그 여덟 개의 구슬의 주박에 걸려 계시는 것 같습니다. 그것을 이참에 일거에 깨고, 영주님을 자유롭게 해드리기 위해서."

"…………."

"동시에 그 팔견사의 부적을 떼기 위해서. ——그 구슬을 이러한 일에 사용하신다면, 그들도 구슬의 신통력이 사라진 것을 깨닫게 되겠지요."

"…………."

"하나의 번을 덮고 있는 악령을 없앨 하늘이 내린 묘안이라고——

이 우네메는 그리 생각합니다."

——의외로, 아와 태수는 놀란 얼굴을 하지 않았다. 그는 이전부터 자신도 생각하고 있던 것을 지금 우네메가 뚜렷하게 말한 것 같은 기분이 들었다.

실은 에도성에서 그 여덟 개의 구슬을 다케치요 님께 헌상하겠다는 말을 꺼낸 것도, 어떻게든 그 성가신 보물을 내던져 버리고 싶다는 바람이 무의식적으로 나타난 것이다. ——그럴 정도이니, 지금 우네메에게 그 구슬을 음란한 놀이에 쓰라고 하는 말을 듣고는 아무리 그래도 조금 망설이는 기분도 있었지만, 이때 홀연히 그 자신의 내부에서 고양되어 오는 것을 느꼈다.

"알겠네, 그 말이 옳아."

하고 그는 외쳤다.

"그것을 린의 구슬인지 뭔지에 시험해보세."

"허나 솔직하게 그렇게 말씀하신다면, 물론 그 팔견사가 구슬을 내어주지 않을 것입니다. 일단 아무렇지도 않은 얼굴을 하고 빼앗은 후, 나중에 알게 하는 편이 좋을 것 같사옵니다만."

"그것은 아무래도 상관없네. 그 늙은이들, 싫다고 해도 내가 내놓게 할 것이야."

아와 태수는 일어섰다. 그는 그 도덕의 화신 같은 팔견사에게 반항하는 쾌감에 취했다. 그리고 취한 나머지, 후세히메의 구슬을 쇼군가 도련님께 헌상하겠다는 약속을 한 것조차 잊었다.

"후세히메의 구슬의 본래의 주인은 나일세. 내가 주군이야!"

늙은 팔견사에게 각각 수호하는 여덟 개의 구슬을 지니고 가로 인도 우네메의 저택으로 즉각 출두하라는 주군의 명령이 내려진 것은, 그날 중의 일이었다.

주군의 명령이니 어쩔 수 없지만, 여덟 명의 노인이 이 인도 우네메를 간교한 자로 보고 있는 것은 물론이다. 따라서 늘 있는 일이라고는 하지만 거기에 주군이 가신 것이 애초에 불만이었고, 분명히 그런 감정을 얼굴에 나타내고 있었다. 하물며 거기에 후세히메의 구슬을 지참하고 오라는 명령에는 더욱 수상함과 경계의 빛을 또렷이 띠고 있었다.

"그럼 여기서 기다리십시오."

서원에 나란히 앉은 여덟 노인 앞에 나와 붙임성 좋게 인사한 인도 우네메는 천천히 손을 내밀었다.

"후세히메 님의 구슬, 사정이 좀 있어서 영주님이 보고 싶다고 하시오. 잠시 빌리고 싶소."

"사정이라니, 어떤 사정인가?"

백발을 곤두세우며, 물어뜯을 듯이 이누즈카 시노가 말했다.

"글쎄, 그것은 영주님이 갑자기 말씀하신 것이라, 나도 아직 모르오. 곧 알게 되겠지요."

"우리가 그 자리에 나가면 안 되겠소?"

예감이 좋지 않은 것인지, 이누카이 겐파치가 푹 꺼진 눈을 불안한 듯 치켜떴다.

"안 된다고 하시오."

우네메는 단호하게 말했지만 곧 어린아이에게 타이르는 듯한 웃는 얼굴이 되어,

"반각이나 일각 정도요. 후세히메 님의 구슬은 그대들의 사유물이 아니지. 그 정도도 모르는 거요. 참을 수가 없소?"

하고 말했다. 팔견사는 침묵했다.

소반이 준비되어 있었다. 거기에 여덟 개의 나전 상자를 공손하게 올려놓자, 인도 우네메는 그것을 받쳐 들고——여덟 노인에게 등을 돌리고 나서, 조심스럽지 못한 엷은 웃음을 띠며 서원을 나갔다.

사실을 말하자면, 인도 우네메도 동석할 수는 없었다.

그저 당지문을 사이에 두고, 울려 퍼지는 방울 소리인지 구슬 소리인지 알 수 없는 고상하고 아름답기 그지없는 묘음(妙音)을 듣고 있었을 뿐이다. ——물론 여자가 춤을 추고 있는 소리는 아니다. 거기에 감미로운 여자의 헐떡임 소리가 얽힌다. 듣고 있자니, 그 자신이 그 방울과 구슬을 사용하고 있는 것처럼 숨이 가빠지고 피가 술렁거리는 것을 금할 수가 없었다. 하마터면 자제심을 잃고, 같은 방에 있는 일곱 명의 여자에게 덤벼들 뻔했다.

여자는 일곱 명이 거기에 있었다. 앞에 나전 상자가 하나씩 놓여 있다. 기다리고 있는 것이다.

이윽고 당지문을 열고 한 여자가 나왔다. 진홍색 나가주반[주1]을

주1) 長襦袢(나가주반), 기모노와 같은 길이의 긴 속옷.

걸치고 있지만, 한쪽 어깨와 유방이 드러나 있고 거기에 검은 머리카락이 끈적하게 달라붙어 있다.

"영주님께서, 다음 사람을 보내라고 하십니다."

그렇게 말하더니, 지칠 대로 지친 듯이 앉아 회지를 꺼내어 구슬을 닦기 시작했다. 눈을 충혈시키며 우네메가 들여다보니, 그것은 '효'의 구슬이었다.

다음 여자가 당지문을 열고 들어갔다. 그리고 또 방울과 구슬과 흐느낌의 교향곡이 연주되고――여자가 비틀비틀 나왔다.

"영주님께서, 다음 사람을 보내라고 하십니다."

여자가 닦기 시작한 구슬은 '예'였다.

네 명째가 되었을 때, 어지간한 인도 우네메도 약간 낭패를 느끼기 시작했다. 젊은 영주님이 욕구 불만 상태에 계신 것은 알고 있으니 세 명 정도는 각오하고 있었지만, 이렇게까지 도가 지나치게 분전하시리라고는 생각하지 못했다. 영주를 위안하는 것도 그렇지만, 목적은 구슬을 더럽히는 것――그 수호신의 존엄성에 상처를 내는 것에 있으니, 극단적으로 말하자면 그중 하나를 사용하는 것만으로도 충분하다. 그야 다섯이든 여섯이든 상관없지만, 도가 지나쳐 영주에게 만에 하나 무슨 일이라도 있다면 본말전도다.

"영주님은…… 괜찮으신가."

다섯 번째 여자가 돌아왔을 때, 우네메는 목소리를 낮추어 물었다.

"제 쪽이 죽는 줄 알았습니다."

그 무희는 일행 중에서는 가장 얌전한 태도의 여자였지만 마치 다

른 사람인 것처럼 음탕한 그늘을 속눈썹에 드리우고,

"과연 9만 2천 석의 영주님…… 강하십니다."

하며 뜨거운 숨을 내쉬었다.

실은 우네메는 이 온나가부키의 무희들이 몸 속에서 방울과 구슬로 음악을 연주한다는 특기를 가진 것을 알고, 그 구슬이 우연히 후세히메의 구슬과 비슷한 것을 알았을 때, 퍼뜩 오늘과 같은 착상을 얻고 여자들에게 영주의 수청을 들어 달라고 거금을 주고 의뢰한 것이었다. 그러나 상식을 뛰어넘은 주군의 황음무도함과 그에 응하는 여자들을 보고 듣고 있다 보니, 점차 이것은 자신이 연출한 일이 아니라 자신 쪽이 여우에 홀린 것 같은 으스스함조차 느끼기 시작했다.

"영주님."

여섯 번째 여자가 돌아왔을 때 우네메가 겁먹은 목소리로 부르자,

"다음…… 다음!"

하는, 분명히 살아 있는, 그러나 취한 듯한 아와 태수의 목소리가 들렸다. 일곱 번째 여자가 일어섰다.

──이윽고 여덟 명의 여자는 모두 후세히메의 구슬을 울리는 일을 마쳤다.

"……분부하신 역할은 아무래도 다한 것 같습니다. 구슬을 바꾸시지요."

여자들은 차례차례 나전 상자를 우네메 앞에 놓았다. 뚜껑을 연채라, 안의 백옥은 밝은 빛을 내뿜으며 우네메의 눈을 때렸다. 그 빛

도, 구슬에 떠올라 있는 충, 효, 제, 인, 의, 예, 지, 신의 글자도——
그것을 더럽히는 것이 목적이었음에도 불구하고—— 이 경우, 우네
메의 눈을 부시게 한 것은 당연했다.

"수고했다. 약속한 것은 나중에 주마. 저쪽에서 기다리고 있어
라."

그는 빠른 말투로 말했다. 여자들이 떠나자, 우네메는 당지문을
열고 옆방으로 뛰어 들어갔다.

아와 태수 사토미는 호화로운 침실에 하얀 진흙처럼 누워 있었
다. 공허한 눈에 우네메의 모습도 들어오지 않는 듯하여 깜짝 놀랐
지만, 가슴은 분명히 오르내리고 있었다.

"영주님…… 영주님! 어떠셨습니까."

"세상에는 이렇게나 즐거운 일이 있었나. ……여자란 이렇게나
좋은 것이었나."

아와 태수는 노래하듯이 말했다. 눈은 공허한 것이 아니라 여전
히 몽환의 황홀경을 헤매고 있던 것이었다.

"우네메, 악령은 떨어졌네."

"예?"

"후세히메의 구슬이 뭐란 말인가. 아니, 그것은 그런 일에 써야만
진정한 보물일세. 여덟 마리의 늙은 개를 불러오게. 내가 그것을 말
해주지."

아와 태수는 일어나려고 했지만 일어날 수가 없었다. 허리가 풀
려 있었던 것이다.

3

잠시 후, 팔견사는 조금 전까지 우네메가 기다리고 있던 방으로 안내되었다. 그리고 우네메에게 안기다시피 하여 나타난 주군으로부터 이 파렴치한 행위를 듣고 경악했다.

"무, 무, 무슨 말씀이십니까. 이, 이, 이 후세히메 님의 구슬을——."

여덟 사람은 죽은 사람처럼 창백해져, 그것을 끝으로 말을 잃고 이마에서 비지땀을 뚝뚝 흘리며 거기에 나란히 놓여 있는 나전 상자를 바라보았다. 그런데 갑자기 이누카와 소스케가,

"장난치지 마십시오."

우는 것인지 웃는 것인지 알 수 없는 얼굴을 아와 태수에게 향했다.

"우리 영주님이 그런 터무니없는 소행을 저지르실 리는 없습니다. 이 구슬은 다른 것이지 않습니까."

"——뭣?"

이번에는 아와 태수와 우네메가 깜짝 놀랐다.

"똑같이 끈을 꿰는 구멍이 뚫려 있습니다. 비슷하기는 하지만, 어찌 우리가 후세히메 님의 구슬과 착각할 수가 있겠습니까."

이누사카 게노가 앞의 상자에서 하나의 구슬을 집어 눈앞에 들어 올렸다. "참으로 그렇습니다, 구슬이 달라요. 후세히메 님의 구슬에는 있을 수 없는, 도(盗)라는 글씨. ——동지들, 모두 살펴보시게."

다른 칠견사도 각각 맹렬하게 구슬을 손에 들었다. ——기쁨과 분노의 감정이 여덟 사람의 얼굴 위를 교차했다. 왜냐하면 거기에 남겨진 여덟 개의 구슬에는 실로 사람을 업신여기는 글씨가 떠올라 있었기 때문이다.

'음(淫)', '희(戱)', '난(亂)', '도(盜)', '광(狂)', '혹(惑)', '열(悅)', '농(弄)'이라고 ——.

"그, 그럴 리는 없소!"

튀어나올 듯한 눈을 하고, 인도 우네메가 외쳤다.

"아까 분명히 구슬은 후세히메 님의 구슬이었소. 여자들이 가고 나서, 나는 그걸 확인했단 말이오."

딱히 확인한 것은 아니지만, 아까 자신이 주군의 방에 뛰어들어 갔을 때 당지문은 열려 있었고 그 직전에 물러난 여덟 명의 여자가 이 방으로 돌아오지 않은 것은 확실하니, 그 후에 뒤바뀌었을 리는 절대로 없다.

"그럼 이것은 장난이 아니란 말인가."

안색을 바꾸는 칠견사를 가볍게 누르며,

"그것은, 잘못 보신 것이 아닌지?"

하고 이누야마 도세쓰가 목소리를 쥐어짜 냈다.

"그 고귀한 글자와 이 더러운 글자는 천지 차이지만, 눈이 흐려졌다면 혹시 잘못 볼 수 있을지도 모르지. ——자획에 일맥 비슷한 데가 있소."

도세쓰는 일곱 명의 친구들에게서 구슬을 빼앗아 하나씩 거기에 놓으며 소리쳤다.

"광(狂)을 인(仁)과. ──희(戱)를 의(義)와. ──난(亂)을 예(禮)와. ──도(盜)를 지(智)와. ──음(淫)을 신(信)과. ──혹(惑)을 충(忠)과. ──농(弄)을 효(孝)와. ──열(悅)을 제(悌)와. ──언제 바뀌었는지, 똑똑히 생각해 내시오!"

그 말을 듣고, 인도 우네메는 자신의 눈을 비볐다. 자신의 눈이 흐려져 있었다고는 생각하지 않지만, 어쨌거나 구슬 안에 비쳐 보이는 작은 글씨다. 분명하게 적으면 잘못 볼 리도 없는 두 개의 글자지만, 과연 듣고 보니 어딘가 비슷한 글자다. 그는 자신의 기억을 믿을 수 없게 되었다.

"아아!"

아와 태수가 공포의 표정을 띠며 신음했다.

"──그, 그렇다면, 후세히메의 벌을 받은 것일까?"

이 괴이한 일에는 조금 전의 도취도 반항도 식고, 역시 충격을 받은 모양이다. ──인도 우네메가 충혈된 눈으로 여덟 견사를 노려보았다.

"네놈들, 처음부터 구슬을 바꾸었겠다?"

"방금 후세히메 님의 구슬임을 확인했다고, 가로께서는 말씀하시지 않았소."

하고 분노와 경악 때문에 오히려 침통한 목소리로 이누타 고분고가 말했다. 우네메는 말문이 막혔지만 곧 말했다.

"아니, 그렇게 보인 것은 이누야마의 말대로 글씨가 비슷해서 잘

못 본 것이다. 열(悅)이라고 쓰인 것을 제(悌)와, 도(盜)라고 쓰인 것을 지(智)와, 난(亂)이라고 쓰인 것을 예(禮)와—— 설마, 네놈들이 가짜 구슬을 가져왔다고는 생각도 할 수 없으니——."

"농담은 좀 쉬엄쉬엄 하시오."

이누에 신베에 노인이 이를 갈듯이 말했지만 곧 벌떡 몸을 일으키며 말했다.

"아니, 쉬고 있을 시간은 없소. 그 여자들은 어디에 있소? 어떻게 바꿔치기했는지는 잘 모르겠지만 처음부터 그런 구슬을 준비해왔다니, 그 여자 예인들, 만만치 않게 수상한 자들이오!"

"누구 있느냐!" 발광한 듯한 목소리로 아와 태수 사토미는 고함쳤다.

"아까 그 무희들, 다시 오라고 해라!"

인도가의 가신이 당황한 표정으로 달려온 것은 그로부터 몇 분 후였다.

"기괴한 일입니다. 그 여자 예인들은 물론이고 하인방에 물러가 있던 피리꾼과 그 외 무리들이 한 사람도 남김없이 이 저택에서 사라졌습니다."

여덟 명의 노검사는 일제히 튕겨 일어나 달려 나가려고 했지만, 그중 이누무라 가쿠타로 노인 한 사람만은 되돌아와 갑자기 하얀 칼날을 번득이더니, 아무 말도 없이 인도 우네메를 비스듬히 베었다.

"무, 무슨 짓인가."

뿜어져 나오는 피보라를 뒤집어쓰면서 비명을 지르는 아와 태수 사토미에게,

"이전부터 집안에 있어 도움이 되지 않는 분이라고 보고 있던 가로——또한, 그런 수상한 여자들을 끌어들인 죄가 있으니, 어차피 천벌을 가해야 하는 간교한 자입니다——영주님의 벌은 나중에 받겠습니다!"

"지금은 무엇보다, 후세히메 님의 구슬을 되찾아야 합니다!"

그리고 여덟 명의 노견사는 아수라와 같은 형상이 되어 저택을 달려 나갔다.

큰일

1

겨울에도 꽃이 끊긴 적이 없는 난소 지방이지만, 역시 연말이었다.

바다는 회색으로 꿈틀거리고 있다. 오후까지는 오히려 초봄이라고 말하고 싶을 듯한 날씨였던 것이, 어느새 어두운 구름이 낮게 드리우고 바다는 바위에 얼음 같은 물보라를 흩트리고 있었다.

그 우치보[주1]의 바닷가 가도를, 모래 먼지와 물보라를 뒤집어쓰면서 8기의 말이 북쪽으로 달려갔다.

말할 것까지도 없이 사토미가의 늙은 팔견사다. ——인도가에서 후세히메의 구슬을 바꿔치기하고 사라진 온나가부키 무리가 아니나 다를까 이 방향으로 도망쳐 갔다고 듣고, 미친 듯이 추적해온 것이다.

쫓으면서, 팔견사는 혼란스러워하고 있었다.

——그자들은 누구일까?

——무엇 때문에 후세히메 님의 구슬을 훔쳐 간 것일까?

그것을 알 수가 없는 것이다. 그 구슬의 아름다움에 매료되어 충동적으로 가져간 것이 아님은, 미리 그런 터무니없는 구슬을 준비해둔 것을 보아도 분명하다.

어쨌거나 누구든, 어떤 목적이든, 그들이 훔쳐 간 사토미가의 수호신은 반드시 되찾아야 한다.

주1) 內房(우치보), 지바현 남서부, 도쿄만 입구 부근의 지명.

"아직 보이지 않나?"

"산 쪽으로 들어간 것이 아닐까."

팔견사는 허둥거리고 있었다. 그 온나가부키 무리가 도망쳤다고 들은 지, 그리 오랜 시간은 지나지 않았다. 그런데 한마(悍馬)에 채찍을 휘두르며 맹추격하여——1리를 달려도, 2리가 지나도, 앞길에 그 비슷한 그림자는 보이지 않는 것이다.

"——아니, 있다!"

"으음, 어찌 저리 발이 빠르단 말인가."

"보게! 저놈들, 모걸음으로 걷고 있네. 닌자의 주법(走法)이야!"

과연, 그 무리는 저 멀리 도망쳐 간다. 무희 여덟 명을 포함하여 피리꾼이나 인부 등 전부 이십여 명은 될까.

그러다가 쫓아오는 기마의 모습을 보더니 다섯 명쯤이 반대로 달려 돌아왔다. 남자뿐이다. 어디에서 손에 넣었는지, 모두 창을 들고 있었다.

한쪽은 바다로 통하는 절벽, 한쪽은 산이 튀어나온 몹시 좁은 장소를 고르더니, 그들은 그 창을 일제히 산자락에 꽂았다. 6자[주2] 높이에서부터 1자 간격으로——가로로 울타리를 만든 것이다. 그 맞은편에서, 그들은 칼을 뽑아 들고 대담한 웃는 얼굴로 기다렸다.

팔견사는 그것을 보면서도 속도도 떨어뜨리지 않고 질주했다. 그것이 2기씩 종대가 된 것은, 오히려 속도를 올려서 그렇게 된 것이다.

주2) 약 1.8m. 1자는 약 30.3cm이다.

"이랴!"

선두에서 이누즈카 시노와 이누카이 겐파치의 백발과 말갈기가 허공에 춤추고, 2기는 울타리도 사람도 아무런 어려움 없이 뛰어넘었다.

뿐만 아니라 적 두 명과 산에 꽂혀 있던 창 한 자루가 피 안개와 모래 먼지 속으로 튕겨 날아갔다. 말 위의 시노가 휘두른 칼날은 한 사람을 베고, 겐파치가 휘두른 칼날은 맨 윗단의 창을 슴베 부분에서부터 잘라 날려 보낸 것이다. 나머지 한 사람은 어느 쪽인가의 말발굽에 머리를 걸어차인 것이리라.

"와앗."

혼란에 빠진 나머지 세 사람의 머리 위를 이누카와 소스케와 이누야마 도세쓰의 말이 뛰어넘고, 2단째의 창이 잘려 떨어짐과 함께 그 세 사람도 피보라에 휩싸이고 말았다.

아니, 세 사람이 모두 베인 것은 아니겠지만, 다음에 세 번째 창을 베면서 이누타 고분고와 이누에 신베에가 뛰어넘고, 마지막으로 더 이상 울타리도 되지 못하는 창의 횡목(橫木)을, 매우 쉽게 이누사카 게노와 이누무라 가쿠타로의 말이 뛰어넘어――그 말발굽 아래에서 살아남아 있던 자 모두를 핏덩이로 바꾸고 말았다.

8기의 말은 뒤도 돌아보지 않고 쫓는다.

그렇다 해도, 이것은 백발노인으로는 보이지 않는다――아니, 장년(壯年)인 사람이라 해도 세상에 다시 없을 훌륭한 마술(馬術)이고, 검술이었다.

먼저 도망치고 있던 온나가부키 무리 중, 또 대여섯 명의 남자들이 놀란 듯이 소용돌이를 치며 달려 돌아와 일제히 창을 휙 던졌다. 그것은 대기를 태우며 날아가는 유성 같았다.

그러자 8기는 모래 안개를 일으키며 딱 멈추었다. 이누즈카 시노와 이누카이 겐파치는 번갯불처럼 칼을 입에 물고 고삐를 당겨 말을 옆으로 세우고는, 재빨리 안장 위에 섰다. 그리고 하늘 높이 날아온 창 몇 자루를 팔을 뻗어 움켜쥐면서 그대로 뒤쪽을 향하여, 바로 뒤에 있는 이누카와 소스케와 이누야마 도세쓰의 말로 옮겨 타며 둘이서 한 마리 말을 탄 상태가 되었다.

나머지 창은 옆으로 겹쳐진 사람 없는 말의 몸통에 모조리 꽂혔다. 한 마리는 병풍처럼 쓰러지고, 한 마리는 절벽에서 바다로 떨어져 갔다.

거의 아무 일도 없었던 것처럼, 여섯 마리의 말은 여덟 명의 노인을 태운 채 다시 맹추격을 시작했다.

아까 창을 던진 남자들은 망연자실한 듯이 거기에 우두커니 서 있다가 갑자기 허리의 칼을 뽑았지만, 마치 쇠구슬에 맞은 것처럼 걸어차였다. 달려 지나간 팔견사의 칼날은 모두 피로 젖어 있다.

"멈춰라!"

팔견사는 쉰 목소리를 쥐어짰다.

여덟 명의 여자가 섞인 무리는——이제 남자는 다섯 명밖에 남아 있지 않았지만—— 가도에서 왼쪽으로 벗어나 모래사장으로 뛰어 내렸다. 적적한 어부 부락의 입구였으나, 그들은 그곳으로 들어가지 않고 모래를 걷어차며 바다 쪽으로 달려갔다.

"배로 도망칠 셈인가."

"그렇게 둘 수는 없지!"

바닷가에 대여섯 척의 작은 배가 줄지어 있었다. 그들은 그중 한 척으로 달려들어 바다 쪽으로 밀고 갔다.

말발굽이 모래에 파묻혔다. 팔견사는 초조해져서 말에서 뛰어내렸다.

한 척의 배는 이미 파도에 들어가고, 여덟 명의 여자는 그리로 뛰어 탔다. 다섯 명의 남자는 달려 돌아왔다. 자신들이 탈 배를 찾기 위해서인가, 하고 생각했는데 그것이 아니라 저마다 손에 든 창을 휘둘러 나머지 배의 바닥을 찌르고 판자에 구멍을 내기 시작했다.

"저놈들——."

팔견사는 아수라처럼 백발을 곤두세우고 모래를 달렸다. 이누즈카 시노와 이누카이 겐파치가 달리면서 아까 적에게서 빼앗은 창을 던졌다.

두 줄기의 빛이 바닷바람을 가르고 두 명의 적을 꿰찔렀다. 그러나 나머지 세 사람은 도망치려고도 하지 않고 경련하는 듯한 웃음을 띠며 팔견사를 맞이했다. ——아니, 그들은 팔견사와 맞서 싸우려고도 하지 않는다. 아마 그때까지의 팔견사의 마신 같은 추격의 모습을 보고 어차피 당해내기 어렵다고 체념한 것인지, 각자 창을 거꾸로 쥐더니 자기 자신의 심장을 푹 찌른 것이다.

"멈추어라!"

팔견사는 이제 체면 따위는 없는 모습으로 구르듯이 바닷가까지 달려갔다. 파도로 뛰어들었다. ──그러나 여덟 명의 여자를 태운 배는 이미 두세 간[주3] 앞의 파도 위에 있었다.

이누야마 도세쓰와 이누타 고분고가 미친 듯이 몸을 돌려 목을 꿰뚫은 남자들의 창을 낚아채어 멀어지는 배를 향해 던졌다.

두 자루의 창은 배 위에 있는 두 여자의 손에 붙잡혔다. 솟아오르는 물보라 속에서, 그녀들은 그 창을 빙글 돌려 쥐었다. 이쪽이 헤엄쳐 오면 반대로 창을 던질 자세가 되어, 그녀들은 씩 웃었다.

"구슬을 내놓아라!"

"후세히메 님의 구슬을 내놔!"

팔견사는 울 듯한 절규를 쥐어짜 냈다.

그러나 배는 순식간에 멀어져 간다. 드리워진 검은 구름, 세찬 노도(怒濤) 저편으로 미끄러져 가는 배, 그 노를 쥐고 있는 한 여자의 손놀림으로 보아도 그녀들이 이 바다를 어렵게 여기지 않는 것은 분명했다.

"──아아!"

여덟 명의 노인은 모래 위에 털썩 앉아 백발을 쥐어뜯었다. 온몸이 물보라에 흠뻑 젖어도 돌아볼 여유가 없는 고통과 절망의 모습이었다.

"……그런데 저자들은 누구일까?"

갑자기 이누에 신베에가 벌떡 일어나, 등 뒤에 엎어져 있는 남자

주3) 1간은 약 1.818m.

들 곁으로 달려갔다. 그들이 완전히 숨이 끊긴 것을 알아채고, 그들이 자결한 것은 궁지에 몰려 체념한 탓이 아니라 오히려 그러한 추궁을 피하기 위해서였다는 데 생각이 미친 것은 그때였다.

팔견사는 그 죽은 자들보다 더 창백한 얼굴을 서로 마주 보며 잠시 꼼짝도 하지 않았다.

문득, 그때 이누야마 도세쓰가 얼굴을 들었다.

"——저것은?"

가도 쪽에 말발굽의 울림이 들린다. ——1기. 분명히 사토미번의 무사인 듯한 남자이지만, 이자는 북쪽에서 오고 있었다. 그는 미친 듯이 채찍을 말의 배에 휘두르면서 남쪽의 다테야마 쪽으로 달려갔다.

"에도에서 온 급사(急使)로군."

하고 이누카와 소스케가 말했다.

"그쪽에도 뭔가 일어난 걸까?"

2

에도에서 온 급사는 아와 태수 사토미에게 놀라운 소식을 가져다주었다.

막부의 중신, 사가미 태수 오쿠보 다다치카의 실각이다. 그는 일족인 이와미 태수 오쿠보 나가야스가 생전에 여러 가지 부정을 축적하고 있었던 것을 장로로서 모를 리는 없을 텐데도 조정에 아무런 보고도 없었던 것은 잘못이라는 이유로, 오다와라성 5만 석을 몰수하고 사가미 태수는 물론이거니와 그 아들인 우쿄, 슈젠 등을 모두 추방한다는 처단이 내려진 것이다.

왜 이 일이 사토미가에 놀라운 일인가 하면, 앞에서도 말했다시피 아와 태수의 아내가 사가미 태수의 손녀라는 관계가 있었기 때문이다. 주인끼리 그러한 인연으로 묶여 있었기 때문에 번사[주4]들끼리도 아와와 사가미 사이에서 각각 시집을 보내거나 사위로 맞은 관계가 있는 자들이 적지 않았고, 이것은 남의 일이 아닌 번사였다.

급사는 잇따라 에도에서 왔다. 사가미 태수 오쿠보와 핏줄이 이어져 있는 자는 고구마 줄기를 캐듯이 모두 끌려나와 처분을 받고 있는 모양이다. 이것은 당시 무가의 법으로는 당연한 일이었다. 막부의 가장 굵은 기둥으로서 오쿠보가를 눈여겨보고 그와 인연을 맺은 것은 사토미가의 영원한 안태를 쟁취하는 정책이라고 믿고 있었던 만큼, 그 당혹은 오히려 거셌다.

부글부글 끓는 듯한——이라고 형용해도 좋을 소동 속에서 해가 지나고 1614년이 되었다.

사토미가에도 무언가 좋지 않은 운명이 찾아오는 것은 아닐까, 하는 걱정과 두려움에 모두 가슴앓이를 하고 있었으나, 딱히 그런 일도 없어 번에서는 약간 한시름을 놓았다.

주4) 번사(藩士), 번의 무사. 영주의 부하.

"사토미가가 벌을 받을 이유가 없지. 마님은 분명 사가미 태수님의 손녀이시지만, 그뿐인 인연이고 이와미 태수의 부정과는 아무런 관련도 없으니."

"동시에 마님은 선대 쇼군님의 증손녀도 되시네. 무턱대고 이쪽에 분노를 보이는 듯한 일을, 조정에서 하실 리가 없지."

번사들은 서로 그런 말을 속삭였다.

약간 안도함과 함께, 고뇌가 심했던 만큼 아와 태수 사토미는 오히려 화가 나기 시작했다. 가슴을 쓸어내리기는 했지만, 생각해보면 오쿠보 일족의 딸을 아내로 삼았다는 것은 사토미가에 있어서 이미 결코 고마운 부적이 아니다. 그는 갓 열일곱 살이 된 순진한 처에게 화풀이를 하여, 그 이름처럼 그녀의 눈동자에 무라사메[주5]를 내리게 했다.

그러던 때에, 아와 태수는 문득 들었다.

"이 가문에 이러한 재난이 찾아오는 것도 당연하다. ——사토미가의 수호신이 사라졌을 때에, 이 운명은 정해져 있었다."

이런 말을 팔견사가 하고 있다는 것을.

"잘난 체 지껄였겠다."

그는 벌컥 화를 내며,

"그랬지! 그놈들을 잊고 있었다! 가로인 인도 우네메를 살해한 놈들, 내가 직접 목을 베어 주마. 이곳으로 끌어내라."

하고 명령했다. 1월 9일 저녁때의 일이었다.

주5) 村雨(무라사메), 주로 가을부터 겨울에 걸쳐 내리는 소나기.

후세히메의 구슬을 훔쳐 달아난 기괴한 여자 예인들의 추적에 실패하고 풀이 죽어 돌아온 팔견사는, 그대로 붙잡아 감옥에 넣어 두었던 것이다. 연달아 들어온 에도로부터의 소식 때문에 그들에 대해서는 완전히 잊고 있었다.

팔견사는 다테야마 남쪽——네고야야마 산에 솟아 있는 다테야마성 안쪽 정원의 흰 모래톱[주6]에 끌려나왔다.

"네놈들, 가로인 우네메를 사의(私意)로 베어 죽인 죄마저 있는데도——이번 사토미가의 불운을 두고 천벌이 드러난 것이라며 비웃고 있다고 하더구나. 거기에 똑바로 서라, 내가 참수해주마."

아와 태수는 패도(佩刀)를 스르륵 뽑아 성큼성큼 정원으로 내려왔다.

그러나 하얀 모래 위에 머리카락은 흐트러지고 옷은 찢어진 참담한 모습의 여덟 명의 노견사는 나무의 혹 같은 얼굴을 쳐들고,

"그렇습니다. 인도 우네메가 이 가문에 위해를 끼치는 사자 몸 속의 벌레였던 것은, 영주님도 알고 계시지 않습니까."

"이번 일은 오로지, 후세히메 님의 구슬을 더럽히신 응보입니다."

하고 말했다.

반은 맞지만 반은 헛소리다. 오쿠보가와 인연을 맺게 한 인도 우네메가 새삼 원망스럽지만, 그렇다고 해서 이번 불행을 그 구슬과 연결 짓는 것은 이 노인들의 납득하기 어려운 미신이다. 그 말이 맞

주6) 뜰이나 현관 앞에 하얀 모래를 깐 곳을 말하는데, 에도 시대에 소송을 판결하거나 죄인을 문초하는 등의 재판정을 가리키기도 했다.

는 것도, 틀리는 것도, 어느 쪽도 아와 태수로서는 참을 수가 없었다.

"아직도 그런 말을 하는 것이냐. 이것도 그 구슬의 보복이라고 생각해라!"

아와 태수는 우선 이누즈카 시노의 주름진 목을 향해 도를 휘둘러 내렸다.

이누즈카 시노는 피하지도 않고, 한 팔을 들어 아무렇게나 아와 태수의 팔을 잡았다.

"황공하오나 저희는 아직 죽을 수 없습니다."

"이놈——저항하는 것이냐!"

갑자기 나머지 일곱 명의 견사는 하얀 모래 위에 납작 엎드렸다.

"영주님! 부탁입니다. 잠시 저희의 목숨을 유예하여 주십시오. 목숨이 아까워 드리는 말씀이 아닙니다. 그 후세히메 님의 구슬을 되찾지 않으면, 저희는 후세히메 님의 영혼에 면목이 서지를 않습니다!"

"이거 놓아라, 무례한 놈."

하며 아와 태수는 몸을 버둥거렸다. 시노에게 가볍게 붙잡혀 있는 손목에서 전해지는 격통에 혼비백산한 것이다.

"그 청을 받아 주시지 않는다면 놓을 수 없습니다. 영주님, 부탁입니다!"

시노도 필사적인 목소리를 쥐어짰다.

그때, 정원 한쪽 구석에서 구르듯이 달려온 한 사람이 있었다. 보니, 노신(老臣) 마사키 다이젠이다.

"영주님…… 영주님! 큰일났습니다!"

이 또한 조상 대대로 가로 자리를 물려받아 온 자로, 팔견사보다 더한 완고하기 짝이 없는 노인이었지만, 지금까지 본 적도 없을 정도로 당황한 얼굴이었다. ——그는 정원 앞의 광경을 보고 일순 무슨 일인가, 하고 의아해하는 표정이 되었으나 곧 그대로 달려와 말했다.

"조정의 사도 태수 혼다 님이 보내신 사자(使者)입니다!"

"뭣이?"

아와 태수는 돌아보았다. 칼이 땅에 떨어졌다. 시노가 손을 놓은 것이지만, 그것조차 알아채지 못할 정도로 그는 동요했다. 쇼군가 보좌 역인 사도 태수 혼다가 동시에 선대 쇼군의 분신으로서 막부의 중요한 정무를 관장하는 존재라는 것은, 아무리 젊고 경박한 영주인 그도 알고 있었다.

"사도 혼다 태수한테서? ……무슨 사자."

"사자의 말씀으로는——작년 중양 축하연 때 쇼군의 거처에서 후세히메의 구슬을 올해 중양절 날 작은 주군 다케치요 님께 헌상하겠노라고 아와 태수 님께서는 말씀하셨는데, 다케치요 님께서는 올해 관례를 치르실 때, 아와는 그 구슬을 정말로 주는 것이겠지, 하고 확인하셨다고 합니다. 약정한 9월 9일까지는 아직 시간이 있지만, 다케치요 님이 그처럼 기대하고 계시니 만에 하나라도 구슬에 상처나 나거나 하지 않도록 힘써 보관해주기를 바란다, 며 사도 태수님의 노파심일 뿐이라고 하셨습니다. 영주님, 그런 약정을 사도 태수 님께 하셨습니까?"

아와 태수 사토미는 얼굴이 납빛이 된 채 잠시 아무 말도 없었다.

사실 그때는 어린 다케치요 님을 달래기 위해서 한 말이고, 그리 마음에 담아두고 있지도 않았다. 하지만 약속했을 때는 그것이 진심이었다. 게다가 약속은 약속이다.

그러나——이제 그 구슬은 없다!

"후세히메의 구슬을 잃으면, 사토미가에 큰 어려움이 닥치리라."

——그렇게 말한 팔견사의 예언은 결코 헛소리가 아니었고, 정말로 그대로의 모습으로 나타난 것이다.

갑자기 정원 앞에 떨어진 침묵을 깨고 신음한 것은 팔견사 쪽이었다.

"……그런가, 그랬던 것인가."

"어렴풋이 알 것 같군."

"——하지만 무엇 때문에?"

"사토미가를 멸문하기 위해서일세."

"왜지?"

"오쿠보와 이어져 있으니——훗날의 모든 화근을 끊기 위해."

"이 가문의 안주인은 선대 쇼군 님의 증손녀, 그렇다면 너무 대놓고 멸문시켜서는 세상 사람들이 보기에도 좋지 않으리라고 걱정한 것이겠지."

"그렇다면, 일부러 절체절명의 상황에 몰아넣어 이 가문을 자멸

시키는 방법으로 나온 것인가!"

그들은 이를 가는 소리를 섞어가며 음산하게 이야기를 나누었다.

그리고 나서, 그들도 갑자기 침묵하며 물끄러미 서로 얼굴을 마주 보았다. ──눈과 눈의 대화가 끝나자 그들은 서로 고개를 끄덕였다.

이누즈카 시노가 침착하게 아까 아와 태수가 떨어뜨린 칼을 주워들고 한쪽 웃통을 벗는가 싶더니, 거꾸로 든 도신을 소매로 감싸고 갑자기 자신의 배를 푹 찔렀다.

"영주님, 가서 사자를 만나십시오."

칼을 빙글빙글 돌리면서, 시노는 미소 띤 얼굴을 들었다.

"그리고 약속한 후세히메의 구슬, 틀림없이 올해 9월 9일에 다케치요 님께 헌상하겠다고 말씀하십시오."

그리고 그는 피투성이 칼을 뽑아 옆에 있던 이누카이 겐파치에게 건넸다. 그러자 이 또한 한쪽 웃통을 벗고 있던 겐파치도 그것을 받아 들고는, 이 또한 자신의 배를 푹 찔렀다.

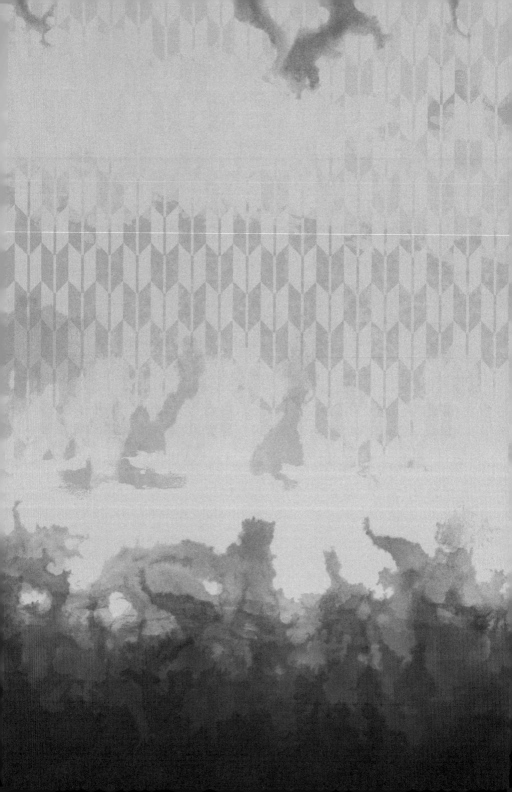

행방불명된 아들들

"무, 무슨 짓인가."

구니가로[주1]인 마사키 다이젠이 소리쳤다.

"무엇 때문에, 그대들의 배를 가르는가?"

"——조금 성급했던 것 같군, 시노."

하고 이누카이 겐파치가 말했다.

"그래, 무엇 때문에 배를 갈랐는지, 말씀드려야 하네. ……그보다 먼저, 우선 가로님께 부탁드려야 할 것이 있소."

그렇게 말하면서, 그는 배에 꽂은 칼을 빙글빙글 돌리고는 뽑아내어, 이번에는 다음의 이누카와 소스케에게 건넸다.

"가로님, 팔방(八房)을 불러주십시오."

"그대의 팔방 말인가?"

"아니요, 여덟 명의 팔방을."

팔방이란 팔견사가 키우는 여덟 마리의 개였다. 똑같이 새하얗고 거대한 개로 다른 사람이 보아도 구별이 가지 않는다.

게다가 모든 개에게 팔방이라는 이름이 붙여져 있다.

"오오, 그리고 만약을 위해 누가 저희 종자 중 한 사람을——그렇지, 제 종자인 다키자와 사키치라도 좋습니다. 불러다 주십시오."

하고 말한 것은 이누야마 도세쓰다. 그 또한 이누카와 소스케가

주1) 國家老(구니가로), 영주의 최고 가신. 에도 시대 때, 영주가 참근교대 근무를 위해 영지를 떠나 에도에 가 있을 때 영지를 대신 맡아 다스리던 가로를 말한다.

방금 할복한 칼을 받아 들고 자신의 배를 찌르면서,

"저희가 죽으면서, 분부하고 싶은 일이 있습니다."

하고 말했다.

가로 마사키 다이젠은 깜짝 놀라, 더 이상 아무런 반문도 하지 않고 팔견사를 곰옥에서 끌고 온 가신에게 "가거라" 하고 명령했다. 너무나도 생각지 못한 사태의 진전에, 가신은 구르다시피 달려갔다.

"그대들은 왜 죽는 것인가."

하고 마사키 다이젠은 간신히 정신을 차린 듯 말했다. 다섯 번째인 이누카 고분고도 이미 배에 칼을 꽂고 있다. 하지만 다이젠은 이 노인들이 결코 미친 것도 아니고, 또 그들이 결심한 일은 말려도 절대 막을 수 없다는 것을 알고 있었다.

"조금 전까지는 죽을 생각은 아니었습니다."

하고, 이누타 고분고는 배에 꽂은 칼을 휘저으며 쓴웃음을 짓고 말했다.

"영주님의 참수에 저항했을 정도이니까요. ……그 여덟 알의 구슬의 분실이, 사도 태수 혼다 님의 막후 조종에 의한 것임을 알기 전까지는."

"지금, 흑막이 사도 태수 혼다 님이라는 것을 알고——."

여섯 번째인 이누에 신베에가 피투성이 칼을 배에 대면서 말했다.

"이번 어려움은 결코 인도 우네메의 어리석은 행동에 의한 것이 아니고, 그 원인은 저희에게 있다는 데 생각이 미쳤습니다."

"이 어려움의 원인이 그대들이라니?"

"작년 9월 9일, 에도성의 중앙 축하연에서 영주님께서는 후세히 메 님의 구슬을 다케치요 님께 헌상하겠다고 말씀하셨습니다. 그 때, 저희는 묵묵히 영주님의 뜻에 맡겨야 했습니다. 그런데 충의의 얼굴을 하고 말리는 바람에——뜻하지 않게도 사도 태수님이 이를 이용할 화근을 부르고 말았습니다. 가문에 이런 큰 어려움을 초래한 이상, 저희는 이제 일각도 살아 있을 수는 없습니다."

"……그대들의 책임이 아니다!"

지금까지 기절한 듯이 그곳에 우두커니 서 있던 아와 태수 사토미가 외쳤다. 해가 바뀌어 갓 스물셋이 된 이 경솔한 영주님도, 지금 자신의 어리석은 행동으로 차례차례 연쇄 반응을 일으켜 가는 사태의 무서움을 폐부에 사무치게 깨달은 것이다.

"그대들은 죽을 필요 없다. 여봐라, 멈추지 못하겠느냐, 게노!"

양손을 휘저었지만, 일곱 번째인 이누사카 게노 또한 아랑곳하지 않고 배를 갈랐다.

"영주님, 빨리 에도에서 온 사자에게 가십시오. ……아니, 그 전에, 그 사도에서 보낸 간자인 여자 예인들이 남기고 간 더러운 구슬을 주실 수 있겠습니까."

"시동님, 그 김에 두루마리와 여덟 자루의 붓을."

이누사카 게노로부터 칼을 건네받은 마지막 노견사 이누무라 가쿠타로가 말하고, 이 또한 배를 푹 찔렀다.

시동은 힐끗 아와 태수를 보고, 가위에 눌린 듯이 고개를 끄덕이는 주군을 확인하더니 그대로 몸을 돌려 안채로 뛰어 들어갔다.

"팔견사."

하고 마사키 다이젠이 말했다.

"막아도 막을 수 없는 그대들의 충절은 이 다이젠도 잘 알겠네. 이제 와서 말리지는 않겠네만, 에도에서 온 사자에게 올해 9월 9일까지 후세히메 님의 구슬을 헌상하겠다고 대답하라니…… 그 구슬은 도난당하지 않았는가. 그것을 되찾을 수 있는 것은 그대들 말고는 없네. 그런 그대들이 지금 죽으면 누가 어떻게 되찾을 수 있겠는가?"

"저희 아들들이."

하고 이누즈카 시노가 말했다. 가른 배를 누르고 있지만, 피는 무릎을 온통 물들이고 얼굴은 회색으로 변해가고 있는데도 그는 씩 웃었다.

"그것은 아들들에게 맡기려 합니다."

"그대들의 아들…… 허나."

"물론, 그들은 지금 이 아와에는 없습니다. 젊은이들이라 모두 마음에 미숙한 데가 있어, 몇 해 전에 저희가 이야기를 나누어 모두 코가 만지다니 계곡이라는 곳에 수행을 하러 보냈습니다. 그 후로 3년이 지났습니다. 그놈들도 이제 모든 점에서 제 몫을 해내는 어른으로 성장했겠지요. 그들에게 맡기겠습니다."

"……부를 겐가."

"예."

하고 이누카이 겐파치가 고개를 끄덕였다.

"편지를 보내서."

시동이 달려 돌아왔다. 작은 나전 상자와 벼룻집과 두루마리 종이를 들고 있다.

팔견사는 그 나전 상자를 열었다. ──이전에는 그 상자 하나에 하나씩의 구슬이 정중하게 모셔져 있었지만, 지금 구슬은 여덟 개가 나타났다. 그것은 작년 말, 그 기괴한 무희들이 남기고 간 '음(淫)', '희(戱)', '난(亂)', '도(盜)', '광(狂)', '혹(惑)', '열(悅)', '농(弄)'의 구슬로, 지금은 하나의 상자에 한꺼번에 처넣어져 있었던 것이다. 그리고 팔견사는 두루마리 종이를 여덟 조각으로 찢어 앞에 두고, 그 구슬을 문진으로 삼아 눌렀다.

떨리는 손으로 붓을 쥐었다. 먹은 갈지 않고──그들은 자신의 피를 붓에 머금고 엎드리다시피 하여 그 종이에 쓰기 시작했다.

"아비의 피로 적어 남긴다. 사토미가에 큰 어려움이 닥쳤다.
아와 태수님께서 조정에 후세히메 님의 구슬을 헌상하겠노라
약정하셨는데, 우리 잘못으로 구슬을 도난당했구나. 올해 9월
9일까지 구슬을 헌상하지 않으면 사토미가는 멸망할 수밖에
없다.
생각건대, 이는 사토미가를 멸문하려 꾀하는 사도 태수 혼다
님의 수하, 조정의 이가조에 의한 짓으로 생각된다. 쉽지 않은

적이지만, 이 적의 수법에 속는다면 사토미의 이름은 꺾일 것이다. 끝까지 구슬을 되찾아, 적의 코를 납작하게 해다오.

아비의 죄로 스스로 죽지만 팔견사의 이름에 걸고 코가에서 수행한 재주로 아비의 죄를 갚아야 하니, 오늘 이 순간부터 이누즈카 시노의 이름을 너에게 물려준다.

네가 코가에서 돌아와 에도의 적에게 가까이 갈 수 있게 된다면, 구슬을 훔치고 대신 이 구슬을 남긴 이가의 여자에게 팔방이 이끌어 줄 것이다.

1614년 1월 9일

이누즈카 시노에게

이누즈카 시노"

받는 사람의 이름과 서명이 다를 뿐, 모두 같은 글이었다.

그때, 정원 맞은편에서 흙먼지를 일으키며 달려온 한 무리가 있었다. 한 종자와 여덟 마리의 커다란 하얀 개였다.

부르러 간 심부름꾼으로부터 이변은 들었겠지만, 젊은이는 과연 이 참담한 광경을 눈앞에 두고 우뚝 걸음을 멈추었다. 그러나 여덟 마리의 개는 망설이지도 않고, 피투성이인 여덟 명의 주인 곁에 몸을 바싹 붙였다.

"사키치."

하고 이누야마 도세쓰가 불렀다. 다키자와 사키치는 그의 종자였다.

"이것을 읽어라. 지금 팔방을 코가로 보낼 것인데, 너도 서둘러 뒤를 쫓아가거라. 작년 12월 이후의 전말은 너희들도 잘 알고 있을 터. 코가에서 서둘러 돌아올 아들들을 도중에 만나거든, 자세한 사정을 전해라. 그리고 에도에서 구슬을 얻지 못하면 아와로 돌아오지 말라고 해라."

견사들은 구슬을 개의 코에 가까이 했다.

"기억해 둬라. 이게 적의 냄새다."

그리고 각각의 구슬을 혈서로 말아 개의 입에 물려 주었다.

"가거라, 코가 만지다니로!"

엉덩이를 때리자, 여덟 마리의 팔방은 일제히 뛰어올라 달려 나가더니 눈보라처럼 사라졌다. 다키자와 사키치도 허둥지둥 달리기 시작했다. 그는 한 번 멈추어 서서 돌아보았으나, 곧 이 또한 위타천주2)처럼 달려갔다.

"아들아──."

하고 여덟 명의 노인은 하늘을 올려다보며 중얼거렸다. 이미 죽은 사람처럼 변한 얼굴이 모두 웃으려 하고 있었다.

"아비는 너를 믿는다."

그리고 늙은 팔견사는 일제히 피바다 위로 털썩 엎어지고 말았다.

주2) 韋陀天(위타천), 불법을 수호하는 신장(神將). 삼십이천(三十二天)의 우두머리로 발이 매우 빠르다고 한다.

2

아와의 다테야마에서 코가 만지다니까지 150리를, 다키자와 사키치는 열흘 만에 달려 만지다니에 도착했다. 과연 팔견사의 종자인 만큼, 하루 평균 15리를 주파한 것이다.

그러나——코가 만지다니에 도착해보니, 3년 전부터 그곳에 수행하러 가 있어야 할 팔견사의 아들들은 없었다. 팔방을 따라 이미 에도로 떠났는데 도중에 길이 엇갈린 것인가 하고 당황했으나, 그런 개는 오지 않았다고 한다.

아니, 무엇보다 그 아들들은 처음 1년 동안은 만지다니에 있었지만, 그 후로 어디론가 모습을 감추어 버려서 이미 아와로 돌아갔다고 생각하고 있었다고 만지다니 닌자 마을의 사람들은 말했다.

다키자와 사키치는 여우에 홀린 듯한 얼굴을 하고 동시에 어쩔 줄 몰랐다.

그래도 늙은 팔견사의 마지막 의뢰를 생각하면 그대로 둘 수는 없다. 충효제인의예지신은 골수까지 이 종자에게 스며 있었다. 다키자와 사키치는 마음을 다잡고, 젊은 팔견사의 행방을 찾아 여러 지방을 돌아다니는 여행을 떠났다.

꽃의 에도.

라고 말하고 싶지만, 봄이 되려면 아직 조금 멀었다. ——그러나 달력상으로는 분명히 봄이다. 1614년 1월 중순.

에도 니혼바시 다리.

라고 말하고 싶지만——거기에서 그다지 멀지는 않은 이름도 알수 없는 다리 위다. 다리 밑에 마른 갈대가 술렁거리고, 물에서는 소금 냄새가 나고 있었다.

이 무렵의 풍속과 풍문을 그린『게이초 견문집』에 '밤도 없고 낮도 없이, 사람과 말의 발자국 소리가 천둥처럼 울렸다'라고 적혀 있는 니혼바시 다리는 벌써 10년쯤 전에 생겼지만, 조금만 동쪽으로 벗어나면 그저 온통 마른 갈대밖에 없는 대초원이었다.

아니, 그 살풍경한 땅에 지난 2, 3년 사이 묘한 것이 생기기 시작했다. 예인들이 흥행하는 가설 극장과 유녀집이다. 어느 쪽이 먼저였는지 알 수 없지만, 어쨌거나 끼리끼리 모인다고 아직 거칠지만 하나의 번화가를 형성해가고 있었다. ……훗날 이 일대가 연극의 동네라는 후키야초, 유녀의 동네라는 옛 요시와라로 발전하지만, 이 무렵에는 아직 그 태생기에 있었다고 해야 할 것이다.

하지만 어쨌거나 오락 기관이 극도로 적었던 시대라, 겨울인데도 이쪽으로 줄줄이 인파가 몰린다. ——그 편의를 위하여 만든 것일, 이 갈대 초원의 입구를 가로지르는 수로에 걸려 있는 이 다리를, 방금 이름도 모른다고 말했지만 이곳 사람들은 오야지바시 다리라고 부르고 있다. 유녀 마을의 경영자이자 두목이라고 불리는 쇼지 진에몬이라는 남자가 만든 다리이기 때문이다.^{주3)}

그 다리의 조잡한 난간에 걸터앉아 낚시줄을 드리우고 있는 세 명의 남자가 있었다. 그것도 난간 바깥으로 다리를 축 늘어뜨리고, 통

주3) 오야지(親父)는 우두머리나 가게의 주인을 친근하게 부르는 호칭이다.

행인 쪽에는 등을 돌리고 있다.

그 거대한 등은 모두 기모노가 찢어질 것 같을 정도로 울룩불룩하지만, 더욱 눈길을 빼앗는 것은 그 등에 해당하는 옷감에 검게 물들인 해골이다. 아니, 뿐만 아니라 그들이 허리에 차고 있는 것은 6자나 되는 긴 칼로——그것도 검집에서 뽑혀 있다. 검집은 어디에 있는가 하면——왼손에 들고, 그것을 낚시대로 삼고 있다. 붉은 검집 끝에 실을 달아 바닷물이 들어오는 물에 늘어뜨리고 있는데 무엇이 낚이는지,

"거기, 있네!"

"으음. 만만치 않은 손맛이야."

"에도 앞의 고래가 아닐까."

요란하게 떠들어 대고, 크게 웃고, 몸을 비틀고, 뒤로 젖힐 때마다 다리의 3분의 2 정도까지 튀어나온 하얀 칼날이 겨울 햇빛에 무시무시한 빛을 반사하며 흔들린다.

말할 것까지도 없이 롯포모노(六法者)다. 법(5법)을 깬다는 뜻에서 왔다거나, 천지사방이 비좁다고 횡행하여 이런 이름이 붙었다고 하지만, 또 다른 이름은 가부키모노라고 한다. ——연극을 가부키라고 부르기 시작한 것은 배우들이 이 롯포모노를 흉내낸 것에서 시작된 것이다.

이 이상한 풍속은 전국 시대 말기부터 생긴 것으로, 좋게 말하면 호쾌하고 느긋하며 약한 자를 즐겨 돕고 강한 자의 기세를 꺾고, 말을 적게 하고 부탁을 받으면 기꺼이 목숨을 버리는 협골(俠骨)이 있

지만, 나쁘게 말하면 금세 칼을 휘두르는 난폭한 자이다. ——훗날의 하타모토얏코[주4)]의 전신(前身)이다.

에도에서 그 수령 오토리 잇페이라는 자가 지나치게 무법을 저지르다가 결국 붙잡혀 처형된 것은 1년 반쯤 전의 일이지만, 그렇다고 이 롯포모노들이 소멸했느냐 하면 결코 그렇지는 않았다. 벌써 그 뒤를 잇는 무리가 생겨났다. 사람들은 이것을 가리켜 '노자라시구미(野ざらし組)'라고 했다.[주5)]

말할 것까지도 없이, 지금 이 오야지바시 다리에서 방약무인한 낚시를 하고 있는 것은 이 노자라시구미가 틀림없다.

그렇게 여기고 마을 사람들은 다리 기슭에서 허둥지둥 되돌아가지만, 무사가 되면——한 번은 우뚝 멈춰 서지만 보는 눈도 있으니 이윽고 용기를 짜내어 다리 반대쪽을, 난간에 바싹 붙어 지나가려고 한다.

그러자 한 사람이 험악한 눈으로 돌아보고——그것이 신분이 낮은 무사라거나, 또는 허리를 굽신거리며 지나가게 해달라는 태도면 모르는 얼굴을 하지만, 덩치가 큰 무사이거나 또는 으스대며 지나가는 태도면——그 낚시줄을 홱 튕겨 올린다.

세 개의 낚시줄은 허공을 돌아, 마치 사냥감을 노리는 매의 발톱처럼 상대의 상투나 옷에 달려든다. ——어쨌든 앞뒤로 세 자루의 시퍼런 칼날이 늘어서 있으니, 그렇게 솜씨 좋게 피할 수 있을 리가

주4) 旗本奴(하타모토얏코), 에도 시대에 하타모토(쇼군가에 직속되어 있는 본진의 무사)에 불만을 품고 의협을 행하던 무리.
주5) 노자라시(野ざらし)는 해골이라는 뜻이다.

없다.

"앗."

버둥거림에 따라 툭, 툭, 툭 하고 실이 끊어지면 그 순간,

"아아, 내 일은 끝났다!"

동시에 난간 위에 우뚝 버티고 서서, 허리의 시퍼런 칼을 띠도 자르지 않고 뽑아내어 머리 위로 휘두르면서 세 사람이 빙글 돌아본다. 이 번개 같은 속도에는 모두가 앗 하고 숨을 삼키며 다리 위에서 꼼짝도 하지 못하게 되고 만다. 세 사람은 귀밑털을 강바람에 나부끼면서,

"이보게, 어떡할까. 물고기를 낚고, 그 물고기를 팔아서."

"유녀를 살 비용으로 삼으려고 했는데……."

"절체절명, 진퇴양난이로군."

그런 긴 탄식을 흘리면서, 여전히 6자의 긴 칼을 높이 쳐든 채 무시무시한 눈빛으로 빤히 응시하고 있으니,

"아니, 잠깐."

누구나 그렇게 외치지 않을 수는 없다.

"실례했소. 내가, 이렇게 알게 된 것도 인연이니 그 증표로 돈을 빌려줄 수도 있는데……."

그러면 씩 웃으며,

"아하, 그렇게까지 목숨이 아깝나."

"그렇게 패기도 없으면서 여자를 사러 가는 건가. 멍청한 놈!"

하고 욕하며 공중에 긴 칼을 한 번 번득이고는, 마치 마술처럼 그

것을 띠 사이에 끼우고 다시 빙글 돌아 난간에 걸터앉고는 품에서 꺼낸 실과 바늘을 붉은 검집 낚시대 끝에 묶기 시작한다.

그런 말을 들어도 한 마디도 없이, 놀림을 당한 무사는 파랗게 질린 안색으로 살금살금 다리를 지나간다.

그러고 있노라니, 또 몇 번째인가로 한 무사가 서쪽에서 왔다. 삿갓을 깊이 눌러쓰고 있어서 얼굴은 알 수 없지만, 키는 별로 크지 않고 딱 보기에도 억센 몸집이다.

그는 다리 위에 늘어서 있는 그 세 자루의 칼날을 보고는 이 또한 역시 걸음을 우뚝 멈추었지만, 곧 아무 일도 없는 것처럼 성큼성큼 걸어왔다.

피잉, 피잉, 피잉. ——하고 연달아 세 번 맑은 소리가 겨울 하늘에 울렸다. 세 자루의 시퍼런 칼날이 마치 고드름처럼 밟혀 부러진 것이다.

칼등이 밟힌 순간, 앗 하고 생각하고 세 명의 롯포모노는 검자루를 누르며 몸을 앞으로 숙였다. 하지만 일순 그것이 밟혀 부러지면서 반동으로 푹 고꾸라져, 남은 칼날을 허공에 흩뿌리고 일제히 물보라를 일으키며 겨울 강으로 떨어져 갔다.

뒤에 세 자루의 칼 끝부분이 남아 빛나고 있는 것을 돌아보지도 않고, 삿갓을 깊이 눌러쓴 무사는 그 걸음도 흐트러뜨리지 않고 걸어갔다. 그러다 다리를 거의 다 건넜을 때, 다시 한번 우뚝 멈추어 섰다.

거기에 한 남자가 서 있었다. 아직 젊고 박력 있는 미모지만, 역시 해골을 물들인 옷을 걸치고 있다.

다리 기슭에 있는 한 찻집에 걸터앉아, 그는 담배를 피우며 아까부터 다리 위의 풍경을 바라보고 있었다. 그러다 지금 천천히 그리로 나온 것이었다. 해골을 물들인 소매를 바람에 펄럭이며, 그는 품에 손을 넣고 있었다.

"재미있을 것 같은 놈이군."

하고 그는 말했다. 무표정하다.

"싸움 상대로는. ——나는 노자라시구미의——."

거기까지 말했을 때, 삿갓을 깊이 눌러쓴 무사는 아까와 같은 걸음걸이로 성큼성큼 걸어왔다.

품에 손을 넣고 있던 노자라시구미의 젊은이의 왼쪽 주먹이 품에서 휙 나와 검자루를 움켜쥐었다. 옷은 왼쪽 섶을 겉으로 여며 입었으니, 당연히 매끄럽게 나온다. 하지만 칼은?

이 젊은이의 칼이 허리 오른쪽에 꽂혀 있었던 것을 상대가 눈치챘는지 어떤지, 그대로 왼쪽 소매가 어깨에서 스르륵 미끄러져 떨어지더니 하얀 빛이 한 번 번득이고, 왼손잡이의 대도(大刀)는 유성처럼 삿갓의 머리 위로 떨어져 갔다.

롯포모노와 군학자

1

유성처럼 떨어져 간 노자라시구미 젊은이의 칼은, 삿갓 위 3치^{주1)}에서 딱 멈추었다.

위협할 생각은 아니었다. 그로서는 정말로 대나무 쪼개듯 쪼갤 생각이었다. 그 칼날을 거기에서 멈추고 만 것은, 상대가 너무 태연했기 때문이다. 마치 허수아비 같은 물체를 베어봐야 별수 없다——고 판단했기 때문이지만, 섬광으로 보이던 칼날을 일순간에 정지시킨 기술은 방금 칼을 뽑자마자 내리친 것보다도 더욱 눈이 휘둥그레지는 실력이라고 할 수 있다.

……그러나 눈이 휘둥그레진 것은 젊은이 쪽이었다.

자신의 옆구리 1치 정도에서, 상대의 칼날이 딱 멈추어 있는 것을 깨달은 것은 그때였다. 삿갓을 눌러쓴 무사는 땅에도 가라앉지 않고, 몸은 커다란 바위처럼 미동도 하지 않는 것처럼 보였는데.

"왜 멈추었나."

하고 말했다. 장중한 목소리다.

"하기야, 내 쪽이 빨랐겠지만."

노자라시구미의 젊은이는 잠자코 있었다.

"단, 벨 생각은 없었네. ……보게, 칼등으로 치려고 했지."

삿갓을 눌러쓴 무사의 검의 칼등은, 확실히 젊은이의 몸통 쪽으로 향해져 있었다.

주1) 1치는 약 3.03cm.

노자라시구미의 젊은이는 여전히 눈을 부릅뜨고 상대를 바라보고 있었지만 이윽고 말했다.

"그 목소리는, 이누무라 엔타로 아닌가."

"맞네."

하고 삿갓을 눌러쓴 무사는 태연자약하게 대답하고, 천천히 도신을 검집에 도로 넣었다.

"알았으면, 이제 서로 싸우지는 않겠지. 그럼 나는 가네."

"자, 잠깐, 이누무라."

하고 젊은이는 당황하며,

"삿갓 같은 것을 쓰고 너무 몸을 사리기에, 이누무라 엔타로인 줄 몰랐네. 하지만 내가 이누에 고베에라는 것은, 자네 쪽에서 알고 있었을 텐데."

"그러니 칼등으로 치는 것으로 끝낼 생각이었지."

"그렇다 해도, 그런 줄 알고 있었다면 처음부터 말을 걸어주었다면 좋았을 텐데."

"노자라시구미라고 했지. 노자라시구미라면, 에도에서 이름 높은 미친개들. ──그런 무법의 난폭한 자 중 아는 사람은 없네. 상관하고 싶지는 않아."

"──뭣이!"

노자라시구미의 이누에 고베에는 노기를 띠며 상대를 노려보았다.

"상관하고 싶지는 않다니──자네, 지금 내 부하에게 손을 대지 않았는가."

"손을 댄 것은 저쪽일세."

"그건 그렇지만, 저런 짓을 해놓고 상관하고 싶지 않다고 말해봐야 어거지일세. 저래서는 나까지 뛰쳐나오고 싶어져."

라고 말한 것은, 아까 이누무라 엔타로가 세 롯포모노의 긴 칼을 밟아 부러뜨리고 그들을 강에 굴러떨어지게 한 것을 말한 것이다.

"나는 다리 한가운데를 지났을 뿐일세. 다른 뜻은 없어."

"여전하군, 이누무라."

그제야 이누에 고베에는 쓴웃음을 지었다. 이 상대가 딱히 거드름을 빼는 것도, 이쪽을 놀리고 있는 것도 아님을 알았기 때문이다. 고지식하고 딱딱하고, 거리낌이 없고, 싫어질 정도로 정통파인 데다, 지긋지긋할 정도로 논리적인 인간이라는 것을 떠올렸기 때문이다.

"자네, 다테야마로는 돌아가지 않았나? 우리 동료, 다른 놈들은 몰라도 자네만은 그 인의충효예지신의 아버지들과 마음이 맞을 텐데. ……아니, 그보다 더할지도 모르지."

"그 아버지들은 비논리적이야. 이치에 맞지 않는 사람은, 누구라 해도 나는 거부하네."

어느 모로 보나 빈정거리듯이, 서먹서먹한 기색을 보이는 목소리로 말하고 성큼성큼 가려고 해서, 이누에 고베에는 더 이상 말릴 용기를 잃고 길을 열어주었다. 그러나 문득 깨닫고 다시 한번,

"이보게, 엔타로. ……그쪽에 무엇이 있는지 알고 있나?"

"그래, 나는 유녀집으로 가네."

"자네가?"

"거기에 내 스승, 에도 제일의 군학자 오바타 간베에 가게노리 선생이 계셔서 부르러 가는 것일세."

그렇게 말하고, 이누무라 엔타로는 키는 작지만 바위 같은 어깨를 흔들며 가버렸다.

노자라시구미의 이누에 고베에는 그 뒷모습을 바라보며 "켁" 하고 말했다.

"……코가 만지다니를 함께 도망쳐 나와, 도카이도에서 뿔뿔이 헤어진 지 2년이 지났지만, 조금도 사람이 둥글어지지 않았군. 엔타로(円太郎)라는 이름은 바꾸는 게 좋다니까.[주2] ……재미라곤 하나도 없는 녀석이야."

──남을 두고 둥글어지지 않았다고 비평했지만, 그렇게 말하는 이누에 고베에도 딱히 성미가 원만한 편은 아니다. 오히려 검게 해골을 물들인 기모노를 차가운 강바람에 살랑거리고 있는 모습은 보기에도 무시무시한 데가 있다.

"엇차."

하며 주위를 둘러본 것은 아까 이누무라 엔타로가 강에 집어던진 노자라시구미의 세 부하를 그제야 떠올렸기 때문이지만, 이때 그의 눈길은 다리 저편──역시 서쪽에서 달려온 한 마리의 개에게 쏟아졌다.

주2) 엔타로의 엔(円)은 둥글다, 모가 없다는 뜻이다.

"아니, 저것은 팔방 아닌가?"

보기 드물 정도로 거대하고, 그리고 새하얀 개다. 그것이 입에 종이가 말린 것 같은 것을 물고 똑바로 달려왔다.

"오오, 팔방!"

틀림없다. 개는 이누에 고베에 앞에서 딱 멈추더니 뒷다리를 접고 그를 올려다보았다.

"역시 너냐. 용케 나를 찾아냈구나. 왜 에도에 왔지?"

차가운 눈에 다른 사람인 것처럼 상냥하고 기쁜 듯한 웃음이 떠돌았으나, 곧 의아한 표정으로 개가 물고 온 종이를 들었다. ——그러자 종이 사이에서 반짝 빛나며, 하나의 백옥이 다리 위로 굴러 떨어졌다.

이누에 고베에는 그것을 발로 밟고 종이를 폈다. 혈서다.

"아비의 피로 적어 남긴다."——로 시작되는, 고향 난소 다테야마에 있어야 할 아버지 이누에 신베에의 유서였다.

"아비의 죄로 스스로 죽지만 팔견사의 이름에 걸고 코가에서 수행한 재주로 아비의 죄를 갚아야 하니, 오늘 이 순간부터 이누에 신베에의 이름을 너에게 물려준다."

역시 그의 눈에 놀란 빛이 퍼진다.

"두목."

뒤에서 세 명의 노자라시구미가 부르며 달려왔다. 지금까지 강 속에서 버둥거리고 있다가 간신히 기어 올라왔는지, 이 추위 속에 온몸이 흠뻑 젖어 참담한 모습이다.

상투가 잘린 머리카락이 어깨에 달라붙은 채 끝이 부러진 칼을 질질 끌며,

"두목! 방금 그 삿갓, 그냥 둘 수 없습니다. 어느 쪽으로 갔습니까!"

하고 절규했다.

"……그런가. 아버지는 죽었나."

하고 젊은 두목 이누에 고베에는 중얼거리며 힐끗 세 명의 부하를 보았으나, 아무런 감동도 동정도 없는 얼굴로 다시 편지를 들여다보았다. ──세 사람은 깜짝 놀라,

"두목, 왜 그러십니까. 그건 뭡니까?"

"상대가 상대다. 좀 재미있겠는데."

갸름한 눈이 번쩍 빛났지만 곧 경멸하는 눈빛이 되어,

"하지만 하는 일은 재미있어도 목적이 시시해. 충의의 악취가 풀풀 풍겨서, 그게 마음에 안 든단 말씀이야. 그런 인의충효제예지신의 구슬 따위는 개한테나 줘버리라지."

하고 말하다가, 발밑에 자신이 밟고 있는 백옥을 깨닫고 주워 들어 겨울 햇빛에 비춰 보았다.

"광(狂)."

하고 읽었다. 하얀 한쪽 뺨에 옅은 보조개가 떠올랐다.

"이게 바꿔치기당한 구슬인가. 흐흠, 인(仁)이 광(狂)이 되었나. ──이쪽이 나한테는 어울려. 이 구슬이라면 내 수호신으로 삼아도 좋을지도 모르지. ──게다가 고베에(子兵衛)라는 이름도, 그 이름대

로 어린애 같아서 마음에 안 든단 말이야. 이름만은 틀림없이 상속해야겠다."

"두목. ……무슨 일입니까? 이보십시오, 이누에 고베에 님!"

"오늘만 사정이 있어서, 나는 이누에 신베에라는 이름을 쓸 거다. 기억해둬."

그제야 일어서니, 팔방이 그의 옷자락을 물고 있었다.

"어딘가로 오라는 거냐. 아하, 편지에 있는 대로 구슬을 훔친 이가의 여자가 있는 곳으로 데려갈 생각이냐. ……그쪽의 구슬은 필요 없다. 준다고 해도 사양하고 싶을 정도지만……."

"두목님, 삿갓은요?"

세 명의 노자라시구미는 안색을 바꾸며 또 발을 동동 굴렀다.

"이봐, 그런 삿갓보다 더 큰 것을 상대로 한바탕 날뛰어 볼 마음은 없나?"

"——큰 것, 이라니요?"

"사도 태수 혼다와 이가조."

세 사람은 깜짝 놀라 눈을 휘둥그렇게 떴다. 사도 태수 혼다라면 막부의 로주[주3]이고 이가조라면 유명한 닌자 집단이니, 아무리 강한 자를 물어뜯는 것을 좋아하는 미친개 같은 노자라시구미라 해도 이것은 너무 지나치게 크고, 지나치게 엉뚱하여 당황하지 않을 수 없었던 모양이다. ——그저 젊은 두목을 뚫어져라 바라보다가, 세 사람은 일제히 재채기를 했다.

주3) 老中(로주), 에도 막부에서 쇼군에 직속되어 정무를 총괄하고 영주들을 감독하던 직책.

"……대체 무슨 연유로요?"

하고 간신히 한 사람이 말했다.

이누에 신베에는 품에 손을 집어넣고 다리 위에 서 있었다. 물론 오른쪽 허리에 칼은 차고 있다. 그는 품에서 손을 꺼내 턱을 쓰다듬으면서 혼잣말처럼 중얼거렸다.

"사도 태수 혼다와 이가조를 상대로 덤벼드는 건 재미있겠어. 그렇게까지 재미있는 놀이는 지금까지 나도 생각해내지 못했다. 한번 해볼까? ……하지만 그게 무슨 충신이나 효자 같은 행위가 되는 게 좀 싫은데. 더군다나 그 바보 영주를 위해서라니, 생각만 해도 바보 같아 ……."

반골과 허무의 바람이 교차하며 그 얼굴을 불어 지나간다. …… 그는 망설이고 있지만, 어느 쪽이든 늙은 이누에 신베에가 그 비장한 최후에 아들에게 기대한 것과 같은 반향이 일어나지 않은 것은 확실하다.

다만 이때, 이 박력 있는 미모의 청년의 눈에 생각지도 못하게 소년 같은 감상이 아지랑이처럼 피어올랐다.

"하지만 사토미가가 망하면, 그 무라사메 님이 가엾지."

2

……그저 온통 끝도 없이 펼쳐진 마른 갈대의 들판이었던 곳에 홀연히 생겨난 거칠고 상스러운 번화가였다.

그 갈대를 형식적인 정도로만 베고, 흙을 쌓고, 여기저기에 가설 극장을 짓고, 날림 공사로 집을 지으니 거기에 사람이 모여든다. 오가는 사람들의 발길이 천연의 길을 만들고, 광장을 만든다. 바닷물을 머금은 고랑이나 연못이 곳곳에 흩어져 있고 음식의 잔해나 이가 빠진 식기, 부러진 빗, 녹슨 칼, 오물이며 피가 밴 종이 등——정체를 알 수 없는 것을 띄운 채 겨울인데도 썩은 냄새를 풍기며 커다란 파리 떼를 모으고 있었다.

그런 것 따위는 전혀 신경에 거슬리지 않을 만큼, 사람들은 오락에 굶주려 있다. 또 전쟁이 가깝다는 본능적인 예감에, 내일도 알 수 없는 목숨을 오늘 중에 취하게 하려는 초조함도 있다. 제후의 가신, 하타모토는 물론이고 새로운 일을 해보려고 야심에 불타는 향사(鄕士), 이미 실의의 밑바닥에 떨어져 자포자기가 된 낭인, 직공, 토공, 농민, 또 그들을 노리고 입술을 핥는 상인, 예인, 약장수, 매춘부. ——이 일대에는 초창기 에도의 다른 어디에서도 볼 수 없는 떠들썩함이 넘치고 있었다.

취한 목소리, 웃는 목소리, 웃음소리, 울음소리, 고함 소리. ——그리고 죽는 목소리.

정말로 이곳에서는 종이나 북, 류큐에서 건너온 지 얼마 되지 않은 샤미센이라는 악기 소리가 울리는가 하면, 저쪽에서는 시퍼런 칼이 번득이고, 흙을 움켜쥐고 죽어가는 자가 있다. 그런 광경이 일상다반사처럼 펼쳐지고 있는 것이다.

그래 봐야 어차피 원시적인 향락 기관인 것은 마찬가지라 해도, 인간의 마을이 만들어져 가는 과정으로서 자연스럽게 구획이 나뉘어 간다. 그것은 대개 크게 셋으로 구별된다. 덴가쿠나 가부키, 곡예 등을 흥행하는 가설 극장이 몰려 있는 곳과, 색(色)을 파는 유녀촌과, 수상한 물건을 파는 길가의 상인이 모이는 곳으로. ——그리고 그들을 먹고 마시게 하는 가게들이 어디에나 파리 떼처럼 달라붙어 있는 것은, 어느 시대에나 마찬가지다.

——그 유녀촌임에는 틀림없지만 약간 벗어나 있고, 어느 모로 보나 이곳은 특별하다는 얼굴을 한 어느 가게가 있었다. 유녀촌이라고 해도 이곳이 다시 요시와라 유곽이 된 몇 년 후와는 달리, 대부분이 싸구려 나가야[주4]나 저급한 오두막에 가까운 가운데 이곳만은 '유녀집'이라는 특별한 얼굴을 해도 어쩔 수 없는 멀쩡한 집으로, 안쪽에는 다실까지 붙어 있는 듯하다.

가게 바깥에 두 그루의 버드나무가 심어져 있어 그 푸른 실이 살랑살랑 붉은색 돌출 격자를 어루만지고, 격자 안쪽에는 분을 바른 여자들이 줄지어 있다. 입구의 적갈색 포렴에는 '니시다야'라고 물들여져 있고, 포렴 끝에 묶여 있는 작은 종이 소리를 내고 있었다.

주4)　長屋(나가야), 한 채의 건물에 여러 호의 집이 이웃하며 사는 공동 주택. 또는 이러한 형태를 한 하급 유곽집을 가리키기도 한다.

——이 유녀촌의 창시자, 아니, 이 번화가 전체의 개척자이며 사람들에게 '두목님'이라고 존칭되고 있는 쇼지 진에몬의 가게가 이것이었다.

그 집 안의 어디인지도 알 수 없는 어둑어둑한 곳이었다.

문을 열고 한 여자가 들어왔다.

"저기요."

하고 부른다. 대답은 없다.

"저기요. ——겐고 씨."

그러자 발치에서 "아우?" 하고 졸린 듯한 목소리가 났다.

"나예요, 히루가오."

"무슨, 볼일이라도 있나?"

"나를 안아주세요."

"지금은 안 돼."

"알아요. 아까 우스유키 씨가 나갔고, 방금 유나기 씨가…… 유나기 씨의 목소리, 저기에서 듣고 있었는걸요."

"……그러니까 더는 안 돼."

"하지만 겐고 씨는 열 명 정도는 아무렇지도 않잖아요?"

눈이 익숙해지자 이불 위에 대자로 누워 있는 남자의 모습이 보이기 시작했다. 얇은 요 위——라고 해도 이 좁은 공간은 침구투성이이고, 다시 말해서 이불방이다. 그곳에 천장을 향해 벌렁 누워 있는 남자는 귀밑털도 눈썹도 짙고…… 그리고 하복부의 털도 배꼽 부근까지 덮여 있어 마치 밀림 같다. 그렇다는 것은 그 부분을 훤히 드러내고 있다는 뜻이다.

그러자 유녀 히루가오는 더 이상 참을 수 없다는 듯이 숨을 헐떡이며 거기에 매달려 맹렬하게 덮쳐들었다.

"이봐, 잠깐, 두목님한테 알려지면 혼난다."

하고 남자는 말했다. 여자는 뺨을 비비며,

"이제 와서 그런 말을."

"하지만 나는 어쨌거나 유녀집 일꾼이니까. 장사하는 여자한테 너무 손을 대면 두목님도 기분이 좋지는 않을 거야. 요즘 참다못해 싫은 소리를 한다고."

"아무리 싫은 소리를 해도, 겐고 씨가 없어지면 여자들도 모두 없어지고 말 거예요. 니시다야는 빈집이 될 거라는 걸 오야지 님도 이미 알고 있으니까."

"그렇다고 해도…… 이상하군, 여자라는 건."

"여자의 어디가요?"

"매일 낮, 매일 밤 남자한테 안기고, 그게 직업이라 이런 일은 이제 진저리가 날 텐데, 아직도 몰래 별식을 먹고 싶어하다니…… 별나단 말이야."

"당신은 달라요. 별식 같은 게 아니라고요. 겐고 씨에 비하면 다른 남자는 남자가 아닌걸요. 당신이야말로…… 정말 이상한 남자예요."

――이 가게의 주인 쇼지 진에몬은 에도에 오기 전에 슨푸의 미로쿠초(弥勒町)에서 역시 유녀집을 열고 있던 남자로 지금도 그쪽에 아

직 가게가 있는데, 이 사내는 2년쯤 전, 그가 그곳에 여자를 사들이러 돌아갔을 때 우연히 거둔 젊은이다.

도카이도[주5]를 따라 서쪽에서 표연히 나타난 남자로, 이름은 이누카이 겐고라고 한다.

겉으로 보기에 털이 많고 어느 모로 보나 강할 것 같아, 진에몬은 이불을 옮기거나 등잔에 기름을 넣는 젊은이들——소위 말하는 유녀집 일꾼 겸 경호원으로 고용했다. 일꾼으로서는 착실하기는커녕 몹시 게으르다는 것은 금방 알았지만, 경호원으로서는 확실히 유능했다. 이런 직업에 흔히 있는 건달 공갈꾼은 이 남자가 나타나면 순식간에 해결되어버린다. 그것은 그것대로 몹시 쓸 만하지만——곤란하게도 이 남자는 엄청나게 여자를 좋아했다.

그것이 평범하게 여자를 좋아하는 것이 아니다. 인간의 수준을 벗어났다. 유녀집 일꾼이 유녀에게 손을 대는 것은 훗날 '아린스[주6]'의 법률이 확정되었을 무렵 최대의 죄가 되었을 정도다. 그것이 이 장사에 있어 몹시 곤란한 것은 이 요람기에도 마찬가지이고, 그런 범죄 소질이 있는 인간은 순식간에 추방되고 만다. ——그러나 이 남자는 별로 자기 쪽에서 손을 대는 짓은 하지 않는다. 손을 댈 필요가 없다. 여자 쪽에서 달라붙어 오는 것이니.

어느 모로 보나 털도 체취도 짙고 정력이 있을 것처럼 보이기는 하지만, 그 겉모습 이상으로 남자에게는 상상도 되지 않을 정도의

주5) 東海道(도카이도), 에도 시대의 5대 가도(街道) 중 하나. 에도 니혼바시에서 교토까지 가는 길로, 막부에서는 이 길에 53개의 역참을 만들었다.
주6) 에도 신요시와라(新吉原)의 다른 이름.

매력이 여자에 대해——마침 발정기의 암캐에게 수캐가 모여들어 캉캉거리며 소란을 피우는 것과 정반대의 현상을 일으키는 모양이다.

그래도 이 남자가 절도를 지켜 어떻게든 물러나거나 피해준다면 그나마 낫지만, 몹시 기뻐하며 받아들이니 심히 곤란하다. 마치 여자라면 사족을 못 쓰는 것 같다.

"이놈, 이걸 목적으로 유녀집에서 일하는 게로군. 그렇게밖에 생각할 수가 없어. 대단한 놈을 고용했구나."

하고, 쇼지 진에몬이 깜짝 놀라 크게 후회했을 때는 이미 늦었다.

이 남자가 사라지면 가게의 모든 여자가 줄줄이 뒤를 쫓아가거나, 아니면 넋이 나간 것처럼 멍한 상태가 되어버린다는 것이 판명되었기 때문이다.

그것은 한두 번 쫓아내 보고서 안 것으로, 쇼지 진에몬은 허둥지둥 추격자를 보내어 붙잡아서 돌아와 달라고 부탁했다. 이누카이 겐고는 실실 웃으며 돌아왔고, 그리고——이렇게 에도까지 와서, 유녀집 한가운데에 태평하게 떡하니 앉아 있다.

유녀집의 일꾼과 교겐사

1

"······어쩔 수 없군."

이누카이 겐고는 늘쩍지근하게 말했다.

그러고 나서 여자를 안았다.

아까부터 주고받던 대화에 따르면 이 남자는 지금까지 적어도 우스유키, 유나기라는 유녀 둘을 상대하고 있었던 모양이다. 그리고 어쩔 수 없이, 늘쩍지근하게——처음에는 태도가 그렇게 보인 것은 당연하다기보다 본인의 수줍음을 감추려는 것이었을지도 모른다. 일단 그럴 마음이 들자, 결코 마지못해 어울려 주는 남자의 동작이 아니었다.

너울거리는 봄바다가 갑자기 악천후의 성난 파도로 변한 느낌이었다. 그 파도에 유녀 히루가오는 떠돌고, 흘러가고, 흔들리고, 가라앉고, 숨이 막혔다. 마치 혼이 하늘로 말아 올려지는가 싶으면, 다음 순간에는 심해 밑바닥에 끝도 없이 가라앉아 가는 감각이 되풀이해서 무한하게 이어진다.

이미 그녀는 걸치고 있던 천의 마지막 한 장까지 잡아 뜯긴 것을 의식하지 못한다. 그러나 다행스럽게도 이곳은 이불방이다. 어디로 구르고, 어디에 자빠져도 편리하게 되어 있다. ······이제 히루가오의 목을 찢고 나오는 목소리는 암컷의 목소리에 가깝다. 설령 매일 낮, 매일 밤 남자에게 안겨도 '이것은 전혀 다르다'고 유녀들이 감탄하는 것도 과연 지당하다.

게다가 이 이누카이 겐고가 여자를 괴롭히거나 가지고 노는 듯한 기색은 전혀 없다. 그는 전력을 다하고, 모든 기능을 다하고, 모든 정기와 혼을 바치고 있다. 그것도 억지로 노력하고 있는 것이 아니라 진심으로 즐기고 열중하여 인생의 참맛, 이 세상에 살아 있는 증거, 남자로서의 진면목은 여기에 있다고 결정한 듯 분전하고 있었다. 이미 배꼽까지 자란 털은 흠뻑 젖어 사향고양이 같은 향기와 광택을 내뿜고 있는데, 그 아름다움은 형용할 말도 없다.

"망팔^{주1)}은 없는가……. 망팔더러 나오라고 해라."

누군가 그렇게 말하는 목소리가 들린 것은 히루가오의 비명이 끊긴 한순간이었다.

거기에 여자들이 뭔가 술렁거리는 소리가 나고, 또,

"가까이 오지 마라, 더럽다. 너희들과 말을 나누면 귀도 더러워진다. 망팔을 부르래도."

하고 질타하는 일갈이——그렇게 높은 목소리도 아니고 오히려 침통한 기색인데도 매우 잘 들린다.

"——뭐지."

겐고는 얼굴을 들었다.

"가끔은 저런 눈치 없는 손님도 와요. ……자, 신경 쓰지 마세요."

하며 히루가오는 다시 겐고의 사향고양이 속에 젖은 얼굴을 묻었다. 여자가 하고 싶은 대로 하게 내버려 두면서, 겐고는 고개를 갸웃거렸다.

주1) 亡八(망팔), 유곽 또는 기생집의 포주.

"어디선가 들은 적이 있는 목소리인데."

바깥에는 주인인 쇼지 진에몬이 나갔는지 그 목소리에 이어,

"오바타 간베에 가게노리 선생이 이 집에 있을 터. 제자 이누무라 엔타로가 부르러 왔다고 전해주게."

라고 말하는 목소리가 들렸다.

"──앗."

이누카이 겐고는 히루가오를 벌렁 나자빠지게 할 정도의 기세로 튕겨 올리며 벌떡 일어났다.

이불 위로 떨어진 알몸의 유녀가 뭐라고 욕하는 것도 들리지 않는 듯한 얼굴로, 겐고는 가까스로 옷차림을 갖추고 이불방에서 달려 나갔다.

입구의 종을 울리고 있는 적갈색 포렴 안쪽에 한 무사가 서 있었다.

삿갓을 옆구리에 안고, 몹시 네모난 남자다. 키는 작은 편이고, 각진 어깨는 물론 네모나지만 그 얼굴이 완전히 정사각형이다. 얼굴에 자리 잡은 코도 네모나고 입도 네모, 귀도 네모, 왠지 눈의 형태까지 네모난 느낌이 든다. 딱히 추남은 아니고 장중하고 꿋꿋한 위엄은 있지만, 너무 모든 것이 지나치게 사각이라 보고 있으면 왠지 웃긴다.

"오오, 이누무라 엔타로 아닌가."

밖으로 나간 겐고는 그리운 듯이 외쳤다.

"이누카이인가."

상대는 아무런 동요도 없는 얼굴로 대답했다.

"별일이군, 이누무라. 자네가 이런 곳에——아니, 누군가를 부르러 온 모양이지만——."

"그래, 오바타 간베에 선생을 부르러 왔네. ——나는 지금 오바타 선생님께 군학을 배우고 있거든."

하고 이누무라 엔타로는 일축하듯이 엄숙하게 말하고 나서 크게 경멸하는 표정으로 말했다.

"겐고, 그대도 이런 나쁜 곳에 드나들고 있는가."

"드나드는 정도가 아닐세, 나는 이곳에서 일하고 있어."

"일? 역시 음(淫)을 파는 건가."

"음을 판다고? 과, 과연…… 아니, 그럴지도 모르겠군, 음을 파는 여자에게 음을 팔고 있으니."

"겐고, 유녀집의 주인을 망팔이라고도 부르는 것을 알고 있는가."

"왠지, 대뜸 야단을 맞는 것 같군."

이누카이 겐고는 눈을 끔벅거리며 말했다.

"이보게, 이누무라, 그렇게 화내지 말게. 화내지 말고 들어와. 오랜만에 그리운 옛날이야기를 해보자고."

"망팔이란."

이누무라 엔타로는 미동도 하지 않는다.

"충효제인의예지신의 여덟 가지 덕을 잊은 놈이라 그리 부른다고 하지."

"왓, 그것만은 하지 말아주게."

겐고는 손을 흔들며 비명을 질렀다.

"그 충효제를 듣기만 해도 몸에 힘이 빠져."

그때, 안쪽에서 쇼지 진에몬이 세 명의 손님을 데리고 나왔다. 모두 신분이 높아 보이는 무사뿐이다. 그중 마흔 정도 되어 보이는 학자풍의 남자가,

"이누무라, 무슨 일이냐."

하고 낮지만 물어뜯는 듯한 목소리로 말했다.

"이런 곳에서 선생, 선생 하고 소란을 피우다니——내가 이곳에, 어떤 분과 함께 왔는지 잊은 게냐."

"예, 오사카의 오다 우라쿠사이[주2] 님과, 조정 이가조의 핫토리 한조 님이라고 들었습니다만."

"아, 이놈. 쉿."

하며 오바타 간베에는 당황하여 제지하더니 쓴 벌레를 씹은 듯한 얼굴을 했다.

"바, 바보 같은 놈. 그게 남에게 알려지면 안 되니, 일부러 이런 곳을 밀담 장소로 고른 것을 모르겠느냐."

"이 이누무라 엔타로는 아무리 생각해도 이런 더러운 음락(淫樂)의 장소가 군략을 짜기에 어울린다고는 생각되지 않습니다. 어제 하룻밤 동안 한숨도 자지 않고 생각한 결과, 뜻을 굳히고 선생님께 충고를 드리러 온 것입니다. 무엇보다——."

"간베에, 이만 되었네. 돌아가세."

주2) 織田有樂齋(오다 우라쿠사이), 1547~1621. 오다 노부나가의 동생. 풍류인으로 유명했다.

하고 일흔에 가까운, 기품이 있고 마치 다도의 종사(宗師) 같은 노인이 말했다. 오다 우라쿠사이다.

우라쿠사이는 노부나가의 동생으로, 훗날에는 히데요시를 섬겼고 지금도 오사카성의 장로다. 그러나 생각하는 바가 있어 요전부터 몰래 오사카를 떠나, 다케다가(家)[주3]의 유신(遺臣)이자 에도의 군학자이며 다케다류 병법을 전한다는 오바타 간베에 가게노리와 이곳에서 은밀히 회견을 갖고 있었던 것이었다. 그를 오사카성으로 불러들이기 위해.

물론 오바타 가게노리의 높은 이름은 서쪽 지방까지 들리고 있으니, 오사카성으로 돌아가면 초야의 숨은 인재를 훌륭하게 차지했다는 듯한 얼굴을 할 생각이지만──이 둘의 중개자가 조정 밀정의 두령 핫토리 한조인 것이 문제다. 물론, 결코 누구에게도 알려져서는 안 되는 일이다. 그것을 누군가 냄새 맡는다면 모든 것이 엉망이 되기 때문에, 오늘 세 사람은 따로따로 각자의 거처를 나와 이곳에서 회합을 한 것인데.

"어쨌든 너는 가거라."

하며, 오바타 선생은 이 눈치 없는 제자를 어찌할 줄 몰랐다.

"지금 가지요."

이누무라 엔타로가 가볍게 인사하고 포렴 밖으로 나가자, 핫토리

주3) 武田(다케다), 다케다 씨(氏)는 세이와겐지(淸和源氏) 씨족의 한 유파로, 미나모토노 요시미쓰(源義光)를 시조로 하는 가이겐지(甲斐源氏)의 종가이다. 헤이안 시대 말부터 전국 시대에 걸쳐 번영하였으며 다케다 신겐의 대(代)에 주부(中部) 지방에서 크게 영토를 넓혔으나, 신겐의 아들 가쓰요리(勝賴)의 대인 1582년에 오다 노부나가에 의해 멸망당했다.

한조가 오바타에게 무언가 귓속말을 했다.

"선생님, 제자분 말씀인데——."

"흠……."

하고 간베에의 얼굴에도 푸르스름한 빛이 살짝 스쳤으나 곧 쓴웃음을 지으며,

"아니, 별일 없을 거요. 참으로 바보처럼 정직한 사내라 가끔 어찌할 수 없을 때도 있지만, 저래도 묘하게 군학의 비사(祕事)는 터득하고 있다오. 게다가 저래 봬도 병법에 대해서는 실로 버리기 어려운 생각을 할 때가 있소. 약간 과장해서 말하자면, 뭐 천재라고 해도 좋을 테지. 오늘 일에 대해서는 내가 책임질 테니, 우선 눈감아 주시오."

"허나——."

핫토리 한조는 여전히 음산한, 위험한 눈빛을 하고 있었다.

그들은 쇼지 진에몬의 전송을 받으며 '니시다야'를 나갔다. 조금 떨어진 곳에, 이누카이 겐고는 입을 딱 벌리고 서 있었다.

그는 2년 만에 만났는데도 대뜸 꾸짖고, 지금 헤어질 때도 자신을 완전히 무시하고 간 이누무라 엔타로를 떠올리고 있었다. 거기에 화를 낼 정도로 뻣뻣한 겐고는 아니고, 또한 이누무라 엔타로라는 사내가 옛날 그대로 윤리와 논리의 화신이니 새삼 놀랄 일은 아니다.

"……참으로, 여전히 딱딱한 놈이로군."

하고 중얼거리며 쓴웃음을 지었을 때, 그의 목에 두 명의 유녀가

매달렸다.

"저기, 겐고 씨, 이불방으로 가요."

"내가 먼저, 내가 먼저야!"

양쪽 귓불에 뜨거운 숨이 닿자, 겐고는 순식간에 햇빛을 받은 눈사람처럼 되고 만다.

"그건 곤란해. 아무리 나라도 더 이상은 못 버틴다고. 정말 곤란해."

라느니 뭐라느니 헛소리처럼 지껄이면서도 딱히 거부하는 기색도 없이 두 유녀를 목에 매단 채 원래 있던 어둑어둑한 작은 방으로 돌아가니, 그곳에서 기다리고 있던 자가 있었다.

조금 전까지 시시덕거리던 상대인 히루가오는 아니다. ──히루가오는 분명히 있지만, 완전히 벗은 몸을 산더미처럼 쌓인 침구에 밀어붙이며 공포의 눈을 부릅뜨고 있었다.

따라온 두 명의 유녀가 목에서 굴러떨어지며 깜짝 놀란 듯한 비명을 질렀다.

거기에 한 마리의 송아지만 한 하얀 개가 앞발을 모으고 우두커니 앉아 있었다.

"──팔방이 아니냐."

하며 겐고도 눈을 휘둥그렇게 떴다.

팔방은 입에 두루마리 종이를 물고 있었다. 그것을 꺼내니 한 알의 백옥이 굴러 나왔다.

종이를 펴 보니 아버지 이누카이 겐파치의 피로 쓴 유서였다. 그

사건을 적고는,

　"……오늘 이 순간부터 이누카이 겐파치의 이름을 너에게 물려준다."

　라고 되어 있었다. 그보다 겐고는 유서 속의 한 구절을 발견하고,

　"——뭣이, 사도 태수 혼다 님의 수하, 조정의 이가조에 의한 짓으로 생각된다. ——흐음. 이가조라."

　하고 중얼거린 것은 지금 나간 손님 중 한 사람, 보기에도 날쌔고 사나운 남자를 이누무라 엔타로가 '이가조의 핫토리 한조 님'이라고 부른 것을 떠올린 것이다.

　이누카이 겐고는——아니, 이누카이 겐파치는 여인의 애액으로 흠뻑 젖은 이불 위에 떨어져 있던 구슬을 주워 들었다. 그의 아버지가 수호하고 있던 구슬에는 '신(信)'이라는 글자가 떠올라 있었을 터였다. 그러나.

　"음(淫)."

　하고 그는 읽으며 얼굴을 붉혔다.

2

　"……그렇군."

　하고 그는 중얼거렸다.

"음이라."

처음에는 약간 얼굴을 붉혔지만, 이때는 이미 몹시 감복한 듯 고개를 기울이고, 그러고 나서 거기에 겁먹은 듯이 주저앉아 있는 단정치 못한 옷차림의 세 여자를 보고 씩 웃었다. 웃고 있을 때가 아니다. 그것은 잘 알고 있지만 여자들을 바라보고, 여자들과의 행실을 생각하고, 그리고 '음(淫)'이라는 글씨를 보고 있자니 왠지 얼굴 근육이 칠칠치 못하게 느슨해지는 것을 금할 수가 없는 것이다.

그러나 역시 그는 곧 제정신으로 돌아왔다.

"이거 큰일이로군. ……그런데 그렇다 해도, 이것이 사실이라면 그 이누무라 엔타로가 태연하게 이런 곳에 나타난 게 납득이 안 되는데. 아니면 그 녀석, 아직 모르는 걸까……."

그는 우왕좌왕하며 바깥쪽으로 시선을 보냈지만,

"그렇지, 에도 산시로한테 가서 낌새를 살피고 오자."

하며 몸을 일으켰다. 그러자 팔방도 느릿느릿 몸을 일으켰다.

유녀들은 어슬렁어슬렁 나가는 이누카이 겐파치를 쫓아가려고 했지만, 어쨌거나 거대한 개가 그에게 달라붙어 있어서 어떻게 할 수도 없었다.

겨울의 태양은 붉고 탁하게 서쪽으로 기울고 있었다. 탁한 것은 군중이 피워 올리는 모래 먼지 때문이었다.

낙엽이 아직 여기저기에 남아 있는 늪에 살랑거리고 있지만, 그 군중에게 밟혀 생겨난 광장에는 약장수나 길거리 예인, 곡예꾼, 상인이 불러 대는 목소리가 시끄럽다. 그 주위에 모여 들어 그 사이를 오가는 군중의 얼굴은 찬바람 속에서도 호기심과 홍분으로 붉어져 있고, 저녁 해를 받으면서도 도무지 이 거친 향락의 동네를 떠나려는 기미도 없다.

그러나 그중에 한 줄기 굵은 사람들의 흐름이 있었다. 그 맞은편에 두세 곳의 홍행용 가설 극장이 있다. 아무래도 가부키 춤 극장 중 하나가 크게 성공한 모양이다.

사실, 다가오는 사람들은 황홀한 얼굴로 왁자지껄하게 이야기하고 있었다.

"아니, 듣던 것보다 더 훌륭하군. 가쓰라기 다유[주4]가 춤추는 모습은 정말이지 곤파루 하치로[주5]도 미치지 못하겠어."

"게다가 그 교겐은 어찌나 재미있던지, 사기 다유의 시키산바[주6]보다 더하던데."

"반주 음악도 좋네. 홍이 나서, 나까지 무대로 뛰어 올라가고 싶어질 정도야."

작년 가을부터 줄곧 이곳에서 장기 홍행을 하고 있는 가부키 춤의 가쓰라기 다유 등은 당시 이름난 노(能)[주7] 악사나 교겐사의 이름이다.

주4) 太夫(다유), 최상급의 유녀.

주5) 金春八郎(곤파루 하치로), 곤파루 젠포(金春禪鳳)(1454~1532?)를 말한다. 하치로는 아명(兒名). 무로마치 시대 후기의 노(能) 배우이자 악사(樂師)로, 당시를 대표하는 예인이었다.

주6) 式三番(시키산바), 가부키 무용의 산바소(三番叟)의 다른 이름. 산바소란 본래 전통극 노(能)에서 노인의 가면을 쓰고 추는 춤 '오키나(翁)'에서 센자이(千歲), 오키나(翁)에 이어 세 번째로 나오는 노인의 춤이다. 이것이 가부키에 도입되어 본 공연 전에 축하의 뜻으로 추던 춤이 되었고, 나중에는 단막극의 가부키 무용으로도 발달했다.

주7) 能(노), 무로마치 시대에 집대성된 일본의 전통 가면 가극.

덴쇼[주8] 시대 말쯤——이즈모에 나타난 오쿠니라는 무녀가 창조한 가부키 춤은 순식간에 천하를 풍미하여, 예로부터 내려오던 노와 교겐을 몰아낼 정도로 유행했다. 오쿠니는 이미 몇 년 전에 이 세상을 떠났지만, 그 아류는 속속 나타나 더욱 농염, 농염을 지나쳐 외설의 바람을 각 지방에 불어닥치게 하고 있었다.

모두가 오쿠니를 모방하여 주로 미소녀의 군무를 내세우고 있지만, 이 미소녀들은 남장을 하고 있는 것이 보통이었다. 그 모습이 당시 횡행 활보하고 있던 롯포모노의 지극히 요란하고 색다른 모습을 연상시키는 데가 있었고, 그런 풍속을 표현하는 데 '가부키'풍이라는 말이 중세부터 있었기 때문에, 이 춤의 공연을 가부키라고 부르게 된 것이다. 따라서 그것을 이끄는 우두머리까지, 당시 유명한 자로 사도가시마 쇼고나 무라야마 사콘, 오노 고다유, 스기야마 도노모, 이쿠시마 단고 등이 있고 남자 이름을 쓰고 있었지만, 모두 유녀 출신의 여자였다.

그중 한 사람, 가쓰라기 다유의 극단이었다.

이 가쓰라기 다유에 대해서는 이 무렵의 세태를 그린『게이초 견문집』에 다음과 같이 나타나 있다.

"에도 요시와라에서 오는 9월 9일, 가쓰라기 다유의 가부키 춤이 흥행된다고 니혼바시에 방이 붙었다. 에도에 이름난 온나가부키가 많다지만 그중에도 가쓰라기 다유는 뛰어나게 용모가 아름다워, 이 가부키를 보려고 나이 많은 사람, 어린 사람, 신분이 귀한 사람, 천

주8) 天正(덴쇼), 오기마치(正親町)·고요제이(後陽成) 천황 시기의 연호. 1573~1593.

한 사람이 모두 몰려들어 구경한다. 유녀들이 무대에 나와 비곡(秘曲)에 맞추어 춤추니, 이는 그저 천인(天人)의 무악이라. 큰북, 작은북, 피리는 남자가 연주하는데, 그들이 맞추어 내는 어지러운 박자는 천하에 이름난 4대 극단의 배우도 배워야 한다."

무대, 극장이라고 해도 물론 후세의 극장의 호화찬란함에는 미치지 못한다. 신사나 절에서 불도를 권하기 위해 개최하는 노(能)보다 조금 나은 정도이지만, 어쨌거나 울타리를 치고 작은 쪽문을 만들고 관람석을 설치해 두었다.

그 가쓰라기 다유의 극장 뒤쪽은 넓은 공터로 되어 있고, 또 그 뒤는 바다 냄새가 나는 늪이었다.

"안 돼!"

거기에서 위엄 있는 목소리가 들렸다.

"한 번 더!"

휙 하고 채찍이 휘둘러지자, 찬바람 속에서 십여 마리의 나비가 춤추었다. ──아니, 십여 명의 처녀가 수풀을 흐트러뜨리며 허공에서 공중제비를 돈 것이다.

극단의 무희가 틀림없다. ──그러나 이것은 남장을 위한 하카마를 입지 않은, 있는 그대로의 처녀의 모습이었다.

"안 돼, 마음에 안 든다! 옷자락의 모양새가 나빠!"

남자는 채찍을 휘두르며 또 질타했다. 이번에는 피로 때문일 것이다. 공중으로 날아오른 채 공중제비를 끝까지 돌지 못하고 머리부터 풀 위로 떨어진 소녀가 그대로 쓰러져 엎드리자, 그는 사납게 달려와 그 등을 채찍으로 쳤다.

"일어서라! 그러고도 가쓰라기 다유 극단의 무희라고 할 수 있느냐. 곧 올 이쿠시마 단고 극단에 져도 좋단 말이냐. 못 하겠으면 가부키는 그만두고 시골로 돌아가서 감자 농사라도 지어라!"

참으로 잔인하기 그지없는 목소리지만, 당사자는 굳이 말하자면 우아하고 아름다운 남자다. 다만 그 얼굴에는 예술가다운 신경질적이고 발광적인 그늘이 있었다.

그는 돌아보더니,

"부탁한다, 그대들이 한번 더 시범을 보여주게."

하고 말했다.

극장 울타리 바로 앞에 나란히 서서 구경하고 있던 여덟 명의 여자는 잠시 서로 얼굴을 마주 보았으나, 고개를 끄덕이고 앞으로 나섰다.

말도 없이, 여덟 명의 여자는 등을 아래로 하여 위를 향한 채 공중으로 5자나 날아올랐다. 바람에 옷자락이 확 펼쳐져 일순 하얀 허벅지까지 보였지만, 다음 찰나 몸은 맞은편으로 기울고, 가볍게 풀에 내려섰을 때는 청초하고 우아하기까지 한 자세였다.

"보았느냐. ……어때, 못 할 리는 없다. 그거 다시 한번!"

남자는 휙 하고 또 채찍을 휘둘렀다.

이 극단의 교겐사, 아니, 그 자신이 춤도 추고 교겐도 하지만 그보다 안무, 연출, 그리고 전속 작자에서 작곡까지 겸하고 있는 남자로, 이름은 에도 산시로라고 한다.

약장수와 소매치기

1

에도 산시로.

——라니, 꽤나 세련된 이름이다. 어느 모로 보나 온나가부키 극단의 교겐 작자답다.

그도 그럴 것이, 모두가 이 이름을 들으면 어디에선가 들어 본 이름인 것 같은데, 하며 고개를 갸웃거리다시피, 이것은 나고야 산시로를 흉내낸 이름이다.

오쿠니 가부키에서 극단 전속 작자, 연출가, 안무가를 겸했던 이 천재는 이미 이 세상에 없었지만, 사람들의 기억에는 아직 생생하고 눈부시게 남아 있었다. 이 이름을 흉내내어 에도 산시로라고 하다니, 그를 따르고 싶다는 바람에서인지, 그에게 양보하지 않겠다는 자부심에서인지, 어쨌거나 사람을 업신여기는 듯하다.

물론 본명은 아닐 것이다.

그 에도 산시로가 무희들에게,

"그거, 한 번 더!"

하며 채찍을 휙 휘둘렀을 때였다.

어디에선가 웡웡웡, 하고 엄청난 개 짖는 소리가 났다. 그리고 순식간에 극장 맞은편에서 한 마리의 커다란 하얀 개가 화살처럼 달려와, 거기에 서 있던 여덟 명의 여자 앞에 몸을 낮추었다.

눈이 충혈되어 명확하게 적의를 보이며, 습격 직전의 자세다.

"웡웡웡웡!"

도약하며 짖은 입에 검은 줄이 옆으로 파고들고, 허를 찔린 개는 공중제비를 돌아 땅에 떨어졌다. 고개를 마구 움직이지만, 검은 줄은 입에서 떨어지지 않는다. ——한 줄기의 채찍이다.

순간적으로 손의 채찍을 던진 것은 에도 산시로다. 그는 그대로 2간 가까이 뛰어올라, 가볍게 날아서 개 옆에 섰다.

"아니, 팔방 아닌가."

하고 중얼거렸을 때, 개 뒤에서 한 남자가 달려왔다.

"이보게, 산시로."

"겐고인가."

하고 에도 산시로는 쪼그려 앉아 개의 목을 껴안으면서 말했다.

"이건, 팔방이로군. ——자네의."

"그래."

하고 말했지만 이누카이 겐파치는 입을 딱 벌리고 여덟 명의 여자를 보고 있었다.

우두커니 서 있던 여덟 명의 여자는 시중의 처녀 같기도 하고 무가(武家) 사람인 듯도 하고, 건실한 직업인 듯도 하고 예인인 듯도 하여 정체를 알 수 없는 느낌이었지만, 하나같이 보기 드문 미녀들이었다.

바라보는 눈길에, 여덟 명의 여자들의 눈이 동요했다. 그것을 알면서도——자신이 여자에 대해 갖고 있는 불가사의한 성적 매력을 제대로 이해하고 겐파치가 한쪽 눈을 찡긋해 보이자,

"가지요."

"어, 정말, 벌써 해가 지네."

"그럼 산시로 님, 지도해주셔서 고맙습니다."

"내일 또 잘 부탁드립니다."

여자들은 들썽거리며 인사를 하고 떠나려고 했다. 겐파치가 어슬렁어슬렁 그것을 쫓아가려고 하자,

"이봐, 기다리게."

하고 에도 산시로가 불렀다. 쓴웃음을 띤 얼굴로,

"네놈이 여자를 밝히는 데는 진저리가 나는군. 장소도 가리지 않고, 분별도 없어. 하지만 저들은 내 제자일세. 그렇게 쉽게 추파를 보내면 곤란해."

"자네의 제자. ……미인이로군. 니시다야에도 저 정도의 여자는 없어……."

"그보다, 이 개를 누르고 있게. 왠지 묘하게 살기를 띠고 있어. 자네의 팔방이니 자네가 누르는 게 더 낫겠지."

이누카이 겐파치는 멍하니 팔방의 등에 걸터앉았다. 개는 땅에 엎드렸다. 과연, 누르니 효과는 있다. 겐파치는 돌에 걸터앉기라도 한 것처럼 그 위에 앉은 채 여전히 여자들이 가는 쪽을 지켜보며,

"자네 제자, 대체 저자들은 누구인가? 극단의 무희로도 보이지 않는데."

"나도 잘 모르네. 작년 가을쯤, 나한테 가부키 춤의 지도를 받으러 왔어. 분명하게는 말하지 않겠지만, 어딘가 큰 번의 시녀들이 아닐까 생각되는 구석이 있네."

"큰 번의 시녀가, 어째서 가부키 춤을 배우러 온단 말인가?"

"세상에 이렇게 가부키가 유행하고 있네. 그것을 구경하고 싶어도, 서민만큼 자유롭게 볼 수 없는 영주님의 뜻에 따라 그런 것이 아니겠나. ──하지만 저 여자들, 역시 무술의 기초를 배운 탓인지 춤선이 아주 좋아서, 그런 신분이 아니라면 이 가쓰라기 다유 극단에 두고 싶을 정도일세."

"살 수는 없나? 아깝군."

"산다면, 자네 매일 이곳에 어슬렁어슬렁 나타날 테지. 사기는커녕, 나중에 막대한 사례가 가쓰라기 다유 쪽으로 왔네. 처음에는 다른 가부키 극단이 기예를 훔치러 온 것이 아닌가 의심하고 있던 다유도, 그것으로 마음을 허락한 것이지. 작년 가을에 한 번 가르쳤고, 그 후로 소식이 없었는데 오늘 또 새로운 춤을 가르쳐 달라고 찾아왔기에 극단의 무희들과 함께 이곳에서 지도하고 있었던 것일세. 나도 저 정도로 선이 좋은 여자들이라면 가르치는 것이 즐거워."

"자네, 색기(色氣)는 느끼지 못하나?"

"색기보다 예(藝)일세."

하고 에도 산시로는 단호하게 말했다.

"곧 이곳에 같은 장사를 하는 이쿠시마 단고 극단이 온다고 하더군. 엄벙덤벙하다가는 질 걸세. ──아니, 내가 있는 한, 지지는 않을 거야. 그렇게 생각하며 이것저것 취향을 다듬어 극단의 여자들에게 춤을 추게 하는 것은 고통스럽기도 하지만 즐겁기도 하다네. ……"

중얼거리는 산시로의 눈은 사카야키[주1]가 자라 덥수룩하게 늘어진 머리카락 밑에서 반짝반짝 뜨겁게 빛나고 있어, 우선 웬만한 예술가의 눈이었다.

"흐음. 저 정도의 여자들을 제자로 삼고 색기를 느끼지 않다니, 새삼스러운 감상은 아니지만 산시로, 자네는 이상한 사내로군. 비정상이 아닌가……."

"여자라면 금세 콧김이 거칠어지는 자네 쪽이, 훨씬 이상한 사내일세. 그래서 자네가 가끔 이곳에 오면 저 여자들의 마음이 흐트러져. 기예에 지장이 생기네. 앞으로는 너무 찾아오지 말아 주었으면 좋겠어. ──그런데, 오늘은 어쩔 수 없지만 무엇 하러 왔나?"

"앗, 맞다, 큰일일세."

하고, 겐파치는 제정신으로 돌아와 엉뚱한 목소리를 냈다.

"팔방이 왔네."

"그것은 알아."

"자네한테는 오지 않았나?"

"대체 무슨 소린가, 겐고."

"겐고가 아닐세. 나는 이제 겐파치야. ──이것을 보게."

겐파치가 내민 구슬과 혈서를 보고, 과연 에도 산시로도 동공이 약간 커졌다. ──읽고 나서,

"그런가."

주1) 月代(사카야키). 남자의 이마 머리카락을 중앙에 걸쳐 반달 모양으로 깎는 것. 헤이안 시대에 관의 밑이 닿는 부분을 깎던 것에서 비롯되었으며 에도 시대에는 서민들 사이에서도 널리 행해졌다.

하고 말했다. 그리고 겐파치의 얼굴을 보며,

"나한테는 오지 않았네."

"이상하군. 조만간 올 것 같은데, 오면 자네는 어찌할 텐가?"

"와도, 나는 바빠."

하며 에도 산시로는 다시 채찍을 주워 들고 무희들 쪽을 돌아보았
다.

"나는 그럴 때가 아닐세. 무의미한 전통에 빠져 있는 아버지들과
는 달리 나는 더 새로운, 의의 있는 일에서 삶의 보람을 찾아냈거든.
──그거, 한 번 더."

목소리와 함께 일제히 쓰러진 무희들의 모습을 멍하니 바라보며,
이누카이 겐파치는 중얼거렸다.

"그래? 그렇다면 나도 그만두겠네. 나는──음(淫)에 힘쓰겠어."

2

저녁놀이 엷어지고 물색으로 바뀐 하늘 아래를, 여덟 명의 여자가
걷고 있었다. 여전히 멀리에서 보이는 군중의 그림자는 이 시간쯤
되니 듬성듬성해졌지만, 그녀들은 그것조차 싫어하여 마른 갈대가
부러져 있는 늪 속을 지나 오야지바시 다리 쪽으로 일직선으로 걸
어간다.

물론 사실은 늪이 아니고 여기저기에 가느다란 논두렁처럼 남아 있는 흙 위를 밟고 있는 것이지만, 발은 1치도 흙에 빠지지 않았다. 가끔은 완전히 길이 끊긴 곳에서도 늪에 떠 있는 흙덩이만 있으면 어렵지 않게 팔랑팔랑 날아가는 것은, 마치 붉은 백로 떼로밖에 보이지 않았다.

"그것은 누구일까."

하고 한 여자가 말한다.

"지금 나타난 털이 많은 사내."

"그자가 쳐다보니 왠지 가슴이 술렁거렸어."

"그자는 보통내기가 아니야."

"그 사내를 가까이 하면…… 우리의 닌자술에 지장이 될 것 같은 기분이 들어."

"후나무시, 너도 그렇게 생각하니? 나도 그런 기분이 들어서, 가슴이 뜨끔한 순간에 도망쳐 온 건데…… 지금 떠올려 보면, 우리답지 않게 약한 마음이 일어났구나."

그녀들은 얼굴을 마주 보며 쓴웃음을 지었다. 물 위를 건너며 이야기를 나누었다.

"그건 그렇고 보통내기가 아니라고 하고 보니, 그 개는 무엇일까."

"우리한테 덤벼들려고 했지."

"그 개에게 순간적으로 채찍을 물린 에도 산시로의 민첩한 솜씨, 그 남자한테 그런 실력이 있는 줄은 지금까지 몰랐어. 그자도 평범한 사람은 아니야."

"그럴까? ──과대평가가 아닐까. 아무래도 아는 개인 것 같던데."

"그 남자들은 아무래도 상관없지 않니. 어차피 우리는 곧 오사카로 갈 텐데."

"그래, 이만큼 춤을 배웠으면, 오다 우라쿠사이 님의 안내로 오사카성에 들어가도 우리가 핫토리 일당일 거라고는 아무도 생각하지 않을 거야."

그녀들은 핫토리 한조 휘하의 여자 닌자들이었다. 말할 것까지도 없이 작년 말, 아와 다테야마번에 들어가 사토미가에 대대로 물려내려온 여덟 개의 구슬을 빼앗는다는 임무를 다한 것은 그녀들이다.

여덟 명의 여자 닌자는 사토미가의 가로 인도 우네메의 저택에서 구슬을 훔치고 늙은 팔견사의 추격을 받았다. 하지만 늙은 팔견사가 인도 저택에서 직행했기 때문에 여덟 마리의 개를 거느리고 있지 않았고, 따라서 그 거대한 하얀 개의 모습을 목격한 적이 없었기 때문에 지금 그중 한 마리를 보고도 아직 아무것도 느끼지 못한 것이다.

그러나──몇 분 후, 그녀들을 깜짝 놀라게 하는 일이 일어났다.

늪을 다 건너 한동안 풀 속을 걸어갔을 때였다. 뒤에서 부르는 여자의 목소리가 났다.

"저, 여보셔요…… 이것을 떨어뜨리지 않으셨는지."

돌아보니 열일고여덟 살쯤 되어 보이는 시중의 처녀가 서 있었다. 그런 곳에 있는데 눈치채지 못한 것이 이상할 정도로 아름다운, 사랑스러운 처녀였다.

"떨어뜨려?"

"누구신지는 모르겠어요. 지금 저기에 반짝 하고 빛나면서 굴러 가는 것이 보였는데…… 이것입니다."

처녀는 달려와 하얀 손바닥을 내밀었다.

손바닥에는 두 개의 백옥 구슬이 놓여 있었다.

여덟 명의 여자 닌자는 그것을 들여다보고, 구슬에 작은 글씨가 떠올라 있는 것을 보았다.

"혹(惑)."

"농(弄)."

그 구슬보다도 여덟 명의 여자의 눈이 더 요사스러운 빛을 내뿜은 것은 아주 잠시였다.

"오오, 이것은 내 것이에요."

아까 후나무시라고 불린 여자가 말했다.

"주워주셔서 고맙습니다. 이것을 떨어뜨리고 찾지 못했다면, 어 머님의 유품을 잃어버릴 뻔했어요. 고맙습니다."

후나무시는 다정하게 웃는 얼굴로 말했다.

"저어, 이보세요. 답례로 저쪽에서 뭔가 사 드리고 싶은데, 같이 가지 않을래요?"

"아뇨, 됐어요. 떨어뜨리신 분이 누군지만 알면."

그렇게 말하더니, 처녀는 마른 풀 저편으로 나비처럼 날아갔다.

쫓으려던 여덟 명의 여자가 어안이 벙벙해서 지켜볼 수밖에 없었을 정도로 몸이 가벼웠다. 과연 이래서야 뒤로 다가온 것도 알 수 없었겠다.

그러나 여자 닌자들이 꼼짝도 못 한 것은 물론 그 구슬의 출현 때문이었다. 그것이야말로, 그녀들이 후세히메의 구슬 대신 인도의 저택에 두고 온 것이었기 때문이다.

그 가짜 구슬이 이런 곳에 홀연히 나타났다. 대체 누가 왜 이곳으로 가져온 것일까. 자신들의 정체를 알고 저 처녀가 친 덫일까. 덫이라고 해도 이것이 어떤 덫이 될 것인지 짐작도 가지 않고, 처녀의 천진한 얼굴을 떠올리면 정말로 전부터 우연히 이곳에 떨어져 있었던 것이라고도 생각할 수 있다. 그렇다고 해도.

어지간한 여자 닌자들도 판단할 수가 없었다.

"그 처녀, 붙잡아서 물어보았으면 좋았을 텐데."

"그렇게 생각하고 그렇게 말한 것인데, 눈 깜짝할 사이에 날아가 버렸어——."

여덟 명의 여자는 과연 약간 으스스해져서, 빠른 걸음으로 회색 초원을 걷기 시작했다. ——그 맞은편에 사람들이 다니는 길이 보이기 시작했다.

그때, 그 길에서 이쪽으로 성큼성큼 다가온 자가 있었다. 전립을 쓴 관리 같은 남자와 무가의 처녀.

"잠깐."

하고 무사가 불렀다.

"묻고 싶은 것이 좀 있다. 당신들, 이 초원에서 백옥 구슬을 줍지는 않았는가?"

"──백옥 구슬."

"이 처녀가 떨어뜨린 것인데, 당신들이 줍는 것을 보았다고 호소하고 있다. 숨기는 것이라면 소용없어!"

전립 밑에 있는 것은 길쭉하고 장중한 얼굴이었지만, 말투는 고압적이었다.

여덟 명의 여자는 무가의 처녀를 보았다. 언제 어디에서 옷을 갈아입었는지, 놀랍게도 아까 그 천진한 시중의 처녀다. 그자가 다른 사람처럼 무서운 눈으로 이쪽을 노려보고 있다.

"모른다고 하면 어쩌실 건가요?"

하고 후나무시가 조용히 말했다. 관리는 힐끗 후나무시의 얼굴을 보고, 그러고 나서 더욱 목소리를 돋우었다.

"소임에 따라, 알몸으로 벗겨서라도 조사할 것이다."

"무슨 소임에 따라서요?"

"마치 부교[주2] 시마다 단조 님의 명을 받들어 은밀히 미행하는 도신[주3]으로서의 소임이다."

"그럼 시마다 단조 님께 가지요."

하고 후나무시가 한 발짝 걸어 나가자, 관리의 얼굴에 이번에는

주2) 町奉行(마치 부교), 부교 중에서도 특히 도시의 자치 행정을 관할하고 소송을 담당하였던 부교. 에도 시대에는 에도, 오사카, 나라, 나가사키, 슨푸, 사카이 등에 설치되어 행정, 사법, 경찰 업무를 담당하였다.
주3) 同心(도신), 에도 막부의 여러 부교에 속하며, 요리키(与力) 밑에서 서무, 경찰 등의 업무를 담당했던 하급 관리.

분명히 깜짝 놀란 표정이 나타나고 몸을 젖히듯이 펄쩍 뛰어 물러났다.

"네놈들은 뭐냐."

"무엇이든 상관없어요. 부교소로 가지요."

그 소매에서 가느다란 사슬이 휙 튀어나와 관리의 몸에 얽히려고 했다.

"큰일이야! 상대가 나빴다!"

하고 전립을 쓴 사내가 관리답지 않은 비명을 지르며 옆으로 뛰어 피했으나, 사슬은 그 한쪽 다리에 감겨 그는 풀 위에 벌렁 나자빠졌다.

"앗—— 살려 주셔요."

처녀가 구르다시피 달려와 후나무시에게 매달렸다.

"제가 사람을 잘못 보았어요. ……용서해주셔요."

"물러나라."

후나무시가 가볍게 몸을 흔들자, 처녀는 정말로 나비처럼 날아 전립을 쓴 사내 위로 떨어졌으나, 곧 벌떡 일어나 그 자리에 엎드렸다.

"용서해주셔요. 저는 이 남자가 시키는 대로 공갈의 미끼가 된 거예요. 이 번화가에서 돈이 있어 보이는 여자를 발견하면 일부러 구슬을 떠넘기고 나중에 위협하여 돈을 뜯어내거나, 아름다운 분이면 욕보이거나…… 하지만 이래 봬도, 이 사람도 그리 악의가 있는 사내는 아니에요…….

끈덕지게 늘어놓는 말은 이치에 맞지 않지만 목소리만은 필사적이고 가련했다.

"번화가에서 하고 있는 길거리 약장수 노릇이 별로 돈이 벌리지 않아서, 이삼 일 전에 주운 그 구슬로 이런 일을 시작했어요. 지금까지 잘된 것에 맛이 들려서 그만 사람을 잘못 보고 실례를 저질렀어요. 이제 하지 않을게요. 제발 용서해주세요……."

"아니, 용서할 수 없다."

하고 후나무시는 말했다.

"부교소로 가자."

물론 지금 이 구슬이 출현한 수수께끼를 풀고 싶다고 생각하여 한 말이다. 아까 그 덫은 이것이었나, 하고 일단은 생각한다. 처녀의 주장은 그럴듯하고, 이런 작은 범죄는 이런 곳에서는 일상다반사일 것이다. 다른 사람이라면 용서했을지도 모르지만 참으로 상대가 나빴다. 그 덫에 걸린 것이 자신들인 이상, 쉽게 그 두 사람을 놓아줄 수는 없다.

——그때, 갑자기 후나무시는 당황했다. 풀 속의 전립을 쓴 사내가 일어선 것이다.

보통 사람은 쉽게 끊을 수 없을 사슬을, 그는 어느 사이엔가 소리도 없이 실처럼 끊고 일어서서, 후나무시가 깜짝 놀랐을 때는 3간이나 뒤로 뛰어 물러나 있었다.

그러자 즉시 또 한 명의 여자 닌자가 사슬을 날려, 뒤따라 도망치려던 처녀의 몸통에 감았다.

"도망치려고 해도 그렇게는 안 되지."

그러자 전립을 쓴 사내는 품에서 무언가를 꺼냈다. 지갑이다. 그 것이 후나무시의 지갑이라는 것을 알고, 그녀는 저도 모르게 눈동 자를 뽑힌 듯한 기분이 들었다.

"졌다."

그러나 전립을 쓴 사내 쪽에서도 그렇게 말했다.

"지갑은 돌려주지. 그 처녀와 구슬을 돌려다오."

한 발짝 걸음을 내딛자, 사내는 민감하게 또 1간 뛰어 물러난다. 장중한 얼굴을 하고 있지만 몸이 보통 가벼운 것이 아니다.

그만큼 주의하면서, 그것도 의외로 침착하게──라기보다 뻔뻔 스러운 얼굴로,

"처녀도 구슬도, 둘 다 소중한 장사 도구라서 말이야. 깨끗이 맞바 꾸기로 하자고. ……그런데 글쎄, 이 지갑에는 얼마나 들었나."

지갑 안에서 술술 꺼낸 것을 보고, 후나무시는 깜짝 놀랐다. 그것 은 그녀에게 목숨보다 소중한 것──어떤 분이 맡기신 오사카성의 그림 도면이었다.

"…………"

여자 닌자들은 눈을 번득인 채 아무 말도 없었다.

순간, 언제 그것이 전립을 쓴 사내의 손으로 옮겨 간 것인지 알 수 없었지만 이윽고 깨달았다.

후나무시의 사슬 끝에는 여전히 처녀가 붙들려 있다. 너무나도 사랑스러운 얼굴을 하고 있어서 겉으로 보기에는 애처로운 모습이 지만, 이 가련한 처녀가 아까 후나무시에게 애원하며 매달렸을 때

멋지게 지갑을 빼내었다니, 넘어져도 맨손으로는 일어나지 않는—
이 무슨 대담함인가. 그리고 그것을 지금 처음으로 깨닫다니, 닌자
에게 어울리지 않는——이 무슨 실수란 말인가.

거지와 도둑

1

"――그럼."

하고 사도 태수 혼다는 말했다.

"간베에, 잘 부탁하네."

사도 태수 앞에 앉아 있던 군학자 오바타 간베에 가게노리는 미소를 지으며 엎드려 절했다.

"제게 실수는 없습니다."

"조심하고, 들키지 말게."

"저를 데려가 주시는 것이 오다 우라쿠사이 님인 이상, 오사카성의 누가 의심하겠습니까."

"허나 문제는 사나다 사에몬노스케^{주1)}일세. 지금은 구도야마(九度山)산에 숨어 있지만, 그놈은 아마 오사카성에 들어올 걸세. 그렇게되었을 때, 사나다만은 조심하게."

"그 사나다를 속이기 위해 이 간베에가 가는 것입니다. 제갈공명의 재래(再來)라는 말을 듣는 유키무라, 군략에 있어 그를 누를 자는이 간베에 이외에는 없습니다."

하고 오다 우라쿠사이가 말했다.

심야, 등불 하나를 가운데 두고 마주 앉아 있는 것은 이 세 사람뿐이었다.

주1) 사나다 노부시게(眞田信繁). 아즈치모모야마 시대에서 에도 시대 초기에 걸쳐 살았던 무장으로, 통칭은 사에몬노스케, 사나다 유키무라(眞田幸村)라는 이름으로 더 널리 알려져 있다.

그러나 에도에서 이름난 군학자 오바타 간베에 가게노리는 그렇다 치고, 막부의 중진인 사도 태수 혼다의 저택에 오사카성의 장로 오다 우라쿠사이가 앉아 있다는 것을 알면 누구나 깜짝 놀랄 것이다.

모두 희대의 대(大)책사인 사도 태수 혼다가 꾸민 일이다. 그는 선대 쇼군과 상의하여, 올해 가을에서 겨울에는 드디어 오사카를 향해 전쟁을 시작하기 위해 착착 준비를 갖추고 있었다. 도쿠가와가의 내부에 있어서의 방해자——오쿠보 일족 등의 반대 세력을 제거하는 한편, 오사카성 내에도 손을 뻗어 이미 이처럼 오다 우라쿠사이도 자기 마음대로 부리고 있다. 그리고 또 우라쿠사이와 상의하여, 적의 참모 본부에 자신의 뜻을 이어받은 군사(軍師)를 들여보내려고까지 하고 있는 것이다.

아직 개전(開戰)의 의지를 비밀로 해두어야 하기 때문에 기슈^{주2)}에 은거하고 있는 사나다 유키무라를 공연히 제압할 수는 없지만, 천하의 기운이 급격히 내달릴 때, 그가 오사카성에 들어오리라는 것은 거의 예측할 수 있다. 오다 우라쿠사이는 오사카성의 장로이기는 하지만 무장으로서보다 문화인으로 알려진 인물이니, 막상 전쟁이 벌어졌을 경우 오사카성의 작전에 얼마나 참견할 수 있을지는 심히 의문이다. 그래서——오사카 쪽의 군략을 내부에서 무너뜨리기 위해 미리 이쪽에서 군사(軍師)를 들여보낸다, 라는 실로 대담한 모략을 꾸민 것인데, 사나다 사에몬노스케 정도의 대(大)군사에게

주2) 紀州(기슈), 기이(紀伊) 지방. 현재의 와카야마현 대부분과 미에 현의 일부를 가리키는 옛 지명.

맞대항할 자로서 오바타 간베에 가게노리가 특별히 뽑힌 것이다.

그것을 위해 은밀히 오사카를 나온 오다 우라쿠사이와 오바타 간베에가 에도의 모처에서 회견을 갖고 의논한 후, 겨우 구체적인 방책이 생겨 오늘 밤 정식으로 사도 태수 혼다의 저택에서 얼굴을 맞대고 협의하고 있는 것이었다.

에도에 있는 우라쿠사이를 보살피고, 또 오바타 간베에와 만나도록 밥상을 차린 것은 조정 이가조의 핫토리 한조인데, 물론 이날 밤에도 사도 태수의 저택 바깥, 정원에는 한조 휘하의 닌자들이 경계를 서고 있다.

"그리고 간베에가 오사카성으로 들어간 후에는."

하고 사도 태수가 말했다.

"핫토리 일당의 쿠노이치조(組) 여덟 명을 미치노쿠[주3]에서 올라온 온나가부키라고 속여, 이 또한 우라쿠사이의 조치로 오사카성에 들여보낼 예정이니, 에도에 보내는 보고는 그자들에게 맡기지."

"핫토리 일당의 쿠노이치조?"

"여자 닌자일세. 자네에게 소개하려고, 오늘 밤에 저택에 불러 두었네."

그리고 사도 태수 혼다는 손뼉을 쳤다.

"한조."

핫토리 한조는 차가운 밤의 정원 앞에 웅크리고 있을 터였다.

주3) 奧羽(미치노쿠), 무쓰(陸奧)와 데와(出羽), 즉 현재의 도호쿠 지방인 후쿠시마, 미야기, 이와테, 아오모리, 아키타, 야마가타의 6현을 가리키는 옛 지명.

그러나 그때 세 사람이 들은 것은 대답이 아니라,

"앗" 하는 비명이었다.

"오오, 수상한 개가 숨어들었다!"

분명히 한조의 목소리다.

"네놈들, 장님이냐, 무엇을 하고 있는 게야?"

꾸짖은 것은 저택을 경계하고 있던 부하들에 대해서일 것이다.

――그러나 그 이상으로 사도 태수 혼다 일행을 놀라게 한 것은 바로 옆방에서,

"아이고, 큰일났다."

하고 중얼거린 생각지도 못한 목소리였다. ――거기에는 아무도 없을 터였다.

"괴한이다! 괴한이 저택 안에 들어왔다!"

하고, 어지간한 사도 태수도 소리 높여 절규했다.

오바타 간베에가 펄쩍 뛰어올라, 옆방과 이쪽 방을 가르고 있는 당지문을 억지로 열었다. ――보인 것은, 그것의 또 맞은편 방에서 당지문을 열고 뛰어들어 온 여덟 명의 여자들의 모습이다.

"――앗?"

여자 중 한 명이 소리치며 천장을 올려다보았다.

천장의 판자가 약간 어긋나 가느다란 어둠이 엿보이고 있다. 그곳을 향해, 다른 여자의 주먹에서 한 줄기 사슬이 쳐올려졌다. 지금 들린 목소리로 보아, 괴한은 적어도 아직 천장 뒤까지 도망쳐 올라간 정도라고 판단한 것이리라.

그러나 메아리처럼 들린 것은 이미 지붕 위를 달리는——그러나 인간이라고는 생각되지 않는 가벼운 발소리였다.

두 여자가 나란히 서더니 한 여자가 가볍게 그 어깨로 올라섰다. 어긋난 천장 판자를 튕겨 낸다. 그러자 그녀는 지붕 한쪽이 쏙 잘려 있는 것을 보았다. 천장 어딘가에 손이 걸리자 그녀는 그 구멍을 뚫고 지붕 바깥으로 튀어 올라갔지만,

"오오, 도망친다! 여러분, 지붕을 날아서 뒷문 쪽으로 검은 그림자가."

하고 발을 구르며 외쳤다. 발밑의 잘린 지붕 구멍 가장자리에 꼼꼼하게 제거되어 쌓아 올려져 있던 몇 장의 기와가 무너져 떨어졌다.

"……우리가 있는데 어찌……."

저택에 남은 일곱 명의 여자는 창백한 안색이 되어 있었다. 공포 때문이 아니다. 분노와 치욕 때문이다. 그녀들은 그 옆방에 대기하고 있던 여자 닌자였다. 그런 그녀들이, 그때까지 전혀 괴한의 잠입을 눈치채지 못한 것이다.

지붕에서 여자 닌자 한 사람이 새처럼 날아 돌아왔다.

"저 가벼운 몸놀림, 보통내기가 아닙니다. 하지만 핫토리 일당의 남자들이 쫓아갔으니."

라고 말한 것은 물론 도망친 침입자의 이야기지만, 오다 우라쿠사이의 눈에 인간의 재주로는 보이지 않은 것은 그녀 또한 마찬가지라, 눈을 휘둥그렇게 부릅뜨고 있다.

소란스러운 정원의 소리가 급속히 멀어져 가는가 싶더니, 핫토리 한조가 뛰어들어 왔다.

"사도 태수님."

"한조, 괴한이 들어왔네. 오사카 쪽의 사람은 아닌가."

"오사카 쪽의——아니, 그럴 리는 없습니다. 오늘 밤의 일은 다른 사람이 눈치채었을 리 없는데요."

한조는 당황하고 있었다.

"어리석기는, 큰소리를 치더니. 핫토리 일당이 지키고 있는데도 괴한이 숨어든 것을 바로 조금 전까지 눈치채지 못하지 않았는가."

사도 태수는 얼굴이 어두운 회색으로 변해 꾸짖었다.

"한조, 지금 수상한 개라고 자네가 소리친 것 같은데, 그것은 무엇인가."

"예."

핫토리 한조의 얼굴에는 분명히 혼란의 빛이 나타나 있었다.

"조금 전, 정원에서 갑자기 알아채고 보니 어느새 뒤에 한 마리의 하얗고 커다란 개가 웅크리고 있었습니다. 이 댁에서 키우시는 개인가 싶어 가만히 바라보았더니, 그 개가 입에 두루마리 종이 같은 것을 물고 있는 듯하여, 보통 개가 아니라고 생각하고 저도 모르게 소리를 지른 것이온데——."

"개는 이 집에서는 키우지 않네! 그 두루마리 종이는 무엇인가?"

"저도 모르겠습니다. 개는 재빨리 도망쳤지만, 핫토리 일당의 자들에게 쫓게 했으니 곧 괴한과 함께 붙잡아 올 테지요. 허나——."

한조는 신음했다.

"그렇다면 그 개는, 괴한이 우리의 눈을 흐리기 위한 닌자술의 개였을까요. 그렇다 해도 오늘 밤의 일은 누구에게도 알려지지 않았을 터, 하물며 오사카 쪽의 닌자라니, 제 상상을 뛰어넘는 일입니다."

"――저것은?"

하고 갑자기 여자 중 한 명이 말했다. 후나무시라는 그 여자 닌자는 방의 도코노마[주4]에서 흐릿하게 엷은 푸른 빛을 내뿜고 있는 것을 보고 있었다.

"전에 아와에서 가져온 그 후세히메의 구슬이 아닙니까?"

"그렇다."

하고 사도 태수는 고개를 끄덕였다.

여덟 명의 닌자가 사토미가에서 빼앗아 와 사도 태수에게 바친 여덟 개의 백옥은, 청동 꽃병에 넣어져 그곳에 놓여 있었던 것이다.

"저것을 빼앗으러 온 자라도 된다는 것인가."

하고 사도 태수는 소리쳤다.

여덟 명의 여자 닌자는 얼굴을 마주 보며 잠시 침묵하고 있었지만 이윽고 후나무시가,

"생각나는 바가 있는 것 같기도 하고…… 또 없는 것 같기도 하고."

주4) 床の間(도코노마), 방의 상좌(上座)에 바닥을 조금 높여 꾸민 곳. 벽에는 족자를 걸고, 꽃이나 장식품을 놓아둔다.

하고 이상한 말을 중얼거렸다. 그러고 나서 심상치 않은 안색이
되어 말했다.

"두목님, 말씀드리고 싶은 것이 있습니다."

2

"——팔방."

풀 속에서 놀란 목소리가 났다.

1월 중순이 가까운데도, 스미다가와강의 강가에서 자고 있던 남
자가 있다. 물가의 무성하게 우거진 마른풀 속에서 밤바람도 한기
도 느끼지 않는 듯이 하늘을 향해 누워 자고 있었는데, ——놀라기
에는 그것만으로는 부족하다. 그의 옷은 딱딱하게 얼어 있었다. 그
래도 아무렇지도 않게 쿨쿨 규칙적인 숨소리를 내고 있었는데, 갑
자기 얼굴에 닿는 미지근한 콧김에 문득 눈을 뜨고, 놀라서 일어나
앉았다.

풀 속에 일어나 앉자 옷에서 얼음 조각이 소리를 내며 흩어졌다.
그는 검은 두건 속에서 가만히 강가의 맞은편을 둘러보며,

"……아무래도, 떠난 모양이군."

하고 중얼거렸다.

"아니, 간담이 서늘했어. 사도의 저택에 닌자가 들어차 있고, 게다

가 그렇게 끈질기게 쫓아올 거라고는 생각하지 않았다."

쓴웃음을 지으며 다시 돌아보았다.

"팔방이 아니냐."

하고 다시 한번 말했다.

옆에 앉아 있던 것은 한 마리의 커다란 하얀 개였다.

"그래, 사도의 저택에서, 천장에서 뛰어내린 순간——정원에서 수상한 개가 숨어들었다, 라는 외침이 들렸는데, 혹시 그것은 너였느냐. 덕분에 나는, 이쪽이 들킨 건가 하고 놀라서 보기 좋게 실수를 하고 말았는데. 그렇다면 팔방, 너는 나를 터무니없이 심한 꼴을 당하게 만들었다. ——그건 그렇고 너, 어째서 아와에서 나왔지?"

그리고 어둠 속에서 처음으로 개가 두루마리 종이 같은 것을 물고 있는 것을 깨달았다.

"뭐지?"

하고 말하면서 그것을 낚아챈다. 종이 속에서 백옥의 구슬이 풀로 떨어졌다.

그는 의아한 눈빛으로 힐끗 그것을 보면서, 종이를 펴서 읽었다.

"아비의 피로 적어 남긴다. 사토미가에 큰 어려움이 닥쳤다. ⋯⋯."

어둠 속에서도 이 남자는 대낮처럼 눈이 보이는 모양이다.

"⋯⋯생각건대, 이는 사토미가를 멸문하려 꾀하는 사도 태수 혼다 님의 수하, 조정의 이가조에 의한 짓으로 생각된다⋯⋯."

하고 읽고, 고개를 갸웃거렸다.

"묘한 인연이군. 조금도 몰랐는데. ……그럼 그것은 이가조인가? 어쩐지."

하고 중얼거리고 다시 그 다음을 읽는다.

"아비의 죄로 스스로 죽지만 팔견사의 이름에 걸고 코가에서 수행한 재주로 아비의 죄를 갚아야 하니, 오늘 이 순간부터 이누사카 게노의 이름을 너에게 물려준다……."

그는 잠시 말없이 남동쪽 하늘을 보았다. 서쪽에는 가느다란 초승달이 가라앉아 가고 있지만, 무사시노 끝――남동쪽 하늘에는 얼음 같은 차가운 빛이 희미하게 빛나기 시작했다. 겨울밤도 밝아 가고 있는 것이다.

그는 갑자기 생각나, 풀 속에서 지금 굴러간 구슬을 주워 들었다.

"도(盜)."

하고 읽었다.

"호오, 아버지의 구슬은 '지(智)'였을 텐데, 지(智)가 도(盜)로 바뀌었나. 과연, 글자는 아주 비슷하군."

그는 씩 웃었다.

"자, 이거 한 번 생각해 봐야겠는데. ……그건 그렇고, 좀 춥군."

하며 처음으로 평범한 인간다운 말을 했다.

강가를 둘러보니 멀리 강 기슭에 오두막이 있다. 사람이 살고 있는 것으로도 보이지 않는 구멍투성이의 거적으로 둘러싸인 오두막이 있었다. 어부가 도구나 무언가를 놓아두는 오두막처럼 보였다.

"여기는 서리로 새하얗군. 저기로 가면 뭔가 태울 것이 있겠지."

그는 걷기 시작했다. 팔방이 느릿느릿 뒤를 쫓는다.

걸으면서 두건에서도 얼음 파편이 흩어져 떨어졌다. 나타난 얼굴은 아직 젊다——미소년이라고 해도 좋은 얼굴이었다. 그 미모에는 요기(妖氣)가 있다. 마치 얼음의 정령 같다.

오두막으로 다가가다가 갑자기 그는 걸음을 딱 멈추었다. 팔방만이 달려갔다.

마치 거울에 비친 것처럼, 오두막 안에서도 똑같은 하얗고 커다란 개가 달려 나왔다.

"아니, 저것도 팔방이 아닌가."

두 마리의 팔방은 콧등을 서로 맞대고 기쁜 듯이 서로에게 몸을 문질렀다.

이누사카 게노는 걸음을 빠르게 해, 오두막의 거적을 열었다. 안에는 작은 산 같은 것이 솟아올라 있었다.

짚과 건초를 쌓아 올리고, 그 위에 넝마를 두른 남자가 몸을 젖힌 채 잠들어 있다. 6자를 넘는 커다란 남자로 수염투성이에 때투성이이고, 엄청난 코골이와 함께 오르내리는 가슴은 가슴털로 북실북실하게 덮여 있었다.

이미 새벽이라고 해도 좋을 빛이, 찢어진 거적을 뚫고 그 남자의 얼굴에 비치고 있었다. 수염은 호걸 같지만, 그러나 어린아이처럼 천진한 얼굴이기도 하다. 침이 그 수염에 흐르고 있다. 베갯맡에는 5홉짜리 술병이 하나 떨어져 있었다.

"다이분고."

하고 이누사카 게노가 불렀다. 자고 있는 남자는 꿈쩍도 하지 않는다.

"다이분고, 일어나게."

몸을 흔들자, 그는 그제야 눈을 떴다. 멍하니 게노를 보며,

"이런, 이누사카인가. 오랜만이군."

하고 나른한 목소리로 말했다. 놀란 기색은 없지만 눈에는 따뜻한 미소가 깃들었다.

"그리운데."

"다이분고, 이런 곳에 이런 꼴로 누워서 무엇을 하고 있나."

"보시다시피 걸식을 하고 있지."

그는 천천히 일어나더니 오두막의 거적 밖에서 장난을 치고 있는 두 마리의 개를 보고,

"아하, 네게도 팔방이 갔나?"

"그럼 아와의 변사는 자네도 알고 있는 게로군."

"음. 나는 아버지의 이름을 물려받아 이누타 고분고(小文吾)가 된 모양일세. 다이분고(大文吾)라는 이름은 너무 강해 보여서 좀 쑥스러웠으니, 고분고가 된 것만은 기쁘네만⋯⋯."

"그 덩치로 고분고라니 이상하지만⋯⋯ 나는 이누사카 게노가 되었네."

"그래? 좋은 이름이야. 그거 축하하네."

하고 말했다. 무엇이든 축하하고 싶어하는 남자답다. 그의 부친 이누타 고분고 노인의 비장한 유서를 읽었다고 하는데도, 그다지

분개하고 탄식하는 기색은 없다. 태연하게 무서울 정도의 미모를 가진 친구를 바라보며,

"그래서, 나를 부르러 온 건가?"

"아니, 그런 것은 아닐세. 우연히 여기를 지나가게 된 거야."

"묘한 시각에 묘한 곳을 지나갔군."

이누사카 게노는 요사스러운 미소를 띠었다.

"다이분고──아니, 고분고, 그런데 자네, 내가 무엇을 직업으로 삼아 살고 있다고 생각하나?"

"모르겠는데."

"도적일세."

"호오."

하며, 고분고는 과연 코끼리처럼 가느다란 눈을 크게 떴다.

"단, 세상의 평범한 도둑은 아닐세. 고사카 진나이의 1번 제자지. 실은 그것을 먹고살 방편으로 삼고 있다기보다, 나는 도적 자체가 재미있네. 그래서 상대의 경계가 단단하면 단단할수록 도적질을 하는 보람이 있지. 농민을 끝없이 수탈하는 영주, 하타모토, 장사꾼의 고혈을 빼는 부상(富商)들, 그들이 숨기고, 부지런히 모은 금은을 하룻밤 사이에 그대로 빼앗아 올 때마다, 내 피는 기쁨의 소리를 지르며 온몸을 뛰어다닌다네……."

의기양양하게 턱을 들며 말한다.

"그것은 좋은 일이야. 자네답군."

이누타 고분고는 처음으로 뚫어져라 이누사카 게노를 올려다보

고, 내려다보더니,

"그런 용맹한 도적치고는 꽤나 흠뻑 젖지 않았는가."

"아니, 어젯밤에는 심한 일을 당했네."

하며 게노는 쓴웃음을 지었다.

"아무것도 모르고, 나는 어젯밤에 하필 사도 태수 혼다의 저택에 숨어 들어갔네. 막부 제일의 거물이라는 사도 태수이니, 잔뜩 모아 두었을 거라고 생각했거든. ……그런데 도적 개업 이래 처음으로 들켜서 닌자들에게 쫓겼네. 아무래도 팔방이 원인인 듯해. 생각건대 그놈들, 팔방을 쫓고 있다가 당황해서 도망친 나까지 발견하고 이크 하며 추격해온 모양인데, 쫓기고 쫓기다가 이 스미다가와 강까지 달려와 진퇴양난이 되는 바람에 물속으로 뛰어들었네. 곧 물에서 나왔지만, 아무래도 강가에서 더 이상 도망칠 수가 없었지. 그놈들, 나를 찾지는 못했다지만 아무래도 수상하다는 눈만은 떼지 않고 이 일대에 그물을 치고 있는 것이 느껴졌거든. 그래서 그 자리에 못박혀 있다가, 너무 심심해서 젖은 채로 그만 꾸벅꾸벅 잠들고 말았네. 보통 놈들이 아니라고 생각하고는 있었지만, 그것이 이가 사람이라는 것을 알고 겨우 납득했어. ……이보게, 불을 피워 주겠나?"

이누카 고분고가 천천히 일어섰을 때, 이누사카 게노는 문득 그 일을 떠올리고 물었다.

"자네, 아버지의 편지에 대해서는 어찌할 텐가."

"나 말인가? ……나는 별로 이렇다 할 생각은 없네만…… 나는 아무엇도 하고 싶지 않네. 이곳에 이렇게 드러누워 있는 삶을 버릴 수 가 없는데……."

"그런데 고분고, 자네 팔방한테서 가짜 구슬을 받았겠지. 거기에 는 뭐라고 적혀 있었나?"

"아버지의 구슬은 제(悌), 였는데…… 팔방이 물고 온 구슬은."

이누타 고분고는 바보처럼 실실 웃으며 말했다.

"열(悅), 이었네."

어린 아가씨

1

'열(悅)'이라는 글자를 사람으로 만든다면 실로 이렇게 될 것이다, 라고 생각되는 이누타 고분고의 웃는 얼굴이었다.

본래 동료 중에서는 이누즈카 작은 시노와 함께 게으름으로는 쌍벽을 이루고 있다. 이누즈카 작은 시노 쪽은 그래도 재빠른 데가 있고 타인의 어리석음을 이용해 교활하게 구는 데가 있지만, 이 남자는 철두철미하게 아무것도 하고 싶지 않은, 어떤 현상(現狀)에도 만족하는 행복한 낙천가, 순수한 게으름뱅이다.

그렇다 해도 걸식이라니——하고 새삼 오두막 안을 둘러보는 이누사카 게노에게,

"자네, 도둑 같은 건 그만두고 여기에서 살지 않겠나?"

하고 장작을 부러뜨리면서 몹시 진지하게 고분고는 말했다.

"이 근방을 돌면서 마을 사거리에 밥그릇과 함께 앉아 있으면, 농민들이 쌀을 준다네. 이곳에 앉아 실을 드리우고 있으면 물고기는 얼마든지 걸려들어 주지. 그 외에는 강가의 풀에 누워 종일 넓은 하늘에 구름이 오가는 것을 바라보며 사는 걸세. ······매일 이거 좋은 날이다, 인생은 유구하다는 것을 절절히 느끼게 되지. ······꼭 같이 사세."

"바보 같은 소리."

하고 이누사카 게노는 쓴웃음을 지으려다가 또 재채기를 했다.

"고뿔에 걸렸나? ······자, 불을 쬐게."

장작이 확 타올랐다.

"차라리 옷을 다 벗고 내 옷과 바꾸어 입게. 오두막에 갈아입을 옷이 있는데."

"넝마겠지."

"넝마지만 기워져 있어서 따뜻하다네."

"그런 것을 고사카 진나이의 1번 제자인 내가 입을 수 있겠는가."

고사카 진나이라면 호조[주1]가(家)의 유명한 닌자단 후마(風摩) 일족의 잔당이라고 하며, 간토[주2] 8주(洲)를 어지럽히고 다니다가 마침내 막부에 의해 붙잡혀, 작년인 1613년 도리고에서 처형된 대도(大盜)다.

"이래 봬도 돌아갈 곳으로 돌아가면 나를 모시는 미녀도 있고, 부하도 있는 신분일세. 우선 어둠의 세계의 영주라고 할 수 있지. 대낮의 영주는 조정의 콧김을 살피는 데 급급해야 하지만, 이쪽은 그럴 필요도 없어. 지금 하고 싶은 일을 할 수 있는 사람은 천하에 내가 제일일 걸세. 다이분고——아니, 고분고, 어떤가, 정신 차리고 내 무리에 들어오게."

"이 한겨울에 물에 잠겨 떨고 있는 것도, 하고 싶은 일 중에 들어가나?"

웃지만 비꼬는 어조는 아니다. 나무가 튀면서 팟 하고 일어나는

주1) 北條(호조), 호조 소운(北條早雲)을 조상으로 전국 시대에 간토 지방을 널리 지배했던 영주 가문. 1590년 도요토미 히데요시의 오다와라 정벌로 멸망했다.
주2) 關東(간토), 일본의 중앙부에 해당하며 현재의 도쿄도, 가나가와현, 사이타마현, 군마현, 도치기현, 이바라키현, 지바현에 해당한다.

불똥에 찌푸린 수염 난 얼굴은, 다른 뜻이라곤 없는 천하태평한 얼굴이었다.

"그런데 아와의 변사, 라는 이야기를 들어도 움직이기는 귀찮은데."

하고 졸린 듯이 이누타 고분고가 말한다.

"다만…… 무라사메 님만이 조금 측은하군."

"무라사메 님…….."

하고 중얼거리더니, 이누사카 게노도 입을 다물고 화톳불에 눈길을 쏟았다. ──이윽고 두 사람은 동남쪽 하늘로 얼굴을 돌렸다. 망망한 무사시노의 들판에 붉은 태양이 떠오르기 시작했다.

그들, 팔견사의 아들들은 3년 전, 아와의 다테야마를 떠나 코가로 갔다. 닌자술 수행을 하고 오라는 여덟 명의 아버지의 엄명에 의해서였다.

그러나 코가 만지다니에 있었던 것은 겨우 1년이고, 그들은 그곳을 도망쳐 나왔다. 너무나도 처참하고 격렬한 수행에 놀라기도 했고, 그 수행의 불합리함이 어리석게 느껴졌기 때문이다. 그러나 그들은 그대로 다테야마로 돌아가지 않았다.

물론 아버지들의 허락도 얻지 않고 수행을 중단한 채 도망쳤으니 돌아갈 수도 없지만, 그보다 그들은 다테야마번의 기풍에도 질려 있었다. 이것은 코가로 가기 전부터 그랬는데, 코가로 간 것은 아버지의 명령도 있지만 동시에 그 명령을 받았을 때 안심하여 일제히 기지개를 켰을 정도다.

우선 주군인 사토미 다다요시 님은, 아무리 보아도 그다지 우수하다고는 생각되지 않는다.

아마 그렇게 고루한 기풍이니, 영주님 자신도 괴로워서 그에 반항하고 싶어지기도 했을 것이다. 그것은 동정하고 공명하며, 아버지들이 쓸쓸한 얼굴을 할 정도로 영주님과 장난을 치며 놀았을 정도이니 친애감은 있지만, 한편으로 역시 그다지 머리가 좋지는 않다는 실감은 씻을 수가 없다.

그것은 괜찮지만, 아무래도 당해 낼 수 없는 것이 아버지들이다. 정체를 알 수 없는 고색창연한 구슬을 공경하고, 그 충효제인의예 지신을 강요하며 번 하나를 옴짝달싹도 못 하게 꽁꽁 묶는다. ……아들들의 입장에서 보자면, 아버지들이 싫어하는 새 가로 인도 우네메 쪽에 훨씬 동감하는 바가 있었다.

그러나 아들들이 아와를 떠나고 싶어한 데에는 그런 것들 외에 또 하나의 이유가 있다. 그것은 주군의 정실, 무라사메 님이었다.

무라사메 님……이라고 무겁게 말하기보다, 무라사메 아가씨라고 하는 편이 어울린다. 그들이 코가로 떠나기 딱 반년 전에 오다와라의 오쿠보에서 시집오신 마님이지만, 그때 아직 열세 살이었기 때문이다.

물론 정략결혼이다. 실제로 일곱 살의 나이에 도요토미가로 시집가신 센히메 님 같은 예도 있으니, 당시로서는 드문 일이 아니다.

정실을 에도에 두고 1년마다 영주가 참근교대[주3)]를 하는 제도는 훨씬 나중인 간에이[주4)] 시대에 확립되었으니, 이 당시 부인이 영지에 있는 것은 평범한 일이었다.

그 정실에게——실은 그들 모두가 첫사랑을 느꼈다. 열세 살의 여인——여인이라기보다 소녀를 사랑했다는 것은 이상하지만, 그 무렵 그들은 모두 스무 살 전후, 그중에는 열일고여덟인 자도 있었으니 그리 부자연스러운 일은 아니다. 게다가 이 무라사메 님이 실로 이 세상에 있을 수 없을 정도의 투명한 날개로 만들어진 듯한 미소녀였으니, 더더욱 무리도 아니다.

무리도 아니고 부자연스럽지도 않지만, 그러나 이것은 용서받을 수 없는 일이다. 그들은 괴로워했다. 대체 그 성령(聖靈) 같은 어린 아가씨를 아내로 삼아서, ……영주님은 어찌하시려는 것일까. …… 그런 것을 상상할 수도 없을 정도로 청정한 무라사메 님이고, 사실 그들은 구체적으로 그런 상상을 한 적도 없었지만, 그저 답답하여 괴로워했다.

그들이 다테야마를 떠나고 싶어한 것은 그 괴로움을 견딜 수 없었던 탓도 있다.

코가로 갔다가 코가에서 도망쳐 나와 도카이도에서 헤어진 이후로——그들은 각각 '개성'을 발휘한 삶을 2년쯤 지내 왔다. 그러나 그동안에도 문득 무라사메 님을 떠올리면 지금 각각 이 더없이 자

주3) 참근교대(參勤交代), 에도 막부가 영주들에게 부과한 의무 중 하나. 영주가 격년 교대로 에도에 나와 막부에서 근무하며 쇼군의 통수 하에 들어가는 제도.

주4) 寬永(간에이), 고미즈노오(後水尾), 메이쇼(明正), 고고묘(後光明) 천황 시기의 연호. 1624~1645.

유로운 생활을 즐기고 있을 텐데도 왠지 몹시 참담한 기분에 사로잡힐 때가 있었다.

"……무라사메 님은."

하고 이누사카 게노가 말했다.

"고분고, 묻겠는데. ……그 무렵 마님은 영주님과 부부의 인연을 맺으셨을까."

"모르지."

하고 고분고는 낮게 말했다. 정말로 그 점에 관해서는 모른다.

"하지만 아마…… 마님은 여전히 아가씨가 아니었을까."

"지금은?"

이누사카 게노의 아름다운 얼굴에 통렬한 엷은 웃음이 흔들렸다.

"아무리 그래도, 이제 부인이시겠지."

그리고 그는 장작을 뚝 부러뜨려 불꽃에 던져 넣었다.

"사도 태수 혼다가 무엇을 꾸미든, 사토미가가 어찌 되든…… 우리가 알 바인가?"

2

"자, 여러분, 드디어 보실 것은 이누토비 시노의 개 위의 곡예──날이면 날마다 오는 것이 아닙니다."

가슴에 늘어뜨린 북과 종을 치며, 미꾸라지 수염이 난 사내가 재미있는 목소리로 외친다.

옆에 두 마리의 커다란 개와 한 처녀가 있었다. 이 처녀와 개가— 그 모습이 이상하다. 한 마리의 개는 네발로 서 있지만 한 마리의 개는 그와 나란히 다리를 접고 누워 있고, 보라색 가미시모[주5]를 걸친 처녀는 누워 있는 개에 걸터앉아 선 개에게 등을 기대고 있는 것이다. 소파에 기댄 것 같은 자세지만, 매우 나른해 보이고 처녀가 아름다운 만큼 기묘한 농염함이 있다.

그 북풍에 먼지가 이는 요시와라의, 길거리 곡예가 벌어지는 광장이었다.

여기저기에 커다란 고리를 빠져나오는 곡예나 도의 칼날 위를 맨발로 걷는 곡예, 씨름, 팽이 돌리기, 또는 진귀한 짐승이나 초목 등을 구경시켜 주는 이들이 나와 있지만, 이곳에 몰려든 군중이 가장 많다. ——그것은 이 개와 처녀의 곡예가 아직 신선한 탓도 있다.

이 2인조는 이 광장에서는 보기 힘든 얼굴이 아니다. 이전부터 종종 이곳에 서서, 처녀는 곡예를 하고 남자는 고약이나 가래약, 실, 연지를 재미있는 언변으로 팔아치우는 길거리 약장수였다. 처녀의 미모에 이끌려 한때는 자주 모여들던 구경꾼도 이 처녀의 곡예—— 줄타기나 장대 오르기, 공 던지기 등——본 사람은 실로 사람이 하는 일이라고는 생각되지 않는 뛰어난 곡예라고 말하지만, 실은 본 사람이 거의 없다. 거드름을 피우는 것인지 뺀들거리는 것인지 모

주5) 裃(가미시모), 에도 시대 무사의 예복. 같은 염색의 상하의 위에 걸쳐 입었다.

르지만, 처녀는 대부분 거적 위에 누워 팔꿈치를 괴고 있을 뿐이기 때문이다.

그래서 요즘은 완전히 인기가 없어졌지만, 요 사나흘 전부터 어디에서 구해 온 것인지 두 마리의 커다란 하얀 개를 무리에 끼워, 개의 곡예를 시작하고 나서 약간 인기를 되찾았다.

"우선 물구나무서기, 발이 머리에 닿으면 할미새의 물장난, 날이면 날마다 오는 것이 아닙니다, 발이 개에게 옮겨 가면 향로 사자, 손을 떼고 일어서면 들판의 한 그루 삼나무, 그 몸이 거꾸로 돌아오면 원래의 향로 사자로 돌아옵니다. 날이면 날마다 오는 것이 아니에요."

하고 위세 좋게 떠들었지만——개도 처녀도 움직이지 않는다.

"이봐."

하고 미꾸라지 수염의 약장수는 비는 듯한 손짓을 했다. 작은 목소리로,

"가끔은 좀 해 줘."

——어쩔 수 없지, 라는 듯한 표정이 처녀의 얼굴에 떠올랐다.

그러자 무슨 신호를 한 것처럼 보이지도 않는데, 누워 있던 개가 슥 일어섰다. 처녀는 여전히 두 마리의 개 위에 누워 뺨을 괴고 있다.

그 모습 그대로——두 마리의 개는 평행하게 나란히 선 채 천천히 걷기 시작했다. 점점 빠르게, 원을 그리며 달리기 시작했다. ——그러는가 싶더니, 처녀는 두 마리의 개에게 각각 한 쪽씩 팔을 올리고

깨끗하게 물구나무서기를 해 보였다.

"앗!"

구경꾼들은 한숨을 쉬었다. 하카마에서 쭉 뻗어 푸른 하늘에 하얗고 매끄럽게 드러난 처녀의 두 다리에 눈을 빼앗긴 것이다.

"자, 동전을 던져 주십시오. 공짜 구경은 안 돼요. 앞에 있는 분들은 동전을――."

그렇게 고함치면서 약장수는 바구니를 들고 걸어다닌다.

그러자 이때, 처녀를 태운 개가 군중 속으로 뛰어들었다. 송아지 같은 개가 옆으로 오자 사람들은 놀라서 펄쩍 뛰어 물러난다. 하지만 조금 전의 아름다운 다리에 빨려든 것처럼 차례차례 군중이 달려와 모여들어서 밀고 밀리며, 개가 가는 곳에 혼란이 일어났다.

처녀는 이때 원래의 자세로 돌아와――라고는 하지만 두 다리를 두 마리의 개에게 올려놓고 서 있었는데, 그대로 공 던지기를 시작했다.

평범한 공 던지기가 아니다. 두 개의 백옥이다.

아름다운 구슬 두 개가 높고 낮게 겨울의 푸른 하늘로 올라가서는 반짝이고, 반짝이고는 낙하한다.

그러나 이 연기는 5, 6분이나 이어졌을까. 그 멋진 곡예에 어울리지 않게, 처녀는 이미 아까처럼 두 마리의 개를 소파로 삼아 다시 단정치 못하게 드러눕고 말았다.

하지만 이윽고 그 한쪽 다리를 살며시 뻗고,

"예, 여러분――."

하고 또 시작하는 약장수를 찔렀다.

미꾸라지 수염의 약장수가 몸을 기울여 처녀의 입에 귀를 가까이 했다.

"도세쓰, 이제 됐네."

"이제 됐나, 시노."

"강바람에 다리를 드러내는 건 이제 질색일세. 여자와 달리 지방 분이 적어서 견딜 수가 없어."

——라고 말한 것은 처녀의 귀여운 입술이다.

그럼 이 처녀는 여자가 아닌 것일까.

그때, 무엇을 발견했는지 두 마리의 개가 갑자기 몸을 움직이며 웡웡웡웡, 하고 짖었다.

"시끄럽다, 조용히 해라, 팔방."

하고 약장수가 꾸짖었다.

그는 팔방이라고 불렀다. 세상에 팔방이라는 드문 이름으로 불리는 개가 여덟 마리 이외에 있으리라고는 생각되지 않는다.

꾸짖음을 듣고 불만스러운 듯이 얌전해진 두 마리의 개 위에서, 아름다운 곡예사는 두 개의 구슬을 만지작거리고 있다. 들여다보면 그 구슬에 '농(弄)'과 '혹(惑)'이라는 글씨가 떠올라 있는 것이 보였을 것이다.

곧 그들은 이래 봬도 새로운 팔견사인 이누즈카 시노와 이누야마 도세쓰.

며칠 전에 팔방을 보낸 두 사람의 아버지, 선대 이누즈카 시노는

'효(孝)'의 구슬을, 선대 이누야마 도세쓰는 '충(忠)'의 구슬을 수호하고 있었는데, 하필 곡예사와 약장수라니.

개가 짖었을 때, 군중 뒤에서 슬쩍 떠난 여덟 명의 보화종(普化宗) 승려가 있었다.

성큼성큼 오야지바시 다리 쪽으로 걸으면서,

"보았니?"

하고 천개 밑에서 한 사람이 말했다. 생각지도 못하게 여자의 목소리였다.

"아까 그 약장수와 곡예사──."

"일전의 가짜 관리와 아가씨더군."

대답하는 목소리도 여자다.

말할 것까지도 없이 그녀들은 핫토리의 여자 닌자들이었다.

실은 그녀들은 일전에 그들과 알게 되었다. 취득물 횡령이라는 터무니없는 트집을 잡으려 들기에 호되게 혼내 주려고 했는데, 오히려 생각지 못한 반격을 당했다. 즉, 보기 좋게 목숨보다 소중한 오사카성의 그림 도면을 소매치기당한 것이다. 그것은 미리 두령인 핫토리 한조를 통해 오다 우라쿠사이로부터 건네받은 것이었기 때문에, 그대로 가짜 관리가 가지고 도망치기라도 한다면 큰일 정도로는 끝나지 않을 것이었다.

그러나 그들은 구슬과의 교환을 조건으로 선선히 그것을 돌려주었다. 딱히 깊은 사정은 없었던 모양이다. 그러나 이가의 닌자쯤 되는 자에게 엉뚱한 트집을 잡고 게다가 그녀들의 눈을 피해 보복을 하다니, 다른 경우였다면 도저히 그대로 버려둘 수 없는 놈들이다. 그러나 그녀들은 곧 중대한 사명을 띠고 서쪽으로 갈 몸이라 일단 불문에 부친 것이다.

다만 그때부터 자신들이 아와에 남기고 온 '혹(惑)', '농(弄)'의 구슬이 왜 그런 곳에 나타났는가, 하는 것이 수상했지만, 그것도 그들이 길에서 주웠다는 주장을 받아들이기로 했다.

——그러나 어젯밤 혼다 저택에서 괴이한 일이 일어났다.

그녀들이 사토미가에서 훔쳐 온 후세히메의 구슬을 노린 것이 아닌가 싶은 괴한이 숨어들었다. ——그래서 그녀들은 또다시 요시와라의 가짜 관리를 떠올린 것이다.

어젯밤의 괴한과 그 가짜 관리가 관계가 있는지 없는지 아무래도 알 수 없는 것도 있지만, 어쨌든 수령 핫토리 한조에게 보고하니 만약을 위해 그놈을 조사해 보라고 하여, 오늘 보화종 승려로 둔갑하고 찾아온 것이었다. 그런데 은밀하게 탐색할 것까지도 없이 그 가짜 관리와 처녀가 약장수와 곡예사로서 뻔뻔스럽게 길가에서 재주를 팔고 있는 것을 발견했다.

재주를 팔 뿐만 아니라.

"그 처녀, 구슬을 공중에 던지면서."

"구경꾼이 하늘을 올려다보고 있는 틈을 노려서."

"분명히 소매치기를 하고 있었어."

"——그 수법에, 우리도 당한 거지."

분한 듯이 외쳤지만, 조금 우습기도 하다.

"그건 진짜 소매치기가 아닐까."

"사토미가와 관계가 있다고는, 아무리 해도 생각되지 않는데."

"바로 얼마 전에 그런 악행을 저질러 놓고, 같은 곳에서 길거리 곡예를 하고 있다니 정말로 뻔뻔스러운 놈들이야——."

요컨대 그녀들은 더욱더 알 수 없게 된 것이다.

당연하다. 누가 그녀들 때문에 죽은 늙은 팔견사의 아들들이 그 비보와 증거인 가짜 구슬을 받고도 어디 부는 바람이냐는 듯이 넉살 좋게 지내고 있으리라 상상할까.

"하지만 왠지 가슴이 술렁거려——."

"사토미가가 이가조나 혼다가 수상하다고 냄새를 맡았다면——."

"그 구슬을 되찾으려고 열을 올린다는 것은 충분히 있을 수 있는 일이지."

"만일 그렇다면."

"우리가 손댄 일."

"구슬은 끝까지 지켜 내야 해. 이건 오사카행과 어느 쪽이 더 중요한지, 다시 한번 두목님과 찬찬히 이야기해 봐야겠지."

여덟 명의 여자 닌자는 천개 밑에서 이야기를 나누었다. 멀리 연극 극장에서 시끌벅적하게 악기 소리가 들려왔다.

그 가쓰라기 다유 극단의 극장 뒤에서, 이때 교겐 작자인 에도 산시로가 한 마리의 개로부터 혈서와 구슬을 받아 들고 있었다.

"역시, 나한테도 왔나."

그는 마치 소집 영장이라도 받은 듯한 아연실색한 얼굴로 중얼거렸다.

혈서의 내용은 요전에 이누카이 겐파치가 보여 준 것과 같은 글이다. 다만 필적은 그의 아버지의 것이 틀림없고,

"오늘 이 순간부터 이누카와 소스케의 이름을 너에게 물려준다."

라는 한 구절만이 달랐다.

그리고 아버지가 수호하고 있던 구슬은 '의(義)'였는데, 지금 팔방이 물고 온 구슬의 글씨가 '희(戱)'인 것도.

"…하지만."

하며 그는 팔방의 호소하는 듯한 얼굴을 보고, 그러고 나서 신나는 악기 소리에 귀를 기울였다.

"나는 저쪽이 더 중요하다. 지금은 손이 비지 않아."

또 며칠 후.

소토사쿠라다 기오이자카에 저택을 둔 에도 군학자 오바타 간베에 가게노리는 오사카를 향해 떠났다. 전후하여 서쪽으로 떠나야 할 여덟 명의 여자 닌자는 딱히 눈에 띄지 않는 것 같았다.

이 오바타 간베에 가게노리가 그해 10월부터 일어난 오사카 전쟁에서 오사카성 내에 있으면서 마음껏 모략을 짜며 성의 붕괴에 중대한 역할을 한 것은, 사서(史書)에 나타나 있는 대로다.

그 대(大)스파이를 정중하게——그러나 그다지 탄복하지 않는 네모난 얼굴로 배웅하며 에도에 남은 제자 이누무라 엔타로는, 현관으로 돌아가다가 그곳에서 팔방을 발견했다.

"……오늘 이 순간부터 이누무라 가쿠타로의 이름을 너에게 물려준다."

가쿠타로, 라는 이름에 불복은 없었지만 그 구슬을 보고 그는 네모난 눈을 부릅떴다.

'예(禮)'라고 되어 있어야 할 글씨가 '난(亂)'으로.

떠도는 무라사메

1

"다이젠."

하고 아와 태수 사토미는 소리쳤다.

"다키자와 사키치는 아직 돌아오지 않았는가?"

사토미가의 가로 마사키 다이젠은 납작 엎드린 채 아무 말도 없었다.

아와 태수가 다이젠을 불러들여 이렇게 묻는 것은 요즘 매일 있는 일이다. 불려 올 때마다 다이젠의 뺨이 하루하루 끌로 깎은 것처럼 야위어 가고, 몸까지 작아져 가는 것 같다. 다이젠 또한 아와 태수 이상으로 고뇌하고 있는 것이었다.

"사키치가 간 지 벌써 스무날이 지났네. 사키치가 코가까지 가는 데 열흘이 걸린다 해도, 팔견사의 아들들은 코가에서 이 다테야마까지 대엿새면 돌아올 것이다──라고 자네는 말했지. 하지만 그 놈들은 아직 모습을 보이지 않고 있지 않은가."

".........."

"사키치는 어찌 되었는가?"

".........."

무슨 말을 들어도 마사키 다이젠은 대답할 수가 없다. 그 부친들의 비장한 유서를 보고 이 가문의 큰일을 들었다면 그들의 아들들은 눈을 부릅뜨고 달려 돌아와야 할 텐데, 지금까지도 아무런 소식도 없는 것이다. ──왜 돌아오지 않는 것인지 다이젠 자신도 두 팔을 비틀어 대고 싶을 정도로 초조하지만, 그 이유를 알 길도 없다.

"애초에 그 아들들이 돌아온다면, 후세히메의 구슬을 사도 태수 혼다에게서 되찾아 낼 거라는 보장이 있는가?"

"죽은 여덟 명의 노인들이 그리 맹세했습니다."

"그걸 어디까지 믿을 수 있나? 나는 그 아들들을 잘 알고 있지만, 모두 감당할 수 없을 정도로 무모한──또는 별난 놈들이기는 하지만, 어딘가 미덥지 못한 놈들이기도 하네."

다이젠은 대답하지 않는다. 이번에는 대답할 수 없는 것이 아니라, 실은 다이젠도 동감하는 부분이 있기 때문이다.

"무엇보다, 3년 전부터 영지에 없는 아들들만을 믿어야 할 정도로 아와번 9만 2천 석에는 사람이 없는가?"

"사람은 있습니다. 허나, 이 경우에는."

"무엇인가."

"상대가 사도 태수 혼다 님이십니다."

"사도가 무서운 겐가. 사도는 물론 조정의 흑막, 하지만 그런 악랄한 덫에 걸리고도 벌벌 떨고만 있어야 한단 말인가. 좋아! 그렇다면 내가 직접 에도로 가서, 사도 태수 혼다에게 따지고 오겠네. 대답에 따라서는 베어 죽여주지."

"사도 태수님이 후세히메 님의 구슬을 훔치셨다는 증거는 없습니다. 백에 구십은 그럴 것이 틀림없지만, 그런 증거를 남기실 사도 태수님이 아닙니다. 그래서 이 다이젠도 꼼짝달싹 못 하고 버둥거리고 있는 것입니다."

정말로 마사키 다이젠은 몸부림쳤다.

"또 영주님이 화가 나서서 그런 행동으로 나가시는 것이야말로, 사도 태수님이 기다리고 계시는 일일 것이 틀림없습니다. ……물론 이 가문에 죄는 없습니다. 오직 사가미 태수 오쿠보 님과 이어지는 인연이라는 이유만으로 9만 2천 석을 없애려 꾀하시는 사도 태수님, 그 비열하고 억지스러운 수단에 대해서는 본인도 잘 알고 계실 테니 결코 마음이 편치는 않으시겠지요. 거기에 이쪽에서 참다못해 발버둥치기 시작해 천하의 이목을 끄는 행동을 일으킨다면, 사도 태수님을 남몰래 웃게 만들 뿐입니다."

아와 태수도 몸부림쳤다.

"사도 태수님은 닌자를 이용해 구슬을 훔치셨습니다. 이에 대항할 방법은 이쪽 또한 닌자를 이용해 그 구슬을 도로 빼앗고, 약정한 9월 9일, 아무렇지도 않은 얼굴로 다시 다케치요 님께 헌상하는 것입니다. ……그 이외에는 없습니다. 그래서 이 다이젠은 이를 악물고 코가에서 돌아올 팔견사의 아들들을 기다리고 있는 것입니다."

"그 아들들이 돌아오지 않지를 않느냐."

다이젠은 침묵했다. ──이것으로 이야기는 다시 처음으로 돌아가고, 같은 곳을 뱅뱅 돈다.

"아아, 나쁜 인연을 맺었다!"

아와 태수는 신음했다.

"좋지 않은 아내를 맞이했다는 이유만으로, 백오십 년을 이어 온 가문이 망해야만 하는가!"

이 또한 몇 번이나 들은 아와 태수의 탄식이다.

증오를 담아, 토해 내듯이 말하고 아와 태수 사토미는 자리를 박차며 일어섰다. 시종이 허둥지둥 쫓아가 당지문을 연다. 아와 태수의 모습은 비틀거리듯이 사라졌다.

마사키 다이젠은 양손을 바닥에 짚은 채 움직이지 않았다. 움직일 수가 없는 것이다. 몸이 움직이지 않을 뿐만 아니라, 모든 의지력과 판단력이 꽁꽁 묶인 것 같은 기분이었다.

"할아범……."

목소리가 났다. 빗속의 꽃에서 떨어지는 이슬처럼 떨리는, 서글픈 목소리였다.

마사키 다이젠은 얼굴을 들었다.

아와 태수가 나간 것과는 반대쪽의 당지문이 소리도 없이 열렸다. 그 맞은편에 숙연하게 고개를 숙이고 앉아 있는 한 여인의 모습이 보였다.

아와 태수의 부인 무라사메 님이다. 부인이라기보다 무라사메 아가씨라고 하는 편이 어울린다. 그녀는 열일곱 살이었다.

"……거기에, 계셨습니까."

하고, 다이젠은 가슴에 아픔이 스치는 것을 느끼며 말했다.

이번 일은 실로 사토미가의 흥망에 관련된 큰일이기는 하지만, 가능하면 이분에게만은 들려주고 싶지 않다. ——그렇게 생각하고 있던 무라사메 님이었다. 다이젠뿐만 아니라, 그녀를 본다면 누구나 그렇게 생각하고 싶어질 것이다.

그녀가 사토미가에 시집을 온 것은 열세 살 때였다. 바다 저편의 사가미에서 온 신부가 아니다. ——마치 하늘에서 내려온 가구야히메[주1] 같다고, 가신들 모두가 말했다. 그만큼 그녀는, 이 세상 사람이라고 생각되지 않을 만큼 사랑스럽고 아름다웠다.

그로부터 햇수로 4년이 지났다. 무라사메는 열일곱이 되어 있었다. 그만큼 그녀는 어른스러워졌다. 천진함에 어딘가 여자의 냄새가 어렴풋이 보이기 시작했다. 그러나 뭐라고 해도 열일곱이다. 소녀라면 소녀, 거기에 배어 나오는 아름다움은 영롱하고 맑은데 봄안개처럼 희미하고, 태양처럼 밝은데 달빛처럼 신비한 데가 있었다.

이분에게만은 이 세상의 추함, 잔인함, 무서움을 알게 하고 싶지 않다——고 생각한 것은 다이젠만이 아니겠지만, 그러나——이번의 사토미가의 어려움의 원인은 바로 그녀에게 있다, 고 말하지 않을 수 없다. 그녀가 모를 리가 없다.

아니, 무엇보다 참을성이 없고 떼쟁이 아이 같은 아와 태수가 사건이 발발한 후로 이것을 외치며 그녀를 탓한 것은 사실이다.

"다이젠."

무라사메는 말했다.

"영주님의 말씀이 옳아요……."

무라사메는 얼굴을 들었다. 뺨에 눈물이 빛나고 있었다.

주1) かぐや姫(가구야히메), 헤이안 초기에 지어진 작자미상의 소설 '다케토리 모노가타리(竹取物語)'의 주인공으로, 대나무 안에서 나왔다는 미인. 다섯 명의 귀공자로부터 구혼을 받지만, 어려운 문제를 내어 이를 물리치고 달나라로 돌아간다.

바로 얼마 전까지 동그랗던 얼굴이 밀랍을 깎은 것처럼 야위고, 게다가 이전에는 볼 수 없었던 오싹하도록 요사스러운 미모로 바뀐 것을 보고, 노인인 마사키 다이젠이 이 경우, 잠시 고민도 괴로움도 잊고 내심 숨을 삼키며 넋을 잃고 보았을 정도였다.

"할아범, 내가 사토미가에 도움이 되지 않는 사람이라면, 나는 오다와라로 돌아가고 싶어요. 가능하다면……."

"무라사메 님, 무슨 말씀이십니까."

다이젠은 목이 메어 외쳤다.

"마님께, 무슨 죄가 있겠습니까."

"하지만 나에게는…… 돌아갈 집이 없어요."

작년 말에, 무라사메의 친정인 오쿠보가는 오다와라성 5만 석을 몰수당하고, 그 당주이자 그녀의 조부인 사가미 태수 다다치카는 추방이라는 운명을 당했던 것이다.

"마님, 마님이 신경 쓰실 일이 아닙니다. 이 다이젠이 있습니다. 가신들이 있습니다. 저희는 맹세코 이 가문을 무탈하게 지켜 드릴 것입니다."

"그 가신 중…… 팔견사의 아들들 외에, 지금 의지할 수 있는 사람은 없다고 하지 않았나요?"

무라사메는 생각하고 또 생각했다.

"그 사람들은 나도 알고 있어요."

"오오, 그자들이 코가로 간 것은 마님이 이 가문에 오신 후의 일이었지요."

"그 젊은이들은…… 나는 좋아했어요. 반드시, 가문을 지켜 줄 자들입니다."

"이 다이젠도 그렇게 믿고 싶사옵니다만…… 그자들, 무엇을 하고 있는 것인지 아직도 돌아오지 않았습니다. 그렇다면……."

"다이젠."

무라사메는 눈물로 아름답게 빛나는 눈으로 다이젠을 보았다.

"코가까지, 여기에서 몇 리인가요?"

잠시 어안이 벙벙해서 무라사메를 바라보고 있던 마사키 다이젠은, 갑자기 깜짝 놀라 눈을 크게 부릅떴다. ──이 마님은, 직접 코가에 있는 팔견사의 아들들을 부르러 가시려는 것일까? 바, 바, 바보 같은!

나이 열일곱, 하고 새삼 탄식하면서 다이젠은 말했다.

"백오십 리입니다."

정실 무라사메 님이 다테야마성에서 사라진 것을 안 것은 그 이튿날 아침이었다.

성에서는 야단법석을 떨고, 그중에서도 깜짝 놀란 마사키 다이젠은 이성을 잃은 듯한 목소리로 추적을 명령했다.

그러나──그 무렵에는, 열일곱 살의 정실 부인을 태운 말은 이미 십여 리 북쪽을 내달리고 있었다. 무모하게도, 백오십 리 저편의 코가를 향해.

무라사메는 자신의 행위를 무모하다고는 생각하지 않았다. 아니,

158

설령 무모하다는 것을 알고 있어도 그녀는 가야 한다. 자신도 모르는 죄를 갚기 위해. ──그녀는 팔견사의 아들들을 부르러 가려는 것이었다.

약간 봄기운을 띠기 시작했다고는 해도 여전히 찢을 듯한 찬바람이, 사랑스럽게 입술을 한일자로 다문 무라사메의 얼굴을──아니, 그것을 감싼 삿갓에 불어닥쳤다. 그녀는 시종의 옷을 빌려 남장을 하고 있었다.

2

저녁놀이 진 스미다가와 강을, 손님을 가득 실은 배가 건너갔다.

뭐라는 곳에서 뭐라는 곳으로 건넌 것인지, 땅의 이름도 모른다. 다만 시모사[주2]에서 무사시[주3]로 건넜다는 것을 알았을 뿐이다.

그러나 무라사메에게는 처음 건너는 강은 아니었다. 4년 전, 그녀는 이곳을 거꾸로 서쪽에서 동쪽으로 건넜다. 아름다운 행렬을 거느리고, 신부의 가마에 흔들리며.

그때는 너무나도 큰 강에 놀라고 기가 막혀, 배의 돛이 멀리 망망한 풀 위를 달리는 것처럼 보이는 것을 재미있어하고, 동쪽의 창공

주2) 下總(시모사), 현재의 지바현 북부 및 이바라키현의 일부를 가리키는 옛 지명.
주3) 武藏(무사시), 현재의 도쿄도와 사이타마현, 가나가와현 일부를 가리키는 옛 지명.

에 쓰쿠바 산이 떠올라 보인 것에 눈을 휘둥그렇게 떴다. 그녀는 열 셋이었던 것이다.

그러나 지금 무라사메는 강의 풍물을 즐길 여유는 없다. 4년 전의 일을 떠올리며 감개에 젖을 여유도 없다. ……말은 이미 버렸다. 에도에 들어가면 어떻게 말을 손에 넣을까? 아니, 오늘 밤에 묵을 곳을 어디에서 찾으면 좋을까? 하고 이것저것 생각하고 있다.

배라고 해도 열 명만 타면 꽉 차는 작은 배였다. 그것을 타고 있는 손님은 이 겨울 해 질 녘에 털투성이의 가슴이며 팔을 바람에 드러낸 남자들뿐이었다. 아무래도 마부나 인부 무리인 듯하다. 그래도 춥다며 한 되짜리 술병에 술을 돌려 마시고 있는 자들도 있다.

그것조차 의식하지 않고, 무라사메는 삿갓을 눌러쓰고 가만히 생각에 잠겨 있었다.

그러나 남자들은 걸걸한 목소리로 에도 이곳저곳의 공사장의 수고비를 비교하거나 유곽 여자의 질을 비교하면서, 힐끔힐끔 그쪽에 눈길을 보내고 있었다.

배가 도착하자 남자들은 원숭이처럼 뭍으로 뛰어 올라갔다.

이어서 무라사메도 배에서 내려 네다섯 걸음 걷다가, 서녘 해를 등지고 서너 개의 그림자가 앞길을 막고 있는 것을 깨닫고 그것을 피해 지나가려고 했다. 그러자 그 방향에도 서너 명의 남자가 팔짱을 끼고 서 있었다. 반대쪽으로 발길을 돌리자, 그곳에도 같은 수의 그림자가. 조금 전의 놈들이다.

"여어."

하고 한 사람이 말 같은 이를 드러냈다.

"삿갓을 벗어라."

무라사메가 잠자코 있자 어슬렁어슬렁 다가와 굵은 팔을 뻗었다.

"얼굴을 보여."

삿갓이 가볍게 한 걸음 물러나더니, 그 손에 칼날이 번득이고 남자가 뻗은 털이 부숭부숭한 팔은 손목에서부터 서걱! 하고 잘려 허공으로 날아갔다. 짐승이 울부짖는 듯한 소리를 지르며, 남자는 펄쩍 뛰어 물러났다.

남자들은 일제히 떠들어 댔다.

"저, 저, 저질렀겠다, 이놈."

"아니, 이놈이 아니야, 사내가 아니라고."

"여자다."

"이제 봐주지 않겠다. 어떻게 해줄지, 두고 봐라."

허리에 차고 있던 짧은 칼을 빼 든 놈이 있었다. 품에서 비수를 꺼낸 놈이 있었다. 마치 사냥감을 노리는 표범이나 늑대 떼처럼, 눈을 빛내며 땅에 몸을 낮추고 서서히 기어왔다.

무라사메는 피에 젖은 칼날을 늘어뜨리고 가만히 둘러보았다.

지금 남자 중 한 명의 팔을 베어 떨어뜨린 것은 특별히 그녀의 솜씨라고 할 것은 아니다. 물론 영주의 딸로 태어났으니 어느 정도 기초는 배웠지만, 그보다도 기력이다. 기력이라기보다 '무례한 자'에 대한 분노였다. 오히려 얌전한 그녀가 어쨌거나 태어나서 지금까지 이런 종류의 남자를 접한 적이 없다 보니, 그저 무례한! 이라고 생각한 순간 반사적으로 베어 버린 것이다.

포위를 좁혀 오는 남자들을 보고도, 지금 그녀는 딱히 무섭다고는 생각하지 않았다. 그러나 역시 지금은 어떻게 해서라도 도망쳐야 한다, 라는 의식이 솟아올랐다. 그것은 공포가 아니라 앞으로의 용건을 생각했기 때문이었다.

두세 발짝 오른쪽으로 걷더니, 갑자기 무라사메는 왼쪽으로 달리기 시작했다.

"발칙한 짓을!"

"놓치지 마!"

남자들은 와르르 쫓아왔다. 그중에서 한 사람, 강가에 떨어져 있던 막대를 주운 자가 있었다. 그것을 쳐들고는 휙 던졌다. 막대는 무라사메의 다리에 얽혀, 그녀는 앞으로 넘어졌다. 칼이 앞으로 날아갔다.

"꼴 좋게 되었다."

"자, 어떠냐!"

남자들이 달려들었다.

순간 그들은 일제히 뒤로 뛰어 피했다. 서로 부딪혀 넘어진 자도 있었다. 왜인지도 알 수 없지만, 무라사메가 들은 것은 으르렁거리는 개의 소리였다.

두 마리의 거대한 흰 개가 이빨을 드러내고 무뢰한들과 상대하고 있었다. 그 이빨은 이미 피에 젖어 있다. ——벌써 한 번은 물렸는지, 남자들 중에 두세 명은 이마며 팔을 누르고 있는 자가 있었다.

무라사메는 벌떡 일어났다. 삿갓은 가볍게 다시 쓰고 있지만 옷이 찢어진 오른쪽 어깨에서는 하얀 유방까지 드러나고, 한쪽 소매를 뜯겨 우아한 팔이 드러나 처참한 모습이었다. 그것도 잊고, 그녀는 쉰 목소리로 외쳤다.

"팔방!"

팔방이 틀림없다.

여덟 마리의 팔방이 코가에 있는 팔견사의 아들들을 향해 아와의 성을 달려 나갔다는 이야기는 그녀도 들었지만, 그것은 벌써 스무날도 더 지난 일이다. 그런데——분명히 그중 두 마리이지만, 놀랍게도 에도에 들어갈까 말까 한 이런 곳에 있었다!

어찌 된 일인지, 이 거대한 개들은 무라사메를 몹시 따랐다. 무라사메도 팔방들을 귀여워했다. 그래서 다른 사람들은 판별하지 못하는 여덟 마리의 팔방이지만, 그녀는 그중 어느 것인지 알 수 있었다.

이 두 마리는 이누사카 게노 노인과 이누타 고분고 노인의 팔방이었다.

"어—이, 팔방."

부르는 목소리가 났다.

맞은편에서 한 남자가 다가왔다. 멀리서 보기에도 몹시 커다란 남자인데, 그는 이쪽의 광경을 보면서도 별로 아무런 감격도 없는 얼굴로 어슬렁어슬렁——지금 무라사메 일행이 배에서 내린 곳 부근을 걸어온다. 아니, 거기에서 멈추어 섰다.

"이리 와."

하고 말했다. 느긋한 굵은 목소리다.

남자들은 제정신으로 돌아왔다. 그 남자가 딱히 개를 부추긴 것이 아닌 것은 곧 알았고, 게다가——

"뭐야, 거지잖아."

하며 한 사람이 혀를 찼다.

성대한 넝마를 걸친 그 거지는 지는 해에 두 팔을 들고 크게 하품을 하면서,

"개가 인간 님의 세계에 머리를 들이미는 거 아니다. 돌아와, 팔방."

하고 또 졸린 듯한 목소리로 말했다.

"내 생활이 얼마나 좋은지 그렇게 가르쳤는데, 아직도 모르겠어? 짐승이란 말귀가 나쁘군——."

남자들은 다시 그들이 노리던 삿갓에게 시선을 돌렸다. 그리고 일제히 눈이 벌게졌다. 남자 옷에서 넘쳐 나온 청려한 열일곱 살의 유방이 이상할 정도로 농염한 것을 보았으니, 그것도 당연하다.

"덤벼!"

흥분한 듯한 목소리로 말하며 서로 끄덕였을 때, 무라사메가 말했다.

"팔방, 나를 지켜다오. ——그리고 다이분고."

팔방이 무라사메와 남자들 사이에 버티고 섰다.

"이누타."

그 부름에 맞은편에서 "어?" 하고 중얼거리는 목소리가 들렸다.

"혹시, 그 목소리는?"

"나예요."

무라사메는 삿갓을 벗고 일어서서, 저녁놀에 아름다운 구슬 같은 얼굴을 향했다.

이누타 고분고는 물끄러미 이쪽을 보고 있는 듯했으나, 갑자기 쪼그려 앉아——바로 옆의 발치에 있던 작은 배의 뱃머리에 손을 댔다.

그 배에는 뱃사공이 탄 채 아까부터 강가에서 벌어지고 있던 활극을 간담이 서늘한 듯한 얼굴로 지켜보고 있었는데, 그 뱃사공을 물에 밀쳐 떨어뜨리고, 고분고는 그 배를——열 사람은 탈 수 있는 배를 엄청난 물보라를 일으키며 머리 위로 번쩍 들어버린 것이다.

도전장

1

무법자들은 쏜살같이 달아났다.

눈높이보다도 높이 치든 작은 배를 강에 내던지고, 이누타 고분고가 달려와 마른 풀 위에 납작 엎드리고 말았다.

그리고 나서 머뭇머뭇 얼굴을 들며,

"혹시…… 당신은……."

"무라사메예요."

무라사메는 선 채로 조용히 고개를 끄덕였다.

혹시, 당신은, 이라고 말한 주제에 이누타 고분고는 수염 속에서 입을 딱 벌리고 무라사메를 올려다보고 있다. 열세 살에서 열일곱 살로 성장한 무라사메를 보고, 이 넝마를 걸친 남자의 두꺼운 가슴에 어떤 감개가 흐르고 있는 것일까.

하물며 검은 머리카락이 길게 등에 늘어뜨려져 있지만 젊은 사내의 복장이고, 게다가 소매는 뜯겨 팔도 어깨도 드러난 모습은.

"반가워요, 다이분고."

"고분고입니다."

"이누타 고분고——그것은 그대의 아버지 이름이 아닌가요."

"일전에 아버지의 유서를 받고 개명했습니다."

"아버지의 유서, 라니 그대, 사토미가에 생긴 어려움을 알고 있는 것인가요."

이누타 고분고는 풀에 이마를 납작 댔다.

"아아, 그렇군, 팔방이 여기에 있지. 팔방이 그대를 부르러 달려갔다고 들었는데, 팔방한테서 안 것이로군요. ……그런데 그대, 왜 아와로 돌아오지 않은 건가요?"

"…………."

"가문의 어려움을 알면서, 대체 이런 곳에서 그런 모습을 하고, 무엇을 하고 있는 것인가요?"

"…………."

"다른 사람들은 어디에 있나요?"

무슨 말을 해도, 무엇을 물어도, 고분고는 한 마디도 없다. 어떤 일을 당해도 대체로 태연자약하고 모기가 문 정도로도 느끼지 않을 것 같은 고분고가, 얼굴을 붉히며 납작 엎드린 채다.

이누타 고분고가 언제까지나 침묵하고 있어서, 무라사메는 곤란한 얼굴을 했다. 아니, 어쩔 줄 몰라 울상을 지은 표정이 되었다.

고분고는 얼굴을 들고 머뭇머뭇 말했다.

"그건 그렇고 마님 혼자서, 그런 모습으로 에도에 계시다니──대체, 무슨 연유로."

"다키자와 사키치라는 자를 보내도, 팔방을 보내도, 그대들은 아와로 돌아오지 않았지요. ……그래서 내가 데리러 온 거예요."

"아니, 마님이!"

"영주님께 듣자 하니 이번의 어려움은 오쿠보가에서 온 내가 원인이라고 하셔서…… 나 때문에 사토미가가 멸문된다고 하는데, 내가 모르는 척을 하고 있을 수는 없어요. 또 마사키 다이젠에게 듣자니, 이 어려움을 구해줄 사람은 코가에서 닌자술 수행을 한 그대들 외에는 없다고……."

갑자기 무라사메는 밝게 들뜬 목소리로 말했다.

"그렇군. 고분고, 그대는 그 후세히메 님의 구슬을 되찾기 위해서 그렇게 산에서 자고, 들판에 엎드리는 모습으로 간난신고(艱難辛苦)해 주고 있는 것이로군요."

"그, 그, 그렇습니다."

"그래서 고분고, 가망은 있나요?"

무라사메는 성급하게 물었다. 고분고는 실로 한심한 얼굴을 했다.

"그보다 마님, 그 모습으로는 무엇보다 추우시겠지요. 우선 제 오두막으로 가서서 잠시 몸을 녹이시지 않겠습니까."

"호오, 그대의 집이 이 근처에 있나요?"

이누타 고분고는 무라사메를 자신의 오두막으로 데려왔다.

"참으로 누추한 집이지만——."

겸손이 아니다. 어쨌거나 진짜 거지의 오두막이다. 그러나 무라사메는 몹시 감동한 듯했다.

"아아, 그대는 이렇게 고생하고 있었던 것인가요?"

오두막 밖에서 불을 피우면서, 고분고는 사레가 들렸다.

무라사메 님이 혼자서 나를 데리러 오셨다! 들어 보니, 그 절박하신 심정은 마음도 아플 정도다.

아버지의 유서에 사토미가 멸문은 사도 태수 혼다의 음모라고는

되어 있었지만, 사토미가 망하는 것 자체에 그다지 통한의 마음
도 없고, 다만 그렇게 되면 무라사메 님이 가엾다고 생각했을 뿐이
다. 하지만 그 원인이 무라사메 님에게 있다는 말을 들으니 마님의
괴로움도 매우 그럴 법하다는 생각이 든다. ——그렇다 해도 오직
혼자서 집을 나오시다니, 어찌 그런 결심을 하셨는지 놀라지 않을
수 없다.

나이 열일곱.

고분고가 중얼거리며 등불 너머로 오두막 안을 슬쩍 보니, 무라사
메 님은 찢어진 소매를 어깨에 대고 계속 맨살을 덮으려고 하고 있
었다. 하지만 희고 둥근 어깨나 가슴의 선은 분명히 두근거릴 정도
로 농염한 여자의 것이었다.

"마님."

하고 그는 말했다.

"잠시 기다려 주십시오. ……가까운 농가에 가서 바늘과 실을……."

하고 말하려다가 무라사메 님이 도저히 터진 솔기를 수선할 수 있
는 분이 아니라는 것을 깨닫고,

"아니, 아낙을 빌려 오겠습니다."

"고분고, 그럴 때가 아니에요."

무라사메는 엄하게 말했다.

"당장 후세히메 님의 구슬을 되찾으러 가지요."

"아, 당장이요?"

"그대는 되찾을 가망은 있다, 고 하지 않았나요."

그런 말을 한 기억은 없지만, 가망은 없다고 말할 수 있는 상황이
아니다.

"구슬은 어디에 있나요?"

"그게."

"나는 사도 태수 혼다의 집에 있을 거라고 생각해요."

"그게——."

"그렇다면 지금 둘이서 들이닥쳐도, 구슬은 되찾을 수 없다고 말
하기라도 하려는 건가요. 다른 일곱 명의 동료는 어디에 있나요? 여
덟 명, 거기에 나를 더해서 아홉 명. 마음과 힘을 합하면 어떻게든
궁리도 짜낼 수 있을 거예요. 나머지 일곱 사람은?"

"그, 글쎄요——."

"적어도 우선 하나라도 빼앗아서 팔방에게 들려 아와로 보낸다
면, 영주님은 안심하시겠지요. 자, 고분고, 가요."

"아니, 잠시만 기다려 주십시오, 마님……."

이누타 고분고는 당황하고, 또한 매우 약해졌다.

"그 일에 대해서는 저도 아까부터 여러 가지로 고민하며 비책을
짜내고 있는 중입니다만……."

어쨌든 이것으로 무라사메의 날카로운 공격을 막고, 그러면서 바
삐 생각하기 시작한다.

마른 풀 위에 털썩 앉아 화톳불을 피우면서 팔짱을 끼고——몸은
커다랗고 얼굴은 느긋해서, 마음속의 당황도 질린 기분도 밖으로는
잘 드러나지 않고 자못 유유한 듯 보이지만——이 일에 대해서 진

지하게 생각하기 시작한 것은, 실은 지금이 처음이다.

그 아버지의 유서만으로는 잘 알 수 없는 점도 있고——무엇보다 빼앗긴 후세히메의 구슬이 지금 어디에 있는지도 확실하지 않지만, 무라사메 님은 그것은 사도 태수 혼다의 저택에 있다고 말씀하셨다. 에도성 내지는 핫토리 한조의 저택이라는 것도 생각할 수 있지만, 이것은 무라사메 님의 단순한 추정일 가능성이 가장 크다. 아니, 정말로 그럴 거라고 생각한다.

막부의 중신 사도 태수 혼다의 저택에 있는 것을 빼앗으러 간다. ——설령 동료 일곱 명을 다 모으더라도 그것이 한번에, 쉽게 될지 어떨지는 매우 의문이다. 그리고 보니 일전에 이누사카 게노가 그곳에 도적질을 하러 들어갔다가 이가 무리에게 들켜 맹추적을 받았다고 했었는데——그 구슬을 지키기 위해서인지 아닌지는 제쳐두더라도 사도 태수의 저택에 지금도 이가 무리가 대기하고 있으리라는 것은 충분히 생각할 수 있다.

내가 죽는 것은 아무렇지도 않지만.

구슬을 빼앗는 데 실패하고 내가 죽는다면, 사도 태수는 또 다른 곳에 구슬을 숨길 것이다. 바다에 던지거나 부숴 버린다면 만사 끝장이다.

무엇보다도 먼저, 그것을 막아야 한다.

화톳불을 바라보는 이누타 고분고의 눈이 번쩍 빛났다. 그는 한 가지 착상을 얻은 것이다. 그것은 자신의 죽음을 걸고 그 일을 막을 방법이었다.

"마님, 가시지요."

고분고는 벌떡 일어섰다.

"어디로요?"

"말씀하신 대로, 사도 태수 혼다의 저택으로."

"다른 사람들은?"

"실은, 저는 모릅니다. 오직 이누사카 게노를 제외하고는."

"게노는 어디에 있나요?"

"그것도, 고백하자면 저는 모르지만 이곳에 있는 게노의 팔방, 이 것을 타고 가시면 팔방이 게노가 있는 곳으로 안내해 드릴 것입니다."

게노의 팔방은 도둑에게 개는 필요 없다며, 일전에 게노가 쓴웃음을 짓고 고분고에게 떠맡기고 간 것이었다.

"하지만 그것은 나중의 일입니다."

"무엇의 나중인가요?"

"제가 사도 태수의 저택에 쳐들어간 후의 일입니다."

"그대 혼자서, 구슬을 빼앗을 수 있나요?"

"——아마도요."

"오오, 그대는 코가에서 닌자술을 수행하고 왔다고 했지요. 그렇다면 괜찮겠어요."

이누타 고분고는 웃었다.

아마 여덟 명의 동료 중, 닌자술 수행에 자신만큼 나태한 사람은 없었으리라는 것을 떠올린 것이다.

무라사메는 기쁘게 일어섰다. 완전히 신용하는 눈이다.

"터진 옷은 이 강가 맞은편의 농가에 들러서 꿰매도록 하지요. 마님, 삿갓을 잊지 마십시오."

고분고는 상냥하게 말했다.

둘이서 나란히 풀 속을 걷기 시작했을 때, 이누타 고분고는 슬쩍 오두막 쪽을 돌아보았다. 화톳불은 여전히 타오르고, 그 맞은편에 저녁 해는 오두막에 붉게 비쳐들고 있다. 매일 이거 좋은 날이라며 종일 넓은 하늘의 구름이 오가는 것을 바라보며 지내던 생활에 희미한 애착이 남았다.

그뿐이다.

자신의 죽음을 걸고 여덟 개의 구슬을 혼다가(家) 내지 이가조 안에 봉인할 것이다. 그것을 위해 내가 죽는 것은 아무것도 아니다.

그런 결의조차, 그의 마음에는 새삼 떠오르지 않는다. 비창(悲愴)한 아버지의 혈서를 읽었을 때도 태연자약하고 움직이려고도 하지 않았던 자신이 열일곱 살의 마님의 출현에 마치 물이 끼얹어진 먼지처럼 가볍게 쓸려나가기 시작했지만, 그는 그 이상함을 이상하다고 의식하지 않았다.

두 마리의 팔방이 무언가 느꼈는지, 저녁놀이 진 하늘을 향해 멀리 짖었다.

2

그날 저녁, 사도 태수 혼다의 저택에는 핫토리 한조와 그 일당 십여 명이 모여 있었고, 그 안에는 여덟 명의 여자 닌자, 소위 말하는 핫토리 쿠노이치조도 섞여 있었다.

정확하게 말하면 여자 닌자가 섞여 있었던 것이 아니다. 그녀들이 주체였다.

드디어 사전의 계획대로 그녀들을 미치노쿠에서 상경하는 온나 가부키 극단으로서 오사카성에 들여보내게 되었기 때문에, 나머지 남자 닌자들은 그 악단이나 짐꾼으로 변장했다. 실은 조금 더 일찍 출발해야 했지만,

"사토미가의 가신이 그 구슬을 도로 훔치려고 노리고 있는 듯한 기분이 들어 견딜 수가 없습니다——."

하고 여자 닌자들이 말하여, 잠시 실행을 미루고 상태를 보고 있었던 것이다.

사도 태수의 입장에서 보자면, 구슬은 숨기려면 어디에든 숨길 수 있다. 그러나 약간 마음에 걸리는 일도 있었다.

하나는 며칠 전 밤, 자신의 저택에 숨어든 괴한이다. 그 괴한은 아무것도 하지 않고 도망쳤지만 천하의 로주직에 있는 사람의 저택에, 그것도 그렇게나 이가 무리가 지키고 있는 곳에 홀연히 숨어들었다가 보기 좋게 도망친 것은 만만치 않은 놈이다. 만일 그것이 사토미가와 이어져 있는 자라면 조금 으스스한 것은 틀림이 없다. 그

리고 또 하나는, 아와에서 돌아온 여덟 명의 여자 닌자에게 들은 사토미번의 그 여덟 노인에 대한 보고다. 그때의 무시무시한 추격은 핫토리 일당의 남자 중에서도 쉽게 비견할 자가 없다고 한조가 자랑하는 여덟 명의 여자 닌자가 보고하면서 피부에 소름이 돋았을 정도이고, 그 정도의 인물이 사토미번에 있다면 며칠 전 밤의 괴한이 더더욱 마음에 걸린다. ──하기야, 그 후의 보고로는 그 여덟 노인은 구슬을 빼앗긴 죄와 사토미가의 가로를 벤 죄로 모두 할복했다고 하고, 그것은 확실한 듯하지만, 그렇다면 더욱 으스스한 느낌이 든다.

사토미가 끝까지 자신에게 저항 내지 반격을 시도한다면 어디 한번 하게 해보자, 사도 태수는 그리 생각했다.

그렇다면 그 구슬은 오히려 그 반격을 부르는 유혹의 미끼이기도 하다, 하며 고개를 끄덕인 사도 태수는, 오히려 대담한 호기심에 가득 차 있었다. 그때까지 그는 하찮은 당주를 보고 고사해 가고 있는 듯한 번의 기풍을 들은 터라, 사토미번이라는 것에 대해 적잖이 업신여긴 구석이 있었던 것이다.

그래서 이후의 반응을 기다렸다.

아무런 특이한 일도 없었다.

그래서 예정대로 여덟 명의 여자 닌자를 오사카로 보내려고 했다. 오사카에 도착하고 나서의 행동에 대한 마지막 지시를 내리고, 밤이 되면 이곳에서 가짜 온나가부키 극단을 몰래 떠나보낼 것이다.

이번은 그날 저녁에 일어났다.

저녁놀은 사라졌지만 아직 어딘가 창백한 빛이 남아 있는 어둠 속이다.

한 거지가 사도 태수 혼다의 저택 쪽으로 걸어왔다. 덥수룩하고 흐트러진 머리카락, 수염투성이에 때투성이, 성대한 넝마, 착각할 수가 없는 거지지만 키가 6척을 넘는 커다란 사내다.

그가 오른손에 두꺼운 몽둥이를 짚고 왼쪽 손바닥에 칠이 벗겨진 밥그릇을 들고 실실 웃으며 걷고 있다.

하지만 지나가던 무사나 상인들이 눈을 부릅뜨고 앗 하고 술렁거리고 나서 차례차례 몰려든 것은, 그 거지의 사타구니에서 흘러내리고 있는 것에 깜짝 놀랐기 때문이었다.

훈도시[주1]다. 평범한 훈도시가 아니다. 이 때와 수염과 넝마 덩어리인 듯한 거지로부터 단 한 줄기 튀어나와 있는 것은 저녁 어스름에도 순백으로 보이는 무명천으로——게다가 그것이 2장[주2] 이상이나 땅에 끌리고 있다.

그 하얀 훈도시에 무언가 글씨가 적혀 있다.

"여러분."

하고 우선 쓰여 있고 약간 사이를 띄워,

"천하의 구경거리."

라고 되어 있다. 그리고 또 조금 띄우고 다음으로는,

주1) 일본의 전통 속옷. 남자의 음부를 덮어 가리는 조붓하고 긴 천을 말한다.
주2) 장(丈), 길이의 단위. 1장은 약 3.03m.

"사도 태수 혼다 님의 흥행."

사람들을 깜짝 놀라게 하고, 순간적으로 이 거지의 행진을 제지하는 자도 없었던 것은 이 글씨 때문이다.

"이가와 코가의 구슬을 둘러싼 닌자술 싸움, 승부가 어찌 될 것인지."

마지막에,

"마지막 흥행은 9월 9일, 아무쪼록 구경해 주시기 바랍니다."

라고 되어 있었다.

나중에 들으니 이 기괴한 말을 적은 훈도시는 사도 태수의 저택 앞 1정^{주3} 정도 되는 곳에서 꺼낸 것인 듯한데, 거기에서부터 문 가까이까지 누구 한 사람 막는 자도 없었던 것은 너무나도 기상천외하고 사람을 깔보는 듯한 글씨에 완전히 판단력을 잃었기 때문이었다.

그러나 문 가까이 오자 혼다가의 가신들이 뛰쳐나와 앞길을 막았다.

"여봐라, 네놈은 뭐냐, 광인이냐."

"여러 나리들……."

하며, 거지는 수염 속에서 실실 웃었다.

"가엾은 거지에게 한 푼 줍쇼……."

그리고 태연하게 문 쪽으로 걸어간다.

"이놈, 붙잡아라."

주3) 정(町), 길이의 단위. 1정은 약 109.09미터.

일제히 달려든 무사들을 곁눈질하더니, 오른손의 몽둥이가 무시무시한 소리를 내며 허공을 가로로 후려쳤다.

무사들은 형용도 할 수 없는 음향을 내며 날아가 흩어졌다. 두개골, 뼈, 살, 피, 뇌척수액의 연기가 되어, 글자 그대로 날아 흩어진 것이다.

"앗."

문 아래로 몰려든 나머지 무사들이 눈을 부릅뜨며,

"무법자다! 괴한이 찾아왔다! 맞서라!"

절규했을 때, 거지는 그 훈도시를 사타구니에서 지익 잡아 뜯었다. 떨어져 있던 한 자루의 도를 주워 들고, 그 끝으로 천의 한쪽 끝을 꿰뚫더니 문의 완만하게 휘어 있는 박공으로 휙 던져 올렸다.

훈도시는 박공에 박혀 바람에 펄럭이고, 또 땅에 끌렸다.

"여러분, 천하의 구경거리, 사도 태수 혼다 님의 흥행, 이가와 코가의 구슬을 둘러싼 닌자술 싸움, 승부가 어찌 될 것인지, 마지막 흥행은 9월 9일, 아무쪼록 구경해 주시기 바랍니다."

라는 묵흔(墨痕)을 사람들의 눈에 드러내며.

그리고 거지는 그대로 작은 산이 흔들리듯이 저택 안으로 들어섰다. 심상치 않은 절규는 저택 안에 대기하고 있던 이가 사람들도 들었다. 그들은 일제히 달려 나왔다.

여전히 자리에 남아 귀를 기울이고 있던 사도 태수 혼다, 핫토리 한조, 여덟 명의 여자 닌자는 구르다시피 달려온 무사로부터 위의 '도전장' 이야기를 듣고, 처음으로 깜짝 놀라 무릎을 세웠다. 한조의 허락도 얻지 않고, 여덟 명의 여자 닌자는 여덟 마리의 새처럼 자리에서 날아올랐다.

폭풍 같은 울림은 이미 화살도 총도 도움이 되지 않는 현관에서 소용돌이치고 있다.

그 중심에 있는 것은 물론 거지 이누타 고분고였다.

그러나 이것은 너무나도 무모하지 않은가. 어떤 가망이 있는지 알 수 없지만, 천하의 사도 태수 혼다의 저택에 오직 한 자루의 몽둥이만 들고 글자 그대로 난입하다니. ——그는 이것으로 후세히메의 구슬을 빼앗을 생각인 것일까. 이누타 고분고에게 어떤 '닌자술'이 있을까.

어지러이 오가는 칼날을 떡갈나무 몽둥이를 단 한 번 휘둘러 부러뜨리고, 후려치며,

"여러 나리들······."

하고 고분고는 또 말하며 멍청하게 웃었다. 정말로 기쁜 듯한 웃음이었다.

"가엾은 거지에게 한 푼 줍쇼······."

몽둥이의 위력은 무시무시하지만 이 거친 행동은 아무래도 '닌자술'과는 거리가 먼 것처럼 여겨진다.

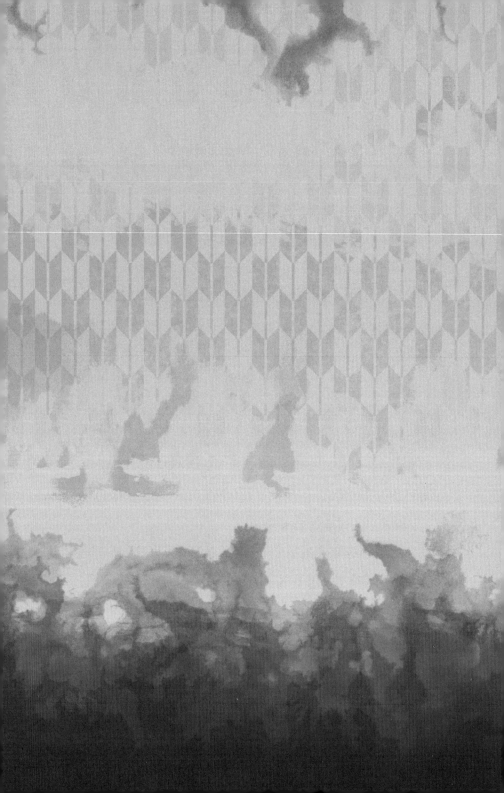

닌자술 '열(悅)'

1

가지고 있는 것은 그저 한 자루의 몽둥이에 지나지 않는다.

그것을 다루는 데 특별히 신묘한 기술이 있다고도 보이지 않는 다.

그러나 단 한 자루의 떡갈나무 몽둥이가 이렇게 무시무시한 위력을 발휘하는 것임을, 혼다가의 가신들은 처음으로 알았다.

천하의 쇼군 도쿠가와가의 대권력자 사도 태수 혼다의 저택에 오직 혼자서, 그것도 엄청나게 남루한 차림으로 쳐들어온 이 남자는 정체도 알 수 없고, 목적도 알 수 없고, 훈도시의 광고를 보아도 더더욱 그 의도를 알 수 없어, 광인인가? 하고 망설이고 있는 사이에 이처럼 언어로 다할 수 없는 난리를 부리고 있었다. 허둥지둥 가신들이 달려와 모여들었을 때는 이미 이 거지는 현관까지 침입해 있었다.

게다가 떼지어 어지러이 덤벼드는 칼날을 피하지도 비키지도 않고 정면에서 맞서며, 마치 암석이라도 두들겨 부수는 듯한 기세로 후려갈기고, 후려쳐 넘기고, 튕겨 보낸다.

사람과 칼은 마치 피의 죽과 젓가락처럼 무너지고 어지러이 흩어졌다.

"괴, 괴, 괴한!"

"큰일이다!"

하고 새삼스럽게 외치는 것이 이상한 것 같지만, 무사들은 스스로도 무엇을 외치고 있는지 알지 못하고 그저 흥분하여 더욱 우르르 밀어닥쳤다가 물러나고, 멀찍이서 에워싸고 법석을 떨었다.

"비켜!"

"물러서라!"

안쪽에서 한 무리의 이상한 남자들이 달려왔다. 모두 색깔이 화려한 두건에 닷쓰케하카마[주1]를 입고 있어 예인처럼 보이지만, 눈만은 매와 같은 빛을 내뿜고 있었다. ──이가 무리다.

이누타 고분고는 선혈에 젖은 떡갈나무 몽둥이를 현관 마루에 탕세웠다. 이렇게 되고도 아직 왼손에 밥그릇을 들고 있다. 지금까지는 그저 몽둥이만 한 손으로 휘두른 것이었다.

"위험하다."

하고 말했다. 상냥하다기보다 느긋한 말투였다.

나온 무리를, 저택에 불려온 예인들의 일행인가 하고 생각한 모양이다. 하지만 현관과 현관 마루의 벽에 달라붙듯이 포진한 그들을 둘러보고,

"아하, 이가 사람인가."

하고 엷게 웃으며 고개를 끄덕인 것은, 무언가 육감에 와 닿은 것이 있었던 듯하다.

"아니나 다를까, 여기에 있었나."

그렇게 중얼거린 의미도 알지 못하고, 또 알려고도 하지 않는 얼

주1) *たっつけ袴*(닷쓰케하카마), 통은 크고 단은 좁게 만든 바지. 주로 추운 지방에서 남녀 구분 없이 입었으며, 여행용으로도 입었다.

굴로 이가 무리들은 사방에서 튀어나왔다. 마치 상대의 무시무시한 몽둥이 따위는 안중에 없는 것처럼.

그러자.

"잠깐!"

또 안에서 목소리가 나고, 여덟 명의 여자가 봉황처럼 달려왔다.

"기다리십시오."

"이 괴한은."

"저희와 인연이 있는 자인 듯싶습니다."

여덟 사람이 거기에 나란히 서더니, 그녀들은 날카롭게 이누타 고분고를 바라보며 말했다. 물론 아까 보고에 있었던 '——이가와 코가의 구슬을 둘러싼 닌자술 싸움'이라는 한 구절에 마음이 울리는 바가 있었던 탓이다.

"아하."

하고 고분고는 또 말했다.

"이것이 그것인가."

하고 말한 것은, 이 또한 유서에 있던 '——구슬을 훔치고 대신 이 구슬을 남긴 이가의 여자'라는 한 구절을 떠올렸기 때문이다.

"거지——사토미의 가신이냐."

하고 후나무시가 말했다.

"사토미의 가신이, 다른 상대도 아니고 하필 혼다가에 관련하여 행패를 부리다니, 뒤탈이 두렵지 않은 것이냐."

"나는 천하의 거지다."

멍청하게, 온화하게 이누타 고분고는 말했다. 그러고 나서 목소리를 돋우어,

"여러 나리들, 가련한 거지에게 한 푼 줍쇼——."

왼손의 밥그릇을 불쑥 내밀었다.

그 두 눈에 갑자기 피가 튀었다.

두 명의 여자 닌자의 가냘픈 손이 올라가더니 던져진 표창——사방으로 못이 튀어나온 작은 암기가 고분고의 두 눈에 파고든 것이다.

"여러분, 여러분——."

하고 고분고는 외쳤다.

지나친 무방비함에, 씩 하고 조소를 띠며 한두 발짝 앞으로 내딛고 있던 여자 닌자들은 깜짝 놀랐다.

순식간에 두 눈이 망가진 고분고는 그 사실을 깨닫지 못하는 듯한 발걸음으로——그것도 정확하게 안채 쪽으로 걷기 시작한 것이다.

"천하의 구경거리."

낭랑하게 말했다.

"——멈추어라!"

절규하며 양쪽 벽에서 이가 사람 둘이 달려왔지만, 그것이 이가 사람답지도 않게 몹시 부주의했던 것은 상대를 장님이라고 보고 방심하고 있었기 때문일까, 아니면 생각지도 못한 상대의 침착함에 당황하고 있었기 때문일까. 떡갈나무 몽둥이는 하나의 뿌리에서 바늘 두 개가 갈라져 나온 솔잎처럼 오른쪽에서 왼쪽으로 한 번 번득

이고, 그러자 두 사람 다 핏덩어리가 되어 널브러져 있었다.

"——오오!"

두 명의 여자 닌자가 펄쩍 뛰어 피하면서 사슬낫의 사슬을 휘둘렀다.

하나의 추는 캉 하고 튕겨 나갔지만, 다른 한쪽의 사슬은 고분고의 오른쪽 다리에 단단히 감겼다.

추가 튕겨 나온 여자 닌자는 한 손에 그 추를 받아 들자마자, 이번에는 반대로 낫을 던졌다. 낫과 추로, 마치 베를 짜는 듯한 묘기였다. 낫은 회전하며 날아가 고분고의 왼쪽 어깨에 위에서부터 꽂혔다.

"사도 태수 혼다 님의 흉행."

평연한 목소리는 이어진다. 놀랍게도, 왼쪽 어깨에 낫을 꽂은 채로도 왼쪽 팔에 든 밥그릇은 그대로였다.

이누타 고분고는 오른쪽 다리에 사슬과 여자 닌자를 매단 채 계속 걷는다. 그는 현관에서 이미 정원을 따라 있는 긴 복도로 접어들고 있었다.

네 명의 여자 닌자는 마치 마풍(魔風)을 맞은 꽃잎처럼 뒷걸음질치며 그 복도를 물러났지만, 먼 복도 끝에서 시종을 거느린 사도 태수가 서서 가만히 이쪽을 보고 있는 것을 깨닫자 그중 닌자도를 들고 있던 두 사람이 비단을 찢는 듯한 날카로운 소리를 지르며 도신을 번득였다.

한 자루의 도는 몽둥이에 튕겨 나갔지만 즉시 그 몽둥이는 고분고의 팔을 매단 채 정원으로 날아갔다. 눈이 먼 고분고는 오른팔이 어깨에서 잘려 떨어진 것이다.

"이가와 코가의 구슬을 둘러싼 닌자술 싸움."

고분고는 왼팔과 밥그릇을 내민 채 걷는다. 손에 이미 아무런 무기도 없고, 아니, 그 손 하나는 잘려 떨어지고, 머리에서부터 붉은 안료를 뒤집어쓴 듯한 모습으로도 걸음을 멈추지 않는 모습은, 이미 인간이 아닌 처참하기 그지없는 귀기로 넘치고 있었다.

어지간한 사도 태수도 마치 꼼짝달싹도 못 하게 묶인 것처럼 우두커니 서 있다. ——그리로 보이지 않는 눈을 향하며,

"승부가, 어찌 될 것인지!"

하고 고분고가 외쳤을 때, 그 목을 두 자루의 표창이 종횡으로 꿰뚫었다.

과연 손에 들고 있던 밥그릇을 떨어뜨리고 쿵 하고 무시무시한 울림을 내며, 이누타 고분고는 쓰러졌다.

그것을 끝으로 그는 움직이지 않게 되었지만, 그 얼굴이 피바다에 잠긴 것이나 마찬가지인데도 불구하고——실로 평온하고 고요한 것을 보고, 여자 닌자들은 얼굴을 마주 보았다.

"숨통이 끊겼을 거야."

하고 후나무시가 말했다. 두 개의 표창은 실로 숨통을 끊은 것이나 마찬가지일 터였다.

그리고 죽은 사람의 얼굴이 지나치게 평온하고 고요한 것이 신비하여 오히려 견디기 어려운 초조함을 불러일으켰는지, 뜻을 굳힌 듯 성큼성큼 가까이 다가갔다.

후나무시는 팔도 무기도 없는 고분고의 오른쪽에서 세 발짝 위치에 서서 가만히 들여다보다가, 안도한 듯이 곁으로 다가가 몸을 굽혔다.

그때 죽은 사람의 왼팔이 스윽 뻗어 그녀의 소맷자락을 붙잡았다. 그리고 순식간에 그녀의 목에 얽히더니 그 검은 머리카락을 덥석 입에 물었다.

"앗."

일곱 명의 여자 닌자들은 일제히 달려갔지만, 거지의 괴력에 끌려 쓰러진 후나무시는 상대의 몸에 겹쳐진 채 회오리바람처럼 돌고 있어, 순간적으로 손도 댈 수 없었다.

형용도 할 수 없는 신음이 일고, 후나무시는 몸을 날려 물러났다. 거지가 그녀의 머리카락을 입에서 놓은 것이다.

"마지막 흥행은 9월 9일."

하고 말했다. 꺼질 듯한 목소리였다.

"아무쪼록 구경해 주시기 바랍니다──."

축 늘어진 왼팔에서 굴러나온 것을 보고, 일곱 명의 여자 닌자는 숨을 삼켰다. 그것은 피투성이가 된 한 개의 안구였다.

그녀들은 깜짝 놀라 돌아보았다.

몸을 젖히고 있던 후나무시는 기둥에 등을 부딪쳐 일어섰지만 그 아름다운 뺨에──왼쪽 눈에서 피를 뚝뚝 흘리고 있다.

그 눈은 이상한 빛을 내뿜고 있었다. 평범한 눈동자가 아니었다. 그것은 밝은 무기질적인 광택을 띠고 크게 부릅뜨인 채, 깜박이지도 않는 그 표면에는 무언가 글씨 같은 것이 떠올라 있었다.

여자 닌자들만이 그것을 읽었다.

"열(悅)."

하고.

거지는 후나무시의 왼쪽 눈을 손가락으로 파내고, 그 대신 그 구슬을 안와에 밀어 넣은 것이다. ——구슬은 아까 밥그릇을 떨어뜨리기 직전까지 밥그릇에 들어 있던 것이었다.

"으음······."

일제히 숨을 내뱉으며 돌아보니 대 자로 뻗은 거대한 거지의 몸은 이때 조용히 창백해져 갔지만, 그 얼굴에는 여전히——아니, 마치 유유한 구름이 오가는 것을 보이지 않는 눈으로 보고 있는 듯한, 만족스러운 웃음이 새겨져 있는 것이었다.

2

"사토미 사람임은 틀림이 없습니다."

하고 핫토리 한조가 말했다.

이미 해는 완전히 지고 방에는 단경^{주2)}이 하나 세워져 있었지만,

주2) 단경(短檠), 실내용 등화 기구의 일종. 낮은 기둥의 위쪽에 기름접시가 있고, 아래의 받침대는 직사각형의 상자 모양으로 되어 있다.

그 연기가 똑바로 서서 움직이지 않을 정도의 정적이다.

정면에 사도 태수 혼다가 가면처럼 무표정한 얼굴로 앉아 있고, 그것을 둘러싼 이가의 무리는 숨도 쉬지 않고 있는 것 같았다.

──침묵 후에, 간신히 한조가 그렇게 중얼거린 것이다.

핫토리 한조쯤 되는 자가 뻔히 아는 말을 한다. 그것은 자기 자신도 알고 하는 것이지만, 그의 입장에서 보자면 무언가 말문을 열지 않고는 견딜 수 없었던 것이다.

"사토미가에 그 정도의 코가 사람이 있는 줄을 몰랐습니다. 작년 말, 아와에서 돌아온 후나무시에게서 여덟 명의 노인에 대한 이야기를 듣고 글쎄, 하며 고개를 갸웃거렸지만, 아직 그런 사내가 남아 있었을 줄은…… 조사가 부족했습니다, 참으로 저희 핫토리 일당의 실수였습니다."

"아직 그 사내 이외에 더 남아 있다고 생각하나?"

"그 결투장이나 마찬가지인──대담한 도전장을 보건대, 그리 생각됩니다. ……하지만 그렇다고 해도 사토미가가 영주님에 대해서, 설마 그런 반격을 시도하리라고는."

"……나도 사토미를 조금 잘못 평가하고 있었던 것 같네."

사도 태수는 쓴웃음을 지었다.

"정말로 그대의 말대로, 그 바보 영주가 코가 사람을 키워 그렇게 보내올 기개를 가지고 있다니. 하기야, 코가 사람을 옛날부터 키워 오고 저항하는 것은 아마, 그자의 구니가로 마사키 다이젠이라는 실력자의 막후 조종일 테지만──글쎄, 어찌할까."

사도 태수는 중얼거렸다.

"사토미가 멸문을 앞당길까. ……아니, 지금으로서는 그럴 구실이 없네. 아까 그 괴한의 일을 추궁해도, 그런 자는 모른다고 시치미를 뗄 테지."

그것은 이쪽이 사토미가의 구슬을 훔치고 시치미를 떼고 있는 것과 완전히 똑같은 일이다.

"그렇다 해도 아까 그 사내, 불사신의 체력, 기력을 가지고 있는 것으로 보이기는 했지만…… 오직 혼자서 이곳에 쳐들어와 구슬을 빼앗을 수 있을 거라고 생각한 것일까."

그는 고개를 갸웃거렸다.

"게다가 사람을 바보 취급하는 그런 결투장을 들이대고——그리고 구슬을 이쪽이 땅속에 묻거나 바다 밑에 던지거나 혹은 부숴 버린다면, 만사가 끝장이 아닌가."

"아니요, 그것은 안 됩니다."

여자의 쉰 목소리가 들렸다.

후나무시다. 그녀는 거기에 앉아 있었다. 그 왼쪽 눈에는 검은 안대가 둘러져 있었다. 그러나 바로 조금 전에 그 정도의 중상을 입고 벌써 거기에 단정하게 앉아 있다니, 실로 놀라운 기력이다.

"그러면 이가가 코가에 지는 것이 됩니다."

"이가, 코가."

하고 사도 태수는 말했다.

"참으로, 이가와 코가의 구슬을 둘러싼 닌자술 싸움, 승부가 어찌 될 것인지, 라고 했지."

"영주님."

하고 후나무시는 말했다.

"저희가 오사카에 가는 것은 취소해 주실 수 없으시겠습니까."

"취소하고 어찌하려고."

"후세히메의 구슬을, 저희가 끝까지 지켜 내겠습니다. 저희가 직접 맡은 일인 데다…… 이런 꼴을 당하고서는."

'이런 꼴'이라는 말에도, 물론 아무도 웃는 사람은 없었다. 아까부터 모두 침묵하고 있었던 것은 그 무참한 그림 같은 처참한 광경을 떠올리고 있었기 때문이지만, 이곳에 있는 이가 사람들의 마음을 사로잡고 있었던 것은 공포가 아니라 분노였다. 하물며 당사자인 후나무시가 복수의 귀녀(鬼女)라고도 할 수 있는 인간으로 변한 것은 당연한 일이다.

"게다가 적에게 이것을 분명하게 말해 주어야 합니다."

"적이라니?"

"짐작 가는 바가 있습니다. 일전에 말씀드린 요시와라의 길거리 예인들…… 지금 와서 보니, 역시 그들을 놓아주지 말았어야 했다는 생각이 듭니다. 날이 밝으면 당장 다시 한번 그곳으로 가겠습니다. ……영주님! 부디 저희를, 이대로 에도에 머무르게 해 주십시오!"

"만일 아까 그 남자와 동류가 있다면."

하고 한조도 말을 꺼냈다.

"참으로 살려 두어서는 안 될 놈들, 만일 이대로 사토미가가 멸문된다면 오히려 뒤탈을 남기게 될 것입니다. 오히려 그 구슬을 미끼로 그놈들을 끌어들여 모두 처치하는 편이 도쿠가와가를 위해서도, 혼다가를 위해서도 도움이 될 것이라 생각합니다."

한조가 음산한 눈을 허공에 고정하며 말한 것은, 이 말대로일 가능성이 큰 것과는 별개로 역시 그도 아까 그 도전장에 있던 '이가와 코가의 닌자술 싸움'이라는 한 구절이 마음에 걸렸기 때문이다. ─ 그놈은 그것을 천하에 광고했다!

"흠, 이제야 알겠네."

사도 태수가 갑자기 고개를 끄덕였다.

"아까 그 사내, 용맹하기야 용맹하다지만 너무나도 재주가 없어 보였는데…… 과연, 이것을 노린 것이었군, 구슬을 무사히 남겨 두기 위해──구슬을 이가 무리에게 맡기기 위해──."

이가 사람들은 흠칫하며 하나같이 깜짝 놀란 안색이었다.

"그것을 알면서도, 그자의 수법에 넘어가 보겠느냐."

"그럼 영주님. ──코가 놈과 싸우는 것을 허락해 주시겠습니까."

하고 후나무시는 외쳤다.

"기꺼이 놈들의 수법에 넘어가──넘어간 것처럼 보인 후, 반드시 코가 놈들을 모조리 없애고야 말겠습니다."

"후나무시."

하고 한조는 부르고 나서,

"다마즈사, 아사가오, 유가오, 후부키, 쓰바키, 사모, 보탄──."

하고 순서대로 이름을 불렀다.

"해 보겠느냐?"

"바라는 바입니다."

여덟 명의 여자 닌자는 일제히 얼굴을 쳐들었다. 그 요염하기 짝이 없는 얼굴에 하나같이 침착한 엷은 웃음이 떠올라 있었다.

사도 태수 혼다는 물끄러미 한조를 보았다.

"해 보게. 나는 핫토리 일당을, 닌자로서는 세상에 겨룰 자가 없을 정도라고 믿고 있었네만…… 아와에 그 정도의 코가 무리가 있었다니."

그리고 실로 차가운, 핫토리 무리에게 있어서는 실로 으스스한 한마디를 흘렸다.

"사토미가를 없애느냐 남기느냐는 별개로 치고…… 상황에 따라서는, 그 아와의 코가 무리를 부하로 삼아, 조정의 무뢰배 역할로 삼아도 좋겠다는 생각이 드네."

"고분고는 돌아오지 않는구나."

어둠 속에서, 무라사메는 중얼거렸다.

그녀는 두꺼운 회화나무 그늘에 두 마리의 개와 함께 몸을 숨기고, 물끄러미 멀리 있는 사도 태수 혼다의 저택 쪽을 삿갓 너머로 바라보고 있었다.

무라사메는 이곳에서 이누타 고분고가 혼다가의 문으로 다가가는 것을 보고 있었다. 그가 사타구니에서 기괴한 흰 천을 늘어뜨리고 걸어가는 것을 보고 있었다. 그러나 무엇 때문에 그런 기괴한 짓을 했는지는 짐작이 가지 않았다.

"──고분고, 그런 짓을 해서, 정말로 구슬을 얻을 수 있나요?"

불안한 듯이 말하는 무라사메에게,

"괜찮습니다. 이것이 코가 만지다니에 비밀리에 전해지는 구슬을 얻는 주문이지요."

하고 고분고는 호쾌하게 웃으며 고개를 끄덕였다. 그러고 나서 덧붙였다.

"다만, 반각이 지나도 제가 돌아오지 않았을 때는, 이 팔방을 타고 일단 이 자리를 떠나십시오."

그렇게 말하고 그가 혼다 저택으로 쳐들어가고 나서, 그곳까지 전해져 오는 무시무시한 싸움의 소리를 무라사메는 듣고 있었다. 이윽고 그 소리가 끊기고 밤이 왔다.

"고분고는 돌아오지 않아."

무라사메는 다시 한번 슬픈 듯이 중얼거렸다. 반각은 고사하고 벌써 1각 이상이나 지났다.

불안에 가슴이 짓눌리는 것 같았지만, 무라사메는 마음을 다잡았다. 언제까지나 이곳에 머물러 있어서는 안 된다. 이누타 고분고에 대해 한시라도 빨리 전하러 가야 할 사람이 있다.

"팔방을 타고 가시면, 이누사카 게노의 팔방이 게노가 있는 곳으로 마님을 모시고 갈 것입니다."

고분고가 그렇게 말한 것을 떠올린 것이다.

"팔방, 게노가 있는 곳으로 데려가 다오."

천천히, 무라사메가 한 마리의 거대한 개의 등에 올라타자, 두 마리의 개는 어둠의 밑바닥을 바람처럼 달리기 시작했다.

염불도(念佛刀)

1

"어디로 가는 것이냐, 팔방……."

무라사메는 몇 번이나 물었다.

두 마리의 팔방은 북쪽으로 북쪽으로 달려간다. 낮 동안의 바람은 약간 봄기운을 띠기 시작했지만, 밤이 깊어지면서 하늘에 걸려 있는 초승달은 바람에 잘 갈린 낫 같았다.

에도의 지리에 어두운 무라사메는 팔방이 어디를 달리고 있는 것인지 알 수가 없었다. 에도성을 둘러싼 일대의 막부의 중신이나 여러 영주의 저택들이 으리으리한 것에 깜짝 놀라고, 또 그 주위에 순식간에 즐비해져 가는 상가(商家)의 집들에 눈을 크게 뜨고——그것이 하나같이 새로 지은 나무의 향기를 흩뿌리고 있는 것을 맡은 만큼, 거기에서 그리 멀지 않은 지대에 이런 황폐한 경관이 있을 것이라고는 생각도 하지 못했다.

풀이 마른 물과 황야 속에 드문드문 절 같은 것이 있다. 그것이 밤하늘 아래에 모두 무너져 가고 있는 것이다.

에도는 도쿠가와가가 들어오기 전에 이미 큰 촌락이었다. 에도씨(氏) 일족, 오타 일족, 그리고 우에스기, 호조 등이 어떨 때는 이곳에 거성(居城)을 두고, 역참을 두면서 여기저기 절이 만들어진 것이 틀림없다. 아니, 예를 들어 아사쿠라 관음[주1]이 모셔진 것이 이미 아스

주1) 淺草觀音(아사쿠사 관음), 淺草寺(아사쿠사데라, 또는 센소지라고도 읽는다)의 통칭. 도쿄 다이토구 아사쿠사에 있는 절. 628년에 강에서 나타난 관음상(觀音像)을 모신 것이 시초로 전해진다.

카 시대[주2]라고 전해질 정도다. 그러나 이에야스는 에도로 들어옴과 함께 절의 대부분을 슨푸에서 데려왔다. 또 그 자신의 도시 계획에 의해 새로 언덕을 무너뜨리고, 해자를 파고, 바다를 메웠기 때문에 사람들은 그 새로 생긴 땅 쪽에 이끌려, 오히려 옛날부터 있던 절이나 집락이 쇠하고 황폐해져 간다는 현상이 왕왕 보이게 되었다.

무라사메는 그런 것은 모른다. 그곳이 어디인지도 모른다. —— 그러나 나중에 생각하면, 스미다가와 강을 따라 있는 센주라는 곳 부근이었던 것 같다.

팔방은 한 절로 들어갔다.

산문은 무너지고 경내까지 마른 풀이 우거지고——그리고 본당의 기와가 곳곳에 흩어져 떨어져 있는 절이었다.

"여기? 여기에?"

그 본당 앞에서 두 마리의 팔방은 멈추어 섰다.

"이런 곳에, 이누사카 게노가?"

한 마리의 팔방의 등에서 내리자, 팔방은 몸을 돌려 무라사메의 얼굴을 보고 있었다. 또 한 마리인 게노의 팔방은 벌써 본당의 회랑으로 올라가려는 것 같았다.

마치 여우나 너구리가 사는 곳 같다. 사람이 살고 있으리라고는 생각되지 않는다. ——그러나 개에게 이끌려 개의 안내를 받으며 무라사메가 더듬더듬 걸어가자,

---

주2) 飛鳥時代(아스카 시대), 나라(奈良) 분지 남부의 아스카 지방을 수도로 하던 스이코(推古) 왕조 전후의 시대. 6세기 말~7세기 초로 보는 것이 보통이다.

"——엇?"

갑자기 어둠 속에서 인간의 목소리가 났다. 남자의 목소리다.

"저건 뭐지?"

다른 목소리가 들렸다. ——목소리의 주인들은 갑자기 나타난 네 개의 호박색 눈을 본 것이다. 그것은 두 마리의 팔방의 눈이었다.

"게노! 게노 아닌가요?"

하고 무라사메는 무서운 나머지 말을 걸었다.

"여자다."

신음한 어둠 속의 목소리도 공포로 떨리고 있다. 네 개의 빛나는 것이 개인 줄은 아직 모르고, 거기에 부드러운 여자의 목소리가 들렸으니 오히려 깜짝 놀란 모양이다.

"아니, 밤중에 함부로 방문하다니 누구냐."

하고 소리쳤다. 나중에 생각하면 이곳은 도둑이 사는 곳이었으니 이것은 이상한 말이다.

"무라사메예요."

"무라사메? ……이봐, 불을 켜."

어쨌든 위험성은 없다고 본 모양이다. 부싯돌 소리가 나더니, 그곳에 붉은 불꽃이 활활 타올랐다. 횃불이었다.

횃불의 불꽃에 비추어져 그곳에 검은 옷을 입은 남자 두 명이 보였다. 복면은 하고 있지만 눈만 보아도 분명히 이누사카 게노의 눈은 아니다. 게다가 주위의 엄청난 거미줄도 그렇고, 또 기울어진 굵은 기둥도 그렇고——무라사메는 깜짝 놀라 멈추어 섰다.

"오…… 여자인 줄 알았더니 젊은이가 아닌가."

"젊은이라 해도, 이상하게 여자 같은데."

검은 두건의 남자는 눈을 깜박거렸지만 곧 창을 고쳐 쥐고,

"수상한 놈이다. 이리 와!" 하고 말하면서 성큼성큼 큰 걸음으로 다가오려고 했다. 무라사메 앞에 두 마리의 팔방이 천천히 나와, 눈을 번득이며 두 자루의 창을 맞이했다. ——평범한 개가 아니라고, 본능적으로 느낀 듯하다. 두 사람은 못 박힌 것처럼 딱 멈추었다.

"팔방, 정말로 이누사카 게노는 여기에 있는 거니?"

"이누사카 게노——두목의 이름을 가신처럼 부르는 네놈은 대체 뭐냐."

개가 노려보는 바람에, 두 남자는 신음하듯이 말했다.

"두목? 그럼 역시 게노는 이곳에 있는 것인가. 이누사카 게노는 내 가신입니다. 아와의 무라사메가 왔다고 전해주세요."

"아와의 무라사메가 왔다——."

아직도 이해할 수 없는 얼굴을 하고 있었지만, 너무나도 이상한 무라사메의 출현과 그 침착함에 이것은 보통 일이 아니라는 것만은 느껴졌던 것이리라.

"기, 기다려, 잠시 기다려라."

"여기서 움직이면 안 된다."

하고 말하더니 등 뒤의 썩어 가는 문을 열고 두 사람 다 그리로 달려 들어갔다.

보고 있자니 횃불의 불이 아래로 가라앉아 간다. 생각지도 못하

게 그런 곳에 계단이 있어 아래로 내려가는 것 같다.

"팔방."

하고 무라사메는 불렀다. 팔방이 하카마 자락을 잡아당겼기 때문이다.

"기다리렴. 저 남자들은 여기서 기다리고 있으라고 했어. 기다리자."

그러나 문이 열렸으니 들어가도 된다고 생각했는지, 팔방은 끊임없이 당긴다. 또 한 마리의 팔방은 벌써 계단을 내려가려고 하고 있다.

무라사메는 별수 없이 그것을 쫓아 들어갔다. 지금 횃불이 아래로 가라앉는 것을 보지 않았다면 굴러떨어졌을지도 모른다. 먼저간 횃불의 불빛은 이미 보이지 않고 주위는 암흑이라 그저 손으로 더듬으며 걸어야 하지만, 나무 계단이 아니라 발밑도, 양쪽도 흙이었다. 이 황폐한 절에는 생각지도 못하게 땅 밑에 무언가 만들어져 있는 모양이다.

"──이누사카 게노는 무엇을 하고 있는 것일까?"

고개를 갸웃거리며, 무라사메는 흙 계단을 내려갔다.

열다섯 계단쯤 내려가자 발밑은 평지가 되었다. 통로는 두세 발짝 후에 오른쪽으로 구부러지고, 또 두세 발짝 후에 왼쪽으로 구부러지더니, 거기에 커다란 판자문이 버티고 서 있었다. 판자가 갈라져 거기에서 불빛이 실처럼 새어 나온다.

그 희미한 불빛과, 어둠에 눈이 익숙해진 덕에, 무라사메는 상부를 지탱하는 굵은 들보나 판자문을 둘러싸고 있는 기둥을 볼 수 있었다. 아무래도 이런 곳에 방을 하나 만든 모양이다. 이래서야 등불을 켜도 외부에는 전혀 새어나가지 않을 것이다.

무라사메는 그 실 같은 불빛에 눈을 대고는 숨을 삼켰다.

문 맞은편은 열 평 정도의 방으로 되어 있다. 옆의 당지문이 열려 있고 그곳에도 다음 방 같은 것의 일부가 보이는 것으로 판단하면, 적어도 방은 이곳 하나가 아닌 듯하다.

──그것이, 당지문도 그렇고 세간도 그렇고, 또 한쪽에 쌓여 있는 커다란 상자나 고리짝도 그렇고──다테야마의 성 안방에도 뒤지지 않을 정도로 호사스러운 광경이다.

거기에 십여 명의 여자들이 둥글게 모여 있었다. 모두 젊고 아름다운 여자로, 그중에는 어찌 된 셈인지 농염한 반라의 여자도 있었다.

원 안에 한 젊은 남자가 서 있었다. 옷을 갖추어 입고 있는 중이고, 그것을 여자들이 돕고 있다. 원 바깥에는 아까 그 파수꾼인 듯한 두 남자가 엎드려 무언가 말하고 있는 목소리가 들린다.

"아와의 무라사메 님. ……네놈들 미치기라도 한 거냐."

젊은 남자는 당황하고 있었다. 그러나 무서울 정도로 멋진 남자다. ──그 박력에 한번은 다른 사람인가도 생각했지만, 곧 무라사메는 거기에서 그리운 팔견사의 아들 한 명의 얼굴을 찾아냈다.

"하지만 미쳤다고 해도, 네놈들이 무라사메 님의 이름을 알고 있을 리는 없지. ……어디에 계시지?"

옷차림을 갖추더니, 성큼성큼 걸어와 문을 열었다.

"게노. ……나는 여기에 있어요."

"……아니!"

"무라사메예요."

이누사카 게노는 펄쩍 뛰어 물러나더니 물끄러미 무라사메를 바라보고 있었지만, 갑자기 그 자리에 주저앉고 말았다.

"오오, 무라사메 님. ……많이 자라셨군요."

박력 있는 미모가 한순간 느슨해지고, 다시 다른 사람처럼 상냥한 얼굴로 일변했다.

"무라사메 님, 무라사메 님이 에도에? 어째서입니까?"

"사토미가의 어려움을 구해 달라고 하기 위해서예요."

게노는 갑자기 침묵했다.

"게노, 후세히메 님의 구슬이 도난당한 것은 알고 있나요?"

"……알고 있습니다."

무라사메의 얼굴에 얼핏 의심의 빛이 스쳤지만 곧 눈을 빛냈다.

"아아, 그대는 이런 곳에서 같은 편을 모아 구슬을 되찾을 계략을 짜고 있는 것이로군요. 어쨌거나 상대는 천하의 조정이니, 당연한 일이에요."

게노는 눈을 꿈벅거리고 있었지만 이윽고 말했다.

"마님, 어떻게 제가 있는 곳을 아셨습니까?"

"팔방이 데려와 주었어요."

"팔방——오오, 팔방이 두 마리, 한 마리는 고분고의 팔방이 아닙니까. 고분고를 만나셨습니까? 고분고도 함께 온 것입니까?"

"이누타 고분고는 사도 태수 혼다 님의 집에 몽둥이 하나만 들고 쳐들어갔어요."

2

——게노는 이야기를 듣고,

"저질렀군, 고분고."

하고 생각했다.

이누타 고분고가, 무엇이 어찌 되었든 곧장 사도 태수 혼다의 저택으로 찾아간 이유도, 그 훈도시에 적힌 글씨의 의미도, 메아리처럼 가슴에 울린다. 그것은 구슬을 훔친 이가 무리의 자존심을 도발하여 구슬 뺏기 싸움을 성립시키기 위해서다. 그리고 무엇보다도 고분고가 무라사메 님을 만나자마자 그런 행동으로 나간 마음도 이해가 간다.

"게노, 고분고는 어찌 되었을까요."

"……죽었겠지요."

"죽었다고요? 고분고는 죽었나요?"

무라사메는 외쳤다.

"아아, 역시——하지만 고분고는, 반드시 무사히 구슬을 가져오겠다고 말했는데."

"구슬은 제가 가져오겠습니다."

라고 말하며 이누사카 게노는 스스로도 어안이 벙벙하고 있었다. 그러나 그것은 진실의 목소리였다.

"그대가——언제?"

"지금부터."

"지금부터? ——고분고가 죽었다고 하는데."

"그것도 확인할 필요가 있으니까요."

"게노, 그것은 빠른 편이 좋겠어요. 한시라도 빨리 구슬을 되찾아 영주님께 가져다드리고 안심시켜 드리고 싶어요. ——하지만 상대는 사도 태수 혼다예요. 그대의 가신은 몇 명이나 있나요?"

"열세 명 있습니다. 이봐, 다들 나와."

그러자 옆의 땅굴 같은 곳에서 남자들이 줄줄이, 공손하게 나타났다. 열한 명, 아까 그 파수꾼과 합해서 정말로 열세 명이다. 그러나 그 얼굴을 보고 무라사메는 약간 고개를 갸웃거렸다.

하나같이 별로 강해 보이지 않는다. 병자처럼 야윈 남자도 있고, 쟁반처럼 둥근 호인(好人) 그 자체인 얼굴의 남자도 있고, 입을 딱 벌리고 있어 정상이 아닌 것이 아닌가 싶은 남자도 있다.

"이것이…… 후세히메 님의 구슬을 도로 빼앗기 위해 움직여 줄 그대의 가신인가요?"

"그, 그렇습니다."

"고생이 많군요. 고마워요. ……이 무라사메, 감사 인사를 드립니다."

무라사메가 머리를 숙여도 여전히 입을 딱 벌리고 있는 놈이 있어,

"내 주군이시다! 인사드리지 못할까!"

이누사카 게노가 질타했다. 열세 명의 남자들은 놀라서 납작 엎드렸지만, 여전히 당황하고 있었다. 이 사납기 그지없고 어딘가 잔인한 데조차 있는 두목에게 주군으로 섬기는 여인이 있다니, 지금 처음 들었기 때문이다.

그들은 모두 도둑이었다. 본래 좀도둑이었던 자도 있지만, 절반은 협도(俠盜) 이누사카 게노가 죽을 뻔한 목숨을 구해 준 가난뱅이 중에서 특별히 지원하여 일당에 가담한 자들이다. 어쨌거나 지금은 부자에게서 빼앗아 가난한 자에게 나누어준다는 게노의 인생 목적에 공명하고, 심취해 있는 남자들이다.

내 주군, 이라고 게노는 마음속으로 생각했다. 실로 이 무라사메 님이야말로 자신의 주군이다. 나는 그 아와 태수 다다요시 님 따위를 위해 죽는 것이 아니다.

내가 죽는다? 나는 죽을 생각인 것일까?

"게노, 겨우 이 인원으로 괜찮겠어요?"

무언가 막연한 안색이 된 게노에게, 무라사메는 불안을 느낀 듯 말했다.

이누사카 게노는 생각에 잠겨 있다. 지난날 밤 혼다 저택에 모여 있던 이가 무리의 무시무시한 추적을 떠올리고 있다.

"아니, 이자들은 쓸 수 없습니다."

하며 그는 얼굴을 들었다.

"저 혼자 갈 것입니다."

"그대 혼자……."

"고분고는 이가와 코가의 구슬을 둘러싼 닌자 싸움, 이라고 결투장을 던진 듯하니…… 그저 구슬을 가져오는 것만이 아니라, 이것은 닌자술 싸움입니다. 코가의 이름에 걸고, 저 혼자서 겨루고 오겠습니다."

"코가 닌자술, 그것은 어떤——."

"무라사메 님, 황공한 말씀이오나 잠시 이 절 밖에서 기다려 주십시오. 저도 곧 뒤따라가겠습니다."

하고 이누사카 게노는 말했다.

"저 혼자라고는 말씀드렸지만, 이자들에게 은밀히 부탁하고 싶은 일이 있습니다."

무라사메는 순순히 고개를 끄덕이고, 팔방을 데리고 떠났다.

그 모습이 흙 계단 위로 사라지자 이누사카 게노는 돌아보았다.

"너희들."

하고 둘러보며,

"나를 위해서라면, 언제든지 죽어 주겠다고 했지."

"그렇습니다."

하고 열세 명의 남자들은 말했다. 남자들뿐만 아니라 거기에 있던 열세 명의 여자들도.

여자들은 게노가 납치해온 것이 아니다. 역시 게노가 구해준 가난한 처녀들이다. 그것도 세상에 나가면 법의 처벌을 받지 않을 수 없는 여자들이었다. 그러나 그것이 아름다운 여자들뿐인 것은, 게노가 단순한 자선만으로 거둔 것이 아님을 증명하고 있다. 게노는 열세 명의 여자를 모두 사랑하고 있었다. 물론 육체적인 의미뿐이다. 그런 것을 조심스러워할 정도라면 처음부터 도적질 같은 것은 하지 않는다. 도적 일의 재미, 훔친 것을 가난한 사람에게 뿌리는 즐거움——그것과 이것은 다른 이야기라고 처음부터 구분하고 있다. 그리고 그 여자들을 애무하는 방법은 언젠가 그가 이누타 고분고에게 "——지금 하고 싶은 일을 할 수 있는 사람은, 천하에 내가 제일일 걸세"라고 자랑했을 정도로 방약무인한 것이었다. 그리고 여자들도 모두 이 세상의 법도를 초월한 젊은 수령을 사랑하고, 그의 쾌락의 샘이 되는 데 모든 영혼을 바치고 있었다.

"너희들이 처음으로 일을 해줄 때가 왔다."

오히려 차갑게 웃는 얼굴로 게노는 말했다.

실제로 그는 스물여섯 명의 남자와 여자를 도적질 자체에 부린 적은 없다. 고작해야 감시나 운반, 혹은 분배 작업에 쓸 뿐이고 그 외에는 그 혼자서 일했다.

"목숨을 달라고는 하지 않을 것이다. 여자는——몸을 다오."

"몸을——?"

여자들은 몸은 이미 바쳤지 않습니까, 라는 얼굴을 했다.

"너희들은 이 열세 명의 남자에게 몸을 맡겨라."

"앗, 그것은——."

"내가 부탁하는 것이다."

그리고 나서 남자들에게 말했다.

"너희들은, 너희들의 음경을 다오."

"앗, 그것은."

"내가 명령하는 것이다."

얼굴을 마주 보는 부하들 앞에서, 지금 자신이 한 말을 잊은 듯한 얼굴로 이누사카 게노는 생각에 잠겨 있다.

그것은 코가 만지다니에서 배워 온 것이 아니라 예전에 자신의 수령이었던 대(大)도적 고사카 진나이에게서 배운 후마의 닌자술이었다. 가르친 진나이도 시도한 적이 없다고 했지만 배운 게노도 지금까지 사용한 적이 없다. 그 닌자술을 실현하는 데 필요한 것이 쉽게 구할 수 없는 것이고, 게다가 그것을 사용하는 것은 당사자의 목숨을 확실하게 단축시키는 것이라고 들었기 때문이다.

"나는 어쩌면 죽을지도 모른다."

"두목님, 대체 무엇을 하시려는 겁니까?"

"내가 오늘 밤에 아침까지 돌아오지 않으면, 나는 죽었다고 생각해 다오. 이누사카 무리는 해산이다. 여기에 있는 재산은 모두 함께 나눠 가져라. 그리고 정당한 직업을 가져라."

"무슨 말인지 모르겠어요. 두목! 두목이 돌아가시다니요!"

얼간이 부하가 갑자기 울음소리를 냈다. 게노는 미소를 지었다.

"나를 죽이고 싶지 않다고 생각한다면, 지금 말한 것을 나에게 다오."

이누사카 게노가 부하 남녀들에게 복종시킨 행위는 실로 터무니없는 것이었다.

그는 부하들을 모두 알몸으로 만들고 남자들 모두에게 여자를 안게 했다. 교합하게 했다. 일어서게 했다. 걷게 했다. 그리고 배와 배 사이에 하나씩 도신(刀身)을 끼우게 했다. 그러고 나서 염불을 외도록 명령했다.

"나무아미타불, 나무아미타불……."

하나의 촛대를 중심에 두고, 그는 그 밑에 앉았다.

"돌아라."

기괴한 열세 쌍의 군무는 땅 밑의 방을 돌기 시작했다. 배를 떼면 도신이 미끄러져 떨어지기 때문에 그럴 수는 없다. 필사적으로 밀착시키지만, 그래도 걷고 있으니 도신은 서서히 내려간다.

"나무아미타불, 나무아미타불……."

이 노력과 공포가 근육의 이상한 긴장과 미묘한 연동을 불러일으켜, 처음에는 창백해지고 거품을 만들며 굳어 있던 남자와 여자들은 이제 일찍이 알지 못했던 감각에 휘말려 마침내 여기저기에서 놀란 듯한 쾌락의 외침을 지르기 시작했다.

"나무아미타불!"

그것은 쾌락의 외침이었을까, 고통의 외침이었을까. ──그 비명을 지른 찰나, 그들의 몸은 차례차례 떨어졌다. 그들의 몸이 떨어진 뒤에 한 자루씩의 도와, 하나씩의 음경이 떨어졌다.

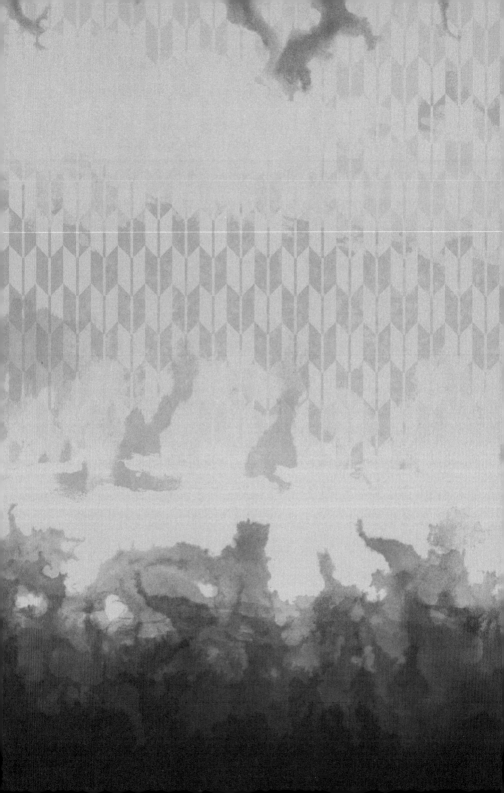

닌자술 '도(盜)'

1

"두목님."

어둠 속에서 달려온 네다섯 개의 그림자가 그렇게 불렀다.

"요시와라 일대에서 자고 있는 예인과 약장수들을 두들겨 깨워서 개를 부리는 곡예사 두 명의 집을 묻고 다녔습니다만, 그 두 놈은 평소에는 어디에 살고 있는지 아무도 아는 사람이 없습니다."

"그런가."

하고 핫토리 한조는 고개를 끄덕였다.

"좋다, 날이 밝으면 우리가 보러 가지."

여자의 목소리가 말했다.

한밤중을 지나, 이제 새벽에 가까운 시각이었다. 초승달은 이미 가라앉고, 에도성을 둘러싼 해자를 따라 조용히 걷는 무리는 모두 검은 옷을 입고 있어 보통 사람이라면 마주쳐도 알아채지 못했을지도 모른다.

요시와라에 수색하러 보낸 이가 무리가 이것을 발견하고 달려온 것은 칠흑 같은 어둠에서도 박명(薄明)처럼 볼 수 있는 닌자이기 때문이다. ——그러나 보고하고 나서 그들은 그 행렬 속의 여덟 명의 여자 중——후나무시가 짊어지고 있는 것을 보고 앗, 하며 눈을 크게 떴다.

후나무시는 한 자루의 창을 짊어지고 있었다. 그 창의 끝에는 사람 머리 하나가 꽂혀 있었다.

덥수룩한 머리카락, 두 눈에 꽂힌 표창, 그래도 그 얼굴은 씩 웃고 있는 듯하다. 말할 것까지도 없이 어제저녁, 사도 태수 혼다의 저택에 단신으로 쳐들어와 처참하기 짝이 없는 최후를 맞은 거지의 머리인데, 그 씩 웃는 입에 하얀 천이 물려 있다. 천에는 글씨가 적혀 있었다.

"이가와 코가의 구슬을 둘러싼 닌자술 싸움, 승부가 어찌 될 것인지, 마지막 흥행은 9월 9일."

이것은 그 자신이 질질 끌고 와 혼다 저택의 바깥문에 내걸었던 훈도시의 일부분을 찢은 것이다.

"요시와라에 가도 소용없어. 의외로 그자들은 이 근처에 있을지도 몰라."

"만일, 그 곡예사가 이 사내의 동료라면."

"적어도 이 사내의 동료인 코가 사람이 있을 터."

"그렇지 않다면 이런 결투장을 들이대고 이 사내가 죽을 리는 없지."

여자들은 음산하게 말했다. 모두 엷은 웃음을 띠고 있었다.

"그자들이 어디에선가 우리를 가만히 보고 있다는 것은 충분히 생각할 수 있는 일이다. 이것은 그 결투장을 확실히 받았다는 신호야."

하고 후나무시는 말하며, 창을 짊어진 채 걷기 시작했다. 이가 무리의 행렬도 움직이기 시작한다.

그들은 사도 태수 혼다의 저택에서 물러나 핫토리 저택으로 돌아가는 중이었다.

여덟 개의 구슬은 후나무시, 다마즈사, 아사가오, 유가오, 후부키, 쓰바키, 사모, 보탄 여덟 사람이 적어도 9월 9일까지는 이가 닌자의 체면에 걸고 반드시 지켜내어 보여드릴 것이다. 그러니 더 이상 이 구슬을 저택에 놓아두는 것은 조금 전의 소동과 같이 오히려 폐가 될 가능성이 있다며, 여덟 개의 구슬을 여덟 명의 여자가 맡겠다고 사도 태수에게 청한 것이다.

사도 태수는 이를 허락했다. 무엇을 생각하고 있는 것인지 알 수 없는 가면 같은 얼굴이었지만, 어쨌든 말없이 고개를 끄덕였다.

마쓰바라 소로에서 성을 돌아 한조몬^{주1)}으로.

한조몬이라는 이름은 지금도 남아 있는데, 이것은 이 문 근처에— 현재의 고지마치 8번가 부근에—— 핫토리 한조의 저택이 있었기 때문에 이렇게 불린 것이다. 핫토리 한조가 이끄는 이가조(組)는 표면상 에도성 각 문의 경호를 담당하고 있었기 때문에, 이렇게 노골적으로 불러도 사람들은 이상하게 여기지 않았을 것이다.

그들은 남몰래 핫토리 저택으로 돌아갔다.

그러나 물론, 사토미의 코가 사람이 이것을 쫓고 있을 가능성은 충분히 있다고 보고, 저택 곳곳은 이가 사람들이 감시하고 있었다.

그러나 감시하는 이가 사람들도 설마 어젯밤에 그런 일이 있고 나서 오늘——아니, 그날 밤이 아직 밝기도 전에, 유명한 이 핫토리 저택에 또다시 두 번째 코가 사람이 들어올 것이라고는 생각하지

주1) 半藏門(한조몬), 에도성(현재의 황거) 서쪽에 있는 문 중 하나.

않았다.

그런데 그자는 들어왔다.

2

누군가 한 사람이 담장 처마 밑에 한 자루의 초가 타고 있는 것을 보았다.

너무 당당하게 타고 있어서 저택 안에 있는 사람이 들고 있는 초일 거라고 생각했다. 그런데 그것이 움직이지 않고, 또한 담장 안쪽이라는 위치가 수상하여,

"——설마?"

하며 고개를 갸웃거렸을 때, 그 초가 훅 꺼졌다.

꺼진 것이 아니라 그 앞에 누군가 선 것이라는 것을 깨달았을 때——깨달은 남자는 즉사해 있었다.

즉사한 남자도 왜 자신이 죽었는지 알지 못했을 것이다. 아무도 옆에 다가오지 않고, 아무것도 날아오지 않았다. 그럼에도 불구하고 그는 명치에 무시무시한 주먹의 일격을 받고, 목소리도 내지 못하고 쓰러진 것이다.

2인조로 경호하고 있는 이가 사람이 있었다. 한 사람이 현관에 가까운 나무에서 이 초를 보았다. 그 초의 밑부분이 가로로 송곳 같은

것에 꿰뚫리더니 그것이 나무에 꽂힌 것을 깨달았을 때, 먼 그림자가 불빛을 가로막고, 이 또한 급소를 맞고 절명했다.

"엇?"

1간쯤 떨어져 있던 이가 사람이 소리를 지른 것은 갑자기 동료가 쓰러진 것에 당황한 것뿐이고, 위치가 달랐기 때문에 초를 사이에 둔 그림자는 아직 알아채지 못했지만, 그러나 이자도 다음 순간에는 친구를 쫓아 저세상으로 갔다.

"뭐지?"

정원에서, 저택 안쪽에서 질풍처럼 이가 사람들이 모여들고 뛰쳐나왔지만, 그들은 이번에는 쓰러져 있는 동료보다도 현관에서 복도로 점점이 이어져 있는 몇 자루의 초에 깜짝 놀랐다.

"괴한이다!"

"맞서라!"

고함쳤지만 괴한의 모습은 보이지 않는다. ──아니, 누구의 모습도 보이지 않는데 그저 검고 긴 그림자만이 복도를 기고, 벽을 기더니──그 그림자가 자신들에게 닿은 순간, 그들은 모두 피보라를 뿜었다.

복도 벽에 비치는 그림자는 분명히 팔이 있고, 도를 한 자루 들고 있고, 도 끝에서는 핏방울이 떨어지고 있었다. 도신도 핏방울도 모두 그림자다.

"코가 놈인가!"

핫토리 한조와 여덟 명의 여자 닌자는 뛰쳐나와, 일당인 이가 사람들이 우왕좌왕하며 또 여기저기 흩어져 쓰러져 있는 광경보다도 여기저기에 점점이 타오르고 있는 초를 보고 눈을 부릅떴다.

초로 보인 것은 남근이었다.

송곳에 가로로 꿰뚫린 남근이, 그 송곳으로 벽이며 기둥에 꽂혀 활활 타오르고 있는 것이다.

"사토미의 코가 사람인가."

하고 한조는 절규했다.

"아니다."

어딘가――바로 가까이에서 웃는 목소리가 돌아왔다.

"도적이다. 그저 구슬을 훔치는――."

그 도적이 어디에 있는지 알 수 없는 한조는 이때, 남근 초의 기괴한 영향을 처음으로 깨달았다.

그 불빛은 보인다. 하지만 그 불빛이 미치는 범위 바깥, 그늘은 완전히 암흑이다. 이것이 보통 사람이라면 당연한 일이지만, 어둠도 꿰뚫어 보는 이가의 닌자에게는 있을 수 없는 일이었다. 어설프게 불빛이 있는 만큼, 그 불빛이 오히려 이가 사람들에게 어둠을 만들었다!

목소리가 또 웃었다.

"이가와 코가, 구슬을 둘러싼 닌자술 싸움――."

한조와 여덟 명의 여자 닌자는 미친 듯이 그 목소리가 나는 쪽에 표창을 던졌다. 표창은 허무하게 벽이며 바닥에 꽂혀 싸락눈 같은 소리를 냈을 뿐이었다.

갑자기 아사가오가 비명을 질렀다.

그녀의 기모노가 가슴에서부터 띠에 걸쳐 후드득 찢겼다. 새하얀 유방과 배가 드러났다. 손가락 끝이 그 젖꼭지를 꽉 쥐고 비틀어 올렸다.

"앗—."

어지간한 아사가오도 몸을 뒤로 젖히며 비명을 질렀다. 한쪽 젖꼭지가 비틀린 것이다. 터진 석류처럼 된 상처에 무언가 반짝 빛났다.

뒤로 털썩 쓰러진 아사가오의 유방에서 빛나는 것을 보고, 핫토리 한조는 펄쩍 뛰어 물러났다.

"도(盜)."

그 글자가 보였다.

상처에 쑤셔 넣어진 것은 구슬이다.

거기에서 그림자가 슥 물러나더니 복도에 떨어져 있던 또 하나의 구슬을——아사가오의 품에서 굴러떨어진 '제(悌)'의 구슬을 집어 멀리 사라져 가는 것을, 한조는 보았다. ——다른 사람이라면 그 '제(悌)'의 구슬이 혼자서 미끄러져 가는 것처럼 보였을 것이다.

"그림자다!"

한조는 절규했다.

"그림자가 생겼다. 저놈, 그림자를 부리는 거야! 그림자에 닿지 마라, 그림자에서 몸을 피해!"

아사가오를 남기고, 일곱 명의 여자 닌자는 이리저리 흩어졌다.

반라라기보다 전라에 가까운 모습이 되어 몸부림치는 아사가오 위에, 또 그림자가 스윽 기어올랐다. 그 그림자의 손에 칼 그림자 같은 것이 쥐어져 있는 것이 보인다. ──그렇게 생각했을 때, 칼 그림자가 아사가오의 목을 스치고 그 머리가 몸통에서 떨어졌다.

"승부가 어찌 될 것인지."

목소리가 들렸다.

목소리는 복도의 바닥에서 나왔다. 거기에 뻗어 있는 그림자의 머리 부분 같은 곳에서 나왔다.

뒤로 뛰어 피한 한조는 그 기괴함보다도, 심안(心眼)에 힘을 주고 맞은편의 남근 초 쪽을 가만히 노려보고 있다. ──그 앞에 분명히 누군가 서 있다. 검은 그림자가 흐릿하게 떠 있는 것 같지만, 더욱 응시하노라면 오히려 그것은 반투명해졌다.

휙!

한조의 손에서 표창이 날아갔다. 표창은 그 그림자에 명중했지만, 그것은 거기에 실체가 없는 것처럼 통과하여 맞은편 벽에 꽂혔다.

그러는가 싶더니 그 반투명한 그림자는 갑자기 사라지고, 다른 장소로 불의 실이 날아갔다. 휙 하고 소리를 내며 거기에 다른 남근 초가 세워지고, 거기에서 불꽃이 활활 타오르기 시작하고──생각지 못한 곳에서 이가 사람 한 명이 또 피안개를 뿜으며 뒤로 쓰러졌다.

"저것을 꺼라! 저 초를 꺼!"

한조는 기둥 그늘에서 발을 동동 구르며 외쳤다.

이 적은 그림자를 조종한다. 그 그림자는 저 기괴한 초에 의해 생겨나는 것이다. 그것을 알아보고 절규한 것이었지만, 그 목소리에 초가 있는 곳으로 달려가려고 한 이가 사람은 그림자에 의해 쓰러지는 것이다.

몇 자루의 초를 향해 일곱 명의 여자 닌자의 손에서 표창이 어지럽게 날아갔다. 그것은 모두 멋지게 명중했다.

그런데——초는 쓰러지지 않는다. 떨어지지 않는다. 꺼지지 않는다. 초가 아니라 분명히 살에 꽂히는 소리는 들리는데——뿐만 아니라 꽂힌 부분에서 피인지 점액인지 알 수 없는 것을 뚝뚝 흘리는데도, 지방처럼 더욱 기세 좋게 불꽃을 피워 올리기 시작하는 것이다.

"——오오, 그림자를 베어라! 그림자야말로 실체다!"

마침내 핫토리 한조는 꿰뚫어 보았다.

목소리와 동시에, 초를 등지고 바닥이며 벽에 드리워진 거대한 그림자로 수많은 표창이며 수리검이 날아갔다.

"——웃."

과연, 신음 소리가 났다. 하지만 다음 순간, 또 두세 자루의 초가 천장으로 날아가고 거꾸로 달라붙은 남근이 거기에서 활활 타기 시작한다. 그림자는 사라졌다.

"이놈!"

"어디로?"

그늘에서 뛰어나온 일곱 명의 여자 닌자 중 유가오의 옷자락이 저

절로 말려 올라갔다. 그것은 유방 위까지 말려 올라가, 사람들의 눈
에 개구리처럼 하얀 배가 보였다.

"앗."

저도 모르게 쪼그려 앉는 유가오의 등에 핏줄기가 스쳤다. 이번
에는 몸을 뒤로 젖히면서, 유가오는 한쪽 팔로 가슴을 눌렀다. 그 가
슴에서 반짝 빛나며, 무언가가 굴러떨어지려고 한다.

"줄 것 같으냐!"

유가오는 절규하며 한 손의 칼로 자신의 가슴 앞 1치의 공간을 베
었다. ──그러자 어디에선가 푹 하는 소리가 나고, 벽에 피보라가
확 튀었다.

순간, 그 벽 밑에 팔을 움켜쥔 검은 두건에 검은 옷을 입은 남자의
모습이 흐릿하게 떠올랐다. 그는 칼날을 입에 물고 베인 왼팔의 주
먹이 움켜쥐고 있는 것을 오른손으로 쥐려고 하고 있었다.

한조는 유가오의 '지(智)'의 구슬도 빼앗긴 것을 알았다. 새하얀 등
을 선혈로 물들이며 바닥에 쓰러져 숨이 끊긴 유가오를 돌아볼 새
도 없이,

"저기에 있다!"

한조를 선두로 여섯 명의 여자 닌자가 쇄도했다. 그 전에 팔꿈치
에서 절단된 한쪽 팔이 휘둘러졌다.

"우후후후후후후."

낮은 웃음과 함께, 이번에는 정원의 나무에 두세 자루의 남근 초
가 타오르고, 방에서 그의 모습은 다시 훅 사라졌다.

"놓치지 마라!"

이가조는 일제히 정원으로 뛰어내렸다.

정원에 길게 그림자가 진다. 그림자에 닿은 이가 사람은 피보라를 뿜으며 그곳에 쓰러진다. 그림자에서 도망치면서, 그림자를 향해 이가 사람들은 수리검을 던진다.

이것은 그림자와 실체의 사투였다.

말할 것까지도 없이, 이 기괴한 초는 교합 중에 절단된 이누사카의 부하의 열세 개의 음경이었다.

이것을 태움으로써 생겨나는 자신의 그림자에 생명력을 준다. ──그림자로 베고, 그림자로 훔친다. 소리도 없이, 냄새도 없이, 생각지 못한 위치까지 기어가 목적을 이룬다. ──그것은 거의 불가항력을 갖는 것 같지만 한 번 적에게 들키면 실체 이상의 약점이 있었다. 그림자를 찔리고 그림자를 베이면, 동시에 실체 또한 같은 손상을 받는다는 것이었다.

그리고 또한 자신의 그림자로 실체와 같은 일을 한다는 것은, 유례없는 자유를 갖는 것 같지만 생각지 못한 부자유도 있었다. 그것은 인간이 그림자를 조종한다는 것에 익숙하지 않기 때문이다. 조종하는 당사자가 그 거리, 방향, 움직임에 착각을 일으키지 않을 수 없기 때문이다.

게다가 이 닌자술을 전수받더라도 이것을 자유롭게 휘두를 만큼 실컷 연마할 수 없는 이유가 있었다. 이 기술을 가르친 후마 닌자 고사카 진나이가 거의 이것을 시도한 적이 없다는 것도 과연 당연하다. 이 닌자술을 다루는 사람은 동시에 자신의 생명력을 깎아 먹기 때문이다.

그림자로 자신의 생명을 옮긴다. ——이 놀라운 닌자술은 옮긴 만큼의 생명력을 잃는다고 할 정도로 엄청난 염력(念力)의 소모를 필요로 했다. 그런 만큼 실체의 움직임은 극히 느려지지 않을 수 없었다.

"나에게는 수치다."

하고, 협도(俠盜)의 긍지를 가지고 있는 이누사카 게노는 중얼거렸다. 지금까지 몇십 번 몇백 번 도둑질을 해 왔는지 수도 알 수 없지만, 한 번도 이렇게 자신의 생명을 자신에게서 깎아 내는 짓을 한 적도 없고, 필요를 느낀 적도 없다.

그러나 이번만은.

이미 몸으로 무서움을 알고 있는 이가조의 본거지에 들어간다. 뿐만 아니라, 거기에서 적이 지키는 구슬을 훔친다. ——이 어려운 일을 해내려면, 어지간한 괴도 이누사카 게노도 자신의 생명을 깎아 내는 닌자술 남근 초를 쓸 수밖에는 없다고 각오한 것이다.

그는 팔견사 동료가 에도에 있는 것을 알고 있었다. 그 소재를 알고 있는 자도 있었다. 그러나 그는 그 도움을 청하기는커녕 상의도 하고 싶지 않았다. 그는 오직 혼자서 해내고 싶었던 것이다. 그것은 어떤 여인에 대한 그의 허세였다. 설령 목숨을 깎아서라도.

아니, 목숨을 깎는 정도가 아니라.

지금 이누사카 게노는 핫토리 한조의 담장 위로 기어 올라갔다.

그리고 마지막 한 자루의 남근 초를 오른손에 들었다. 그러는가 싶더니 그것을 한 손으로 뒤에 있는 느티나무에 던졌다. 초는 휘익 하고 소리를 내며 높은 줄기에 꽂혔다.

"오오, 이놈!"

정원에서 신음하는 듯한 술렁거림이 일었다.

이가 사람들은 이제 분명히 괴한의 모습을 보았다. 검은 옷은 너덜너덜해지고, 선혈에 젖어 있고, 게다가 왼팔은 팔꿈치에서 잘린 모습을.

보인 것은 초가 그의 등 뒤에 세워졌기 때문이다. 수상한 그림자는 정원으로 떨어지지 않고 외부로 던져졌다.

초는 무참할 정도로 그의 무시무시한 모습을 또렷하게 떠올라 보이게 했다. 그것은 죽음의 표적 이외의 그 무엇도 아니었다.

짐승이 울부짖는 듯한 목소리와 함께, 밤공기를 가르며 수십 자루의 수리검이 날아가 그 등에 고슴도치처럼 꽂혔다.

그래도 그는 잠시 담장 위에 단단히 서 있었다. 뿐만 아니라 오른팔을 길게, 누군가에게 바치듯이 앞으로 뻗었다. 그 손바닥에 놓여 있던 두 개의 구슬이 햇빛에 비추어진 작은 얼음덩어리처럼 녹아 사라졌다.

동시에 그는 담장 안쪽으로 굴러떨어졌다.

담장 바깥의 길에 길게——10간 이상의 거리를 둔 나무 그늘에 두 마리의 팔방과 함께 서서 불안한 얼굴로 핫토리 저택 쪽을 바라보고 있던 무라사메는 자신의 발치로 검은 그림자가 뻗어 온 것을 본 순간, 거기에 두 개의 구슬이 홀연히 떨어져 있는 것을 보았다.

그녀는 그것을 주워 들며 외쳤다.

"오오, 지(智)! 제(悌)!"

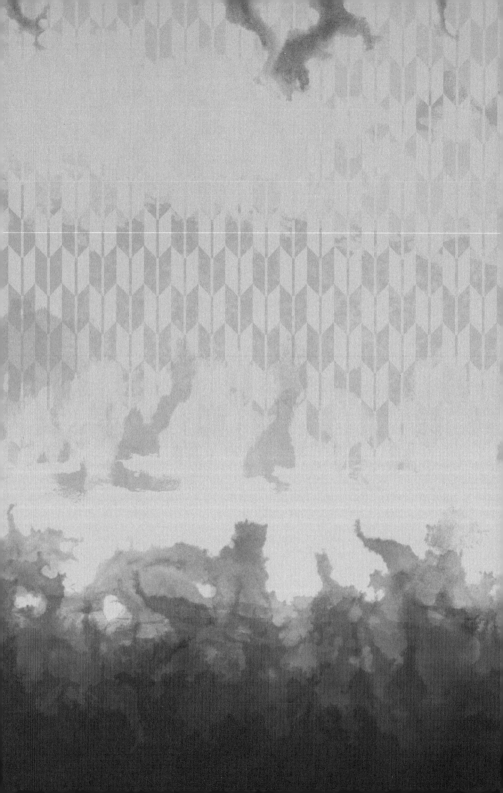

팔문둔갑(八門遁甲)

1

'지(智)'와 '제(悌)'의 구슬은 피에 젖어 있었다.

무라사메는 이누사카 게노가 죽은 것을 알았다. 어떤 경위로 죽었는지는 알 수 없다. 그저 핫토리 저택 안의 떡갈나무 거목에 타오르는 수상한 초의 불빛을 등지고 흙담 위에 서서 고슴도치처럼 수리검을 맞은 게노의 모습을 본 것이다.

그리고 그녀는 갑자기 자신의 발치에서 두 개의 구슬을 발견했다.

그것이 어째서 그리로 굴러온 것인지는 모른 채, 무라사메는 그것을 집어 들고는 어쨌든 수십 걸음을 도망쳤다.

돌아보니 핫토리 저택의 아비규환은 사라지고 정적으로 돌아가 있었다. 무라사메는 그 정적이 오히려 수상하다는 의혹을 느끼지 못했다.

"게노의 팔방."

하고 한 마리의 개를 불러 피투성이의 '지(智)' 구슬을 물려 주었다.

"고분고의 팔방."

하고 또 한 마리의 개를 불러, 이 또한 피투성이인 '제(悌)' 구슬을 물려 준다.

"아와로 가렴, 알고 있겠지. 사토미가를 멸문시키지 않기 위한 후세히메의 구슬이야. 빨리, 다테야마의 성으로 가서 마사키 다이젠에게 가져다주어라——."

무라사메가 가볍게 엉덩이를 때리자, 두 마리의 팔방은 맹렬하게 동쪽으로 달려간다.

……자신이 다테야마를 빠져나온 의미는 있었던 것이다. 자신이 에도에 오자 순식간에 두 개의 후세히메의 구슬을 빼앗아, 영주님이 있는 곳으로 보낼 수 있었지 않은가.

얼핏 그렇게 생각했지만, 그러나 무라사메는 그것을 자신 때문이라고 생각하지는 않았다. 말할 것까지도 없이 이누타 고분고와 이누사카 게노 덕분이다. 고분고와 게노는 자신이 부탁하자마자, 마치 기다리고 있었다는 듯이 적진에 뛰어들어 품 속의 것을 꺼내듯이 이 구슬을 빼앗아 주었다. 이 얼마나 충의의 인물들인가.

믿고는 있었지만 무서울 정도라고 생각한다. 솔직히 두 개의 구슬은 아와로 보냈지만 그렇게까지 해서 도로 빼앗아야 하는 것일까 하는 생각이 든다.

무라사메는 다른 두 명의 팔견사가 있는 곳을 알고 있었다. 이누즈카 시노와 이누야마 도세쓰였다. 그들이 어디에 살고 있는지 모르지만, 낮에는 요시와라라는 곳에서 길거리 곡예사를 하고 있다고 한다. ──이누사카 게노가 헤어질 때 그렇게 가르쳐 주었던 것이다.

그렇다면 그들과 연락하고 나서 구슬 탈환을 시작하면 될 텐데, 왜인지 게노는 그럴 시간도 아깝다는 듯이 곧장 핫토리 저택으로 들어갔다. ──그것도 이해가 되지 않지만, 또 이누즈카 시노와 이누야마 도세쓰가 에도에서 길거리 곡예사를 하고 있다는 것도 그 마음을 모르겠다.

어쨌거나 그 요시와라인가 하는 곳으로 가 보자, 그렇게 생각하며 무라사메는 죽은 호쾌한 고분고의 얼굴이나, 왠지 모르게 요기로 가득 찬 게노의 모습이 그 나름의 애처로움으로 가슴을 아프게 해, 잠시 동안 날이 밝기 전의 어둠 속에 우두커니 서 있었다.

"——오오."

겨우 마음을 다잡고 걸어가려던 무라사메는 갑자기 눈을 크게 떴다.

"팔방이 아니냐, 어째서 돌아온 것이지?"

방금 아와로 달려갔을 두 마리의 팔방이 천천히 그녀의 발치로 다가와 그립다는 듯이 몸을 문질렀다.

"——아니?"

맞은편에서 목소리가 났다.

"거기에 있는 것은 누구냐?"

"젊은 사내인 듯한데, 글쎄."

두 사람의 목소리다. ——그것이 소리도 없이 다가왔다.

무라사메는 물끄러미 어둠을 응시하다가 작게 외쳤다.

"오오, 이누즈카와 이누야마 아닌가요?"

"——앗, 무라사메 님이 아니십니까?"

두 개의 그림자는 깜짝 놀라 그 자리에 털썩 무릎을 꿇고 말았다.

"역시 여러분도 이곳으로 와 주었군요. 나는 지금부터 여러분이 있는 곳으로 가려고 생각하고 있었는데."

"저희가 있는 곳으로."

"저희가 있는 곳을 누구한테 들으셨습니까?"

하고 이누즈카 시노와 이누야마 도세쓰가 말했다. 어두워서 오히려 무라사메는 두 사람이 누구인지 감으로 안 것 같다. 가까이 가니 두 사람은 실로 기괴한 복장을 하고 있었다. 이누야마 도세쓰가 미꾸라지 수염을 늘어뜨리고 약장수 같은 모습을 하고 있는 것은 그렇다 치는데, 이누즈카 시노는 완전히 시중의 처녀 모습이다.

여자다. ……어디에서 보아도 여자다. 무라사메는 기가 막혀, 시노의 사랑스러운 모습을 내려다보았다.

"이누사카 게노한테서."

간신히 그녀는 말했다.

"게노는 언젠가 요시와라라는 곳에서 여러분을 본 적이 있다고 했어요."

"무라사메 님, 하지만 당신은."

두 사람은 헐떡이듯이 물었다.

"어째서 그런 모습으로 이런 곳에?"

무라사메는 이에 대해 아와를 빠져나와 에도로 온 자신의 비원(悲願)을 이야기했지만, 두 사람은 입을 딱 벌린 채였다.

무라사메는 두 사람도 후세히메의 구슬을 탈환하기 위해 이 부근에 숨어든 것이라고만 굳게 믿고 있는 듯하지만, 두 사람은 딱히 그럴 작정으로 온 것이 아니었다.

실은 시노와 도세쓰는 어제저녁, 한 거지가 사도 태수 혼다의 저택에 "여러분, 천하의 구경거리, 사도 태수 혼다 님의 흥행, 이가와 코가의 구슬을 둘러싼 닌자술 싸움, 승부가 어찌 될 것인지, 마지막 흥행은 9월 9일, 아무쪼록 구경해 주시기 바랍니다"라는 터무니없는 훈도시 광고를 질질 끌며 쳐들어갔다는 소문을 들었다.

물론 짐작 가는 바가 있었다. 그들도 각각의 아버지로부터 비장한 의탁의 유서를 받았기 때문이다. 아무래도 그 거지의 인상, 몸집으로 보아 그것은 이누타가 아닐까, 하고 가슴에 와닿는 것이 있었다.

그러면 이누타는 아버지의 유서에 움직여 그런 짓을 저지른 것일까?

감동은 하지 않았다. 오히려 바보 같은 짓을 했다고 생각한다. 코가 만지다니에서 돌아오는 길, 도카이도에서 헤어질 때, 아무것도 하지 않고 산다는 게 내 이상이다, 라고 말했던 이누타가 어째서 사토미의 망령에 쓴 것일까?

그것이 이상해서, 구경꾼 정신이 왕성한 이누야마 도세쓰가, 대체 이누타는 어찌 된 것인지 혼다 저택을 슬쩍 들여다보러 가지 않겠느냐는 말을 꺼낸 것이다. 패거리의 시노는 미소년인 주제에 엄청나게 게으른 자라 본래 같으면 그런 일은 귀찮다며 드러누워 있을 남자이지만, 이때만은, 그럼 가볼까, 하고 생각 외로 선선히 엉덩이를 들었다. 실은 시노는 그 게으른 점에서 몹시 이누타와 마음이 맞아, 헤어질 때 이누타와 행동을 함께할까 하고 생각했을 정도이니, 역시 조금은 마음이 쓰였던 모양이다.

두 사람은 혼다 저택으로 갔다. 그것이 반각 전쯤의 일이었다. 혼다 저택은 아무 일도 없이 쥐 죽은 듯 조용했다. 그러다가 그들은 밤

길을 취해서 걷고 있던 두세 명의 주겐[주1]으로부터, 한참 전에 사람의 머리를 창에 꽂은 검은 옷의 무리가 혼다 저택에서 나와 해자를 따라 서쪽으로 걸어갔다는 말을 들었다.

아버지의 유서로 보아 그것은 이가조가 아닐까, 하는 직감이 들었다. 창에 꿰인 머리는 이누타인 듯하다. ……하며 시노와 도세쓰는 얼굴을 마주 보았다.

……아슬아슬하게 그들의 행방을 찾아 그 이가 사람들이 요시와라 일대를 수색하러 간 것과 길이 엇갈린 줄은, 두 사람은 모른다.

모르기 때문에 태연스레, 이번에는 핫토리 저택 쪽으로 조심조심, 천천히 다가가던 참이다.

"그래서, 게노는 어찌 되었습니까?"

하고 시노가 물었다. 무라사메는 이야기했다.

"……그리고 핫토리 저택은 저렇게 오래된 늪처럼 조용해졌다……."

하며 이상하다는 듯이 그쪽을 내다보고 있던 이누야마 도세쓰가 갑자기 깜짝 놀라 주위를 둘러보았다.

"큰일이다, 시노, 감시당하고 있네."

"뭐?"

시노도 깜짝 놀라 대여섯 걸음 뒤로 걸어가려고 했지만,

"……그렇군."

주1) 中間(주겐), 귀족 가문이나 무가, 사원 등에서 일하던 종자의 일종. 무사와 하인의 중간에 위치하며 잡역에 종사하였다.

하며 신음했다. 역시 두 사람 다 한때는 코가 만지다니에서 수행했던 만큼, 어느새 창망하게 물색이 된 새벽 전의 어스름에, 모습은 보이지 않지만 분명히 몇십 명인지도 알 수 없는 누군가의 눈이 가만히 빛나고 있는 것을 피부로 느낀 것이었다.

핫토리 저택의 담장 안쪽에 굴러떨어진 이누사카 게노가 완전히 숨이 끊겼는데, 그 몸에 분명히 그가 훔쳤을 두 개의 구슬이 어디에도 없는 것을 여섯 명의 여자 닌자는 알았다.

"……구슬은 어디에?"

"……어딘가로 던졌나?"

"……아니, 그렇게는 보이지 않았어."

"……그림자가 아닐까. 그림자를 이용해서 밖에 있는 동료에게 건넨 게 아닐까."

"……그러고 보니 느티나무에 묘하게 초를 세웠지."

"……그 동료를 놓치지 마."

서로 속삭임을 나누더니, 그녀들은 핫토리 저택의 이가 사람들에게 외부에 있는 것으로 추정되는 괴한을 그물로 둘러쌀 것을 의뢰했다.

내부에서 밖으로 통하는 도주로를 막는 핫토리 일당의 독창적인 '외박진(外縛陣)'.

2

"⋯⋯큰일이다."

시노와 도세쓰는 외쳤다. 작은 목소리였지만 그 목소리가 지―잉 하고 자신의 뇌수까지 꿰뚫고 지나간 느낌이었다.

설마 이날 밤, 핫토리 저택에서 무라사메의 이야기에서 상상되는 듯한 이누사카 게노의 사투가 전개된 줄은 모르고, 모르기 때문에 어슬렁어슬렁 찾아온 것이지만, 이렇게 포위를 당할 때까지 감이 좋은 두 사람이 멍하니 있었다는 것은 이런 곳에서 무라사메 님을 만났다는 그 사실 때문에 넋을 잃고 있었던 것 이외의 그 무엇 때문도 아니었다.

그리고――지금, '큰일이다' 하고 외친 것은 자신들을 말한 것이 아니었다. 무라사메를 말한 것이었다.

자신들뿐이라면 어떻게든 도망칠 수 있다. 아니면 붙잡혀도 발뺌할 수 있다. ――하기야 사실은 이미 여자 닌자들이 눈독을 들이고 있었으니 불가능했겠지만, 그것은 그들에게는 모르는 것이 약이다. ――그러나 이 마님을 데리고는 도망칠 수 없다. 만일 붙잡혀 무라사메 님의 정체가 탄로난다면 일이 어려워진다.

느긋한 떠돌이인 두 사람이 치켜올라간 듯한 눈으로 마주 보았다. 그리고 두 사람은 상대가 어떤 눈빛을 하고 있는지를 처음으로 보고, 그것이 무라사메 님에 대한 걱정이라는 것을 서로 알게 되었다.

"어쨌든 해자까지 가게."

“맞아.”

마주 보며 고개를 끄덕이고, 도세쓰는 말했다.

“마님, 아무래도 이가 놈들에게 에워싸인 것 같습니다.”

“아니——어디에?”

“어디에 있는지, 저희에게도 확실하게는 보이지 않습니다만. ……이쪽으로 오십시오.”

두 사람은 양쪽에서 무라사메를 둘러싸다시피 하며 수십 걸음 걸었다. 두 마리의 팔방이 따라온다. 물론 이 개는 무라사메가 아와로 보낸 개가 아니라 시노와 도세쓰의 팔방이다. 어스름이라기보다 아직 보통 사람들에게는 어둠에 가까운 밝기였지만, 그 안에서 두 사람은 당장이라도 무수한 수리검이 날아올 것 같은 냉기를 등에 느꼈다.

“해자로 들어갈까.”

“……설마, 이 봄추위에 마님을.”

하고 도세쓰는 속삭였다.

“게다가 우리 셋이 해자로 잠수한다 해도 어차피 도망칠 수는 없네.”

그러고 나서 두 마리의 팔방을 보더니 그의 눈이 반짝 빛났다.

“음. ……시노, 옷을 다 벗게.”

“뭐라고?”

“그리고 옷과 속옷을 나누어 두 마리의 개에게 입히게.”

“무, 무엇을 하려는 겐가?”

"자네는 마님을 안고 이 해자의 돌담에 매달리게. 그리고 팔방을 인간으로 보이게 하는 걸세."

"바, 바보 같은!"

"그런 말을 하고 있을 시간은 없네. 그것 외에 이가 놈들의 눈을 속일 방법은 없어."

──이누즈카 시노는 여자 옷을 훌훌 벗었다. 이 추운 봄에── 라고 지금 말한 주제에 옷을 다 벗으라고 명령한 도세쓰도 너무하지만, 시노처럼 게으른 젊은이가 순식간에 시타오비[주2] 하나만 남긴 모습을 찬바람에 드러낸 것은 더욱 심한 일이다.

"이 세상의 바보들을 속여넘기는 약장수 일은 정말 재미있었지만."

해자 가장자리의 커다란 소나무를 등지고, 그 시노를 숨기듯이 서서 이누야마 도세쓰는 미꾸라지 수염을 쓰다듬으며 씩 웃었다.

"천하에 이름난 이가 사람을 속여넘기는 것에는 미치지 못하지."

"이보게, 대체 어쩌려는 건가. 나는 아직도 모르겠는데."

도세쓰는 시노의 귀에 입을 대고 두세 마디 속삭였다. 시노의 얼굴에 경악의 빛이 퍼졌다.

"그럼, 자네는?"

"괜찮을 테지."

하고 말하더니, 도세쓰는 물끄러미 무라사메를 바라보았다. 까불거리던 듯한 눈에 슬픔과 비슷한 빛이 깃들어 있는 것을 무라사메

주2) 下帶(시타오비). 음부를 가리는 좁고 긴 천.

는 알아채지 못하고, 그저 일의 진행에 망연해 있다. 하지만 무라사메와 눈이 마주치자,

"마님, 뒷일은 시노에게 잘 부탁해 두었습니다."

하며 그는 웃었다.

"잘될지, 보고 계십시오. 이 이누야마 도세쓰, 만지다니 수행의 재주를——."

그렇게 말하더니, 갑자기 그는 네 발로 엎드렸다. 그대로 탁탁탁——하고 십여 걸음 걷는다.

갑자기,

"웡웡웡웡웡!"

개와 꼭 닮은 울음소리를 내더니, 개와 똑같이 달리기 시작했다. 앗 하고 입을 벌리며 지켜보는 무라사메를 시노가 옆구리에 껴안았다.

"마님, 잠시만 참으십시오. ——팔방, 너희들은 잠깐 여기에서 기다려라."

그렇게 말하더니 이누즈카 시노는 무라사메를 안은 채 돌담에서 해자의 물로 슬슬 내려가 대롱대롱 매달렸다. 어느새 띠의 한쪽 끝을 소나무 가지에 잡아매고, 그 띠를 한쪽 팔에 쥐고 있었던 것이다.

이누야마 도세쓰는 네 발로 달렸다.

"……앗."

어디에선가 목소리가 났다.

"저것은, 개인가?"

"아니, 인간이다!"

그리고 처음으로 해자를 따라 나 있는 길에 십여 개의 검은 그림자가 솟아났다.

이누야마 도세쓰의 질주는 실로 인간의 재주로는 여겨지지 않았다. ……하지만 상대가 이가의 닌자다. 그 뒤를 십여 자루의 수리검이 유성처럼 쫓는다. 그는 두세 번 굴러서 피했지만, 그 사이에 이가 사람들은 우르르 쇄도했다. 아니, 그가 도망치려던 방향에서도 십여 개의 검은 그림자가 나타나 달려온다.

"윙윙윙윙!"

하고 이누야마 도세쓰는 또 짖었다.

그 몸에 고슴도치처럼 수리검이 꽂혀 있었지만, 이것은 비명이 아니었다. ──그는 이 경우에 익살을 떤 것이다. 동시에 이누즈카 시노에게 신호한 것이다.

"팔방, 가거라!"

돌담 안에서 시노가 낮게 질타했다.

두 마리의 팔방은 양쪽으로 나뉘어 달리기 시작했다. 이것은 진짜이니, 마치 화살처럼 빠르다.

게다가──그 몸통에서 사지에 걸쳐 여자 옷이 입혀져 있다. 심지어 머리까지 교묘하게 소매로 싸여 있다. 백주 대낮, 그것도 움직이지 않고 웅크리고 있다면 그것은 개 품평회처럼 웃기는 모습이었겠지만, 여명의 어둠 밑바닥이다 보니, 질주하는 이 이형(異形)의 그림자는 당연히 이가 사람들의 눈을 속였다.

인간을 태우고 달릴 만큼 거대한 개다. 게다가 이가 사람들은 지금 네 발로 엎드려 개처럼 달리는 인간을 목격한 지 얼마 되지 않았다.

"저것은."

"사람이다. 세 명이었어!"

"놓치지 마라!"

이가 사람들은 둘로 나뉘었다. 비를 옆으로 내리게 한 것처럼 수리검이 달렸다. 하지만 개다. 그것도 평범한 개가 아니다. 요견(妖犬)이라고 해도 당연한 팔방이다.

두 마리의 팔방은 수리검의 비를 피해 순식간에 이가 사람들을 떼어 놓고 질풍처럼 달려갔다.

"……잘된 것 같습니다. 하지만 도세쓰는."

해자 위에서 이누즈카 시노는 주위가 정적으로 돌아온 것을 듣고 무라사메를 안은 채 조용히 띠를 타고 올라가 돌담에서 눈 위만 내놓았다.

멀리 여섯 개의 그림자가 서 있었다. 그것이 땅에 엎어진 또 하나의 그림자를 내려다보며 원을 그리고 있다.

"……그 요시와라의 약장수 아니야?"

"역시. 그놈들, 코가의 일당이었어."

"또 한 명의 여자는?"

"있었어, 인간은 세 명 있었지."

그런 이야기 소리가 흘러오고, 그러고 나서 시노를 오싹하게 만드는 중얼거림이 들렸다.

"지금 도망친 건, 그건 진짜 개다. 다른 사람은 몰라도 우리 핫토리 쿠노이치의 눈은 속일 수 없지. 나머지 두 명은 아직 근처에 숨어 있는 것이 틀림없어."

이누즈카 시노는 당황해서 다시 띠를 타고 수면 가까이까지 내려왔다. 물은 푸르스름한 빛을 띠기 시작했다. 날이 밝아 온 것이다.

그리고 위의 길을 따라 이쪽으로 걸어오는 발소리가 들리기 시작했다.

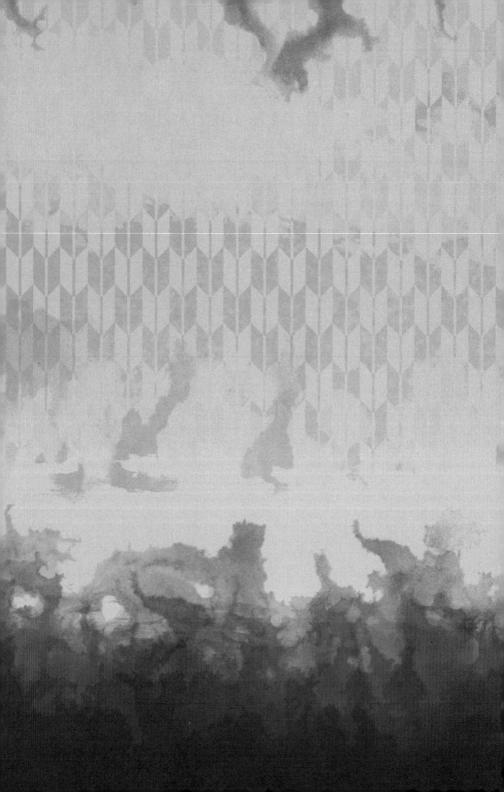

삼견(三犬) 평정

1

해자 위의 발소리는 가까이 다가왔다.

띠 한 줄로 물 위에 매달린 시노는 띠에서 손을 뗄까 생각했다. 물에 들어가면 자신은 살 수 있다. 반드시 도망칠 수 있다. 그러나.

"무라사메 님."

하고 그는 숨을 잘게 쪼개듯이 말했다. 수영에 익숙하시지 않겠지요, 라고 말하려고 한 것이다. 하지만 곧 그 말을 목에서 삼켰다. 설령 헤엄을 칠 줄 알더라도 이 추위에 마님을 물에 들어가게 할 수는 없다.

"잠시 여기에 혼자서 띠를 붙들고 계십시오."

"그대는?"

"저는, 다시 한번 상황을 살피고 오겠습니다."

실은 시노는 자신 혼자 길에 나가, 할 수 있을지 없을지는 별개로 하고 이가 놈들을 상대로 한바탕 날뛰어 그들의 주의를 해자에서 돌리려고 결심한 것이다.

무라사메의 대답도 듣지 않고, 시노는 그대로 혼자서 띠를 타고 슬슬 올라가기 시작했다.

여섯 개의 발소리가 가까이 다가왔다.

그 발소리가 갑자기 멈추었다.

핫토리 쿠노이치 무리가 멈추어 선 것은, 그때 남쪽에서 다른 발소리가 다가오는 것을 들었기 때문이었다.

한 명이 아니다. 십여 명의 발소리다.

여자 닌자들은 어둠을 응시하고, 그것이 여자들뿐인 것 같아 서로 얼굴을 마주 보고는 질풍처럼 그쪽으로 달려갔다. 그리고 그들이 모두 유녀 같은 모습을 하고 있는 것을 보고 멈추어 섰다.

이 날도 밝기 전의 시각에 에도성으로 가까이 가는 유녀들. 그것을 알고 여자 닌자들은 맥이 빠진 듯했다. 여자 닌자들은 곧 그 정체를 알았던 것이다.

그러나——두 마리의 요사스러운 개를 쫓아 달려간 이가 사람들 중에서 두세 명, 이 무리를 멀리에서 알아차린 자가 있었는지 급히 달려오며,

"네놈들, 누구냐. 어디로 가는 게냐."

하고 흥분한 목소리로 물었다.

"오늘의 평정소에 급사를 하러 가는 니시다야의 유녀들입니다."

대답하고 있는 것은 남자의 목소리였다. 유녀들의 감독인 모양이다.

"——앗, 그것인가."

"그렇다면 좋다. 가거라."

행렬은 다가왔다. 어스름 속에도 연지와 분 향기가 풍겨 오는 듯한, 하느작하느작하는 걸음걸이였다.

여자 닌자들이 그 정체를 알고 아아, 그런가 하고 생각하고, 심문하던 이가 사람들이 곧 놓아준 것에는 이유가 있다.

이 시대에 유녀라는 자에 대한 세간의 관념은 현대와는 전혀 달라

서, 그렇게 부도덕하게 보지는 않았다.

지금 요시와라의 유녀 마을의 지배자인 쇼지 진에몬은 요시와라로 옮기기 전에 한때 스즈가모리에 유녀집을 열었던 적이 있는데, 이 무렵 이에야스가 그 근처에 매 사냥을 갔을 때 늘 그곳에 들러 유녀의 접대를 받으며 차를 마셨다고 한다.

그 정도이니, 언제부터인가 막부의 평정소가 개정하는 날이면 요시와라의 유녀를 불러 차 접대를 시킨다는 관습이 생겼다. 평정소란 일정한 날에 로주나 마치 부교 등 막부의 중진이 입회하여 여러 가지 공사(公事)를 판정하는 장소를 말하는 것으로, 훗날 1636년에 이르러 와다쿠라몬(和田倉門) 바깥 다쓰노구치에 특설되었으나, 이 무렵에는 아직 일정한 기관이 있는 것이 아니라 로주나 부교의 사저 주위에서 열리곤 했다.

『동방오원(洞房梧園)』이라는 책에는 이것에 대해 '로주와 부교는 매일같이 여러 공사(公事)를 판단하고 정무가 많아, 보통 사람과 달리 일 년 중 개인적인 시간이 있는 일이 드물다. 그리하여 평정소를 여는 날이면 유녀 등을 급사로 부르고, 공사를 판정한 후 한 곡 연주하게 하여 위로로 삼을 수 있도록 하라고 쇼군께서 말씀하셨다.'라고 한다. ──지금의 정치가가 걸핏하면 신바시나 아카사카에서 아름다운 기생을 거느리고 회합을 하는 전통은 유구한 것이라고 해야 할 것이다.

물론 그것은 하급의 매춘부가 아니라 마땅한 유녀집의 유녀들에 한정된 것이지만, 그래도 그 역할을 명령받은 유녀는 역시 전날 밤부터 손님을 받지 않고 몸을 정결하게 유지하여 찻잎을 갈며 밤을 보냈다. 그리고 유녀가 한가하여 파리를 날리는 것을 '찻잎을 간다'고 형용하는 말이 생겼다고 한다.

그렇다고 해서 백주 대낮에 공연하게 요염한 유녀가 평정소에 드나드는 것도 왠지 꺼려지는 바가 있었을 것이다. 그래서 올 때는 날이 밝기 전에 들어가 기다리고 돌아갈 때는 해가 지고 나서 나간다.

"……그러고 보니 오늘은 평정소가 열리는 날이군."

"그리고 사도 태수 혼다 님의 저택이지."

하고 후나무시와 다마즈사가 중얼거렸다.

유녀의 일행은 날이 밝기 전의 어스름 속을, 해자를 따라 사뿐사뿐 마쓰바라 소로 쪽으로 사라져 간다.

그것을 지켜보고 나서, 여섯 명의 여자 닌자는 해자 끝으로 달려갔다. 그러나 아무리 닌자의 눈으로 자세히 보아도 그 주변 일대, 돌담에도 해자의 문에도 수상한 그림자는커녕 물새 한 마리도 보이지 않았다.

아니, 단 한 그루의 소나무에서 물로 축 늘어뜨려져 있는 긴 한 줄의 띠. ──그것을 보고 여자 닌자들은 눈을 빛내며,

"……물이다!"

하고 외치고는, 수면의 잔물결을 바라보며 해자를 따라 오른쪽으로 왼쪽으로 달리기 시작했다.

그보다 전.

"──어이, 이누카이."

누구에게도 들리지 않는, 땅을 기어오는 안개 같은 목소리를, 유녀들을 감독하고 있던 이누카이 겐파치만이 들었다.

"이누즈카일세. 핫토리 일당에게 둘러싸여, 거기 있는 소나무에서 띠로 해자에 매달려 있네."

겐파치의 두꺼운 눈썹이 올라갔다.

"거기 있는 여자들의 가이도리^{주1)}를 벗겨서 두 장 던져 주게."

겐파치는 말없이 양쪽 옆을 걷고 있던 유녀의 가이도리를 벗겨 내어 소나무 아래로 던졌다. 돌아본 것은 그 두 유녀뿐이고, 다른 누구도 눈치채지 못할 정도의 동작이었다.

잠시 후, 해자에서 45도 각도를 그리며 두 마리의 극락조 같은 그림자가 돌담을 날아올랐다.

가이도리를 걸친 이누즈카 시노는 한 손에 무라사메를 끌어안고 다른 손에 띠를 움켜쥔 채, 띠의 길이만 한 진폭으로 몸을 수평으로 하여 단숨에 비스듬히 돌담을 기어오른 것이다.

그것이 지상에 나타났을 때, 해자 끝을 걷어가던 유녀 일행은 마침 그곳을 통과하던 참이었다.

"목소리를 내지 마라."

하고 겐파치가 유녀들에게 말했을 때, 시노와 무라사메는 이미 유녀들과 나란히 걷고 있었다.

"덕분에 살았네, 이누카이."

주1)　裲襠(가이도리), 여성의 예복으로 띠를 맨 위에 걸치는 통소매옷.

하고 시노는 말했다. 그 아리따운 웃는 얼굴에 겐파치는 웃지도 않고 물었다.

"어찌 된 일인가, 이누즈카."

"우선 이분을 보게."

옆에 가이도리를 걸치고 있는 여자를 들여다보고, 이누카이 겐파치의 굵은 목에서 크엑, 하는 소리가 났다.

2

문지기에게 이름을 대고 당당하게 통과하여, 사도 태수 혼다의 저택 안을 현관을 향해 거만하게 걸어온 한 무사가 있었다.

얼굴도 몸도 이상할 정도로 네모난 무사였다.

그 발치로 어디에선가 희게 빛나는 구슬이 굴러왔다. 주워 들고,

"음(淫)."

하고 읽고는 역시 깜짝 놀란 얼굴로 그는 주위를 두리번거렸다.

그리고 나서 정확하게 90도의 각도로, 그는 옆쪽으로 걷기 시작했다.

"이쪽일세, 이쪽."

하고 이누카이 겐파치가 나타나 잘 안다는 얼굴로 안내했다. 그는 몇 번인가 유녀의 감독으로서 이 저택에 온 적이 있는 모양이다.

"또 생각지 못한 곳에서 만났군, 이누무라 엔타로."

하고 겐파치는 웃는 얼굴로 말했다.

"엔타로가 아닐세. 가쿠타로지."

하고 이누무라 가쿠타로는 씩 웃지도 않고 말했다. 그것을 끝으로 그의 발은 움직이지 않는다. 가만히 겐파치의 얼굴을 보고 있었다.

"자네는 무엇 때문에 이런 곳에 나타난 건가?"

"유녀의 감독일세. 오늘 평정이 있거든."

"그렇군."

하고 말하더니 이누무라 가쿠타로는 잠시 생각에 잠겨 있었지만,

"천하의 공사(公事)를 의논하는 데, 로주들이 유녀 나부랭이를 옆에 끼고 있다니 참으로 개탄스럽네. 나이도 드실 만큼 드신 분들이 이게 뭔가——."

하고 현대의 여성 국회 의원 같은 격렬한, 분연한 얼굴을 했다.

"전부터 나는 몹시 불쾌하게 생각하고 있었네. 그래, 오늘 강의 후에 꼭 이 일을 논하여 철폐해야겠어."

"오늘 강의? 자네는 무엇을 하러 여기에 온 건가?"

"스승이신 오바타 간베에 선생님이 오사카에 가셔서 자리를 비우시는 동안, 평정소에서 공사를 평정하신 후에 선생님 대신 내가 군학 강의를 하기로 되어 있네."

그렇게 말하더니 이누무라 가쿠타로는 빙글, 다시 정확하게 180도 우향우하여 원래 왔던 방향으로 떠나가려고 했다.

"이봐, 기다려 보게, 이누무라, 할 이야기가 있네."

"자네 따위와 이야기할 것은 아무것도 없어."

"지금 이누무라 가쿠타로로 개명했다고 했지. 그럼 자네한테도 팔방이 갔겠군."

"왔네."

맞은편을 본 채, 이누무라 가쿠타로는 말했다.

"하지만 나는 상관하지 않을 걸세."

"그래? 그걸 위해 이누타 고분고는 어제 이 혼다 저택에 처들어왔다가 죽었다는군."

"뭐?"

"지금 내가 슬쩍 근처를 돌아다니면서 보았는데, 현관 부근에 아직 칼이나 창의 흔적이 남아 있고 씻어 냈어도 아직 피가 남아 있네. 아니, 대단하지, 그 게을러 터진 고분고가 말이야."

"호오."

하고 말하며 가쿠타로는 잠시 현관 방향으로 시선을 향하는 듯했으나, 곧 다시 걸어가려고 했다.

"나는 바보 같은 일에는 어울릴 수 없네."

"나도 그렇게 생각하고 있었네만…… 좀 기다려 보게, 꼭 자네가 만났으면 하는 사람이 있네."

"누군가."

"괜찮으니 잠깐 이쪽으로 와 주게."

이누카이 겐파치는 이누무라 가쿠타로의 소매를 끌어 종자들이 대기하는 방인 듯한 곳으로 데려갔다.

한 발짝 들어가니 꽃이 흐드러지게 핀 듯하다. 그곳에는 십여 명의 유녀가 벽을 따라 줄줄이 앉아 있었다. 오늘의 평정에 참석하는 부교 님들이 아직 오지 않아서, 유녀들은 이곳에서 기다리고 있는 듯 보인다.

그 중앙에서, 한 유녀가 다른 한 유녀의 머리를 묶어 올려 주고 있었다.

"이보게, 이누무라, 안 들어올 텐가?"

하고 겐파치는 입구에 버티고 있는 가쿠타로를 돌아보며 지겹다는 듯이 말했다.

"안 들어가네. 이런 곳에 들어가면 몸이 더러워져."

"여전하군, 이누무라."

하고 머리가 묶이고 있는 유녀가 말했다. 새삼 쳐다보고, 이누무라 가쿠타로는 외쳤다.

"이누즈카 작은 시노!"

"시노일세."

하며 웃는 얼굴은 머리를 묶고 있는 유녀보다도 농염했다. ——그는 본래 평소부터 여장을 하고 다닌다. 유녀풍으로 머리를 묶게 해도 지장은 없다.

과연 이누무라 가쿠타로는 곁으로 다가가 털썩 앉더니, ——뚫어져라 이누즈카 시노를 바라보며,

"별난 녀석이군. ……어떻게 보아도 여자야."

하고 길게 탄식했다.

그리고 그때부터 시노는 이누타 고분고의 참사(斬死), 이누사카 게노의 전사, '지(智)'와 '제(悌)'의 구슬만은 도로 빼앗은 것 등을 이야기했다.

이누무라 가쿠타로의 네모난 얼굴에 점차 놀람의 빛이 퍼지기 시작했다. 두 친구의 비장한 죽음을 듣고 감동한 것인가 하면, 그렇지는 않다. 실은 이 이누즈카 시노가――이누타 고분고와는 다른 형태로 대단한 게으름뱅이인 것을 알고 있기 때문에, 그 시노가 지금 태어나서 처음으로 볼 정도의 정열을 아름다운 핏기와 함께 뺨에 띠고 있는 것에 놀랐기 때문이다.

"그래서 자네는 나머지 구슬을 빼앗으러 이 저택에 온 겐가?"

"아니, 그렇지는 않네. 확실히는 알 수 없지만 구슬은 이가 놈들이 핫토리 저택으로 가져간 모양이야. 게다가 그것을 숨기지도 않고 우리에게 과시하며 싸움을 걸려고 하고 있는 듯한 구석이 보이네."

"그럼 그 의상은 뭔가?"

"생각지 못한 사정으로, 유녀로서 이 저택에 들어오고 말았네. 유녀로 변장하지 않으면 나갈 수가 없어. 그래서 오는 도중에 물에 빠졌다고 하고, 겐파치에게 부탁해 이곳 저택에서 여자 옷을 빌린 참일세. 단."

하며 시노는 웃었다.

"지금부터 이 유녀들과 함께 사도 태수 앞에 나가서, 좀 놀려 줄까 싶어."

"그만두게, 그만둬."

하고 이누무라 가쿠타로는 말했다.

"지금 도쿠가와가나 사도 태수 혼다 님께 적대하는 것은 임금의 수레에 덤비는 사마귀의 낫일세. 내 병법안(兵法眼)으로 보자면 머잖아 완전히 도쿠가와의 천하가 될 게야. 나는 이 흐름에 배를 저어 세상에 나가려고 노력하고 있네. 오늘의 병법 강의는 그 기회가 드디어 찾아왔다는 것일세. 자네들, 정신 차리고 나를 흉내내어 오바타 일문에 끼게."

"자네는 원래 입신주의자니까."

하며 시노는 쓴웃음을 지었다.

"바보 같은 소리, 내가 세상에 나가려 하는 것은 손자나 한비자와 마찬가지로 법이나 기술로 내 뜻을 펼치기 위해서일세. ……그야 사도 태수님의 방식이 마음에 들지 않는 부분도 있네. 마음에 들지 않는 부분이 있기 때문에, 내가 가르치고 이끌 필요가 있는 것일세."

그러고 나서 자못 경멸하듯이 입술을 일그러뜨리며 말했다.

"마음에 들지 않는 부분은 있지만, 혼다류의 방식은 그 나름대로 이치가 통하는 데가 있네. 그에 비해 우리 아와번에는 전혀 이치가 통하지 않아. 우리 부모지만, 그 팔견사라는 노인들은 비논리의 화신이었지. 그들이 어떻게 죽었든, 나는 애써 눈을 감을 걸세. 또 곰곰이 숙고해 보건대 아와번 자체가 주인은 암군(暗君), 가신은 무기력, 어떻게 보아도 곰팡이가 나고 이윽고 사멸할 번일세. 나는 애써,

그것도 버릴 걸세."

그는 의기양양하게 두껍고 네모난 눈썹을 들었다.

"질 말에 돈을 걸지 말라고 말할 정도로 나는 공리적이지 않네. 하지만 죽을 말에 돈을 걸지 말라고는 말할 걸세. 그것이 이치에 맞지 않기 때문일세. 사토미가는 죽을 말일세. 그것을 살리려다가 이누타와 이누사카가 무도하게 죽었다 해도, 나는 상관하지 않을 걸세. 나는 지금 분명히 말해 두겠네. 대의를 위해서는 육친도 저버린다 하였네. 만일 자네들이 사토미가를 위해 준동한다 해도, 나와는 아무 관계도 없어!"

"이누무라, 뒤를 보게."

하고 이누카이 겐파치가 말했다.

"오른쪽에서 다섯 번째 여인을 보고 나서, 다시 한번 방금 한 말을 해 주게."

이누무라 가쿠타로는 의아한 표정으로 고개를 돌려 유녀들의 얼굴을 순서대로 보아 가다가──갑자기,

"오오!"

하고 지금까지의 장중한 목소리와는 다른 사람인 것 같은 괴상한 소리를 질렀다.

"저것은── 저것은──."

네모난 입에서 주사위 같은 이가 나타나 딱딱 부딪힌다.

"무라사메 님일세. 열일곱 살이 되셨다고 하네──."

이번에는 이누카이 겐파치 쪽이 그때까지의 이누무라 가쿠타로

같은 장중한 목소리로 말했다.

"무라사메 님은 사토미가의 이번 어려움의 원인은 자신에게 있다고 생각하시고, 오직 혼자서 아와를 떠나 우리의 힘을 빌리려고 에도로 오셨다고 하는군."

"그것은——그것은——."

하고 이누무라 가쿠타로는 입에서 거품을 뿜으며 파고들 듯이 무라사메를 바라보았다.

유녀처럼 머리를 묶은 무라사메는 그리운 듯이 가쿠타로를 바라보고 있다가, 그때 가만히 머리를 숙였다.

"이누무라, 나를 도와주지 않겠어요?"

이누무라 가쿠타로는 온몸을 떨며 병풍처럼 털썩 엎드리고 말았다.

"황공한 말씀입니다. ……저 따위에게 도와달라니…… 듣기만 하여도 그저 감읍할 따름이옵니다!"

"부디, 여기에 있는 세 사람이 힘을 합해서."

"제가 또 한 사람, 이누에 고베에를 알고 있습니다만, 다른 사람의 힘은 빌리지 않겠습니다. 저 혼자서 반드시, 반드시!"

"……우리랑 똑같잖아."

하고 시노가 겐파치에게 속삭였다.

"아니, 우리보다 심한데."

외박진(外縛陣)

1

"이보게, 언제까지나 그렇게 엎드려 있지 말고, 머리를 들고 지금부터 어떻게 하면 후세히메 님의 구슬을 되찾을 수 있을지 생각해 주게."

하고 이누즈카 시노가 말했다.

"자네, 병법을 하고 있다면 그런 군략(軍略)은 식은 죽 먹기일 테지."

"후세히메 님의 구슬은 이가 저택에 있다고 했지."

"그런 것 같네. 하지만 이 저택에 있을지도 모르지. 잘 모르겠네."

"만약을 위해, 사도 태수님의 속을 떠보아 확인해 보지. 하지만 이가 저택에 있다면 조금 고생스러울 게야."

하며 이누무라 가쿠타로는 팔짱을 끼었다.

"오히려 이 혼다 저택에 남겨 두는 편이 나았을지도 몰라. 이누타 고분고가 쳐들어갔다는 것은, 오히려 쓸데없는 짓을 했어."

"고분고는 후세히메 님의 구슬을 사도가 몰래 감쪽같이 처리해 버릴까 봐 두려웠던 모양일세."

하고 이누카이 겐파치가 말했다.

"그렇다고 해도——뻔히 죽을 것을 알고 있으면서——너무나도 어리석어."

"고분고가 어리석은 것은 처음부터 알고 있었지 않은가."

"바보지."

그러자 무라사메가 엄하게 말했다.

"죽은 고분고를 나쁘게 말하는 것은 용서하지 않겠어요."

"예에."

이누무라 가쿠타로는 바둑판처럼 엎드렸다.

"가쿠타로, 용서하겠어요. 얼굴을 드세요."

그러자 실실 웃으며 말한 것은 시노였다.

"그래서 계속 상의하겠네만."

"음."

"게노처럼 죽지 않고 구슬을 되찾을 병법이 있겠는가."

"그건 지금부터 내가 오바타 저택에 돌아가서 꼼짝 않고 눈을 감고, 고심하고 심혈을 기울여 군략을 짜 보겠네."

"어찌 그리 침착하단 말인가."

"시간은 아직 있네. 9월 9일까지 도로 빼앗으면 될 일이야."

"그야 그렇지만, 그때까지 무라사메 님을 에도에 두고 간난신고(艱難辛苦)하시라 말씀드릴 셈인가."

하고 가쿠타로의 귀에 입을 대고 속삭인 것은 이누카이 겐파치다.

"그런 짓을 했다간, 무라사메 님은 야위고 병에 걸리시고 말 걸세."

"──아!"

"고분고나 게노가 저돌맹진한 것은 그것을 걱정해서였을 테지."

"한 가지 더 있네."

이번에는 시노가 가쿠타로의 반대쪽 귀에 입을 댔다.

"그 녀석들, 마님께 자신의 멋진 모습을 보이고 싶었던 거야."

"그럼 가능한 한 서두르겠네."

하고 가쿠타로는 고개를 끄덕였다.

"다만 나는 후세히메 님의 구슬을 도로 빼앗는 것보다 더 중요한 것을 생각해야 한다고 생각하고 있네. 그것은, 사도의 목적은 단순히 구슬을 빼앗는 데 있지 않고 사토미가를 멸문하는 데 있다는 것이지."

"무엇 때문에 사토미가를 노린 것일까."

"오쿠보와 이어져 있는 자를 모조리 처리하기 위해서일세. 그리고 오사카 공격에 대비해 논공행상의 먹이를 가능한 한 많이 준비해 둘 필요도 있고……."

물론 이것들은 무라사메에게 들리지 않도록 소곤소곤 한 이야기다.

"하지만 이것은 절대적인 것이 아닐세. 논공행상의 먹이라면 꼭 사토미가를 대지 않아도 될 테고, 오쿠보와 이어져 있다고 해도, 그렇게 치면 핫토리 한조도 그와 이어져 있네."

"오, 핫토리가——."

"사토미가가 그 산 제물의 자리에서 벗어나는 것이야말로 가장 중요한 일일세. 후세히메 님의 구슬을 도로 빼앗아도 사토미가가 멸문된다면 아무 소용도 없지."

"하지만 구슬을 도로 빼앗지 않으면 사토미가가 멸문하고 말지 않는가."

"물론 구슬은 도로 빼앗아야 하네. 하지만 그 방식에 궁리가 좀 필요해."

"어찌할 텐가?"

"그것을 천천히…… 가능한 한 빨리 생각하겠네."

"천천히 빨리, 라. 과연 군학자란 어려운 것이군."

"그리고 사도 태수 혼다에게 정면에서 대드는 것은, 긁어 부스럼을 만드는 일이나 마찬가지일세. 아까 자네는 사도를 놀리겠다고 했는데, 그것은 관두는 게 좋아."

"알겠네. 알겠지만, 조금 분하군."

"아무래도 자네들은 지혜가 부족하니, 내버려 두면 무슨 짓을 저지를지 모르겠군. 오늘부터 내 집에 와서 내 지휘를 따르게."

"싫어, 군학자의 집이라니, 그럴 바엔 처음부터 약장수 같은 것은 되지 않았네."

"겐파치 자네는 어떤가."

"여자가 있나?"

"멍청한 놈, 우리 오바타 저택에 드나드는 것은 병법에 뜻이 있는 무사뿐일세."

"그런 곳에 있다간 나는 말라 죽어 버릴 걸세."

"그럼 나중에 내 지시가 있을 때까지 대기하고 있게."

"호오, 으스대는군."

"어쨌든 무라사메 님은 내가 모셔 가겠네만…… 그리고 사실, 나도 오바타 저택에는 얹혀사는 처지일세. 무라사메 님을 맞이하려면 하인들과 손을 써 두어야 하는데…….”

“뭐라고? 마님을 자네 집에 맞아들이겠다고?”

갑자기 이누즈카 시노가 괴상한 소리를 질렀다.

“그런 것은 승낙할 수 없네. 지금 자네, 오바타 저택에는 거친 남자들만 드나든다고 말하지 않았는가. 그런 곳에 무라사메 님을 두는 것은 곰의 소굴에 뱅어를 던져 넣는 것이나 마찬가지일세.”

“그럼 어디로 모실 셈인가?”

“내가 맡겠네.”

“자네는 어디에 있지?”

시노는 말문이 막혔다.

“실은…… 바다 위일세.”

“바다 위?”

“요시와라의 앞바다에 뜸으로 지붕을 씌운 배를 띄우고, 이누야마와 살고 있었네.”

“멍청한 놈, 그런 곳에 마님을 모셔 갈 수 있는가.”

“그럼 내 집——.”

하고 이누카이 겐파치가 말하려고 하자 이누무라 가쿠타로는 네모난 눈을 부릅떴다.

“미, 미친, 하필이면 유녀집에, 마님을——.”

“마님을 유녀로 만드는 것이 아닐세. 내가 몸을 던져, 반드시 지키겠네.”

"바로 그 자네가 위험해——."

"아니, 내가 이를 악물고——머, 멍청한 놈, 무슨 소리인가. 상대는 마님일세."

"그래. 겐파치의 집이 좋겠네."

하고 가세한 것은 시노다.

"군학자의 집보다는 낫지. 무엇보다, 나도 편하게 드나들 수 있고."

하고 말하다가,

"아니, 나도 함께 니시다야에 있겠네. 이누무라, 안심하게. 내가 겐파치에게서 마님을 지키겠네."

"자네도 수상한 놈이야."

"무슨."

갑자기 유녀 차림의 시노는 가쿠타로의 네모난 얼굴을 후려쳤다.

"아야."

하고 그는 비명을 질렀다.

"겉모습뿐만 아니라 딱딱하기도 바둑판 같은 놈이군."

"게다가 여자 사이의 여자, 마치 숲속의 나뭇잎처럼, 설마 이가 놈들도 냄새를 맡지는 못할 걸세."

하고 겐파치가 말하자 가쿠타로는 거품을 물고,

"아, 안 돼!"

하고 외쳤다.

조금 전까지 무언가 친밀하게 소곤소곤 이야기를 하고 있던 세 사람이 후반에 갑자기 이성을 잃은 것처럼 소리 높여 말다툼을 하기 시작해서 깜짝 놀란 얼굴을 하고 있던 무라사메가, 당황하며 말을 걸었다.

"싸움은 멈추세요, 동료끼리 싸우는 것은 싫어요!"

"——예."

"무슨 말다툼을 하고 있는 것인지 나는 잘 모르겠지만…… 나를 어디로 데려갈까 하는 것인가요?"

"그렇습니다——."

"그렇게까지 나를 걱정해 주다니…… 그대들의 충의에 눈물이 나네요."

"——예에."

세 사람은 손을 바닥에 짚으며 얼굴을 붉혔다.

"나는 어디로 가도 좋지만…… 그럼 순서대로 하룻밤 먼저 만난 이누즈카의 집으로 가지요. 하지만 이누즈카는 배에서 살고 있다고 했지요. 그럼 이누카이의 집으로 갈까요."

"마, 마, 마님——."

하고 이누무라 가쿠타로가 말하려고 했지만 다음 말은 차마 하지 못했다. 이누카이 겐파치가 사는 곳의 정체는 설명할 수가 없었던 것이다.

"여러분, 신세 좀 질게요."

하며 무라사메는 다른 유녀들에게 머리를 숙였다. 무라사메는 물론 그녀들의 정체를 잘 모르는 듯하다.

2

"——흐음."

하며 핫토리 쿠노이치 무리의 후나무시가 고개를 갸웃거린 것은 요시와라의 곡예 광장——이제 낮 동안의 혼잡이 슬슬 드문드문해지려는 시각이었다.

그녀들은 그날 이가 사람들과 함께 종일 이 근처를 수색하고 있었다. 물론 그 약장수 중 여자 약장수를 찾아서.

어젯밤, 그 약장수들이 사는 곳을 알 수 없다는 보고는 이가 사람들로부터 받았다. 생각해 보면 그 시각에 그 약장수들은 핫토리 부근을 배회하고 있었던 것으로 생각되니, 그들의 행방을 알 수 없었던 것은 당연하다.

그 약장수들에게는 이전부터 일말의 의혹을 품고 있었지만, 어제 한조몬 근처의 해자 가장자리에서 개로 둔갑해 도주하려다가 이가 조의 수리검을 맞고 죽은 남자가 틀림없이 그중 한 명이었던 것이 판명되면서 그 의혹은 입증되었다.

언젠가 관리와 시중의 처녀로 둔갑해 자신들을 속여넘기려고 했던 것도, 속을 떠보려고 한 것인지도 모른다. 그 행실도 그렇고 겉모습도 그렇고, 너무나도 사람을 바보 취급하는 것이라 설마 사토미 가의 코가 놈일 거라고는 생각하지 않고 오히려 눈을 떼고 말았지만, 지금에 와서는 그 방심, '손을 늦춘 것'이 후회되었다.

어쨌거나 그중 한 사람은 쓰러뜨렸다. 하지만 또 한 명의 여자 약장수는 어디에 있을까?

이미 이 요시와라 부근에 있을 리가 없다. 그렇게 생각하면서도 종일 일대를 수색하고 있었지만, 그러다가 후나무시가 문득 어떤 것을 떠올렸다.

오늘 새벽, 해자 가장자리에서의 결투 때 도망친 놈은 두 명이었다. 한 명은 여자 약장수가 분명하지만, 다른 한 명도 아무래도 여자였던 것 같은 느낌이 든다. 그것이 누구인지는 모르지만 사토미가에서 파견된 코가 사람인 것은 틀림이 없다. 그 여자 두 명이 어떻게 핫토리의 외박진에서 멋지게 빠져나가 사라질 수 있었을까?

이쪽이 닌자인 만큼 그것이야말로 오히려 기괴했지만, 지금——후나무시는 갑자기 그때 해자 가장자리를 지나간 유녀 무리를 떠올린 것이다.

그 두 사람은 그 유녀들 사이에 섞여 도망친 것이 아닐까? 그렇다면 참으로 큰 실수이지만, 설마 그자들이 혼다 저택의 평정소에?

아니, 코가 사람이라면 그 정도의 일은 저지를지도 모른다. 그러나——유녀 무리에 섞이려면 유녀들도 그것을 알고 있지 않으면 불가능하다.

그때.

"네놈들, 누구냐."

하는 이가 사람의 물음에,

"평정소에 급사를 하러 가는 니시다야의 유녀들입니다."

하고 감독하는 남자의 목소리가 들렸는데.

지금 생각해 보면 그 목소리는 어디에선가 들은 것 같은 기분이 든다. 그러나 어디에서 들었는지, 아무리 해도 생각이 나지 않는다. 하지만 유녀집 같은 곳에는 간 적도 없는 자신이 그 목소리를 들은 적이 있는 것이야말로 오히려 이상하다.

　"니시다야는, 아마 이 요시와라에 있었지요?"

　옆에 있던 이가 사람은 갑자기 이런 질문을 받고 의아한 얼굴을 하며 대답했다.

　"그렇네——."

　"오늘 아침에 평정소에 간 유녀들은 이미 돌아왔을까요?"

　"급사를 하러 간 유녀들은 새벽에 평정소에 들어가 해가 지고 나서 나오도록 되어 있으니, 아직일 테지. 지금쯤 평정소를 나오지 않았을까."

　"그럼 잠시 기다릴까요. 어쨌든, ——여자 약장수를 찾는 일은 이제 그만두십시오."

　"왜 그러나, 후나무시."

　"이미, 평정소로 되돌아가도 늦었겠지. 큰일이야. 기다리고 있어도 그 여자 약장수를 놓친 것이 틀림없어."

　"무슨 소리인가, 후나무시."

　해 질 녘의 사거리에, 후나무시는 다른 다섯 명의 여자 닌자와 십여 명의 이가 사람을 불러모아 자신의 의심을 이야기했다.

　"나는 그 감독이라는 남자의 정체를 알고 싶어요."

　하고 후나무시는 말했다.

그녀는 왼쪽 눈을 감고 있었지만, 저녁 어둠이 다가옴과 함께 그 것을 떴다. 보는 사람도 없다고 생각하기 때문이겠지만 이가 사람들에게는 똑똑히 보였다. 그것은 안구가 아니라 '열(悅)'이라는 글씨가 떠오른 백옥이었다.

"그 남자가 돌아오기 전에 니시다야의 주인을 만나 그것을 묻고 싶어요. 하지만 여자가 유녀집에 무엇을 물으러 갈 수는 없겠지요. 남자들이 가서 물어봐 주시지요."

"알겠다."

이윽고 네다섯 명의 이가 사람들이 '니시다야'라고 물들인 적갈색 포렴을 지났다.

부르는 소리에 주인인 쇼지 진에몬이 나왔다. 그들은 은근슬쩍, 오늘 아침에 평정소에 간 유녀들의 감독에 대해서 물었다. 손님은 아니라는 것을 안 주인은 노골적으로 무뚝뚝한, 수상하게 여기는 얼굴을 하고,

"그자라면 우리 가게의 하인, 겐파치라는 자인데 2년쯤 전에 슨푸에서 주워 온 남자입니다."

"슨푸 사람은 아닐 테지. 어디에서 슨푸로 왔나?"

"그것을 모르겠습니다. 서쪽에서 왔다고는 말했지만, 본인은 그이상 자세히 말하지 않습니다."

이가 사람들은 되돌아가 후나무시에게 보고했다. 후나무시는 고개를 갸웃거렸다. 서쪽에서 왔다 운운하는 것은 믿을 수 없다고 해도, 2년 전부터 이 유녀집에 있었다는 것은 이상하다. 이번 구슬 도

둑질 소동이 일어난 것은 작년 말이기 때문이다.

"그 유녀집 일꾼을 의심하는 것은, 사람을 잘못 본 것이 아닐까?"

그렇게 말하는 이가 사람에게 후나무시는 여전히 가만히 생각에 잠겨 있다가 말했다.

"아무래도 마음에 걸려요. 그렇다면 본인을 붙잡아 물어보아도 더욱더 보통 수단으로는 다루기 힘들 것 같은 기분이 드는군요. 우리가 찾아보지요."

"쿠노이치가?"

"유녀가 되고 싶다는 여자로 변장해서, 니시다야에 들어가는 거예요."

"자네가 유녀가 될 건가?"

"아니, 저는 눈이 이러니 진에몬 쪽에서 쓰려고 하지 않겠지요."

후나무시는 아름다운 얼굴에 구슬 의안을 희게 드러내며 기분 나쁜 쓴웃음을 지었다.

"쓰바키와 보탄이 가 주어야겠어."

"유녀로 둔갑해서 어찌하려고, 후나무시?"

"그 감독의 정체를 찾는 거야. 만일 그것이 사토미의 코가 사람이라면——그자뿐만 아니라 그 일당의 수, 이름, 어디 있는지까지 알아봐 줘."

그러고 나서 이가 사람들을 둘러보며 말했다.

"만일 코가 사람이라면, 붙잡아서 고문을 해도 절대로 자백은 하지 않을 거예요. 여자로서 다가간다면——그것도 다름 아닌 쓰바키와 보탄이라면——쿠노이치의 닌자술을 걸어, 어떤 남자라도 자백하지 않을 수는 없겠지요."

그제야 후나무시의 의도를 납득했는지, 쓰바키와 보탄은 얼굴을 마주 보고 나서 씩 웃었다. 동료인 이가 사람들조차 오싹했을 정도로 요염한 웃음이었다.

이윽고 쓰바키와 보탄은 가난한 옷차림의 처녀로 변장하고 니시다야의 뒷문으로 들어갔다.

그녀들만큼 아름다운 유녀 지망자를 유녀집에서 쫓아낼 리가 없다고 예상하고 있던 대로, 두 사람은 그것을 마지막으로 니시다야에서 모습을 나타내지 않았다.

곧 오야지바시 다리 쪽에서 조용히 한 무리의 행렬이 다가왔다.

"돌아온 모양이군."

이가 사람이 얼굴을 들고 눈을 빛냈다.

"붙잡아서 조사할까?"

"——잠깐."

후나무시가 말렸다.

"그러면 쓰바키와 보탄이 들어가 준 보람이 없어요. 이 적은 가능한 한 우리 쿠노이치 무리가 처리하고 싶습니다. 쓰바키와 보탄의 닌자술로——만일 그자가 사토미 사람이라면——그 입으로 자백하게 하고, 그리고 일당을 일망타진하는 게 영리한 일이지요."

평정소에서 돌아온 유녀들은 아무것도 눈치채지 못하고 니시다야로 들어갔다.

후나무시가 말했다.

"만약을 위해, 오늘 하룻밤은 니시다야 주위에는 외박진을 쳐 두지요."

어디에선가 멀리 개 짖는 소리가 나고 있었다.

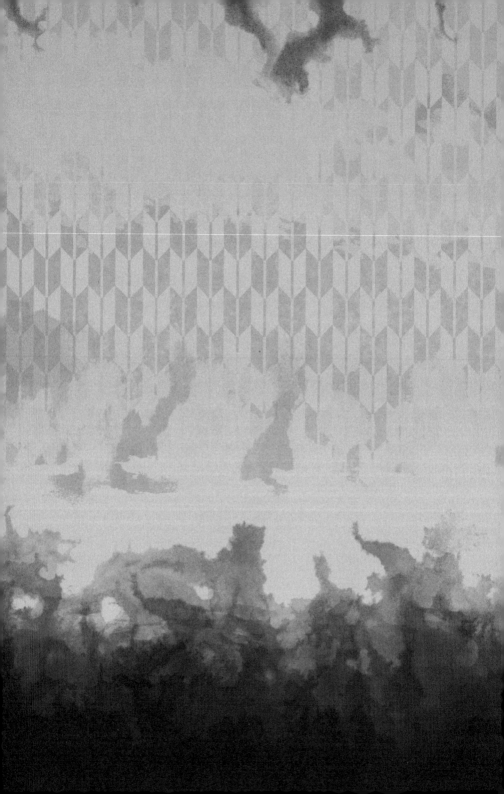

닌자술 '음(淫)'

1

"겐파치."

니시다야의 포렴을 지나면서 이누즈카 시노가 말했다.

"이상해."

"뭐가."

"이 집 주변——."

"왜 그러나?"

"이거, 돌아보지 말게. 뭔가, 한조몬의 해자 가장자리에서 맡은 것과 같은 냄새가 나네."

"바보 같은! 이곳이 들켰을 리가 없네."

"내가 유녀집에 섞여 들어온 것이 들킨 것은 아닐까."

"그렇다면 당장 평정소로 쳐들어왔을 걸세. 자라 보고 놀란 가슴 솥뚜껑 보고 놀란 것은 아닌가."

"그럴까?"

"그보다 시노, 잘 듣게. 지금부터 당분간 여자로 둔갑해야 해. 유녀로 둔갑해 있지 않으면 늘 무라사메 님 곁에 붙어서 지켜 드릴 수가 없네. 유녀집 일꾼이 되면 나처럼 볼일이 있어 외출해야 할 때도 있으니."

"유녀로 둔갑하는 것은 좋지만, 손님은 받지 않을 걸세."

"당연하지."

"손님을 받지 않는데 진에몬이 불평을 하지는 않을까?"

"그건 내가 어떻게든 잘 말해 두겠네. 내가 이 니시다야에 없으면, 니시다야는 망해 버릴 테니까."

가게 안으로 들어가자 주인인 진에몬이 살갑게 맞이하며,

"수고했다, 수고했어."

하고 치하했지만 문득 무라사메와 시노에게 수상한 눈길을 향하며 물었다.

"겐파치, 그쪽은?"

"이들은 오늘 평정소에서 받은 자들입니다."

"평정소에서? 유녀 차림을 하고 있지 않은가."

"그렇지요, 본래 교토의 유녀입니다. 실은 마치 부교이신 시마다 단조 님이 평정소에서 몰래 저를 그늘로 불러, 이 두 명의 유녀는 얼마 전에 교토에 가셨을 때 몰래 낙적시켜 온 자들로, 장래에는 처첩으로 삼아 아껴 주고 싶으나 지금은 사정이 있어 가까이에 두기는 어렵다. 당분간 니시다야에 두어 주지 않겠는가, 라고 부탁하셨습니다."

겐파치는 뻔뻔스럽게 말했다. 어지간한 진에몬도 눈을 휘둥그렇게 뜨며,

"부교 님이, 첩으로 삼으실 여자를, 유녀집에——."

"본래 유녀니까요. 하기야 손님을 받게 한다면 물론 효수되겠지요."

"그보다, 자네 쪽이 괜찮겠나?"

"설마, 아무리 저라도 효수는 싫은데요."

"하지만 오늘 밤은 대체 무슨 밤인지, 생각지 못한 미녀가 차례차례 이 니시다야에 찾아오다니."

진에몬은 썩 싫지도 않은 얼굴을 하고, 복도에 웅크리고 있던 두 명의 여자를 소개했다. 오늘 밤에 유녀가 되고 싶다며 찾아왔다는 여자다.

"호오."

순진하게 인사를 하고 살며시 든 두 여자의 눈이 순간 놀라서 반짝 빛났지만, 곧 다시 복도에 이마를 바싹 대고 말았다.

"이것 참, 나는 여기 있는 주인님의 아들도 손자도 아니다. 유녀집 일꾼이지. 경호원이야."

그렇게 말하면서 이누카이 겐파치의, 이것은 이미 어찌할 수도 없는 호색(好色)의 눈이 두 여자의 온몸을 핥듯이 살핀다.

"그런데 겐파치, 방금 전에 묘한 무사가 네댓 명 와서 자네의 출신을 묻고 갔네."

"엇. ……그래서요?"

"슨푸에서 주운 남자고 서쪽 출신이라는 것밖에 자세한 것은 모른다고 쫓아 보냈네만."

"……그렇습니까."

"뭔가 짚이는 데가 있나? 무엇보다 나도 자네라는 인간을 잘 모르지만."

"아마 제 가신들이겠지요."

"뭐, 자네의 가신?"

"저는 계속 싫다고 하는데, 어떻게 해서라도 33만 3300석의 영지를 물려주고 싶어 하는 바보가 따라다녀서 정말 곤란하다니까요."

여우에 홀린 듯한 쇼지 진에몬에게,

"아니, 저 같은 건 아무래도 좋다 치고, 이 부교 님이 맡기신 두 여인에게 방을 하나 빌려주시지 않겠습니까."

그리고 그 방으로 안내된 후,

"무라사메 님, 우선 앉으십시오."

하고 겐파치는 말하며 시노를 돌아보았다.

"시노, 맞았나 보군. 내 출신을 물으러 온 놈들이 있네. 이것은 역시 이누무라 가쿠타로의 집으로 가는 편이 나았을지도 모르겠어."

"핫토리의 놈들일세. 이제 와서 이곳에서 도망치는 건 어려울 테지."

시노는 선 채로 무언가 물끄러미 허공을 노려보고 있었지만 갑자기,

"그런가!"

하고 무릎을 치며 외쳤다.

"그놈들인가!"

"왜 그러나."

"아까 유녀가 되고 싶다던 두 여자의 얼굴, 어디에선가 보았다 했더니 그놈들인가. ——그때 그놈들은 구슬 사슬을 썼지. 그때부터 보통내기가 아니라고 생각하고 있었네만, 이제야 이해가 가네. 그자들, 여자 닌자일세."

시노는 언젠가의——이누야마 도세쓰와 공모하여 구슬을 주웠다는 이야기로 여덟 명의 이상한 여자와 싸웠던 사건을 떠올리고 있었던 것이지만, 겐파치는 모른다.

"뭐, 아까 그 여자가 닌자?"

"핫토리조의 놈일세. 게다가 여자 닌자라면——겐파치, 아버지의 유서에 있는 구슬을 훔친 여자 닌자는 아마 그자들일 거야."

"그 여자 닌자들이, 어째서 여기에 들어온 건가?"

"물론 자네의 정체를 캐기 위해서일세. ……게다가 자네보다도 내 쪽이 먼저 들켰네. 아까 내 얼굴을 보고 깜짝 놀란 얼굴을 했어. 도세쓰가 죽기 전이라면 나도 시치미를 뗄 수 있었을 테지. 하지만 도세쓰는 핫토리 저택 바깥에서 죽었네. 나도 한패로 여겨지고 있어. 그러니, 나를 데리고 돌아온 자네도 한패임이 틀림없다는 것을 깨달았을 걸세."

시노는 안색을 바꾸며 힐끗 무라사메를 보았다.

"큰일이야, 겐파치, 그놈들이 바깥의 핫토리조에게 신호를 보내게 하면 안 되네. 우리는 아무래도 좋다고 쳐도, 무라사메 님이 계셔."

2

유녀가 되고 싶다는 두 여자는 아직 니시다야에서 나가지는 않았다.

이가 쿠노이치조의 쓰바키와 보탄이다. 그녀들은 바로 시노가 추측한 것과 같은 것을 알았다. 그래도 두 사람은 도망치지 않았다.

도망칠 필요는 없다. 허둥지둥 핫토리조와 연락할 필요는 없다.

두 사람이 이렇게 판단한 데에는 이유가 있다. 첫째로 그녀들은 시노에게 들킨 것을 눈치채지는 못했다. 얼굴을 마주 보았을 때, 시노의 눈에 어떠한 동요도 보이지 않았기 때문이다. 둘째로 그녀들이 받은 명령은 겐파치라는 남자의 입에서 사토미 코가 일당의 수, 이름, 위치를 캐라는 것이었고, 게다가 그녀들은 그 명령을 완수할 자신이 있었다. 셋째로는 이미 동료인 아사가오, 유가오를 잃은 분노——다른 사람에게는 맡기고 싶지 않은 복수심이다.

"좀 더 상황을 보자."

"하지만 한시라도 빨리 그 겐파치라는 놈을 붙잡고 싶은데."

단둘이 복도에 남겨져 있다가 겨우 일어서려고 했을 때, 당사자인 겐파치가 어슬렁어슬렁 되돌아왔다.

"여어."

하고 웃음을 짓는 모습을 보고, 두 여자 닌자는 아연실색했다.

겐파치는 여자의 가이도리를 걸치고는 있었지만, 놀랍게도 그 밑에는 실오라기 하나 걸치지 않은 알몸이었던 것이다. 가슴털에서부터 하복부의 털은 밀림과도 같고, 그 부근에서 여자의 머리를 어질 어질하게 만드는 남자의 정기(精氣)가 휘몰아친다.

이때에 이르러, 쓰바키와 보탄은 언젠가 분명히 이 남자도 본 적이 있었던 것을 떠올렸다. 그렇다, 에도 산시로의 극단에서 가부키 춤을 배우던 날, 그곳에 찾아온 것은 이 남자였다!

"유녀가 되고 싶다고?"

하며 겐파치는 자신의 무릎에 양손을 대고 쪼그려 앉아 두 사람의 얼굴을 들여다보더니, 실실 웃으면서 말했다.

"이 길은 말이지, 우선 처음이 중요해. 처음에 괴롭다고 생각하면 이 세계는 참으로 구원이라곤 없는 힘든 세계가 되지. 또 처음에 즐겁다고 생각하면 앞으로의 밤은 극락이야. 그 소양을, 지금부터 내가 기초부터 가르쳐 주지."

쓰바키와 보탄은 이 남자가 십중팔구는 코가 사람이라는 것을 알고 있었다. 그러나 자신들의 정체가 탄로난 줄은 몰랐기 때문에, 이 남자가 자신들을 처녀로 보고 호색의 손길을 뻗어 왔구나, 하고 생각했다.

이것이야말로 그녀들이 바라고 있던 일이다. 하지만 두 사람은 수줍음의 붉은 기를 뺨에 띠었다. 그녀들은 수치의 붉은 빛을 의식적으로 뺨에 띨 수가 있었다.

"걱정하지 마라, 지금 보고 있었다시피 유녀들을 감독하여 평정소에 갈 정도로 주인님의 신뢰를 받고 있는 나니까. 안심하고, 자, 이리 오너라."

"어디로?"

"자, 이쪽으로."

일부러 머뭇거리는 쓰바키와 보탄의 손을 잡고 겐파치가 끌어넣은 곳은, 그 이불방이었다.

물론 이불방은 암흑이다. 그러나 닌자인 세 사람에게는 모든 것이 어스름 속에 있는 것처럼 보인다. 눈을 뜨고 있으면서, 보통 사람처럼 보이지 않는 척 움직여 보이느라 세 사람은 고생했다.

"너희들, 숫처녀는 아닌 것 같지만 그렇다 해도 유녀집에서 장사를 하려고 한다면 그에 상응하는 관행이 있다. 우선 둘 다 거기 누워."

……두 여자는 홀린 듯이 침구 위에 누웠다.

이불방의 공기는 이 한순간, 꿀처럼 짙어진 것 같았다. 단순히 남녀의 정욕의 제전이 벌어지려는 것만이 아니다. ……이 세 사람은 닌자였다. 그리고 서로 상대가 닌자라는 것을 알고 있었다.

이것은 평범한 성희(性戱)가 아니다. 육체의 닌자술 싸움이다.

물론, 여자 닌자 쪽에서는 '싸움'을 의식하고 있지는 않았다. 자신의 닌자술로 상대의 심혼(心魂)을 녹여 묻고 싶은 것만을 물을 생각이다.

이에 비해 겐파치 쪽은, 이 두 사람이 선선히 이곳으로 따라온 것을 보고 그녀들에게 그 정도의 꿍꿍이가 있는 것임을 간파했다. ……하지만 이 여자들을 지금 죽여서는 안 된다. 죽인다면 외부를 포위한 핫토리조가 그 쇠고리를 창으로, 불로, 그리고 닌자술로 바꾸어 쇄도해 올 것이다. 이곳에 있는 것은 자신과 시노만이 아니다. 그 빤들거리는 시노마저도 마음을 졸였다시피, 무라사메 님이 함께 계시는 것이다. 어떻게 해서라도 이 여자 닌자들을 이쪽의 닌자술로 함락시켜 핫토리조의 경계를 풀어야 한다.

이쪽의 닌자술. ──실은, 겐파치는 그것을 아직 한 번도 시험해 본 적이 없다.

코가 만지다니의 어느 닌자 중에 몹시 여자를 좋아하는 자가 있어 크게 의기투합하고, 몰래 이것을 전수받았다. 다른 수행의 기초 훈련에는 그다지 열의를 보이지 않았던 겐파치도 이것만은 비상한 노력을 기울여 지도를 받았으나, 그 오의(奧義)를 조금 깨우쳤다는 자각을 갖고 나자 그 뒤에는 볼일 없다는 듯이 일곱 명의 동료와 부리나케 만지다니를 도망쳐 나오고 말았던 것이다.

겐파치도 그런 닌자술을 쓸 필요는 없었고 또 장래에도 그럴 거라고는 생각했으나, 어쨌거나 그 수행 중의 단련은 헛되지 않아 그와 한 번이라도 교합한 여자는 마치 보이지 않는 점액에 빠져 죽는 아름다운 곤충처럼 되고 말았다. 그걸로 되었다, 평생의 내 재주만으로 충분히 이 여자들을 포로로 만들어 주마.

말은 그렇게 하지만, 상대는 여자 닌자다. 게다가 이쪽이 코가 사람인 것을 알고 있는 닌자다.

세 사람을 둘러싼 어둠에 귀기라고도 할 수 있는 것이 일순 퍼진 것은 당연했다.

이윽고 겐파치는 쓰바키를 안았다.

"또 다른 여자, 우리가 보이지 않을 테니 가엾군."

하며 그는 웃었다. 그러나 그는 다른 한 명의 여자가 1간 떨어져 누운 채 물끄러미 이쪽을 응시하고 있다는 것을 알고 있다.

설령 보탄의 눈이 보통 사람처럼 어둠에 가려져 있었다고 해도, 그녀는 점차 어깨를 들썩이며 숨을 쉬기 시작했을 것이다. ……그만큼, 이윽고 들리기 시작한 동료 쓰바키의 헐떡임은 보통이 아니었다.

하물며 그녀에게는 보이는 것이다. 코가 사람에게 애무를 받고 있는 쓰바키의 모습이. ──애무라고 하기에는 너무나도 무시무시한 두 사람의 모습과 움직임이.

쓰바키의 헐떡임은 이제 흐느낌으로 바뀌고, 이어 암캐의 울부짖음과 비슷한 비명으로 바뀌어 있었다.

"쓰바키……."

한 번 불렀을 때는, 쓰바키, 너 제정신을 잃은 것은 아니냐, 라고 말하려고 한 것이었지만 그 목소리는 쉬어 있어 쓰바키에게는 들리지 않았던 모양이다.

"──쓰바키!"

두 번째로 부른 것은 보고 있는 보탄 쪽이 이성을 잃고 참다못해 소리를 지른 것이었다.

그 목소리는 쓰바키의 귀에 울렸다. 그녀는 희미하게 정신을 차렸다. 그리고 자신의 특기로 이 남자의 심혼을 녹인다는 것은 도저히 불가능하다는 것을 알았다. ……그러나 져서는 안 된다. 이가의 여자쯤 되는 자가 코가의 닌자에게, 좋을 대로 당한 채 끝나서는 면목이 서지 않는다.

"음……."

하고 쓰바키는 신음했다.

이 찰나, 그녀의 성기 근육은 무시무시한 수축을 일으켰다. 남자의 것은 붙들렸다. 그대로 두면 그것은 울혈하고, 부종을 일으키고, 마지막에는 괴사하고 말지만 물론 그때까지의 엄청난 고통에 아무리 강한 남자라도 괴로움에 몸부림치다 혼절하지 않을 수 없다.

그러나 겐파치는 이탈했다. 일견 아무런 고통도 없이 몸을 떼고,

"다음, 또 한 명."

하며 몸을 뒤집었다.

보탄은 깜짝 놀라, 겐파치보다도 쓰바키를 바라보았다. 쓰바키는 몸부림치고 있다. 아까와 그대로 몸부림치고 있다. 고통스러운 모습이 아니라 환희의 모습이었다. 분명, 그녀는 지금 닌자술 '천녀패(天女貝)'를 걸지 않았던가? 그럼에도 불구하고 쓰바키는 마치 남자가 떠나간 것도 깨닫지 못할 정도로 황홀하게 눈을 치켜뜨고, 사지를 허우적거리고, 허리를 꿈틀거리고 있었다.

그렇다, 그녀의 몸속에는 남자가 있었던 것이다. 여자의 부드러운 근육이 갑자기 사슬처럼 조여 오려고 한 찰나, 겐파치는 분명히 떨어졌다. 가죽 한 장——통 모양의 얇은 피부 한 장을 뒤에 남기고.

다만 그 가죽 통은 여전히 원형을 유지하고 있었다. 뿐만 아니라

체온보다도 약간 뜨거운 온도와 미묘한 파동을 남기고 있었다. 그 것은 계속된다. 남자가 다시 그 피부에 맞는 음경에 씌워 되찾지 않 는 한은.

한 번 이 기괴한 닌자술에 당한 여자는 다시 남자에게 안길 때까 지는 남자를 포로로 삼은 듯하지만 오히려 남자의 포로가 된다. 낮 에도 밤에도 끊임없는 엑스터시 상태에 빠지고, 귀에 속삭여지는 남자의 명령은 어떤 것이라도 듣지 않을 수 없는 일종의 감미로운 몽유병자가 되는 것이었다.

이것을 코가 닌자술 '그림자 무사'라고 한다.

겐파치는 보탄을 안았다.

어둠 속에서 다시 농염한 헐떡임이 흐르기 시작하고, 이어서 암캐 의 비명으로 바뀌었다.

이놈, 닌자술을 펼치려나. ——겐파치는 여자의 입술을 빨면서 크 게 뜬 눈을 여자의 감은 눈꺼풀에 대고 그 경련을 재고 있었지만, 아 무 일도 일어나지 않았다.

문득 겐파치는 이상한 감각을 느꼈다. 자신의 성기를 감싸는 파 동과 여자의 전신의 율동이 맞지 않는 것이다. ——'두 장째의 그림 자 무사'를 남기고, 그는 몸을 뗐다.

'그림자 무사'는 남지 않았다. 뿐만 아니라 어둠 속에서 겐파치는 자신의 것을 단단히 덮고 있는 벚꽃색 점막을 보았다.

"이가의 쿠노이치."

그는 저도 모르게 외쳤다.

"이것은 무엇이냐?"

"역시, 이쪽의 정체를 알고 있었느냐?"

보탄은 튕겨 일어났다. 몸에 걸친 것이라고는 띠 하나뿐이라고 해도 좋은 모습으로, 농염하게 어깨로 숨을 헐떡이면서 젖은 입술이 불꽃처럼 숨을 쉬었다.

"이가 닌자술 가사(袈裟) 마님."

"뭐?"

"여자의 가사다. 그건 벗겨지지 않아. 미래에도 영원히, 그건 네놈에게서 떨어지지 않는다. ——다시 한번 나를 안아서, 내 쪽에서 떼어 주지 않는 한은."

겐파치는 자신의 '그림자 무사'와 같은 성질의——그것도 여자만이 할 수 있는 닌자술에 당한 것을 알았다.

정말로 그것은 젖은 종이처럼 달라붙어 떨어지지 않는다. 게다가 그것은 체온보다도 약간 뜨거운 온도와 미묘한 고리 형태의 훑는 듯한 파동을 남기며, 안에 감싼 것을 경직시키고 있다.

"네놈."

외치며 덤벼들려고 했을 때, 겐파치는 몸을 기역자로 구부리고 몸부림치기 시작했다. 엄청난 사정 감각을 느끼면서도, 그 유출구는 멋지게 막혀 있는 것이었다.

'그림자 무사' 혈소(血笑)

1

호흡은 멈출 수 있다. 구토는 삼킬 수 있다.

그러나 사출하는 정액을 멈출 수 있는 남자는 이 세상에 없다.

이누카이 겐파치는 그것이 막힌 것이다. 그의 음경은 생선 껍질처럼 반투명한 벚꽃색의 얇은 막으로 완전히 감싸여 있었다. 그것은 보탄의 점막의 편평상피였다. 게다가 살아서 몸부림치고, 젖고, 파도치고 있는 것이다. 겐파치는 잔뜩 훑어지고, 견디지 못하고 사출하려고 하고, 그리고 막혔다.

한순간, 음경은 가느다란 꼬챙이에 꿰인 것 같았다.

"딱하게 되었군, 코가 놈."

보탄은 그를 응시하며 웃었다.

"말해라, 네놈의 일당은 어디에 있고, 몇 명 있고, 이름은 무엇이냐. ——말하지 않으면 그 고통은 언제까지나 계속될 것이다."

고통이 지나친 나머지 겐파치는 또 데굴데굴 굴러 어둠의 밑바닥을 바퀴처럼 돌면서,

"말하겠다, 말하겠다."

하고 신음했다.

"빨리, 이…… 가사 마님인지 뭔지를 벗겨 다오."

"말하지 않으면 벗기지 않을 것이다."

"벗기지 않으면…… 괴로워서, 말을 할 수가 없다."

"그만큼 말을 할 수 있다면 말할 수 있을 텐데."

그러나 보탄은 가까이 다가갔다. 그녀는 이 코가 놈이 손에 아무런 무기도 갖고 있지 않은 것을 알고 있었고, 또 갖고 있었다 해도 이 엄청난 고통 때문에 그것을 쓸 생각도 할 수 없다는 것을 알고 있었다.

"자, 빨리 말하지 않으면 네놈의 정액은 콧구멍으로 넘쳐서 몸부림치다 죽을 수밖에는 없을 거야."

"내, 내가 죽으면 저기 있는 또 한 명의 여자도, 언제까지나 내 그림자 무사의 포로가 되어 있을 텐데 괜찮겠나?"

"뭣이, 네놈의 그림자 무사?"

보탄은 돌아보았다. 상대가 한 말의 뜻은 아직 확실하게는 알 수 없지만, 동료인 쓰바키가 그 눈동자에는 눈앞의 광경이 똑똑히 비치고 있을 텐데도 여전히 침구 위에서 황홀하게 꿈틀거리고 있는 것을 보고는, 과연 한순간 침묵했다.

"그럼 그 가사 마님을 벗겨 주지."

하고 그녀는 고개를 끄덕였다.

"단──."

그렇게 말하면서 보탄은 다시 겐파치의 몸 위에 자신의 몸을 겹쳤다.

"교합을 하지 않으면 벗길 수 없다. 괜찮겠느냐──."

이러한 사투가 이 세상에 또 있을까. 두 사람은 교합했다. 두 사람은 이가와 코가라는 원수 사이다. 그리고 교합하는 것이 닌자술의 투쟁이다.

"오오——."

겐파치는 한숨을 쉬었다. 자신의 음경을 덮고 있던 것이 스윽 떨어지는 것을 의식한 것이다. 점막은 원래대로 여자의 체내에 흡착한 것이었다. ——세차게 터져 나오던 것이 절반쯤에서 막히고,

"말해라."

하고 보탄은 외쳤다. 뜨거운 목소리는 귀라기보다 겐파치의 입에 뿜어 넣어졌다.

"나를 속이거나 나에게 위해를 가하려고 하면, 가사 마님은 다시 네놈에게 달라붙을 것이야."

그때 이불방의 문이 열렸다.

"겐파치."

시노의 목소리다. 아무리 기다려도 겐파치가 돌아오지 않아, 불안해져서 들여다보러 온 모양이다.

"앗."

시노도 역시 코가 만지다니에서 일단의 수행은 한 만큼, 어둠 속에서도 눈이 보인다. 순식간에 안의 광경을 보고, 당황하며 문을 꼭 닫았다.

"시노."

작지만 급박한 무라사메의 목소리가 났다.

"왜 그러시나요, 겐파치는 어찌 되었나요?"

겐파치는 시노가 문을 닫은 것은 무라사메 님이 뒤에 있기 때문이라는 것을 알았다.

아무리 겐파치라도 무라사메 님에게 이 모습을 보이고 싶지는 않다. 이 모습을 다른 사람에게 보이는 것을 부끄러워하기는커녕 과시하며 뽐낼 수도 있는 겐파치도, 지금 무라사메 님에게만은 이것을 보인다면 죽는 편이 낫다고 생각하며 당황했다.

그는 몸을 떼려고 했다. 보탄의 허리는 바싹 달라붙어 왔다.

"그렇게는 안 되지. 아니면, 다시 한번 가사 마님을 걸쳐 보겠느냐."

보탄은 말했다.

"지금 들여다본 것은 네놈의 동료겠지. 불러라, 불러들여서 절체절명의 포로가 된 네놈의 꼴을 보여 주어라."

"보여 주지."

하며 겐파치는 신음했다. 동시에 그 팔이 보탄의 목에 감겼다.

"죽일 거냐."

보탄은 깜짝 놀라 외쳤다.

"나를 죽여도 가사 마님은 살아서, 네놈에게서 떨어지지 않을 것이야!"

목소리와 함께 그 입에서 피가 넘쳤다. 사지가 경련했다.

겐파치는 몸을 떼고 벌떡 일어났다. 이가의 여자 닌자 보탄은 엄청난 힘으로 목이 졸려 죽어 있었다. 하지만 겐파치는 살았다고는 생각하지 않는다. 보라, 벚꽃색의 점막은 다시 그에게 딱 달라붙어 있다. 게다가 분명히 미묘한 파동으로 그를 계속해서 훑고 있다.

그때 온몸의 혈관을 쇠꼬챙이로 꿰뚫린 듯한 격통이 겐파치를 덮쳤다.

데굴데굴 구르면서, 그는 옷을 몸에 걸쳤다.

"시노, 들어오게."

하고 그는 말했다.

"들어가도 되나?"

"들어와 주게."

다시 문이 열리고 두 개의 그림자가 들어왔다. 곧 시노가 문을 닫았기 때문에, 아까 복도의 철망 등롱의 먼 불빛으로 무언가 이곳에 쓰러져 있는 모습을 희미하게 보았던 무라사메도 이번에는 오로지 어둠에 휩싸여,

"겐파치, 여기에 있나요?"

하고 벽에 손을 짚으며 불안한 듯이 말했다.

"여기에 있습니다."

"무사한가요?"

"무사합니다."

하고 말했지만, 겐파치는 고통 때문에 침구에 손톱을 세우고 있었다.

"시노, 거기에 살아 있는 또 한 명의 여자를 이리로 데려와 주게."

시노에게 이끌려, 쓰바키는 비로소 황홀한 몽환경(夢幻境)에서 깨어난 듯했다. 하지만 깨었다고는 해도 여전히 거기에 쓰러져 있는 동료 보탄의 시체의 의미도, 들어온 두 명의 유녀의 정체도 판단하지 못하는 눈치다. 그녀는 그보다 더욱 강한 무언가의 힘에 붙잡혀

있는 것 같았다.

"여자."

겐파치는 헐떡이면서 말했다.

"사토미가에서 빼앗은 구슬은 어디에 있지?"

"여기에."

하며 쓰바키는 어디에선가 한 개의 구슬을 꺼냈다. 그녀도 헐떡이고 있었다.

"뭣, 여기에 가지고 있었나!"

시노는 그것을 빼앗아,

"충(忠)."

하고 읽었다.

"시노, 대신 도세쓰의 구슬을 주게."

하고 겐파치는 말했다. 시노는 품에서 다른 구슬을 꺼내 쓰바키의 손바닥에 올려놓았다. 그것은 이누야마 도세쓰가 죽기 전에 그에게 맡기고 간 '혹(惑)'의 가짜 구슬이었다.

"손을 쥐어라."

겐파치가 명령하는 대로 쓰바키는 구슬을 쥔 손바닥을 쥐었다. ──그동안에도 그녀는 계속 희미하게 허리를 꿈틀거리고 있다. 그녀는 지금도 여전히 감각으로는 교합하고 있는 것이다. 그리고 교합하고 있는 남자──겐파치의 명령은 최면술에 걸린 것처럼 따르지 않을 수 없는 것이었다.

"그럼 또 한 명의 여자도 구슬을 갖고 있겠군."

시노는 보탄의 시체로 달려들었다.

"있네! 신(信)의 구슬이!"

"그럼 그자의 목을 베고, 대신 이 구슬을 입에 물려 주게."

겐파치는 떨리는 손으로 자신이 갖고 있던 음(淫)의 구슬을 시노에게 건넸다. ──어둠 밑바닥에서 이상한 소리가 났다.

2

무라사메가 숨이 막힌 듯한 소리를 질렀다.

그녀에게는 아무것도 보이지 않는다. 이 방의 광경도 보이지 않고, 시노의 행동도 보이지 않는다. 다만 시노와 겐파치의 대화는 듣고 있어, 지금 시노가 무엇을 했는지 알았다. 그리고 실신할 뻔했다.

"마님. ……고분고, 게노, 도세쓰를 죽인 여자들입니다."

하고 겐파치가 말했다. 아픔은 하복부에서부터 퍼져, 전신의 혈관이 철사로 변한 것만 같았다. 그 고통 속에서도 그는 무라사메에게 신경을 쓰고 있다. 그가 색(色)을 빼고 여성에게 이렇게 다정하게 말한 것은 처음일 것이다.

그 목소리가 바뀌더니,

"여자."

하고 차갑게 말했다.

"그 머리를 들고 바깥의 핫토리조가 있는 곳으로 돌아가라. 그리고 말하는 거다. 그 목을 벤 코가 놈은 분명히 니시다야에 있다. 게다가 이가조를 기다리고 있다. 하지만 섣불리 덤비면 여자들밖에 없는 니시다야에는 소동이 일어나고, 그 소동을 틈타 도망칠 위험이 있다……."

겐파치의 입에서 쿨럭 하고 소리가 났다. 무언가가 넘친 것이다. 무라사메에게는 보이지 않았지만 그것은 피가 아니라 희고 끈적한 젖 같은 것이었다.

"그러니 주인인 쇼지 진에몬에게 슬쩍 귀엣말을 해서, 니시다야에 있는 여자들만을 우선 바깥으로 내보내고…… 다음에는 오늘 밤에 묵는 손님들을 내보내고…… 가능한 한 겐파치라는 남자 한 명을 남기고 나서 덮치는 편이 좋을 것이라고, 이렇게 이가조에게 말해라."

겐파치는 또 하얀 것을 토했다. 그것이 정액 냄새를 풍기고 있는 것을 알고,

"가라."

겐파치는 말하고, 또 쿨럭 하고 토했다.

쓰바키는 보탄의 머리를 안고 비틀비틀 나갔다. ——그 모습을 지켜보고,

"겐파치, 지금 자네가 말한 것은 앞부분 절반은 알겠네만 뒷부분 절반은 모르겠네."

하고 시노가 말했다.

"유녀들을 먼저 내보내라는 것은, 그 사이에 무라사메 님을 넣어
서 도망치게 하겠다는 것이겠지. 물론 이가조의 여자들은 그 사이
에서 내 얼굴을 찾아내려고 하겠지만, 나는 없을 거야. 나는 다음에
쫓겨날 남자 손님들 사이에 있을 걸세. 이가조는 나를 여자라고 생
각하고 있을 테니 말일세. ……하지만 뒤에 남은 자네는, 그런 말을
해서 어찌할 셈인가?"

"나는 죽을 테니 괜찮네."

"뭐, 자네가 죽어?"

시노는 눈을 부릅떴다.

"자네, 이가의 쿠노이치 한 마리에게는 훌륭하게 닌자술을 걸었
고, 한 마리는 죽이지 않았는가. 보아하니 어디에도 상처는 없는데,
어디에 상처가 있는 건가?"

어디에도 상처는 없었다. 아니, 겐파치 자신은 점점 몸속에서 수
천 개의 송곳에 찔리는 듯한 아픔이 사라져 가는 것을 의식하고 있
다. 그러나.

"아니, 그리고 보니 자네 아까부터 무언가 하얀 것을 토하고 있군.
도, 독이라도 마신 건가, 멍청한 놈."

"독 같은 것은 마시지 않았지만, 나는 죽을 걸세."

쿨럭 하고, 또 겐파치는 토했다. 하얀 것에 그제야 피가 섞이기 시
작했다.

이러는 동안, 그의 음경은 끊임없이 농염한 가사 마님의 파동에

계속해서 시달리고 있었다. 터져 나오려고 하다가 그 출구가 막힌 그의 정액은 마침내 모든 관을 찢고 입으로 넘쳐 나온 것이다.

무한하다고 여겨질 정도의 정력의 소유자였던 만큼, 그 자기 파괴 또한 강렬했다. 게다가 그 어마어마한 정액도 다하여, 구토에는 피가 섞였다. 동시에 그는 자신의 생명도 유출되어 넘쳐 나가는 것을 의식하고 있었다.

"가까이 오지 말게!"

겐파치는 흐려져 가는 기력을 북돋우며 외쳤다.

시노를 향해 외친 것이지만, 실은 벽을 떠나 달려오려는 듯한 무라사메 님의 기척을 알아채고 당황해서 제지한 것이었다. 마님을 자신이 토한 것 따위에 닿게 해서는 안 된다.

"그런 것보다 시노, 자네가 빨리 해 주어야 할 일이 있네."

"뭔가."

"뭐냐고 묻는 놈이 어디 있나. 첫째로, 지금 되찾은 충(忠)과 신(信)의 구슬을 팔방에게 물려 주어 한시라도 빨리 아와로 가져다주게 하게. 뒤뜰에 내 팔방과 이누카와 소스케가 맡긴 팔방이 있네."

"음."

"이누카와 소스케는 이 요시와라의 가부키 극장, 가쓰라기 다유의 극단에 있네. 이곳에서 도망치신 무라사메 님은 그리로 가십시오."

"좋아, 알겠네."

"그리고 자네, 남자로 둔갑할 거라면 빨리 그 유녀 차림을 바꿔야 하지 않는가."

"알고 있네. 하지만 겐파치——자네, 어찌 된 건가. 왜 죽는 건가,
겐파치."

"겐파치는 이미 흘러나가 버렸네."

이누카이 겐파치는 약하게, 씩 웃었다.

"여기에 있는 것은 겐파치의 껍데기야."

그리고 그는 자신이 토한 하얀 젖 속에 털썩 얼굴을 숙이고 말았
다.

그 직전——분명히 그는, 그 털도 체취도 짙은 이누카이 겐파치
와는 다른 사람인 것 같은——묘하게 성스러운 얼굴로 물끄러미 무
라사메 님 쪽을 보았지만, 그것은 어둠 속에서 숨을 삼키며 꼼짝 않
고 서 있던 무라사메 쪽에는 보이지 않았을지도 모른다.

"……오오, 쓰바키다."

"쓰바키가 돌아왔다. ——혼자서."

외박진을 치고 있던 이가조 안에서 그런 목소리가 일고, 바람처럼
네 개의 그림자가 달려왔다.

"쓰바키, 어떻게 된 거야?"

"부탁한 일은 해 주었니?"

"보탄은?"

하고 말하다가 네 명의 이가 쿠노이치들은 깜짝 놀라 눈을 크게
떴다. 쓰바키가 가슴에 안고 있는 것을 처음으로 알아챈 것이다.

"앗, 보탄!"

쓰바키는 흙 위에 힘없이 무너지듯이 앉았다. 머리는 내던져졌다.

"쓰, 쓰바키! 보탄은 그 이누카이 겐파치인가 하는 사내에게 당한 거야?"

쓰바키는 고개를 끄덕였다.

어깨를 들썩이며——보기에 따라서는 참담한 혈로를 뚫고 도망쳐 온 것처럼도 보인다.

"보탄이, 어째서?"

하고 후나무시는 쪼그려 앉아 그 머리를 안아 올리려고 하다가, 문득 그 눈이 머리의 입에 멈추고 갑자기 그 이 사이에 손가락을 넣어 무언가를 긁어냈다.

밤눈으로 보기에도 반짝 빛나는 구슬이 한 개 굴러 나왔다.

"음(淫)."

하고 그녀는 외쳤다. 말할 것까지도 없이 이것 또한 그녀들이 사토미가에 남기고 온 가짜 구슬이다.

"역시 그놈은 아와번의 놈이었군. 그래서, 이누카이 겐파치는 어쩌고 있지?"

"니시다야에 있어……."

하고 쓰바키는 대답했다.

"그리고 이가조가 니시다야를 에워싸고 있는 것을 이미 알고 있고, 이가조가 덮쳐 오기를 기다리고 있어……."

"엇, 기다리고 있다고? ——좋아, 그럼 가 주지."

눈초리를 치켜올리며, 후부키라는 여자 닌자가 말했다. 쓰바키는 고개를 저었다.

"내 생각에, 그놈에게는 뭔가 꿍꿍이가 있어. 유녀를 이용해서 소동을 일으키게 하고, 다른 손님들 사이에 섞여 도망칠 위험이 있어……."

"어떤 인간이라도 핫토리의 외박진을 빠져나갈 수는 없다."

하고 뒤로 다가온 몇 명의 이가 사람들 중 한 명이 말했다.

"제 생각에는 어떻게든 주인인 쇼지 진에몬에게 이야기해서 우선 유녀들을 밖으로 내보내고, 다음으로 다른 손님들을 내보내고, 남은 겐파치를 덮치는 편이 좋지 않을까요……."

"그게 가능할까?"

사모라는 여자 닌자가 말했다.

"그건 가능하다."

하고 이가 사람이 말했다.

"조정에서 찾는 자를 붙잡기 위해서라고 진에몬을 협박하면, 불가능한 일은 아니지. 하지만 그렇게 성가신——."

"아니, 그것이 가능하다면 그편이 나을지도 모릅니다."

하고 후나무시가 생각에 잠기며 말했다.

"적인 코가 놈들이 쉽지 않은 자들이라는 것은 혼다 저택이나 이가 저택에서 어떻게 죽었는지를 보면 짐작할 수 있지요. 아니, 실제로 이 보탄을 죽인 놈이니 벅찰 것은 각오해야 해요."

후나무시는 갑자기 날카로운 눈으로 쓰바키를 보며 물었다.

"그런데 쓰바키, 유녀들 중에 그 여자 약장수가 있었어?"

"있었어."

하고 쓰바키는 대답했다.

"그자도 모르는 척, 나도 모르는 척을 하고 있었지만, 아무렇지도 않은 얼굴로, 분명히 유녀로 둔갑해 있었어!"

"그렇다면——그렇다면——."

하고 후나무시는 조급해하며,

"만일 그럴듯한 구실로 유녀들을 끌어내고 그놈이 그 사이에 섞여 도망칠 생각이라면, 이때 붙잡자. 그자를 인질로 삼아서, 이번에는 그 이누카이 겐파치인가 하는 놈을 붙잡으면 되겠지."

몇 명의 이가 사람들이 다시 니시다야를 찾아간 것은 그로부터 몇 분 후였다.

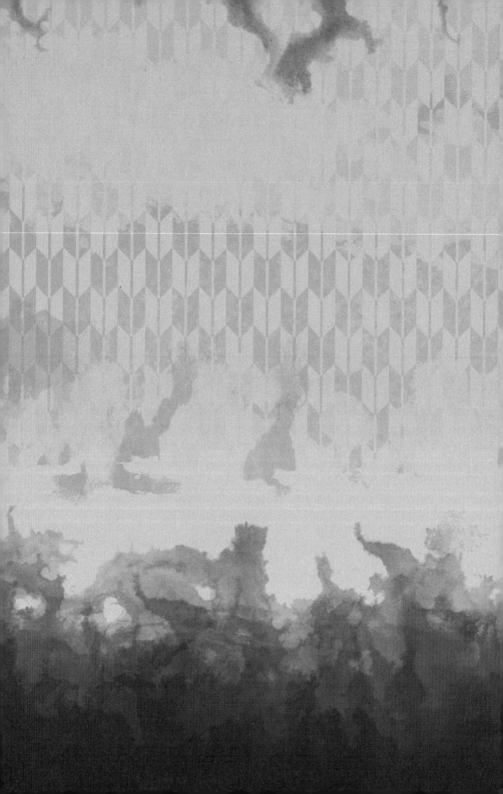

포로

1

니시다야의 주인 쇼지 진에몬과 어떤 이야기를 한 것일까.

아까 이누카이 겐파치에 대해서 떠보았을 때는 수상쩍은 듯한 얼굴을 하고 있던 진에몬도 정면에서 조정 이가조가 담판을 지어 오니 저항할 수 없었을 테고, 게다가 본래 이 요시와라에 유곽을 여는 것을 조정에 신청 중인 진에몬이다. ──그런 진에몬이 이번에는 어떻게 유녀나 숙박객들에게 이야기를 한 것일까.

니시다야에서 드문드문──이윽고 삼삼오오, 겁먹은 듯한 유녀들의 그림자가 나오기 시작한 것은 그로부터 얼마 지나지 않아서의 일이었다.

"이쪽이다."

"이쪽으로 오너라."

어둠 속에서 작은 목소리가 나고, 또는 검은 그림자가 나타나 그녀들을 유도하여 한 곳에 모은다. 아는 사람은 안다. 내부에서 도주하려고 하는 자는 개미 한 마리도 놓치지 않는 핫토리의 외박진이다. 그 눈에서 도망칠 수 있는 유녀가 한 명이라도 있을 리는 없다.

"……좋아."

"저쪽으로."

그것을 하나하나 점검하고 있는 것은 물론 다섯 명의 이가 쿠노이치다.

어둠 속에서 유녀들은 자신들을 조사하고 있는 사람이 그 목소리로 보아 아무래도 여자인 것 같아 의아한 얼굴을 했지만, 그 정체는 알지 못했다. 그러나 여자 닌자들은 지금까지 그 유녀들 중에 그 여자 약장수가 없다는 것을 대낮처럼 알 수 있다.

만일 발견한다면——그때를 위해, 물론 그녀들은 일촉즉발의 암표범 같은 살기를 온몸에 보이고 있다.

"아니."

사모가 돌아보았다.

바로 맞은편의 풀 속에 한 무리가 되어 모여 있는 유녀들은 벌써 스무 명을 넘었을까. 말할 것까지도 없이 그 주위를 네댓 명의 이가 사람들이 에워싸고 감시하고 있지만, 그중에는 없다. 그리고 가게를 나오는 유녀는 잠시 끊겼다.

"나올 리 없지. 아직 가게에 숨어 있을 거야."

하고 다마즈사가 말했다.

"나중에 불을 질러서라도 쫓아내 주마."

하고 후부키가 말했다.

이 동안, 쓰바키는 잠자코 있었다. 말은 하지 않지만 헐떡이고 있다. ——단순한 흥분이 아니라 형용하기 어려운 농염함을 아까부터 그 헐떡임에서 냄새 맡고, 후나무시는 힐끔힐끔 수상한 듯이 그녀를 바라보았다. ——그러다가 그 눈을 이번에는 니시다야 쪽으로 움직이며,

"아, 이번에는 손님들이 나온다."

——하고 중얼거렸다. 사모가 엄한 표정이 되어 말했다.

"이누카이인지 뭔지 하는 놈이 섞여 있을지도 몰라."

"게다가——어쩌면."

후나무시는 퍼뜩 생각했다.

"그 여자 약장수가 남장을 하고 섞여 나온다는 것도 생각할 수 있어."

"가자, 다들, 이 여자들의 감시를 부탁드립니다."

네 명의 쿠노이치는—쓰바키만을 남기고— 이가조의 남자들에게 말하고는 질풍처럼 그쪽으로 달려갔다.

유녀들과 달리 남자들은 난리다.

"뭐야, 뭐야, 기분이 좋아지려던 차에 쫓아내다니."

"이 차가운 밤바람에."

"조정이 뭔데. 조정에서 빌린 돈으로 유녀를 사러 온 것도 아닌데."

투덜거리는 놈이 있다. 고함치는 놈이 있다. 이에 대해,

"이거, 죄송하게 되었습니다."

"니시다야에 의심스러운 일이 있어, 지금부터 조사를 하러 갈 참이라."

"폐가 되면 안 되니까요."

어지간한 이가 사람들도 저자세지만, 은밀한 목소리 속에 형용하기 어려운 위압감을 풍기는 것은 잊지 않는다.

"뭣, 두건을 벗으라고?"

갑자기 새된 목소리가 났다.

"아니, 이 얼굴은 보일 수 없네. 의심스러운 일은 유녀집에 있다고 하지 않았나. 손님인 내가, 무엇 때문에 이 얼굴을——."

그 목소리가 갑자기 끊겼다.

밤눈으로 보아도 희끄무레하게 그 목에서부터 목덜미에 걸쳐 한 자루의 수리검이 꿰뚫고 있는 것이 보여, 주위에 있던 남자들이 비명을 지르며 펄쩍 뛰어 흩어졌다.

바람처럼 달려온 것은 후나무시였다.

쓰러진 남자의 두건을 벗기고,

"아니다!"

하고 외쳤다. 수리검을 던진 것은 물론 그녀다.

이 막무가내의 무시무시한 검문에는 불평이 가득한 얼굴을 하고 있던 손님들도 간담이 서늘해져 일대 공황을 일으켰고, 아직 아무 말도 하지 않았는데 부스럭거리며 두건을 벗은 사람도 있었다. 심지어는,

"나는 알몸을 보여 드리겠소."

하고 엉뚱한 소리를 지르며 정말로 알몸이 되어 버린 사람도 있었다.

그들이 갑자기 얌전해져서 줄줄이 지나가는 것을, 네 명의 여자 닌자들은 눈을 빛내며 지켜보았다.

"남자들은 모두 집으로 돌아가도 좋다."

하고 후나무시가 말했다.

허둥지둥 통과하는 남자들 속에서 그 알몸의 남자를 발견하고,

"잠깐."

하고 후나무시는 불러 세웠다.

그 남자는 벗은 옷을 뭉쳐 머리에 얹고 있었는데, 그것을 들고 있는 양팔과 머리에서 늘어진 소매 때문에 얼굴이 잘 보이지 않았기 때문이다.

그때, 한 이가 사람이 가게 쪽에서 달려왔다.

"이봐, 이누카이 겐파치는 죽었다고 하는군."

"엇."

"지금 진에몬이 발견하고 당황하고 있네. 아무래도 보탄과 싸우다가 서로 죽은 모양이야——."

후나무시는 다시 힐끗 멀리 있는 쓰바키 쪽을 보았다. 쓰바키에게 그런 이야기는 듣지 못했기 때문이다.

"좋아, 지나가라."

하고 그녀는 알몸의 남자에게 말했다.

이누카이 겐파치라는 남자가 죽었다면 남은 것은 그 여자 약장수뿐인데, 거기에 있는 알몸의 남자는 그 사타구니를 보면 알 수 있다시피 분명히 남성이었기 때문이다.

남자는 뛰듯이 지나쳐 갔다.

"후부키, 다마즈사, 가서 보고 와!"

하며 후나무시는 턱짓을 하고, 나머지 남자들의 검문을 속행했다. ——그러나 지나가는 것은 남자들뿐이고, 본 적이 있는 여자 약장수의 얼굴은 끝내 없었다.

"그놈——아직 니시다야에 숨어 있는 것은 아닐까? 가서 보자, 후나무시."

사모도 달려 나가려고 하는 것을,

"잠깐, 그보다 나는 왠지 쓰바키가 수상해."

하고 후나무시는 말하며, 서두르는 걸음으로 쓰바키 쪽으로 되돌아갔다.

2

쓰바키는 아직 풀 속에 있었다. ——그런데, 하늘을 보고 누워 있다.

그녀는 양팔을 마치 무언가를 끌어안은 듯한 형태로 하고, 끊임없이 허리를 꿈틀거리며 혼자서 녹을 듯한 헐떡임을 흘리고 있었다.

그것은 이미 수상한 것이 아니라 어떻게 보아도 이상하다.

망연히 그것을 내려다보고 있던 후나무시가 갑자기 깜짝 놀라 외쳤다.

"이것은…… 적의 닌자술에 걸린 것이 아닐까?"

그렇다. ——쓰바키는 죽은 이누카이 겐파치의 닌자술 '그림자 무사'에 걸린 것이었다.

그 육체에는 아직도 겐파치의 '그림자 무사'가 미묘한 파동을 계속

하고 있고, 그녀는 감미로운 몽유 상태, 황홀한 최면 상태에 있었던 것이다.

"봐, 쓰바키의 오른손을——무언가 굳게 움켜쥐고 있는 것 같지 않아?"

처음으로 후나무시는 그 사실을 깨달았다. 쓰바키의 몸의 움직임이 너무나도 부드럽고 농염한데도 그것만 돌처럼 단단해 보였기 때문에, 비로소 이상하게 생각한 것이다.

사모가 달려들어 쓰바키의 주먹을 비틀어 열었다.

그 안에서 한 개의 구슬이 굴러떨어졌다. '혹(惑)'의 구슬이.

후나무시와 사모는 숨을 삼키며 얼굴을 마주 보았다.

한순간에 보탄이 갖고 있던 '신(信)'의 구슬과 이 쓰바키가 갖고 있던 '충(忠)'의 구슬은 빼앗긴 듯하다. 이미 '지(智)'와 '제(悌)'의 구슬은 빼앗겼고——여덟 개의 후세히메의 구슬 중 네 개를 도로 빼앗긴 듯하다.

뿐만 아니라 같은 편 중 아사가오, 유가오, 보탄이 죽임을 당하고——그리고 또 이 쓰바키도.

"멍청한 것, 적의 닌자술에 걸려 이렇게 한심한 꼴이라니."

후나무시의 외침과 함께 그 손에서 날아간 수리검은 아직도 땅 위에서 음란한 자태를 보이고 있는 쓰바키의 목을 꿰뚫었다.

"앗, 무슨 짓이야."

하며 깜짝 놀란 것은 사모다.

"쓰바키는 아직 살아 있잖아."

그러나 쓰바키는 목에 수리검이 꽂힌 채, 비로소 둥글게 모으고 있던 양팔을 풀고 땅에 손톱을 세우며 단말마의 모습을 보이고 있었다. 그것도 하반신만은 여전히 생명의 환희 그 자체인 것처럼 꿈틀거리면서.

"이가 쿠노이치의 수치."

하고 후나무시는 증오스러운 듯이 저주했다. 그 왼쪽 눈에 얄궂게도 '열(悅)'이라는 글씨가 빛나고 있다.

"이 쓰바키가, 아까 유녀집의 여자와 남자를 쫓아내라고 말한 게 수상해. 어쩌면 적에게 속아 넘어간 건지도 몰라."

"엇, 그건, 무슨——."

"나도 몰라. 하지만 쫓겨난 남자, 여자들 중에 역시 그 여자 약장수가 섞여 있었던 것 같은 기분이 들어——."

"그럴 리는 없어. 후나무시——어쨌든 니시다야로 가 보자."

그때, 후나무시가 어둠 속을 응시하며,

"아니, 저 개는."

하고 외쳤다.

오야지바시 다리 쪽에서 두 마리의 개가 다가왔다. 몸통에 화려한 옷조각 같은 것을 두르고 있다.

"저건——해자에서 도망친 개!"

하고 사모가 외쳤다.

그 말이 옳다. 그것은 시노와 도세쓰의 팔방이었다. 두 마리는 그 해자 가장자리에서 도망쳐——그때까지 시노의 행방을 찾고 있었던 모양이다.

두 마리의 팔방은 오야지바시 다리 쪽으로 줄줄이 걸어가는 손님들과 스쳐 지나듯이 오다가 갑자기 딱 멈추어 서서 꼬리를 흔들고 폴짝폴짝 뛰며 짖었다.

"앗."

후나무시가 눈을 빛냈다.

"역시, 저 중에 저 개가 아는 사람이 있어!"

그때,

"팔방——."

하고 어디에선가 목소리가 났다.

여자의 목소리다. 그것은 바로 옆의 유녀들 사이에서 들렸다. 두 마리의 개는 곧 이쪽을 향하더니 다리를 베틀처럼 모으고 달려왔다.

"아는 사람은 이쪽에 있었나."

후나무시와 사모는 이미 두 마리의 개가 발치에서 아양을 떨고 있는 한 유녀 옆으로 달려갔다.

갑자기 두 마리의 팔방은 펄쩍 뛰어 멀어졌다.

"여자."

불리기도 전에, 그 유녀는 이쪽으로 얼굴을 향하며 미소를 짓고 있었다.

후나무시와 사모는 처음 보는 얼굴이다. 물론 그 여자 약장수는 아니다. 하지만 아까는 전혀 눈치채지 못했으나, 그 슬플 정도로 맑은 미소가 무엇보다도 유녀와는 맞지 않는다는 증명이었다.

"그대는 누구지?"

하고 후나무시가 한 발짝 다가갔을 때, "웡웡웡!" 하고 짖으며 한 마리의 팔방이 허공을 날아 후나무시에게 덤벼들었다. 후나무시가 몸을 낮춘다. 허공을 흐르는 개에게 수리검을 날리려고 하는 사모에게 또 한 마리의 팔방이 덤벼든다.

여자와 개는 회오리바람처럼 날아다녔다. 수많은 표창이 유성처럼 흘렀다. 그 표창은 한 개도 개에게 명중하지 않았고, 개의 이빨 또한 여자 닌자의 옷에도 닿지 못했다.

"──오오, 그 개다!"

그제야 눈치챈 이가 사람들이 쇄도해 왔지만, 교차하는 여자와 개의 투쟁에 외부에서 수리검도 표창도 던지지 못하고 우왕좌왕 당황할 뿐이었다.

"팔방, 도망쳐!"

하고 무라사메는 외쳤다.

개를 버리고, 후나무시는 빙글 몸을 돌려 무라사메의 목에 갑자기 칼을 들이댔다. 두 마리의 팔방은 마치 마법에 걸린 것처럼 움직이지 않게 되었다.

그 개를 향해, 은색 비처럼 표창이 날았다. 물론 이가 사람들이 던진 표창이다. 그것은 소리를 내며 두 마리의 개의 몸통에 파고들었다.

"도망쳐, 팔방."

슬픈 듯한 무라사메의 목소리가 또 흘렀다.

"나는 괜찮으니까."

또 표창의 싸락눈이 몰아쳤다. 두 마리의 팔방은 허공으로 뛰어올라 이것을 피했다. 그러고 나서 세차게 달려갔다. 마치 몸통에 파고든 수많은 표창은 존재하지 않는 것 같았다.

이가 사람들이 고함치며 그것을 쫓는 것을 지켜보고,

"그대는 코가 사람이냐."

하고 후나무시는 물었다.

이 또한 팔방의 행방을 지켜보고 있던 무라사메는 얼굴을 이쪽으로 돌리고, 미소를 지으며 고개를 끄덕였다.

그 끄덕임이 오히려 후나무시에게 지금의 물음을 부정했다. 무라사메에게 불어닥치고 있던 무시무시한 살기가 뚝 그쳤다. 이런 닌자가 있을 리 없다——하고 닌자인 후나무시는 직감했다. 그러나 그렇다면, 이 아름다운 여자는 누구일까?

"이 여자를 묶으세요."

하고, 칼을 들이댄 채 후나무시는 이가 사람들에게 말했다.

"핫토리 저택으로 끌고 가세요."

"그건 누구지, 후나무시?"

"모르겠어요."

하며 고개를 저었지만 후나무시의 얼굴에 기분 나쁜 엷은 웃음이 떠올랐다. 오늘 밤에 처음으로 보인 여자 닌자의 웃음이었다.

"오늘 밤의 습격…… 적을 일망타진하고 싶은 나머지 너무 수를 쓰다가 오히려 적에게 속아 구슬 두 개를 빼앗기고 보탄, 쓰바키를 잃는 꼴이 되었고, 게다가 그 여자 약장수는 아무래도 놓친 듯한 상황이야. 아까부터 분해서 장이 꼬이는 것 같았는데…… 사모, 아무래도 이것으로 오늘 밤 이곳에 온 보람이 있었던 것 같은 기분이 들어. 이 여자가 누구인지, 핫토리 저택에서 닌자 심문으로 자백하게 하면 그 여자 약장수 한 명을 죽이는 것보다 더 전리품이 많을 것 같은 기분이 든단 말이야."

이가의 일당이 무라사메, 그리고 보탄의 몸과 머리, 쓰바키의 시체, 거기에 이누카이 겐파치의 머리까지 들고 마풍(魔風)처럼 요시와라를 떠난 후였다.

"……갔네."

오야지바시 다리 아래의 마른 갈대 사이에서 불쑥 머리를 든 자가 있었다.

"갔네만 이누무라, 왜 나를 말린 겐가!"

"지금 뛰쳐나가도 승산이 없기 때문일세."

하며 또 하나의 그림자가 몸을 일으켰다.

"승산이 없기 때문이라니…… 이봐, 마님이 이가조에게 납치되고 말았단 말일세! 그것도, 나 때문에."

목소리는 떨리고 있었다.

"이상한 때에 내 팔방이 찾아왔네. 나에게 다가오려고 해서, 나는 간담이 서늘했어. 그때──저 개는 해자 가장자리에서 놓친 개다, 저 남자들 중에 아는 사람이 있다──고 적이 외친 목소리를 듣고,

무라사메 님은 일부러 팔방을 불러 적의 신경을 그쪽으로 빗나가게 해서 나를 구해 주신 것일세. 이봐, 팔방, 왜 이상한 때에 온 게냐?"

어딘가 부자연스러운 자세로, 알몸의 이누즈카 시노는 다리만 뻗어 옆에 웅크리고 있던 두 마리의 개를 걷어찼다.

피투성이가 된 두 마리의 팔방은 걷어차여도 비명도 지르지 않고 풀이 죽어 머리를 늘어뜨리고 있다.

"그래서 내가 뭐라고 했나. 마님을 처음부터 내 집으로 모셨다면 이렇게 되지는 않았을 걸세."

"이제 와서 그런 말을 해 봐야 소용없네. 그보다 이누무라, 지금 손가락을 물고 이가조를 그냥 보내다니, 마님을 어찌하려는 겐가?"

"그건 지금부터 내가 군략을 짜서――."

"그만두게, 이 엉터리 군사(軍師). 어쨌든 그 손을 놓게, 군사인 주제에 엄청나게 힘이 센 놈이군."

시노는 이를 갈더니 갑자기 날뛰기 시작했다. 그를 누르고 있던 것은 이누무라 가쿠타로다. 그는 아까 다리 있는 데까지 왔다가, 몸을 돌려 적진으로 향하려고 하는 이누즈카 시노와 마주치고 죽을힘을 다해 지금까지 그를 누르고 있었던 것이었다.

시노 아가씨

1

"여어."

다리 위에서 목소리가 났다.

"이누무라 아닌가?"

"이누에인가."

하며 이누무라 가쿠타로는 오야지바시 다리를 올려다보았다. 다리 위에 밤하늘을 등지고 하나의 그림자가 서 있었다. 숨을 헐떡이고 있다. ──이누무라 가쿠타로는 말했다.

"내려오게. 시노도 있네."

"뭐, 시노가──?"

그림자는 허둥지둥 다리 아래의 마른 갈대 속으로 내려왔다.

"이누무라, 자네의 서장을 보고 허겁지겁 왔네만."

"음, 자네의 부하를 발견해서, 일단 알려 두려고 했지. 사토미가에 상관하기는 싫을 거라고 예상하고는 있었네만."

부하란, 언젠가 가쿠타로가 이 오야지바시 다리에서 집어던진 노자라시구미의 무사를 말한다. 노자라시구미의 두목 이누에 신베에는 불끈하며,

"멍청한 놈, 그건 무라사메 님이 에도로 올라오실 줄은 몰랐을 때의 일일세. 무라사메 님이 우리에게 조력을 청하려 에도로 오셨다고 자네의 서장에 적혀 있었는데, 이보게, 마님은 어디에 계시나?"

하고 이를 딱딱 부딪치며 주위를 둘러보았다. 반골과 허무의 바

람이 휘몰아치는 듯한 노자라시구미의 두목답지도 않은, 초조한 표정이었다.

이누무라 가쿠타로는 네모난 얼굴을 흔들었다.

"한 발 늦었네."

"뭐라고?"

"마님은, 방금 이가조에게 납치되었네."

가쿠타로는 지금까지의 경위를 짧게 설명했다. ——이누에 신베에는 목의 근육이 경련하는 듯한 목소리로,

"그래서 자네, 어쩌려는 겐가."

"이놈은, 그것을 지금부터 천천히 생각해 보겠다는군."

시노가 이를 갈며 증오스럽다는 듯이 말한다. 이누에 신베에는 펄쩍 뛰었다.

"그럼 내가 지금부터 노자라시구미를 이끌고 핫토리 저택으로 쳐들어가 마님을 구해 내겠네."

"이누타 고분고, 이누사카 게노의 전철을 밟을 작정인가, 신베에."

"혼자가 아닐세. 노자라시구미는 십여 명, 모두 목숨 아까운 줄 모르는 난폭한 놈들일세."

"목숨 아까운 줄 모르는 것은 좋지만, 그 솜씨로는 좀."

가쿠타로가 씁쓸하게 웃는 것을, 신베에는 처참한 눈으로 노려보았다.

"어떤 솜씨인지, 보고 나서 말하게."

하며 사납게 등을 돌리려고 했다.

"잠깐."

하고 이누무라 가쿠타로는 그 칼집 끝부분을 눌렀다.

"신베에, 노자라시구미는 어찌 되어도 좋지만, 실패하면 마님의 목숨이 위험하네."

"앗⋯⋯."

이누에 신베에는 정수리를 몽둥이로 얻어맞은 듯한 얼굴을 했다.

"자네처럼 쉽게 생각하고, 그것으로 잘될 거였으면, 지금 내가 했을 걸세."

"이누무라, 그럼 적은 마님이 아와번의 마님이라는 것을 알고 있었던 건가?"

"아니, 아직 모를 걸세. 허나──."

가쿠타로의 목소리가 처음으로 침통하게 떨렸다.

"곧 알게 되겠지."

"알면, 어찌 되나?"

"한 지방의 번주의 아내가 무단으로 영지를 뛰쳐나와 유녀집에 계셨다──라는 것이 판명되면 후세히메 님의 구슬 운운하는 답답한 수단을 기다릴 것까지도 없이, 9만 2천 석의 사토미 영지는 무사할 수 없을 테지."

"알 바인가."

"물론 그 정도는 마님도 알고 계실 걸세. 죽어도 자백하지 않겠다고 각오하실 것이 틀림없지만──어쨌거나 상대는 이가조일세. 어차피 모른다는 말로는 통하지 않을 거야."

가쿠타로의 네모난 어깨가 벌써 무언가를 상상하는 것처럼 희미한 전율에 가볍게 흔들린다.

"또 나는, 마님이 신분을 밝히시기를 바라고 있네."

"그건 무슨 말인가?"

군사인 척 거들먹대는 이누무라가 하는 말이 모순되어 있어서, 이누무라 시노도 그 얼굴을 지켜보았다.

"알면, 설마 이가조가 죽이지는 않을 테니까."

"하지만 알면 사토미가가 무사할 수 없다고, 지금 자네가 말하지 않았는가."

"그러니 마님이 무엇을 자백하시든 그것은 거짓이라는 것으로 만들 걸세."

"엇…… 이누무라, 그건 어떻게?"

"무라사메 님이 사토미가의 안주인이라고 자백하신다고 치세. 당연히 그것은 사실인지, 이가조에서 아와로 사실 여부를 알아내기 위한 자가 달려갈 테지. 가 보니, 거기에 무라사메 님이 떡하니 계시면 어떤가."

"마님이 아와에 계실 리는 없지 않은가."

"또 한 명, 마님을 만드는 것일세."

"또 한 명, 마님을 만든다?"

"코가 만지다니에 있었을 때, 자네들은 제대로 수행도 하지 않은 모양이군. 아니, 나도 실은 하급 닌자의 기술이 바보 같아서 별로 열심히 하지는 않았네만, ——딱 하나—— 어느 노인에게 배운 술법이 있네. 닌자술 부조(浮彫)——."

"닌자술 부조, ——모르겠는데."

"그 노인이 내게만 가르쳐 준 기술일세. 한 인간의 얼굴을 새기고, 잘라 붙이고, 깎고, 주물러서, 완전히 다른 인간의 얼굴을 만드는. ……그것을 배웠지만, 그러한 술법이 군진(軍陣)에 무슨 도움이 되겠나, 오히려 그런 잔재주에 마음을 빼앗기면 대군을 지휘하는 병법에 지장이 될 것이라 생각하고, 나는 잊으려고 했네."

"잠깐, 가쿠타로, 그럼 그 부조의 닌자술을 이용해서——또 한 명의 무라사메 님을 만든다는 것이로군."

"그렇지."

"누가 무라사메 님이 되나?"

"얼굴은 누구라도 좋지만, 역시 원래 닮은 얼굴인 편이 좋지."

"그야 그렇겠지, 자네 같은 얼굴이라면 아무리 현묘한 기술을 발휘해서 주물러도 결단코 무라사메 님이 될 수 있을 것 같지는 않네."

"게다가 몸이라는 것도 있네. 몸까지는 어떻게도 되지 않거든. 그러니 가능한 한 여성이 좋지만, 지금 당장 이 큰 역할을 맡아 줄 사람이 없네."

"그럼?"

"시노, 자네가 무라사메 님이 되게."

"엇, 내가——무라사메 님이?"

시노의 눈이 반짝였다. 눈뿐만 아니라 얼굴 전체가 환희로 빛나는 것 같았다.

"자네라면 평소에 여자로 둔갑하고 다녀도 여자 이상으로 여자로 보이는 놈이지. 훌륭하게 무라사메 님이 될 수 있을 걸세."

"으음. 그건 바라는 바일세. ……잠깐, 하지만 이누무라, 그 부조인지 뭔지는 견본이 옆에 없어도 되는 건가? 무라사메 님은 계시지 않네."

"마님의 얼굴은 눈썹 한 올까지 내 눈꺼풀에 새겨져 있네."

보기 드물게, 이누무라 가쿠타로의 뺨에 살짝 홍조가 돈 듯했다.

"그래서, 그 부조는 아픈가?"

"술법이니, 그리 아프지는 않네. 하지만 조금 아픈 것은 어쩔 수 없겠지."

"왠지 아플 것 같은데……."

"멍청한 놈, 이것 이외에 마님을 구할 방법은 없네."

"마님도 이것으로 구할 수 있나?"

"그래, 다테야마로 돌아가서 확인하러 올──반드시 확인하러 올 걸세──이가조를 일단 속이고 나면, 곧장 에도로 되돌아와 주게. 그 얼굴이 마님을 구하는 데도 도움이 될지도 몰라."

"──그런데 이누무라."

시노는 이때 갑자기 흠칫한 듯이 물었다.

"볼일이 끝나면, 내 얼굴은 다시 내 얼굴로 돌아오나?"

"아니, 그것은 안 되네."

"왜, 왜."

"뼈를 깎고, 가죽을 벗기고, 혈관을 잇고, 털을 바꾸어 심는 미묘한 기술일세. 한 번만이라면 할 수 있지만, 두 번 하면 원래의 얼굴은 고사하고 인간의 얼굴이 아닌 것으로 바뀐다고 나는 배웠네—."

"엇, 그럼…… 그럼…… 나는 영원히 무라사메 님의 얼굴이 되어버리는 것인가!"

이누즈카 시노는 멍하니 가위에 눌린 듯한 표정을 하고 있었지만, 갑자기 마른 갈대 속에서 벌떡 일어났다.

"싫네! 내가 나에게 반하다니! 어, 어, 어떻게 할 수도 없지 않은가!"

하고 미친 듯이 지껄이고, 그러고 나서 조용히 입을 다물었다.

"시노."

이누무라 가쿠타로가 엄하게 말했다.

"자네, 무라사메 님을 연모하고 있나?"

"…………."

이누에 신베에가 싸늘하게 말했다.

"어떻게 할 수도 없다는 건 무슨 뜻인가. 자네, 마님을 어떻게 해볼 생각을 하고 있었던 겐가?"

"…………."

이누무라 가쿠타로는, 머리를 끌어안고 갈대 속에 몸을 웅크리고만 시노 옆으로 다가가 그 어깨를 움켜쥐었다.

"시노, 한시가 급하네. 가세."

"어디로?"

"부조의 술법에는 도구가 필요하네. 내 집으로 와 주어야 해."

이누즈카 시노는 최면술에 걸린 것처럼 비틀비틀 일어섰다. 이누무라 가쿠타로는 돌아보며 이누에 신베에에게 말했다.

"지금 시노에게 들으니, 이누카와 소스케가 에도 산시로라는 이름으로 교겐샤가 되어 이 요시와라의 가쓰라기 다유 극단에 있다고 하네. 그자를 불러, 나중에 내가 있는 오바타 간베에 선생의 저택으로 오게. 이가조에게 붙잡힌 무라사메 님을 우선 어떻게 할지 상의하세."

그는 밤눈으로 보기에도 엄격한 얼굴로,

"도대체가, 무슨 생각인지 모두 자신만 착한 사람이 되려다가 앞을 다투어 죽었네. 상대가 조정이라면 지혜를 모으고 힘을 모아 이에 대항해야 하네. 다들, 자신을 버리고 내 지휘에 따르게."

하고 말했다.

그렇게 말하는 당사자는 그다지 자신을 버린 것 같지 않았다.

2

닌자술 부조. ──그것이 얼마나 괴기한 술법이었는지는 모르지만, 이누즈카 시노가 오바타 저택을 나와 동쪽으로 향한 것이 그로부터 2, 3각 후.

그가 비틀거리고 있었던 것은 그 전전날부터 자지도 못하고 움직이느라 지칠 대로 지쳤기 때문일까, 그 수술에 의한 충격 때문일까. ——그래도 그는 동쪽으로 달려갔다.

그는——, 아니, 그는이라고 하는 것조차 이상하다. 시노는 정말로 무라사메 님과 꼭 닮은 얼굴이 되어 있었다. 의상도 물론 무라사메가 에도에 왔을 때와 거의 같은 남장 차림이다. 미소년이 청년이 된 것이니 당연해 보일 테지만 이상하게 여자다운 농염함이 얽혀 있는 것은, 그것도 닌자술 부조가 자아낸 요기일까.

다만 어둠을 틈타 달리는 그 보법만이 무라사메 님과는 닮지 않은 게처럼 옆으로 걷는, 아니 달리는 걸음이다. 하루 밤낮에 40리를 달린다고 하는 닌자의 속보(速步), 그것만은 이누즈카 시노도 분명히 코가 만지다니에서 배웠다.

그렇다 해도 처음에는 비틀거리던 시노의 다리가 점차 속도를 높여 간다. 본래 기력이 있어야 가능한 재주이지만, 드러누워 있는 것을 밥보다 좋아하는 그 게으름뱅이 이누즈카 시노가 이 기력을 북돋우다니, 그것이 그 주법(走法)보다도 더 놀랄 만한 일일 것이다.

이윽고 날이 밝기 시작했다. 아무래도 태양 아래에서는 이 기괴한 주법을 시도할 수는 없다. ——그래도 시노의 모습은 봄바람의 정령 같았다. 겨울은 겨우 물러가고 특히 시모사, 가즈사, 아와로 남하해 감에 따라 봄빛은 짙어져 간다.

이누즈카 시노가 다테야마에 도착한 것은 그날 해 질 녘이었다.

그는 곧 구니가로인 마사키 다이젠을 찾아갔다. 다이젠이라면 털어놓아도 지장이 없다. 아니, 털어놓고 이야기를 맞추지 않으면 모든 일이 물거품으로 돌아간다.

다이젠이 마님의 모습을 보고 미친 듯이 기뻐하고, 또 그 후에 정체가 시노인 것을 알고 놀라 나자빠진 것은 말할 것까지도 없다.

"영주님…… 영주님! 마님이 돌아오셨습니다."

마사키 다이젠이 무라사메를 데리고 주군 아와 태수 사토미 앞에 나간 것은 그 이튿날의 일이었다. 미친 듯이 기뻐하고 또 놀라 나자빠진 듯한 목소리를 내었지만, 그것은 전날의 진짜로 미친 듯이 기뻐하고 놀라 나자빠진 것과는 전혀 다른 의미의 것이었다.

"어, 어디에 가 있었던 것인가?"

그러나 아와 태수는 이마에 푸른 핏줄이 돋았다.

"멍청하기는, 그렇지 않아도 고민거리가 있는 성에 쓸데없는 소란을 일으키다니──."

무라사메는 얌전히 앉아 물끄러미 아와 태수를 바라보고 있다. 아와 태수는 문득 성에서 없어지기 전과는 다른 사람인 무라사메인 것 같은 대담함을 느끼고,

"아니, 이 사람, 사람이 달라진 것 같군."

하고 중얼거렸기 때문에 시노도 다이젠도 깜짝 놀랐다. 다이젠은 말했다.

"영주님. ……팔방들이 지금까지 지(智), 제(悌), 충(忠), 신(信)의 구슬을 가져온 것을 알고 계십니까."

"음, 그것은 팔견사의 아들들이 한 일이겠지."

"아닙니다. 이 무라사메 님이 움직이셨기 때문이라고 합니다."

"뭣, 거짓말 말게, 이 무라사메 따위가 어찌——."

"마님은 지금까지 에도에 계시면서 천신만고 끝에 어쨌든 구슬의 절반은 되찾으셨으나 기운도 근력도 다하시어, 일단 쉬려고 영지로 돌아오셨다고 합니다."

"무라사메, 그것이 사실인가. 그대가 어찌하여 그 구슬을 되찾았는지, 사실이라면 말해 보라."

"아니요, 영주님, 그것은 무라사메 님이 모든 구슬을 되찾기 위해 누구에게도 말하지 않겠다고 신께 맹세하셨기에."

그렇다면 그 일을 누구에게 들었는지 마사키 다이젠은 말하지 않았지만, 아와 태수는 그 모순을 깨닫지 못하고 다만,

"으음."

하며 신음했다.

"과연, 그 정도의 맹세를 신께 하지 않으면 조정으로부터 그 구슬을 되찾는다는 어려운 일은 이룰 수 없을 테지요. 게다가 마님은 잠시 휴양을 하신 후, 다시 에도로 돌아가 반드시 나머지 구슬 전부를 되찾고 말겠다고 말씀하시…… 아니, 그런 마음이신 듯하옵니다."

"뭐, 다시 에도로?"

"물론 이 일이 조정에 알려지면 이 가문의 큰일이니, 이것은 반드시 비밀을 지켜야 한다는 것은 아시겠지만 말입니다."

"으음……."

"어쨌든 이번의 이 가문의 어려움의 원인은 오쿠보가의 피를 물

려받으신 자신에게 있다고 생각하시고, 여성의 몸으로 마치 귀신과 같이 움직이고 계시는 마님이십니다. 지금은 그 마님께 매달리는 것 외에 이 가문의 어려움을 구할 길은 없습니다. 영주님도 이 점을 깊이 생각해 주시고, 마님의 비원(悲願)을 깨지 말아 주십시오. 오로지 마음을 편안히 하고 쉬실 수 있도록, 힘을 보태 주십시오……."

"으음……."

"그리고 이것은 말하지 않아도 되는 일이옵니다만, 대원(大願)을 성취하는 날까지 부부의 동침도 삼가 주시기 바랍니다. 이것도 맹세 중 하나이옵니다……."

"으음."

아와 태수는 그저 신음할 수밖에는 없었다. 그는 처음으로 이 어린 아내에게 가까이 가려 해도 가까이 갈 수 없는 요기(妖氣)마저 느꼈다.

"그런가. 알겠네. 그런데 무라사메, 어떤 고생을 했는가. 아주 잠깐 사이에 어른이 된 것 같군……."

하고 말했다. 시노는 재채기가 나올 것만 같았다.

닷새 후, 생각했던 대로 사도 태수 혼다로부터 또 사자(使者)가 왔다. 오우미^{주1)}에 유배 중인 사가미 태수 오쿠보로부터 손녀 무라사메에게 전언이 있다며, 본래 오쿠보가를 모시고 있던 로조(老女)를 보내 온 것이다. 물론, 무라사메가 다테야마에 있는지 없는지를 확인하기 위해서다.

주1) 近江(오우미), 현재의 시가현을 가리키는 일본의 옛 지명.

전언의 내용은, 할비도 잘 지낸다, 도쿠가와가에 대한 충의를 잊지 말라, 는 정도의 하찮은 것이었다. ……그 로조에게 무언가 귓속말을 들은 함께 온 사자는 깜짝 놀란 것 같았다. 핫토리 한조다. 그는 이곳에 있는 것은 진정 무라사메가 틀림없다는 말을 듣고 내심 앗 하고 생각한 것이다.

무라사메는 비에 젖은 꽃처럼 풀이 죽어 있었다.

그것은 유배지에 있는 할아버지의 서글픈 안부를 듣기에 어울리는 모습이었지만——시노도 내심 두려워 오싹해지고 있었던 것이다.

각오는 하고 있었다. 그래서 미리 자신이 이 성에 와서 기다리고 있었음에는 틀림이 없지만, 이누무라 가쿠타로가 예언한 대로 정말로 적으로부터 탐색을 위한 사자가 왔다는 것은 핫토리 저택에 붙잡혀 있는 무라사메 님의 정체가 끝내 밝혀졌다는 뜻이다.

일이 여기에 이르기까지, 무라사메 님은 어떤 일을 당하셨을까? 그것을 상상하니 이누즈카 시노는 머리카락도 곤두서서, 당장이라도 이 성을 뛰쳐나가 달려가고 싶은 충동에 사로잡혔다.

음설(陰舌)

1

아와 태수 사토미의 심경에 변화가 일어났다.

아내 무라사메에 대해서——이다.

무라사메가 성에 돌아왔을 때부터 그녀가 몹시 어른스러워진 것 같다고 생각했다. 그녀가 에도에 있으면서 후세히메의 구슬을 되찾기 위해 싸웠다——고 들었을 때부터, 그녀의 온몸에 일찍이 알지 못했던 요기가 얽혀 있는 것처럼 여겨졌다. 그 후로 아와 태수는 현재의 아내에게——그다지 성욕을 느끼지 않았던 이전의 아내와는 다른 사람인 것처럼 강렬한 육욕을 느꼈던 것이다.

물론, 가로 마사키 다이젠으로부터 무라사메가 앞으로 네 개의 구슬을 되찾을 때까지 부부의 동침은 하지 않겠다고 신께 맹세했다는 것은 들었다. ——그러나 그런 말을 들으면 들을수록, 아내에 대해 이상한 욕망이 치밀어 오르는 것을 그는 금할 수가 없었다.

그리고, ——사도 태수 혼다가 보낸 가신이 왔다가 돌아간 후의 밤의 일이었다.

"무라사메."

일부러 별실에서 자는 무라사메에게, 아와 태수는 거침없이 찾아갔다.

"기분은 좀 어떤가."

"…………."

"언젠가 그대를 탓한 것은 내가 잘못했네. 고생시켰군, 덕분에 구슬은 네 개가 돌아왔어. 대체 그대는 어떻게 그것을 되찾은 것인가?"

"…………."

"아니, 그걸 물어서는 안 되는 것이었지. 하지만 그대 혼자서 되찾은 것은 아닐 테지. 그 증거로, 구슬은 팔방들이 각각 물고 돌아왔네. 그 팔방은 전에 팔견사의 아들들을 향해 보낸 개인데 그 개가 구슬을 물고 돌아왔다니, 그대 밑에 그 남자들이 있다는 뜻. 어떤가?"

"…………."

"팔견사의 아들들이 주군의 가문을 위해 분골하는 것은 당연하다 치고, 나머지 네 개의 구슬을 되찾는 일을 그들에게 맡길 수는 없나? 어떻게 해도 또 그대가 가야 하는가?"

"…………."

"그 점을 나는 이해할 수가 없네. 그대가 두 번이나 가지 않아도 될 일은 될 텐데."

침실에서 일어나 앉아 눈을 크게 뜨고, 무라사메는 그저 입술을 떨었다. 마치 처음으로 침실에 숨어든 남자를 맞이한 처녀 같은 공포의 표정이었다.

"무라사메, 이제 가지 말게."

"…………."

"가지 않겠다고 약속해 주게."

"…………."

"말을 하지 않는 것을 보면, 아직 그 맹세인지 뭔지를 지키고 있는 것인가?"

"…………."

"그래, 말 같은 것은 하지 않아도 충분해. 무라사메, 내가 귀여워
해 주지."

서서히 침실 끝에서 무릎걸음으로 다가온 아와 태수를 보면서 무
라사메는——아니, 시노는 내심 약해져 있었다. 정말로 두려워하고
있다. ……하기야 이 공포는 당장이라도 자신이 참지 못하고 웃음
을 터뜨릴 것 같아서, 그것을 두려워하고 있는 것이다.

그러나 이렇게 되지는 않을까 싶어, 미리 마사키 다이젠과 상의해
서 말은 하지 않는다, 침상은 따로 쓴다는 조건을 붙였던 것이다. 아
무래도 그것은 어떻게든 잘되어 군사(軍師) 이누무라 가쿠타로가 예
상한 대로 혼다의 사자의 눈을 보기 좋게 속여 넘겼다. 그러니 날이
밝는 대로 당장 에도로 달려가려고 마음은 이미 북쪽 하늘로 날아
가고 있었는데——결국, 이 바보 영주님은 묘한 기분을 일으켜 침
실로 숨어들어 왔다.

본래 시노는 다른 일곱 견사와 마찬가지로 이 아와 태수를 그다지
높이 사지는 않았다. 그래도 어쨌든 주군임에는 틀림없으니 너무
거친 짓도 할 수 없어, 과연 어떻게 이 자리를 모면할까, 하고 고민
하고 있었다.

"무라사메……."

아와 태수는 숨이 막힌 듯한 목소리를 냈다. 눈이 번들번들 빛나
고 콧등에 땀이 배어 있다.

"괜찮겠지, 무라사메. 응?……."

정욕에 불타는 넓적하고 긴 얼굴이 가까이 다가와, 시노는 웃을 일이 아니라는 생각에 진정한 공포를 느꼈다.

"바보 같은 맹세 따위는 관두게."

아와 태수의 한쪽 팔이 시노의 어깨를 감았다.

"뭣하면, 나머지 구슬 따위는 아무래도 상관없지 않은가. 9월 9 일에는 네 개만 가져가도 어떻게든 될 테지. 그보다, 응, 무라사 메……."

뜨거운 숨이 귀에 닿고 혀가 뺨을 할짝 핥은 순간——시노는 아 와 태수의 옆얼굴을 철썩 때렸다. 결국 참다못한 순간, 반사적으로 손이 나가고 만 것이다.

큰일이다, 하고 생각한 찰나, 그렇게 세게 때렸다는 생각은 없는 데 온몸의 근육이 흐물흐물하고 부드러운 아와 태수는 실로 어이없 을 정도로 맥없이 뒤로 나자빠졌다.

"저항하는 건가, 무라사메!"

아와 태수는 실로 과장스러운 절규를 질렀다.

실은 아와 태수가 자빠지고, 큰일났다고 생각한 순간에 시노는 놀 라서 일어섰는데, 당황한 참에 우두커니 서 있었다. 그 모습이 청초 한 무라사메인 만큼 뭐라 형용하기 어려운 처연함이 꼬리를 끌어, 이번에는 아와 태수 쪽이 얻어맞았을 때보다도 더 정체를 알 수 없 는 공포에 사로잡혔다.

더는 안 되겠다, 하고 시노는 생각했다. 어쨌거나 지금은 도망치는 것 외에 방법은 없다, 고 묘한 판단을 내렸는데, 이 경우 참으로 그 생각이 옳다.

시노가 아무 말도 하지 않고 성큼성큼 한쪽 당지문 쪽으로 가려고 하자,

"잠깐, 무라사메."

하고 아와 태수는 벌떡 일어나더니 터무니없이 큰 목소리로 소리를 질렀다.

"여봐라, 이리 오너라! 마님을 붙잡아라, 붙잡아 손발을 눌러라!"

당지문 맞은편에서 소란스럽게 움직이는 기척이 났다. 시녀들이 일어나는 소리가 틀림없다.

"이리 오너라! 이리 오너라!"

아와 태수는 쉿소리를 지른다.

시노는 달려 돌아가, 도코노마의 도검걸이에서 도를 집어 들었다. 그것을 보자 아와 태수는 본래부터 성으로 돌아온 후의 무라사메에게 무언가 썰 듯한 으스스함을 느끼고 있었던 것도 있어, 그 마성의 존재가 무라사메의 모습을 깨고 그 정체를 드러낸 듯한 공포에 사로잡혀,

"여봐라 이리 오너라. ——무라사메가 미쳤다!"

하고 목이 찢어져라 소리쳤다.

이 아와 태수의 공포는 분명히 진실을 꿰뚫고 있었다. 당지문을 밀어 열고 언월도를 든 시녀들이 나타나자, 시노는 방바닥을 걷어 찼다.

그는 뒤를 향한 채, 마치 회오리바람에 휘말린 꽃처럼 등 뒤의 높은 난간으로 날아오른 것이다. 그곳은 벽과 벽이 직각을 이루는 구석이었는데, 이 곡예가 일동의 눈에는 마치 이 세상에 있을 수 없는 요괴의 짓으로 보여,

"오오, 마님이——."

"마, 마물이 되셨다!"

하고 악몽에 시달린 듯 술렁거렸다.

"오오, 마물로 변하고말고."

하고 시노는 여자의 목소리로 말했다. 만일을 생각하여 지금까지 목소리는 내지 않았지만, 이 술렁거림 속에서는 무라사메의 목소리와 똑같이 들렸다.

"에도에 있는, 무, 무, 무라사메 님——아니 팔견사가, 목숨을 걸고 구슬을 되찾느라 피와 땀을 짜내고 있는 모습을 생각하면—— 그럼에도 불구하고 그것이 당연하다, 뭣하면 구슬을 되찾지 않아도 된다니——어느 구멍에서 나온 목소리냐?"

시노는 칼집을 휘둘러 그 끝을 위로 쳐들고 천장에 둥글게 원을 그렸다.

"그런 태평한 넋두리를 들으면, 여자도 마물로 변하고말고."

그래도 어떻게든 말의 앞뒤를 맞추고, 도를 거꾸로 들고 자루 부분으로 천장을 탕 치자 그 부분의 천장은 원이 되어 떨어졌다.

번개처럼 그 도를 벽에 꽂는다. 그 도의 칼등에 올라서더니, 그 모습은 가볍게 박쥐처럼 천장으로 사라지고——그리고 숨을 한 번이

나 두 번 쉬는 사이에 이미 훨씬 먼 곳에서 은방울 같은 목소리가 전해져 왔다.

"얼간이 바보 영주야."

2
———

어디에선가 딸랑, 딸랑, 딸랑——하고 기묘한 소리가 났다. 그러는가 싶더니 반대쪽 방향에서도 딸랑, 딸랑, 딸랑——하고 그에 응답하는 울림이 들린다. 그것이 새 쫓는 설렁 소리라는 것은 꽤 나중에야 알았다.

이윽고 동서인지 남북인지, 정반대에 있는 벽의 두 곳이 동시에 입을 딱 벌린다. 그리고 거기에서 열 명 가까이 되는 검은 그림자가 소리도 없이 들어왔다.

아침인지 밤인지, 그것도 알 수 없다. 그저 어둠에 가까운 어스름의 밑바닥에, 무라사메는 단정하게 앉아 있었다. 검은 그림자가 들어온 것을 알고는 있어도 얼굴을 들려고도 하지 않는다.

이곳은 핫토리 저택의 곳간 안이었다.

곳간이라고 해도 평범한 곳간이 아니다. 보통의 벽은 또 5치의 흙과 모래를 채운 판자로 감싸여 있고, 천장에는 쇠로 된 살이 끼워져 있으며, 창은 그물문, 쇠문, 판자문의 삼중으로 되어 있다. 뿐만 아니라 두 개의 문은 양쪽이 한번에 여닫히도록 되어 있다. 즉 한쪽 문을 열려고 하고, 또 닫으려고 하면 동시에 다른 쪽 문도 열고, 또 닫지 않으면 침입도 탈출도 불가능한 것이다.

이곳의 2층에는 핫토리 일당이 다루는 여러 가지의 무서운 무기, 비밀 도구, 천변만화하는 의상 등이 갖추어져 있었다. 말하자면 핫토리의 닌자술 곳간이다.

그 안에 붙잡힌 지 사흘째.

무라사메는 검은 머리카락은 흐트러지고 유녀 차림의 옷은 크게 찢어져, 여기저기 드러난 피부에는 푸르스름한 멍이나 또는 피까지 배어 나오고 있었다.

그녀는 고문을 당한 것이다. ——후세히메의 구슬을 노리는 코가 일당은 과연 사토미의 수하인가. 그것은 몇 명이고, 이름은 무엇이며, 그들은 어디에 있는가?

그리고 그녀 자신은 누구인가, 그들과 어떤 관계가 있는가, 그것을 캐물은 것은 물론이다.

온갖 고문에, 그러나 무라사메는 한 마디도 하지 않았다. 그리고 고통이 지나친 나머지 몇 번인가 실신했다. 실신에서 깨어나면, 그녀는 핫토리 일당을 올려다보며 아무렇지도 않게 미소를 지었다. 그것은 물에 씻긴 어린 소녀처럼 깨끗하게 보이기까지 하는 웃는 얼굴이었다.

"——글쎄?"

하고 우선 한조가 고개를 갸웃거렸다.

"이자, 닌자는 아니로군."

그것은 일동도 처음부터 닌자의 감으로 그렇게 간파하고 있었다. 한 사람이, 그럼 적인 코가 놈들이 정을 주고 있는 평범한 유녀이고, 그것이 여자에게 흔히 있는 목숨을 건 의리를 지키고 있는 것일까, 하고 속삭였다.

"참으로 이 여자는 죽음을 각오하고 있다. 후나무시, 너무 몰아세우면 이 여자는 죽을 것이다. ──허나 진짜 유녀일까? 이자는 분명히 무가(武家)의 여자다."

물론 요시와라의 쇼지 진에몬에게 다시 물어보았으나, 그날 밤 이누카이 겐파치가 데려온 두 명의 여자 중 하나로, 부교인 시마다 단조 님이 첩으로 삼기 위해 낙적시켜 교토에서 데려왔다고 들었다─라는 터무니없는 대답이었다. 설마 하고 생각하면서 그래도 만약을 위해 시마다 단조에게 물어보니, 물론 새빨간 거짓말이었다.

"닌자가 아니라는 것을 알고 있기 때문에, 평범한 심문을 했습니다. 그럼 닌자의 심문을 해 볼까요."

하고 후나무시가 말했다.

"그 닌자의 심문 말인데. ……이 이상 이 여자에게 상처가 나지 않는 방향으로 해라."

하고, 핫토리 한조는 무라사메를 물끄러미 바라보며 생각에 잠긴 얼굴로 말했다.

"왜인지요?"

"이 여자…… 평범한 무가의 여자가 아닌 것 같은 기분이 든다."

"평범한 무가의 여자가 아니라니요?"

한조는 대답하지 않았다. 그러나 평소 영주급의 무가나 그 가족과 접촉하곤 하는 한조는, 점차 무라사메에게서 무언가 심상치 않은 정체의 냄새를 맡게 된 모양이었다.

"좋아, 음설(陰舌)의 닌자술을 보여 주어라."

그리고 일동은 나갔다. 그것이 전날의 일이다.

무라사메는 여차하면 죽을 생각이었다. 자신이 죽어도 그 팔견사 젊은이들은 반드시 나머지 구슬을 도로 빼앗아 줄 것이다. ……그러나 그녀는 그렇게 쉽게 서둘러 죽지는 않으리라고 결심하고 있었다. 자신이 붙잡힌 것은 그들도 알고 있다. 그때는 순간적으로 이누즈카 시노를 구하기 위해 자신이 대신해 준 것이지만, 그들은 그 이누카이 겐파치나 이누사카 게노처럼 이상한 술법을 익히고, 이누타 고분고나 이누야마 도세쓰 같은 충절의 혼을 지닌 팔견사들이다. 일단 위기를 모면하고 나면, 머잖아 적의 혼을 빼앗을 듯한 비술을 부려 다시 자신을 구해 내려 와 줄 것이 분명하다. ──그녀는 그들을 믿고 있었다.

이 무라사메의 겉모습과는 다른 배짱 두둑한 죽음에 대한 각오, 또한 한없이 낙천적인 삶에 대한 희망. ──무엇보다 핫토리 한조를 의아하게 만든 것은 이 청랑(淸朗)함이었을 것이다.

지금 곳간의 문이 열리고 열 명 가까이 되는 이가 사람들이 들어왔다.

"여자."

한조의 목소리다.

"지금, 재미있는 것을 보여 주마."

무라사메는 얼굴을 들었다.

이가 사람들 중에 네 명의 여자가 있는 것은 전날, 전전날과 같지만, 그 사이에 또 한 명 여자가 섞여 있었다. 아직 젊고 매우 육감적인 여자인데, 실오라기 하나 걸치지 않은 알몸이다. 그러나 손이 뒤로 묶여 있고 그 입에 이상한 것이 끼워져 있었다.

가로로 자른 청죽(靑竹)이다. 길이는 어느 정도인지, 입 안에 들어가 있어서 알 수 없다. 다만 그 끝이 입술에서 약간 튀어나와 보였다. 즉 여자는 입에 굵은 청죽이 끼워져, 당연히 아름다운 입술을 그 가장자리를 따라 원 모양으로 만들고 있었다. 그런 꼴을 당하면서도 그 청죽을 뱉어 내지 않는 것을 보면, 아마 대나무에 무언가 장치가 되어 있을 것이다.

"이자는 길에서 주워 온 벙어리 여자인데, 벙어리가 아니더라도 이래서는 말을 할 수 없다는 것을 알겠지. ……그런데."

한조는 말했다.

"시작해라."

이가 사람들이 손을 잡고 그 벙어리 여자를 바닥에 꿇어앉혔다. 한 이가 사람이 검은 하카마를 벗고 그 앞에 우뚝 섰다.

그리고 무라사메의 눈앞에서——그녀가 양손으로 얼굴을 덮지 않을 수 없는 광경이 펼쳐지기 시작했다.

그 이가 사람은 청죽의 통을 통해 여자의 입을 범하기 시작한 것이다.

여자는 깨물 수가 없었다. 물러나려고 해도 양팔과 등은 다른 여러 명의 이가 사람들에게 단단히 지탱되고 있었다. ……여자 앞에 선 이가 사람은 허리 운동을 되풀이했다. 십여 번, 수십 번——영구 운동처럼.

마침내 여자의 얼굴이 이상하게 홍조를 띠고, 눈이 몽롱해지며 요사스러운 빛을 띠기 시작했다. 그녀는 몸부림쳤다. 그것은 고통의 몸부림이 아니라 분명히 황홀한 너울거림이었다.

"입이 바뀐다——."

하고 한조가 말했다.

남자의 허리에 가려져 있어서 잘 보이지 않지만, 이때 청죽 주위에 까만 그림자 같은 것이 보인 것 같았다. 빛의 가감 때문인지, 무라사메에게는 여자의 아름다운 입술 주위에 수염이 돋아난 것처럼 보였다.

청죽 주위에서 무언가 투명한, 끈적한 액체가 배어 나와 턱을 타고 뚝뚝 떨어지기 시작했다.

"들어라, 이가 닌자술 음설(陰舌)의 목소리를——."

한조가 엷게 웃으며 말한 순간, 여자의 헐떡임이 들렸다.

"더…… 더!"

무라사메는 경악하고 있었다. 여자는 헐떡였다. 그러나 그 헐떡임은 청죽이 끼워진 입에서 나오지 않고, 오히려 벌려진 두 다리 사이에서 났다.

"더…… 더!"

여자는 신음하듯이 말했다. 한조의 목소리가 그것에 섞인다.

"이 여자가 말을 한 것은 태어나서 처음이겠지. 이가 닌자술도 사용하기에 따라서는 이런 공덕을 쌓을 수 있다."

"더…… 더…… 더!"

벙어리 여자는 흥분했다. 황홀한, 미친 듯한 뜨거운 외침을 계속해서 지르고 있었다. 그녀는 음순으로 말을 하고 있는 것이었다.

"여자."

얼굴을 덮고 끝내 엎드리고 만 무라사메의 머리 위로, 차가운 핫토리 한조의 목소리가 내려왔다.

"정체를 자백하지 않을 것이냐? 말하지 않으면 그대에게도 음설의 술법을 쓸 것이다. 이 술법을 쓰게 되면, 위의 입술은 말하지 않아도 아래 입술이 말을 하지. 아래 입술은 위의 입술만큼 생각대로 되지 않는다. 말하지 않겠다고 생각해도 말하지 않을 수 없게 된단 말이다. 여자, 아직도 입을 다물고 있을 것이냐? 그럼."

하고 돌아보며 턱짓을 했다.

"청죽을 가져오너라."

──여기에 이르러, 무라사메는 굴복했다.

그녀는 반실신 상태가 되어, 자신이 아와 태수 사토미의 아내 무라사메라고 말했던 것이다.

"뭐, 뭣이, 사토미가의 안주인?"

어지간한 핫토리 한조도 깜짝 놀랐다. 눈을 부릅뜨고 무라사메를

내려다보고 있었으나 곧 안색을 바꾸며,

"잠깐, 그것은 확인을 해야 한다. 내가 돌아올 때까지 죽이지 마라."

엄한 목소리로 말하고는, 혼자서 날 듯이 곳간 입구 쪽으로 걸어갔다. 문 두 개가 열리고, 그중 하나로 한조는 사라졌다.

핫토리 한조가 에도에 있던 오쿠보가의 로조를 찾아내어 아와 다테야마로 서둘러 간 것은 그 이튿날 아침의 일이었다.

곳간의 안과 밖

1

그리고 그 한조가 다테야마에서 에도로 돌아온 것은 밤이 되고 나서의 일이었다.

한조는 화가 나 있었다. 붙잡은 여자가 가짜 무라사메인 것을 알았기 때문이다. 아와의 다테야마 성에는 틀림없이 진짜 무라사메가 있었던 것을 확인했기 때문이다.

그것을 알고 나니, 그게 당연하다는 생각이 든다. 아무리 뭐라고 해도 9만 2천 석의 영지 아와의 안주인이 혼자서 뛰쳐나와, 하필이면 에도 요시와라의 유녀집에 있다는 것은 있을 수 있는 일이 아니다. 거기에 보기 좋게 걸려든 것이 다름 아닌 자신이다 보니 부하에 대한 체면도 있어 속이 뒤집히는 것 같지만, 그렇다고 해도 자신의 직감으로는 분명히 보통내기가 아닌 고귀한 냄새가 나는 여자라고 생각되었다. 대체 그자는 누구일까?

어쨌든 그자는 가짜 무라사메다. 뻔뻔스럽게, 하필 이 핫토리 한조를 상대로 거짓말을 하고, 자신이 거기에 보기 좋게 당한 것이 견디기 어렵다.

에잇, 누구든지 이제 용서는 하지 않을 것이다. 정체에 수상한 점이 있어 지금까지 심한 짓은 하지 않았지만, 이렇게 되면 그 여자를 이가 사람 수십 명의 먹이로 주어도 좋다. 만일 정말로 무언가 정체가 있는 여자라면, 이번에야말로 오히려 죽는소리를 할지도 모른다. 뭣하면 베어 죽여도 지장 없다.

마중을 나온 후나무시, 다마즈사, 후부키, 사모를 데리고, 핫토리 한조는 그 닌자 곳간으로 빠른 걸음으로 걸어갔다.

한조가 에도에 들어올 무렵부터 밤하늘은 비를 뿌리기 시작했다. 봄비였지만, 마치 소나기처럼 격렬한 물보라가 어두운 처마에 부옇게 보이고 있었다.

그 빗소리 사이로, 어디에선가 무언가가 깨지는 듯한 소리가 났다.

"——아니?"

올려다볼 것까지도 없이 앞쪽 곳간의 지붕에서 기와가 와르르 떨어졌다. 순간 그들은 숨을 삼키고, 꼼짝도 할 수 없을 정도로 놀랐다.

어두워도 비바람 속이어도 어스름처럼 사물을 꿰뚫어 보는 닌자의 눈——그런 그들의 눈에 곳간 지붕에서 스윽 떠오른 머리와 한 개의 팔이 보였던 것이다.

팔은 한 자루의 칼을 쥐고 있었다. 그것이 번득이더니, 또 나뭇조각이 튀고 기와가 떨어졌다. 머리에서 상반신이 나타났다. ——그것은 무라사메라고 했던 여자였다.

"……으음."

누구의 신음인지 알 수 없었다.

은가루처럼 퍼붓는 비, 부러져 날아가는 파편, 그 하늘에 하얀 칼날을 휘두르는 우아한 미녀의 모습——그것을 눈앞에서 보면서도, 어지간한 이가조의 간부들도 마치 환영이라도 보는 것처럼 잠시 멍하니 서 있을 뿐이었다.

　믿을 수가 없었다. 붙잡은 여자는 아래층에 두었을 텐데, 저런 칼이 옆에 있었을 리가 없다. 2층은 무기고로 되어 있지만 계단은 올려져 있고, 입구는 철판으로 막혀 있다. 한조 이외에 계단을 내리고 철판을 올리는 장치를 알고 있는 사람은 없고, 설령 하늘을 나는 재주로 2층에 들어가더라도 천장에는 온통 쇠로 된 살이 끼워져 있다. 설령 이가의 정예라 해도 그곳을 빠져나올 길이 있으리라고는 생각되지 않는다.

　그럼에도 불구하고 그 여자는 분명히 지붕을 베어 부수고, 그리로 도망치려고 하고 있다. ——그녀는 자신의 작업에 열중해 있어, 아직 한조 일행을 눈치채지 못한 듯하다. 이제 그녀는 완전히 지붕 위에 섰다.

　"저놈……."

　쿠노이치 무리가 이를 갈았다.

　"사모, 다마즈사. ……이가 사람들을 모아라."

　한조가 명령했다. 사모와 다마즈사는 소리도 없이 달려갔다. —그때, 바깥문 쪽에서 쿵 하고 커다란 소리가 났다. 큰 소리로 떠드는 소리가 들린다.

　"이가조——이가조의 두목을 뵙고 싶소."

　"일전에 이가조는 마음대로 요시와라의 니시다야를 조사하셨는데."

　"이가조가 유녀집을 조사하다니, 어떤 고시로 그리하신 것이오.

그 이유를 듣고 싶소."

"이전부터 유녀집 사람들에게 특별히 보호를 위탁받고 있던 우리요. ……도리에 맞지 않는 일은 결단코 승복할 수 없소."

"핫토리 한조 님의 인사를 듣겠소."

그에 대해 무언가 묻는 목소리가 들리는가 싶더니 찢어질 듯한 목소리가,

"노자라시구미다!"

하고 울려 퍼졌다.

"──뭣, 노자라시구미?"

지붕의 여자를 올려다본 채, 한조는 고개를 갸웃거렸다.

노자라시구미, 그 이름은 한조도 들은 바 있다. 세상의 무법자들의 집단으로, 강한 자, 권력이 있는 자에게는 특히 광견처럼 덤벼드는 놈들이라고 들었다. 그렇다 해도 이가의 핫토리 저택에 담판을 지으러 오다니 기가 막히고 말도 안 되는 놈들이다. 그러나 좋지 않을 때에 왔다.

"인사는 나중에 하지. 지금은 돈이라도 주어 쫓아내라."

하고 한조는 후부키에게 명령했다. 이번에는 후부키가 달려갔다.

그러나 지금 바깥문 쪽에 일어난 소동은 지붕 위의 여자에게도 생각지 못한 일이었는지, 그녀는 비를 맞으면서 물끄러미 그 방향을 바라보고 있었다.

"안 된다!"

"노자라시구미가 돈을 원해서 찾아왔다고 생각하는 거냐."

"핫토리 한조의 사과 증문 없이는 물러가지 않겠다고 말해라!"

고함 소리가 바깥문 쪽에서 들리는가 싶더니, 거기에서도 무언가 부서지는 소리가 났다.

"큰일났다."

"저놈들, 미리 짠 것이다."

하고 한조가 외쳤다.

"예?"

"지붕의 여자에게는 의외의 일이 아니야. 바깥문의 소동을 틈타, 저자는 뒷문 쪽으로 도망치려고 하고 있다. 아마 저놈들, 미리 짠 것이다."

지붕의 여자는 뒷문 쪽을 바라보고 있었다. 그러다가 돌아보더니
——

"알았느냐?"

하고 은방울 같은 목소리를 던지고 씩 웃었다.

핫토리 한조는 깜짝 놀라고 있었다. 지금까지 그늘에 숨어 있었기 때문에 설마 눈치채지는 못했을 거라고 생각하고 있었는데——저자, 더더욱 보통 사람이 아니다!

"으음, 노자라시구미에게는 내박진을 쳐라. 한 발짝도 들이지 마. 감당할 수 없는 놈은 죽여라. 후나무시, 그리고 이가의 노련한 자들 네댓 명과 쿠노이치들을 도로 불러라. 저 여자에게는 외박진을 치는 것이다!"

후나무시가 달려갔다. 한조는 곳간 아래로 달려갔다.

그때, 지붕의 여자는 팔을 들고 맞은편으로 무언가 던졌다. ──
다음 순간, 그녀는 스윽 하고 비가 내리는 공간으로 걸어 나갔다.

"──앗."

어지간한 한조도 글자 그대로 기겁했다. 무라사메라는 여자는 비
로 부예진 밤하늘을 요요히 걷는다. ──마치 구름을 밟는 것처럼
그 몸을 띄우면서, 그러나 분명히 허공을 걸어 한들한들 뒷문 쪽으
로 도망쳐 간다.

한조는 달리면서 수리검을 던졌다.

여자는 공중에서 공중제비를 돌아 그것을 피했다. 게다가 공중제
비를 돈 다리는 다시 허공에 멈추어, 지상으로 굴러떨어지지 않는
다. 이가조의 두목 핫토리 한조는, 이것은 신마(神魔)의 재주인가 하
고 자기 눈을 의심했다.

발소리가 나고 십여 명의 검은 그림자가 달려왔다. 아까 부른 쿠
노이치와 이가조다.

"저것은?"

후나무시는 허공을 올려다보더니 평소에 감고 있는 '열(悅)'의 의
안을 부릅뜨며,

"밧줄입니다!"

하고 외쳤다. 이성을 잃고 있던 한조도 비로소 비로 부예진 밤하
늘에 가느다란 한 줄의 밧줄을 보았다. ──앞쪽에는 녹나무가 있
다. 아까 여자가 무언가 던진 것처럼 보인 것은 그 줄을 녹나무를 향
해 던진 것이었다.

"보았느냐."

비 내리는 하늘에서 아름다운 웃음이 흔들렸다. 이때 여자의 몸은 위아래 1간이나 되는 높이에 걸쳐 크게 흔들리고 있었다.

"코가에서 비밀리에 전해지는──닌자술이 아닌, 곡예 줄타기."

몇 줄기의 사슬이 허공을 선회하며 그 가느다란 줄을 향해 던져졌다. 밧줄은 둘로 잘려 지상으로 떨어졌다.

그러나 그 직전──여자의 몸은 날갯짓하듯이 하늘을 날아, 머리 위로 튀어나온 녹나무 가지에 날아들고 있었다. 지상의 적이 사슬을 꺼내는 것을 보고, 여자는 밧줄의 반동을 이용해 날아간 것이다. 그녀는 칼을 입에 물고 양팔로 가지를 움켜쥐고 있었다.

윙윙거리는 소리를 내며 수십 개의 표창이 그 모습을 덮쳤을 때, 그림자는 또 날다람쥐처럼 허공을 달려 뒷문 밖으로 낙하해 갔다.

"놓치지 마라!"

그들은 미친 듯이 뒷문을 향해 쇄도했다.

기막히게도, 그 여자는 문밖 몇 간 거리에 멈추어 서서 이쪽을 향해 씩 웃고 있었다. 옆에 커다란 개가 한 마리 있다. 반격을 예상하고 이가 사람들이 저도 모르게 헛발을 딛자, 그 틈에 그녀는 그 개의 등에 배를 깔고 엎드려 탔다.

"잠깐!"

당황하여 쫓아가자, 개는 그대로 질풍처럼 달리기 시작한다. 게다가 쫓는 사람을 바보 취급하듯이 가끔 벼락 모양을 그리며 달리기까지 한다.

바깥문 쪽에서는 이가조가 노자라시구미를 쫓아내고 있었다. 쫓으니 이 또한 달아난다. 그런 주제에 손이 닿지 않게 되면 그 거리에서 멈추어 서서 돌을 던진다. 고함을 지르고 손뼉을 친다. 보니, 마치 야윈 광견 같은 낭인들뿐이지만.

그들은 무서운, 사랑하는 젊은 두목 이누에 신베에가 일생일대의 소원이라며 오늘 밤 이가조를 놀려 달라고 의뢰한 것에 대해, 상대가 두려운 만큼 오히려 오싹오싹한 쾌감을 느끼며 죽을힘을 다해 장난을 치고 있는 것이었다.

2

그 노자라시구미가 곳간 안의 여자를 도망치게 하기 위한 양동 작전을 펴고 있다는 것은 간파했으나, 어지간한 핫토리 한조도 거기에 또 세 번째 덫이 쳐져 있으리라고는 생각도 하지 못했다.

바깥문의 노자라시구미를 쫓고, 뒷문에 여자를 쫓느라——곳간 바깥에는 잠시 아무도 없게 되었다. 또한 곳간 안에도 이미 아무도 없을 테니, 누가 이를 경계하는 자가 있으랴.

거기에 흐릿하게 비로 부예진 두 개의 검은 그림자가 나타났다. 검은 두건에 검은 옷을 걸치고 있다.

"그 밧줄을 자르게, 소스케."

"이 설렁 말인가."

"설렁을 울려서는 안 되네."

"알겠네."

"자, 이 곳간의 문을 여는 것이 어려운 일일세. 두 개의 문이 있는데, 양쪽을 동시에 열지 않으면 양쪽 다 열리지 않도록 되어 있다고하네. 도쿠가와가의 군사(軍師) 오바타 간베에의 첫째 제자로서 이핫토리 저택에도 온 적이 있는 이누무라 가쿠타로가 없었다면, 역시 이래서는 손도 댈 수 없었을 거야."

"이누무라는 열어 본 적이 있나?"

"아니, 한조의 안내를 받아 들어간 적은 있지만 잘 모른다고 하네. 하지만 사흘 밤낮을 고민하여 병학(兵學)의 원리로 겨우 생각해 냈다고 하는군. 게다가 문을 여는 방법은 알아도 선불리 여기에 가까이 가서는 안 된다, 무라사메 님을 무사히 구해 드리는 것이 애초의목적이니 거기에 실수가 있어서는 안 된다……며 군사 가쿠타로는고심참담했다네."

"무라사메 님은 무사하실까. 신베에──빨리, 빨리 이 문을 열게."

"그러다가 겨우 오늘 밤에 군법을 생각해 냈네. 이런 거친 짓은 좋아하지 않는다고 하지만, 아무리 심혈을 쥐어짜 생각해도 이것 외에 떠오르는 생각은 없다고 하네. 이 문의 여기를, 이렇게 오른쪽으로 비트는 것일세. ……보았는가, 소스케, 알았으면 저쪽 문으로 가게, 두 개의 문을 동시에 여는 것일세."

검은 그림자가 맞은편으로 달려갔다.

"어디."

곳간의 문은 동시에 소리도 없이 열렸다.

두 명의 검은 두건은 일제히 안으로 굴러 들어갔다.

"오오! 마님!"

두 사람은 갑자기 거기에 털썩 뒹굴며 흐느껴 우는 듯한 소리를 냈다.

무라사메는 있었다. 무라사메는 머리카락도 흐트러지고 반라의 모습이 되어 숨을 헐떡이며, 게다가 무릎을 단정하게 모으고 벽에 기대어 있었다.

암흑 속에 엎드린 검은 옷을 보고 엷게 눈을 뜨더니,

"이누에…… 이누카와로군요."

하고 말했다. 그녀는 꿰뚫어 본 것이다.

"나는 믿고 있었어요. 그대들이 와 줄 것을……."

"예, 예! 무라사메 님, 그게…… 군사(軍師)의 낯짝을 한 이누무라가 길게 고민하느라 늦어져 송구합니다. 아아, 가엾으셔라, 마님, 얼마나 이가 놈들 때문에——."

"고문을 받고, 나는 결국 아와의 무라사메라는 것을 말하고 말았어요. 그것 때문에 가문에 어려움이 미치지 않을지……."

"아니요, 이누무라에 따르면 그것은 오히려 바라는 바라고 합니다. 마님이 하루라도 빨리 그 사실을 흘리시기를, 그것을 애타게 기도하고 있었습니다."

"……왜요?"

"그것을 알면, 설마 마님을 해치는 일은 없을 것이라고요."

"하지만 다테야마에는."

"다테야마에는, 시노가 마님으로 둔갑해 가 있었습니다. 그것을 알아보러 간 핫토리 한조가 돌아오는 것보다 먼저, 시노는 하늘을 날아 돌아왔고요. 마님을 구해 드리는 것은 한조가 집을 비운 동안이 좋겠지만, 또 그 시노가 없으면 이루어지지 않는 것이 오늘 밤의 포진. 그것 또한 가쿠타로의 지혜가 나온 것이 오늘 아침의 일이라는, 천 번 해서 한 번 성공할까 말까 하는 병법입니다."

"그렇다 해도 마님, 오랜만입니다. 이 이누카와 소스케, 이번의 어려움을 전혀 알지 못하여——."

에도 산시로 즉 이누카와 소스케는 거짓말을 했다. 아버지의 유서를 가져온 팔방을 맞이하고는——

"무의미한 전통에 빠져 있는 아버지들과는 달리, 나는 더 새로운, 의의 있는 일에서 삶의 보람을 찾아냈거든!" 하고 의기양양하게 지껄인 것은, 실은 잊고 있었다. 이누에 신베에로부터 무라사메 님의 위기를 듣기 전까지는.

"이보게…… 소스케, 그런 인사는 나중에 하게. 시노와 노자라시구미가 이가 놈들을 견제하고 있는 사이에 빨리."

"그렇지. 그럼 마님, 황공하오나 제 등에."

하며, 이누카와 소스케는 앉은뱅이걸음으로 다가가 검은 옷을 입은 등을 향했다.

——이것으로 알 수 있었다. 곳간에서 도망쳐 나간 것은 무라사메

가 아니라 시노였던 것이다. 정확하게 말하면 지붕 위를 들이쑤셔 안에서 도망쳐 나온 것처럼 보이게 한 것에 지나지 않는다.

이누즈카 시노는 일각이라도 오래 적을 붙들어 두기 위해, 한 마리의 팔방의 등에 올라타고 번개 모양을 그리며 도망쳐 이가 사람들을 놀렸다. 가끔 조소의 소리를 던졌지만, 이것이야말로 몸의 털까지 곤두서는 필사의 곡예였다.

모두 이것을 코가의 여자 닌자라고 생각하고, 그때까지 닌자의 기척은 조금도 보이지 않았던 만큼 혀를 내두르고 이를 갈았지만, 이 중에서 문득 이상한 느낌이 가슴에 스친 자가 있었다.

이가의 쿠노이치 사모였다.

그녀는 언젠가 보았던 요시와라의 여자 곡예사를 떠올렸던 것이다. 얼굴은 다르다. 얼굴은 다르지만, 저 인간의 재주라고는 생각되지 않는 개를 부리는 솜씨는.

그러나 설마 그것이 동일인이 아닌가 하는 것은 다른 사람에게 말할 수 없어, 그녀는 갑자기 혼자서 몸을 돌렸다. 지금의 기괴한 의심 암귀를 풀기 위해 곳간으로 달려 돌아가, 거기에 무라사메가 있는지 없는지 자신의 눈으로 확인하려고 한 것이다.

사모는 닌자 곳간 앞으로 달려 돌아갔다. 그리고 거기에서 무라사메를 업고 뛰어나온 두 명의 검은 옷과 만났다.

그러나 쌍방은 꼼짝도 않고 서로 노려보았다.

한쪽의 검은 옷의 허리에서 섬광이 터져 나와 사모를 휩쓸었다. 이누에 신베에의 숙련된 칼이었다.

사모는 뒤로 펄쩍 뛰어, 거무스름한 곳간의 벽에 섰다. ——그녀는 몸을 수평으로, 다리를 수직으로 하여 벽에 찰싹 달라붙은 것이다.

그녀는 야광충처럼 빛나는 눈으로 내려다보았다.

"그랬나."

그리고 사모의 입술에서 가느다란——그러나 어디까지고 잘 울리는 휘파람이 밤하늘을 건넜다.

"소스케, 도망치게" 하고 신베에는 외쳤다.

"적은 내가 맡겠네. 자네, 무라사메 님을 업고 빨리 도망치게."

"놓칠까 보냐." 머리 위에서 사모는 큰 소리로 외쳤다.

"보아라, 다들 이곳으로 달려오고 있다. 오오, 여러분, 코가 사람이 와 있습니다! 외박진을, 빨리 외박진을——."

"원래부터 나는 말이지."

하고 칼을 든 채 이누에 신베에는 흰 이를 드러냈다.

"이누무라 가쿠타로의 번거로운 병학인지 뭔지가 마음에 들지 않았네. 오직 무라사메 님을 무사히 구해 드리기 위해서 참고 말을 듣고 있었던 것이지. 재미있군! 이렇게 되면 소스케, 노자라시구미답게 내가 한바탕 날뛰게 해 주게!"

"신베에."

"애초에, 도망치기 위해 이가조와 싸우고 있는 것이 아니지 않은가. 그 구슬을 도로 빼앗아야 하네!"

지병풍(地屏風)

1

"생각은 같네. 하지만 신베에."

하고 이누카와 소스케는 숨가쁘게 말했다.

"이누무라 가쿠타로가 단단히 이른 것은, 오늘 밤의 목적은 구슬보다 마님, 마님을 구하는 것에만 전념하고 목적을 이루면 서둘러 물러나라, 는 것이었네. 상대는 이가조, 이가 닌자술을 깨려면 한참 더 생각을 짜낼 필요가 있다고——."

"나는 코가 닌자술을 쓰겠네."

"뭐, 자네가 코가 닌자술을? 자네가 노자라시구미 두목으로서 검 실력이 뛰어나다는 것은 알고 있네만, 닌자술의 달인이라는 말은 듣지 못했네. 코가 만지다니에서 누구한테 배웠나?"

"여자일세."

"여자?"

"오케이, 라는 여자가 있었지 않은가."

"오오, 오케이 님——."

그때 벽 위에서 깜짝 놀란 사모의 외침이 들렸다.

"그런가. 지금까지 어디선가 들어 본 목소리라고 생각하고 있었는데, 거기에 있는 것은 가쓰라기 다유 극단의 에도 산시로로군. 너는 사토미의 코가 사람이었나. 너무 가까이에 있어서 오히려 눈치 채지 못했다. 오오, 여러분, 빨리 오십시오, 큰일입니다!"

정원 저편에 어지럽게 발소리가 들렸다.

"들은 대로일세, 소스케, 이제 이 여자는 살려 둘 수 없어. 자네는 빨리 도망치게, 무라사메 님을 죽일 셈인가."

"그럼."

더 이상 대화를 할 여유를 잃고, 무라사메를 업은 이누카와 소스케는 그대로 달려가려고 했다. ──그 앞에 쏴아, 하고 무언가가 쏟아졌다.

비는 아니다. 기름이다. 어디에 그런 용기(容器)를 가지고 있었는지, 벽 위의 사모가 이누카와 소스케의 앞길에 반원을 그리며 기름의 비를 쏟아지게 한 것이었다. 이어서 작고 붉은 불꽃이 그것을 쫓았다.

즉시──이누카와 소스케는 기름과 불 사이를 달려 지나갔다. 몸에 기름은 묻었겠지만, 대지에 반원형으로 불꽃이 타오른 것은 그 후였다.

"소스케, 팔방만 보내 주게."

하고 뒤에서 이누에 신베에가 외쳤다.

"이가 사람이 놓칠 것 같으냐."

머리 위에서 사모가 이를 갈았다.

"적어도 네놈만은 이 내가."

목소리와 함께 또 기름의 원이 흩어졌다. 아까의 반원보다도 더 작게. ──불꽃이 벽 아래에 서 있는 신베에에게 다가들었다.

그런데도 태연하게, 이누에 신베에는 검은 두건을 쓴 얼굴을 쳐들었다.

"해 보겠나, 이가의 쿠노이치."

그렇게 말하더니, 놀랍게도 이누에 신베에는 몸을 가로로 하여 곳간 아래에 털썩 드러누웠다.

소란스러운 발소리가 다가오고, 불꽃 맞은편에 십여 명의 이가 사람들이 술렁거리는 것이 보였다. 그러나 불꽃은 오히려 이 경우, 신베에를 둘러싼 방패의 고리가 되었다.

그러나 그 또한 이 불꽃에 갇힌 것이다. 사납고 무뢰한 노자라시 구미를 이끌고 날뛰던 그의 마검(魔劍)을 어떻게 사용할 것인가. ─ 아니, 그것을 어떻게 사용할지 고민하기는커녕, 그는 통나무처럼 거기에 벌렁 드러누워 버렸다. 벽 위에서의 습격에는 완전히 무저항이다.

"무슨 짓이냐, 코가 놈."

일순 깜짝 놀란 듯한 사모는, 그러나 이 적의 자세에 본능적인 공포를 느끼고,

"그 수법에는 넘어가지 않는다."

수평으로 벽에 선 채, 몸을 굽혀 이누에 신베에를 향해 한꺼번에 여러 자루의 수리검을 던졌다.

수리검은 신베에의 몸통에 참억새처럼 꽂히고 피가 튀었다.

"그 수법에는 넘어가지 않는다니──내 수법을 알고 있나?"

신베에는 건조한 목소리로 웃었다.

"코가 닌자술, 지병풍(地屏風)──이라고 말하고 싶지만, 그것을 흉내낸 것이다."

동시에 괴이한 일이 일어났다.

사모의 눈에 자신이 서 있는 벽이 기울어 가더니 수평이 되고, 대지가 병풍처럼 서는 것이 보였다.

코가 닌자술 지병풍. ……젊은 이누에 신베에는 그것을 코가 만지다니의 오케이라는 여자에게서 배웠다. 오케이는 만지다니의 수령 일족의 딸로, 미망인이었다. 아직 아름다운데도 그녀는 재혼하지 않았다. 재혼이 금지되어 있었을 뿐만 아니라, 그녀는 그 남편이되는 남자를 죽인다는 체질을 선천적으로 물려받았기 때문이다. 즉오케이는 교합에 의해 황홀경에 들어서면 그 숨이 독가스 같은 것으로 바뀌는——스스로 의식하지 않아도 이러한 현상이 일어난다는 기괴한 체질이 유전되고 있었다.

이 화려한 독나비가 닌자술 수행을 위해 찾아온 젊은 신베에에게 눈독을 들이고 유혹했다. 그녀의 금지된 육욕과, 상대가 멀리에서 온 타지 사람이라는 안심이 결합한 행위였을 것이다.

그러나 이 젊은이는 죽지 않았다. 실신했지만 되살아난 것이다. 이 소년이 만지다니의 닌자를 능가하는 이상한 생명력을 갖고 있다는 것을 안 오케이는, 이후로 그때까지보다 더욱 그를 귀중하게 생각하기 시작했다.

그녀는 한 가지 생각을 해냈다. 그것은 가능한 한 소년과 얼굴을 떼고 교합한다는 것이었다. 그래서 그녀는 소위 말하는 승마위를 취했다. 소년을 천장을 향해 눕히고, 그녀는 무릎을 구부리고 똑바로 선 것이다. 그리고 소년을 사랑한 나머지, 또 이 모반 기질이 강한 소년의 자존심을 다치게 하는 것을 두려워한 나머지, 그녀의 집에만 대대로 전해지던 닌자술 '지병풍'을 가르친 것이었다. 그에 의하면 직립해 있던 그녀는 눕고, 누워 있던 소년은 직립한다는 위치 감각의 회전 현상을 낳았다.

이누에 신베에가 일곱 명의 동료와 함께 만지다니를 도망쳐 나온 것은 다른 자들처럼 닌자술 수행에 질린 것만이 아니라, 이 농염한 여자 닌자의 농후한 애무에 질렸기 때문이다.

탈주는 했으나, 이 경험은 그의 심성에 심한 영향을 준 듯하다. 그가 실로 처절할 정도의 미남인데도 여인에게 그다지 흥미가 없고, 오히려 혐오의 표정조차 보일 뿐, 오직 난폭한 남자들을 부리며 날뛰고 다닌 것은 이 반동, 아니, 이전의 굴욕감의 표현일지도 모른다.

어쨌거나 이 '노자라시구미' 시절에 그가 한 번도 이 닌자술을 사용하지 않았다는 것은, 그것을 배웠을 때의 기억이 되살아나는 것이 싫었기 때문이라는 것은 분명하다.

지금——이누에 신베에는 그것을 시도했다. 이가조의 포위에 빠져, 벽에 수평으로 서는 기괴한 여자 닌자와의 사투에 그것을 사용했다.

벽을 쓰러뜨리고 대지를 세우는 닌자술 '지병풍'!

그렇다 하더라도 이것은 위치 감각의 회전이라는 단순한 착각일까. ——불꽃 주위로 쇄도하고 있던 이가 사람들은 갑자기 일제히 앞으로 고꾸라졌을 뿐만 아니라, 앞으로 미끄러져 떨어지기 시작했다. 착각이라고 해야 할지, 그것은 너무나도 환괴(幻怪)했다. 불꽃조차 옆으로 나부꼈다. 아니, 대지가 섰기 때문에, 그것은 대지를 따라 타오른 것으로밖에 보이지 않았다.

"뜨거워!"

"뜨겁다, 뜨거워, 뜨거워!"

이가 사람들은 불꽃 속에 굴러떨어져 불타면서 곳간 아래까지 떨어지고, 그곳에 높다랗게 겹쳐 쌓였다.

사모는 자신이 미친 건가 하고 생각했다. 비마저 옆으로 쏟아지는 것을 보았기 때문이다. 그것은 옆으로 후려치는 비가 아니었다. 비는 분명히 수직으로 곳간 벽에 떨어졌다. 그리고 곳간 벽은 이제 수평이 되어 있었다.

수평이 된 벽을 비가 씻고, 피가 흘러왔다. 그것은 적인 코가 놈의 피였다. 이어서 구른다기보다 쓰러진 채 벽을 미끄러져 다가온 그 모습을 보고, 사모는 날아오르려고 했다.

다리는 벽을 떠나지 않았다. 엄청난 양의 피는 그녀의 다리를 벽에 교착시키고 있었다. 던져야 할 수리검은 더 이상 사모의 손에 없었다.

고슴도치처럼 수리검을 꽂은 이누에 신베에는 벽에 누운 채 씩 웃었다.

"과연, 대단한 것이로군, 닌자술 지병풍."

그것을 사용한 본인이 감탄하고 있다. 그러나 그는 분명히 이 세상 사람의 모습이 아니었다.

"구슬은 받았다!"

"주지 않겠다!"

두 줄기의 검광이 스쳤다.

사모는 발치로 미끄러져 다가온 적의 몸통에 칼을 휘둘러 내렸다. 그런데도 불구하고 그녀의 의지와 달리 적과 평행하게 옆으로 휘둘렀다. 그리고 옆으로 휘두른 이누에 신베에의 칼은 정확하게 사모의 두 다리를 무릎에서부터 절단했다.

소리도 없이 여자 닌자에게 덮쳐들어 그 품을 뒤진다. 꺼낸 한 개의 구슬을 신베에는 불꽃에 비춰 보았다.

"인(仁)."

하늘에서 개가 짖는 소리가 났다.

"팔방이냐."

그는 그 구슬을 하늘로 던졌다. ——실은 정원을 향해 던진 것이다.

동시에 얽혀 있던 신베에와 사모의 몸은 대지를 향해 곳간을 질질 미끄러지기 시작했다. 신베에의 염력이 흐려짐과 함께 닌자술 '지병풍'이 풀리기 시작한 것이다.

——개를 타고 번개 모양으로 도망치는 시노를 쫓아 미친 듯이 달리고 있던 핫토리 한조와 후나무시, 다마즈사, 후부키가 저택의 이변을 듣고 달려 돌아왔을 때, 그와 엇갈려 한 마리의 커다란 개가 뒷문으로 달려 나오는 모습을 보았으나, 그것을 쫓을 새도 없이 그들은 곳간으로 달려갔다.

그들은 멍하니 멈추어 섰다.

빗속에 기름 냄새는 났지만 불꽃은 이미 꺼져 가고 있었다. 그 도 깨비불 같은 잔불에──곳간 아래에 높다랗게 이가 사람들의 불타 죽은 시체가 쌓여 있고, 그 위에 사모와 서로 얽혀 죽어 있는 낯선 검은 옷의 남자를 발견한 것이다.

그 남자에게는 수리검이 왕관처럼 꽂혀 있었다. 사모의 절단된 무릎 상처에는 한 개의 구슬이 피에 젖어 빛나고 있었다.

"광(狂)."

2

비와 어둠 속에 한 개의 검은 그림자가 앉아 있었다. 핫토리 저택 에서 그리 멀지 않은, 어느 토담이 무너진 곳이었다.

오직 혼자인데, 그는 돌에 걸터앉아 백만 대군을 지휘하는 대군 사처럼 엄숙하게 기다리고 있다. ──말할 것까지도 없이 이누무라 가쿠타로다.

우선 달려온 것은 한 마리의 개에 올라탄 이누즈카 시노였다.

"이누무라."

"시노, 잘되었나? 잘되었을 테지."

"내 쪽은 잘된 것 같네. 아니, 이가조에게 엄청나게 쫓겼어. 도중에 놈들이 허둥지둥 되돌아가서 살았네만, 하마터면 위험할 뻔했네."

"뭐, 이가조가 허둥지둥 되돌아갔어? 이누에와 이누카와가 들킨 것은 아닌가."

"나도 그게 마음에 걸리네."

"혀, 형편없는 놈들이로군. 그놈들이 들키면 아무것도 안 돼. 가장 중요한 무라사메 님이 다시 붙잡히신다면 어찌할 텐가."

"앗, 그건 안 되지, 내가 다시 한번 되돌아가서 보고 올까?"

"기, 기다리게. ——잠시 더 상황을 보지."

잠시 후, 또 비와 어둠을 뚫고 한 개의 검은 그림자가 달려왔다.

"이누무라."

"소스케인가! 잘되었나?"

"무라사메 님은 여기 이렇게."

이누카와 소스케의 등에서 내려진 무라사메 님은 완전히 정신을 잃고 있었다. 머리 위로 튀어나온 나뭇가지에 기름종이로 지붕이 쳐져 있다. 무라사메 님은 그 밑에 눕혀졌다.

"마님!"

"마님, 정신 차리십시오, 마님!"

미친 듯이 부르는 이누즈카 시노와 이누카와 소스케의 목소리를 들으면서, 이누무라 가쿠타로는 조용히 허리의 작은 상자에서 약을 꺼내고 표주박을 꺼냈다. ——기름종이로 지붕을 만들고 기다리고 있던 것도 그인데, 실로 준비성이 좋다.

"자, 이대로는 입에 약이 들어가지 않네. 누가, 입으로 술과 함께 약을 먹여 드려야 하는데……."

하고 말한 것을 끝으로, 그는 침묵했다.

시노도 소스케도 입을 다물었다. 갑자기 어둠 속에 이상한 긴장이 응고된 것 같았다. 그것은 이상한 살기에 가까운 것이었다.

"아아."

땅 위에서 희미한 숨소리가 났다.

"아, 정신이 드셨네."

세 사람은 미친 듯이 기뻐했다. ──셋이서 달라붙다시피 하여 약이며 표주박의 술을 차례차례 내밀고 있자니, 이 또한 발소리도 없이 또 한 마리의 개가 다가왔다.

"팔방이다."

그들은 곧 그 팔방이 인(仁)의 구슬을 물고 있는 것을 알았다.

"……으음, 그런데."

하고 이누카와 소스케는 어둠 저편의 먼 핫토리 저택을 돌아보며 신음했다.

"신베에 놈, 죽었군."

다시 소스케로부터 신베에의 행동을 듣고, "아아, 신베에……" 하며 무라사메는 흐느끼는 듯한 목소리를 냈다.

"멍청한 놈, 쓸데없는 개죽음이다."

이누무라 가쿠타로가 내뱉듯이 말했다. 본래 같으면 또 시노가 그 얼굴을 후려쳤겠지만, 이때는 왠지 몹시 그에게 동감했다. ── 그렇다기보다 시노는 죽은 신베에에게 질투를 느낀 것이다.

"내가 말한 군략대로 움직였다면, 나중에 쉽게 나머지 구슬을 빼앗을 수 있었을 텐데."

"하지만 어쨌거나 신베에는 인(仁)의 구슬을 훌륭하게 빼앗았군."

하고 소스케는 말했다.

"당장 이것을 팔방에게 들려 아와로 보내세."

"그야 그렇게 할 생각이네만, 시노."

하며 가쿠타로는 무겁게 팔짱을 끼었다.

"자네, 다시 한번 아와로 가 주게."

"싫어!"

하고 시노는 비명을 질렀다. 주군인 아와 태수와의 그 소동을 떠올린 것이다.

"아니, 수고스럽겠지만 싫다는 말로 끝내면 곤란해. 이 이누무라가 부탁하네."

"왜인가."

"일전에, 사도 아니면 핫토리 한조의 탐색의 손길이 무라사메 님은 다테야마에 계시는지 확인하러 아와로 갈 것이라고 나는 내다보았네. 사실 그대로 되었지. 시노를 무라사메 님으로 둔갑시켜 서둘러 아와로 보낸 것은 그 때문이고, 이것은 군색한 나머지 쓴 편법이었네만, 그것이 새로운 귀찮은 일을 불러일으키게 되었네."

"어떤 귀찮은 일 말인가."

"오늘 밤에 핫토리 저택에서 도망쳐 나오신 무라사메 님이 진짜 무라사메 님인지 가짜인지, 그것을 적이 꿰뚫어 보았는지 어떤지는 별개로 치고, 적어도 무라사메 님과 그것과 꼭 닮은 여자가 이 세상에 두 명 있다는 것을, 핫토리 한조는 알았겠지."

"아!"

"그러니 그놈은 반드시 다시 아와로 갈 걸세. 놀라고 당황하면서도, 다시 다테야마로 알아보러 가지 않을 수 없을 거야. 그러니 다시 가짜를 준비해 둘 필요가 있는 것일세."

"그럼, 그럼──."

하고 시노는 말했다.

그럴 바에는 왜 이번에는 진짜 무라사메 님을 돌려보내지 않는 것인가? 라고 말하려고 한 것이다.

그러나 무라사메 님을 돌려보내면, 그 영주님이 저번처럼 징그럽게 무라사메 님을 집적거릴 것이 틀림없다. 집적거리는 것이 아니다. 부부이니 당연한 일이지만, 왠지 시노는 그것을 견딜 수가 없었다. 실태를 체험한 만큼 참을 수가 없는 것이다. 그렇다고 해서 자신이 가고 무라사메 님을 에도에 남겨 두면──이 이누무라 가쿠타로와 이누카와 소스케 놈, 괜찮을까?

그의 입장에서 보자면 실로 앞문에 호랑이, 뒷문에 늑대다.

"이번 탐색은 지난번처럼 가볍게는 끝나지 않을 걸세. 반드시 까다로운 난제를 들이댈 것이 틀림없어. 그것을 대하려면, 황공하지만 무라사메 님보다 시노의 교활, 아니 기략(機略)에 의지하는 편이 좋을 것이라고, 나는 시노를 믿는 것일세."

"……켁."

하고 시노는 목구멍을 울렸지만 곧 정색을 하며 물었다.

"이누무라, 그 난제란 어떤 것일까."

"그것은 지금은 나도 모르겠네. 군사로서의 후각으로 그렇게 예감할 뿐이야. 어쨌든 시노, 아와로 가게. 이쪽에서 알아낸 것이 있으면 팔방을 통해 연락하지. ──단, 그 전에."

이누무라 가쿠타로는 팔짱을 풀었다.

"자네, 무라사메 님을 팔방에 태우고, 자네는 다른 한 마리의 팔방을 타고, 어쨌든 무라사메 님은 내가 있는 오바타 저택으로 보내게."

"자네들은?"

"우리는 일단 이누에의 안부를 확인하고 돌아가겠네. 또, 이누에가 정말로 죽었다면 신세를 진 노자라시구미의 사람들도 위로해 두어야지."

핫토리 한조가 참담한 얼굴로 사도 태수 혼다의 저택을 찾아간 것은 그 이튿날의 일이었다.

"흐음, 충, 제, 신, 지, 인──이라, 다섯 개의 구슬을 빼앗겼나."

하고 사도 태수는 말하며 날카롭게 한조를 보았다.

"천하의 이가 사람이 말이지."

한조는 얼굴을 들 수가 없었다.

"사토미도 의외로 제법이군. 그 정도의 코가 사람을 부리다니…… 이거, 사토미를 다시 보고, 그곳의 코가 사람을 조정으로 받아 오는 편이 현명할지도 모르겠군."

핫토리 일당에게는 더없는 통렬한 모욕이었다. 한조는 온몸의 피가 역류하는 기분이 들었다.

"그건 그렇고 한조, 내버려 두었다가는 9월 9일은커녕 5월 5일까지라도 여덟 개의 구슬을 모조리 사토미에 빼앗기겠네."

"아니, 그런 일은 결단코."

"보장은 할 수 없지. 그럼 구실을 붙여서 3월 3일로 당길까? 닌자끼리의 싸움은 실로 전광석화와 같군. 그렇지, 3월 3일, 상사(上巳)주1)의 축하연. 즉 여자의 명절이지. 그것을 구실 삼아 사토미의 안주인에게 후세히메의 구슬을 가지고 직접 에도성으로 오라고 분부하는 것으로 할까."

"아니, 사토미 님의 부인께요?"

"그래, 그 부인, 어디에 있는 것이 진짜일까. 생각해 보면 그 부인은 사가미 오쿠보의 손녀, 절대 평범한 사람이 아닐세. 이번 닌자술 싸움에 본인이 틀림없이 나섰을 것이라고 나는 보네. 그 부인을 한번 보고 이 사도가 직접, 꼭 확인하고 싶어졌어."

주1) 상사(上巳), 5대 명절 중 하나로, 주로 여자아이를 축하하는 명절이다. 여자아이가 있는 집에서는 이날 아이의 행복과 장수를 기원하며 히나단(雛壇)을 꾸미고 히나 인형을 장식한다.

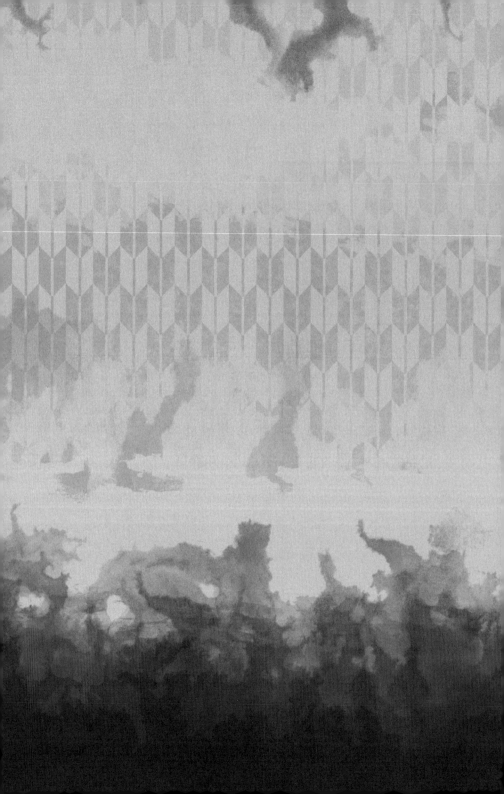

두 명의 무라사메

1

소토사쿠라다 기오이자카에 있는 군학자 오바타 간베에 가게노리의 저택.

주인인 가게노리는 올해 겨울부터 병법의 사료(史料)를 수집하기 위해 고슈^{주1)} 지방으로 여행 중이라고 하지만, 주인이 없는데도 불구하고 해자를 사이에 두고 바로 맞은편에 있는 가몬 태수 이이(井伊)^{주2)}의 저택보다도 드나드는 사람이 많다.

『본조무예소전(本朝武藝小傳)』등에 따르면.

오바타 간베에는 본래 다케다가(家) 출신이다. 다만 다케다가가 멸망한 것은 그가 아홉 살 때였다고 한다. 후에 자라서 여러 지방을 방랑하며 병학(兵學)을 수행하였고, 한때 세키가하라 전투^{주3)} 시절에는 이이가(家)를 모시며 그 전쟁에 참가한 적도 있으나, 곧 다시 그만두고 거리의 군학자가 되었다. 유명한 군학서『갑양군감(甲陽軍鑑)』은 다케다 신겐의 모장(謀將) 고사카 단조가 쓴 것이라고들 하지만, 실은 단조의 이름에 기대어 이 오바타 가게노리가 써낸 것이라고 한다. 거리의 군학자라고 해도, 제자가 삼천이라고 전해진 것을

주1) 甲州(고슈), 가이(甲斐)의 다른 이름. 가이는 현재의 야마나시현을 가리키는 옛 지명이다.

주2) 이이(井伊), 무가(武家)이자 귀족이었던 일본의 씨족. 근세 영주로서의 시조인 이이 나오마사(井伊直政)는 도쿠가와 이에야스를 모시며, 도쿠가와가의 가신 중에서도 최대의 영지를 하사받을 정도가 되어 도쿠가와 사천왕(四天王)으로 꼽혔다.

주3) 關ヶ原合戰(세키가하라 전투), 1500년, 현재의 기후현에 있는 세키가하라를 무대로 일어난 싸움. 도요토미 히데요시가 죽은 후에 일어난 도요토미 정권 내부의 정쟁이 발단이 된 것으로, 도쿠가와 이에야스를 총대장으로 하는 동군(東軍)과 모리 데루모토를 총대장으로 하는 서군(西軍) 양 진영이 세키가하라에서의 싸움을 포함해 전국 각지에서 전투를 벌였다. 이 싸움으로 도요토미 정권은 통일 정권의 지위를 잃고, 승자인 도쿠가와 이에야스가 강대한 권력을 손에 넣게 되었다.

보아도 알 수 있듯이 오히려 일개 이이가(家)에 봉공하는 것보다도 이편이 병법을 가르치기에 편하다고 판단했기 때문일 것이다. 세상에 알려진 군학자 아와 태수 호조주4)나 야마가 소코주5)는 그 문하에서 나온 사람들이다.

이 간베에가 고슈로 다케다류(流) 군학의 사료를 모으기 위한 여행을 떠났다는 것은 모두가 들었지만, 그 고족(高足)제자 이누무라 가쿠타로가 대신 강의를 하는데 그 병법의 정묘함은 스승과 다를 바가 없어, 그것을 들으러 다니는 제자의 수는 그리 줄지 않았다.

기실——가게노리가 은밀히 오다 우라쿠사이에게 큰 봉토를 약속받고 불려 가 얼마 전부터 오사카성에 들어가 있다는 것을 아는 사람은 겨우 몇 명의 가까운 사람들뿐이다.

기실의 기실——오사카 쪽에 포섭되었다고 생각하는 것은 그 가까운 사람들과 오사카 내부의 인간들뿐이고, 사실은 도쿠가와의 밀명을 받아 오사카에 스파이로 들어간 것을 알고 있는 것은, 아마 이에야스와 사도 태수 혼다, 핫토리 한조, 그리고 가까운 사람들 중에서는 고족제자인 이누무라 가쿠타로 단 한 명이었을 것이다.

이것은 여담이지만.

야사에서는 사나다 유키무라의 가신 사루토비 사스케주6), 기리가

주4) 호조 우지나가(北條氏長)를 가리킨다. 막부의 신하이자 군학자로 호조류(流) 병법의 시조.

주5) 山鹿素行(야마가 소코), 1622~1685. 에도 전기 시대의 유학자이자 병학자. 하야시 라잔(林羅山)에게 유학을, 호조 우지나가(北條氏長)에게 병학을 배웠다.

주6) 猿飛佐助(사루토비 사스케), 사나다 10용사 중 한 명. 도자와 하쿠운사이(戶澤白雲齋)에게 닌자술을 배우고 사나다 유키무라를 따라 오사카 여름 전투에서 전사했다고 하나, 실전은 불명.

두 명의 무라사메 383

쿠레 사이조^{주7)}라는 두 사람이 닌자술을 쓰는 자들 중에서는 가장 유명하다. 그러나 기슈 구도야마산에 은거하고 있던 유키무라가 오사카에 입성한 것도, 결코 단 한 조각의 의로운 마음 때문은 아닐 것이다. 분명 여러 첩보를 통하여 오사카에 가망이 없지 않다고 판단하고, 육문전^{주8)}의 깃발을 내걸기 위해 그쪽에 붙은 것이리라. 이 이상한 첩보를 흘린 책임자야말로 닌자다. 즉 사루토비, 기리가쿠레 등이다. 여름 전투에서 전사할 때 온몸이 붉게 물든 유키무라가 "원통하다, 네놈들 때문에 애석하게도 이 유키무라가 죽어야 하다니" 하고 질타하는 앞에서, 이 두 닌자가 아무 말도 없이 땅바닥에 머리를 처박고 있었을 광경은 충분히 상상할 수 있다.

그에 비하면 당당한 군사(軍師)의 자격으로 오사카성에 들어가 작전을 지도하고, 간토에 첩보를 보내 내부에 불안의 기운을 양성한 이 이중 스파이 오바타 간베에 가게노리야말로, 실로 전형적인 고급 닌자, 대닌자의 표본이라고 해야 할 것이다.

어쨌든, 그의 고족제자인 이누무라 가쿠타로는 무라사메 님을 오바타 저택으로 데려왔다.

정확하게 말하면 그날 밤에 이누즈카 시노에게 맡겨 먼저 보내게 한 것이지만, 나중에 가쿠타로와 이누카와 소스케가 저택으로 돌아왔을 때는 이미 시노는 없었다. 그때 일러둔 대로, 시노는 다시 아와로 간 것이다.

주7) 霧隱才藏(기리가쿠레 사이조), 사나다 10용사 중 한 명. 사루토비 사스케를 원형으로 창작된 가공의 인물.

주8) 六文錢(육문전), 문양을 두 개씩 세 줄로 늘어놓은 것. 사나다 가문의 기치(旗幟)로 유명하다.

무라사메 님은 가쿠타로의 옛 주인의 따님이라는 것으로 해 두었다. 이름도 만일의 일을 경계하여 하마지 님으로 바꾸었다. 사실은 누이로 해 두는 편이 가까이 둘 수 있어서 만사에 편한데, 하고 가쿠타로가 말하니 소스케와 시노가 맹렬하게 저항했던 것이다.

"만사에 편하다니, 무슨 뜻인가."

하고 이누카와 소스케가 정색을 하고,

"풋, 자네 누이라고 하면 누가 믿겠나? 남매가 꼭 닮지는 않는다지만, 정도가 있네."

하며 시노가 웃음을 터뜨린 것이다.

어쨌거나 이누무라 가쿠타로는 무라사메 님을 저택으로 데려왔다. 데려와, 역시 누이로 하지 않기를 잘했다고 끊임없이 생각했다. 그 의젓한 행동거지, 기품은 숨기기 어려운 데가 있다.

"저 하마지 님은 누구의 따님이신가?"

하고 제자들은 물었다.

이누무라 가쿠타로는 무겁게 고개를 끄덕였다. 무언가 말하려나 했더니, 그것을 끝으로 아무 말도 하지 않는다. 대체로 병학에 관해서는 논지가 명쾌하고 말에 막힘이 없이 설명하지만 평소에는 말을 하면 손해라도 본다는 듯 까다로운 얼굴을 하고 있는 가쿠타로라, 이것으로 통했다.

그래도 처음에 옛 주인의 따님이라고 소개한 것을 기억하고 있어,

"저 하마지 님은 아직 혼인 이야기는 없나?"

하고 무언가 가슴에 꿍꿍이가 있는 것처럼 물은 자가 있었다.

가쿠타로는 날카롭게 쳐다보며,

"있네" 하고 말했다.

"호, 어디와?"

"교토의 어느 지체 높은 집안일세."

농담을 하는 듯한 얼굴은 아니어서, 상대도 기세에 눌려 침묵하고 만다.

어쨌거나 주위에는 각 번의 가신, 하타모토의 자제들뿐이다. 이누무라 가쿠타로는 몸을 쇠로 만든 방패로 삼아, 그들을 쫓아내느라 쉴 새도 없었다. ──또한 본인은 그것을 즐기는 듯도 했다. 그는 마음 어디에선가 이 나날이 영원히 계속되면 좋겠다고 생각하고 있었다. 사실을 말하면 후세히메의 구슬 따위는 잊어버리고 싶은 참이었다. 다만 다른 사람들처럼 쫓아낼 수 없는 것은 이누카와 소스케다. 그는 일단 요시와라의 가쓰라기 다유 극단으로 돌아갔지만, 매일같이 찾아와 물었다.

"이누무라, 언제까지 이러고 있을 것인가."

"기다리게, 나도 주의하고 있지만 그 후로 사도 태수 혼다도 핫토리도 아무런 움직임도 없네."

"저들이 아와의 다테야마에 다시 알아보러 간 형세는 없나?"

"아직 없네."

"자네, 그럴 거라고 하지 않았는가."

"그렇게 할 텐데, 사도도 핫토리도 묘하게 조용해져 버린 것을 보면 그놈들도 무언가 생각하고 있는 모양일세."

"언제까지나 내버려 두면 다테야마에 간 시노도 견딜 수 없을 걸세. 어차피 남자야. 언제까지나 들키지 않을 거라고는 생각할 수 없네. 참다못해 시노가 다시 에도로 나올 걸세."

"기다리게, 기다려."

이누무라 가쿠타로는 과연 당황한 듯이,

"하지만 아무리 뭐라 해도 이누사카 게노, 이누에 신베에에 이어 세 번이나 핫토리 저택에 쳐들어갈 수는 없네. 저쪽이 나오도록, 움직이지 않을 수 없도록 내가 손을 쓸 테니, 잠시만 기다려 주게."

하고 말했다.

"그러려면 자네의 손을 빌려야 할지도 몰라. 조만간 연락할 테니 요시와라에서 대기하고 있게."

하고 사정이 있는 척 말하여 이누카와 소스케를 쫓아 보냈다.

사실 그는 무언가 그럴싸한 용건을 만들어 내어 몇 번 사도 태수 혼다의 저택에 드나들고 있었다. 그 정원에서 핫토리 한조와 얼굴을 마주친 적도 있다. 스승인 오바타 간베에가 서쪽으로 떠나고 나서, 그 후로 오히려 사도를 찾아갈 구실이 생겼다고 할 수 있다. ― 이누무라 가쿠타로가 지난밤의 핫토리 저택의 습격을 혼자 멀리에서 지휘하고 있었던 것은, 그가 군사(軍師)를 좋아하는 탓만이 아니라――만에 하나 한조와 얼굴을 마주쳐 정체를 들킬 것을 고려한 탓도 있었던 것이다.

방해꾼을 쫓아내고, 이누무라 가쿠타로가 무라사메 님을 어떻게든 하겠다는 마음은 전혀 없다. 그런 것은 생각만 해도 무섭다. ―

다만, 이 네모난 얼굴을 한 군학자는 네모난 가슴으로 무라사메 님의 향기를 만끽하고 있었다. 그는 무라사메 님의 옆에 있다는 것만으로 그답지도 않은 달콤한 기쁨에 빠졌다.

그러나 시간이 지남에 따라——천지가 봄기운으로 가득 참에 따라, 이누무라 가쿠타로는 그저 달콤하다는 감정이 아니라 무어라 형용하기 어려운 괴로움에 사로잡히게 되었다.

의젓하고 기품이 있다. 그것은 틀림이 없지만, ——9만 2천 석의 영지를 가진 영주의 정실이다. 게다가 아직 열일곱 살이다.

"이누무라, 이리 오세요."

부르는 목소리에 들어가니 그녀는 옷을 입고 있는 참이었는데,

"이 띠를 이렇게 묶어 주세요."

라든가,

"머리를 이렇게 올려 주세요."

하고 가쿠타로에게 명령한다.

아무리 군학자의 저택이라도 일하는 여자는 있었지만, 이상하게 무라사메는 그녀들을 가까이 하지 않고 무엇이든 혼자서 했다. 부탁할 일이 있으면 가쿠타로에게 부탁하는 것이다.

그것도 이 이누무라를 믿어 주시기 때문——이라며 가쿠타로는 감격했지만, 의뢰도 이러한 내용이 되면 약해지지 않을 수 없다. 몸을 움직일 때마다 무라사메 님의 향긋한 향기가 콧구멍을 어루만지고, 때로 얼핏 어깨나 종아리의 하얀 살이 보이거나 하면 가쿠타로는 성미에도 맞지 않게 얼굴을 붉히며 덜덜 떨리는 것을 누르느라

죽을힘을 다해야 했다.

영주의 딸로 태어나 영주의 아내가 된 분은 모든 것이 천의무봉인 것일까. ——아니, 이 마님이기 때문이다, 하고 이누무라 가쿠타로는 생각했다. 어쨌거나 혼자서 아와의 성을 나와 굳이 에도의 수라와 같은 세상에 들어오셨을 정도인 분이다. ——아무래도 무라사메 님은 자신이 쩔쩔매는 것을 분명히 알고 계시고, 그것을 놀리며 즐기고 계시는 듯하다.

철저하게 손도 발도 댈 수 없는 가쿠타로가 큰 타격을 받은 것은 어느 날 저녁의 일이었다. 하기야 그는 실로 돌이킬 수 없는 잘못을 했다.

이 네모난 얼굴을 한 군학자는 놀랍게도 목욕을 하시는 중인 무라사메 님을 뵈어야겠다는 마음을 먹은 것이다. 일시적인 충동이라고 말하고 싶지만, 군학자답게 미리 편백나무 판자벽에 눈에 보이지 않을 정도의 작은 구멍을 뚫어 두었으니 계획적이다.

그는 그 구멍에 엉거주춤한 자세로 눈을 가까이 했다.

이 세상 누구에게도 보여서는 안 될 모습이다. ——그렇게 생각하고 있었는데,

"이누무라."

하고 불렀다. 당사자인 무라사메 님이다.

그 구멍으로——욕조에 유방까지 잠겨 이쪽을 보며 농염하게 웃고 있는 무라사메 님의 얼굴을 보고, 가쿠타로가 깜짝 놀라 도망치려고 했을 때,

"마침 잘 왔어요. 할 이야기가 있어요."

하고 무라사메는 말했다.

"이누무라. ……나는 역시 이 저택을 나가겠어요."

"엇, 어, 어디로요!"

몸 둘 바를 몰라 하며 온몸을 새빨갛게 붉히고 있던 가쿠타로는, 이번에는 파랗게 질렸다.

"이누카와 소스케의 집으로."

"왜, 왜입니까, 마님!"

"후세히메 님의 구슬을 되찾기 위해. ——당신 집에 있어도 언제까지나 해결이 되지 않으니, 소스케에게 의지할까 해요."

"마, 마님, 서두르지 마십시오. 구슬은 9월 9일까지만 빼앗으면 됩니다. 부, 부디 이 이누무라를 믿어 주시고, 큰 배를 타신다는 마음으로——."

"어리석은 소리."

구멍에서 은방울 같은 목소리가 터져 나왔다.

"아와 태수 사토미의 정실이, 언제까지나 영지를 비워도 된다고 생각하나요?"

이누무라 가쿠타로는 땅바닥에 털썩 엉덩방아를 찧었다.

——사도 태수 혼다가 다시 핫토리 한조를 사자로 아와에 보낸다. 게다가 이번에는 영주의 정실이 직접 후세히메의 구슬을 갖고 3월 3일에 에도성으로 등성하도록 하라는 쇼군의 명령을 전할 것이라는 정보를 이누무라 가쿠타로가 입수한 것은, 그 며칠 후였다. 2

월 말에 가까운 어느 날의 일이었다.

2
___

　다시 홀연히 아와로 돌아온 무라사메를, 아와 태수 사토미는 어리둥절한 얼굴로 맞이했다.

　무라사메는 요전에 돌아왔을 때에 비해——겨우 며칠 사이의 일인데, 몹시 야윈 것 같았다. 그동안 에도에서 그녀는 무엇을 했을까, 어쨌거나 그 사이에 한 마리의 팔방이 또 한 개의 구슬을——'인(仁)'의 구슬을 물고 돌아온 것에서 상상할 수밖에는 없지만, 사실 아와 태수로서는 상상할 수도 없었다.

　"무라사메, 그대는 어떻게 저 구슬을 되찾은 겐가?"

　"…………."

　"잘 돌아와 주었네. 헌데…… 왜 또 돌아온 겐가? 구슬은 아직 세 개가 더 남아 있을 텐데."

　"…………."

　"아니, 이제 에도에 가지 않아도 좋아. 요전에는 어째서 또 에도로 간 겐가."

　"…………."

　무엇을 물어도 무라사메가 입을 다물고 있는 것은 지난번과 같았다. 그러면 무라사메는 여전히 여덟 개의 구슬을 전부 되찾을 때까지 누구에게도 말을 하지 않겠다는 맹세를 지키고 있는 것일까.

그 소원은 그렇다 치고, 또 하나 그녀가 했다는 맹세가 있다. 즉 여덟 개의 구슬을 되찾을 때까지 부부 관계를 끊겠다는 그것이다.

그런 맹세를 아내 쪽에서 하고 나니 기묘하게도 아와 태수는 더욱 불끈불끈 이상한 기분이 든다. 그 맹세나 사태의 엄숙함을 잘 이해하지 못하는, 금지된 것이라면 더욱 원하여 자제를 하지 못하는 제멋대로의 떼쟁이 같은 아와 태수 사토미였다. 다만 그 아와 태수의 손을 움츠러들게 하는 것은 요전에 무라사메가 성을 도망쳐 나갔을 때 보였던 그 기괴한 행동이었다.

무슨 일인지 무라사메는 남편인 자신의 뺨을 치고, 새처럼 난간으로 날아올라 천장을 깨고 사라졌던 것이다. 게다가 그때——말은 하지 않겠다는 맹세를 했을 텐데—— 이렇게 말했다.

"오오, 마물로 변하고말고. 에도에 있는 팔견사가, 목숨을 걸고 구슬을 되찾느라 피와 땀을 짜내고 있는 모습을 생각하면——그럼에도 불구하고 그것이 당연하다, 뭣하면 구슬을 되찾지 않아도 된다니——어느 구멍에서 나온 목소리냐? 그런 태평한 넋두리를 들으면, 여자도 마물로 변하고말고. 얼간이 바보 영주야."

지금도 그것이 진짜 일어난 일이었는지 어떤지 완전히 믿을 수 없는 괴이한 일이고, 또 그런 일을 당한다면 견딜 수 없다.

무라사메에게는 분명히 마가 씐 것이다. 그렇게 생각하고 그녀의 주위를 돌면서 머뭇머뭇 살펴보니 고개를 숙이고 앉아 있는 아내에

게는 요기는커녕, 끌어안아 산산이 부숴 주고 싶은, 몹시 남자의 잔
혹함을 자극하는 애처로울 정도의 농염함이 얽혀 있는 것처럼 보인
다. 반대쪽으로 돌아가 주의 깊게 다시 살펴보니 그저 청순하고 가
련하고 애수를 띠고 있어, 그런 마녀라고는 전혀 생각되지 않는다.

아와 태수는 한 번 용기를 내어 곁으로 다가가 무라사메를 껴안으
려고 했다. 그러자 그녀는 얼굴을 들고,

"얼간이."

하고 말하더니 씩 웃었다. 아와 태수는 비명을 지르며 펄쩍 뛰어
물러났다.

며칠간, 요기를 띤 희극이 다테야마성에서 이어졌다.

2월 말의 어느 날 밤이었다. 아와 태수는 결국 참을 수 없게 되었
다. 그는 이 아내에게——이전에는 결코 느끼지 않았던 매혹과 경
의에 사로잡혀, 헐떡이는 듯한 기분으로 체면이고 뭐고 없이 그녀
앞에 엎드렸다.

"무라사메, 이제 용서해 주게. 나를 남편으로 대해 주게. ……구슬
은 이제 되었어. 만일 그런 것으로 사토미가를 멸문시키는 것이 사
도의 음모라면, 사토미가는 멸문해도 상관없네. 나한테는 그대만
있으면 돼……."

무라사메는 남편을 보았다. ……그 눈에, 조용히 눈물이 빛나기
시작했다.

눈물을 지으면서 무라사메는 미소를 짓고 서서히 아와 태수 쪽으
로 몸을 기울였다. ——그때, 멀리서 부산한 발소리가 다가왔다.

"영주님. ……또 사도 태수 혼다 님으로부터 사자가 왔습니다."

가로 마사키 다이젠의 목소리였다.

"핫토리 한조 님이 또 급사(急使)로 오셨습니다! 부디 마님도 뵙고 싶다고 하시는데——."

"뭐, 아내를?"

——아와 태수 사토미와 무라사메는 밤이 되어 에도에서 지금 막 도착했다는 핫토리 한조를 만났다. 한조는 무겁게 말했다.

"얼마 지나지도 않아 또 찾아뵈어 송구합니다. ……이번에 또 사자로 오게 된 것은 다름이 아니오라.

일전에 약속하신 후세히메의 구슬을 9월 9일에 틀림없이 다케치요 님께 헌상하시겠다는 아와 태수님의 말을 들었고, 또 그 후 사도 태수님께서 거듭 말씀을 드렸을 때도 그것에 틀림없는 맹세의 말을 해 주셨습니다만……."

이렇게 말하면서 한조는 형형한 눈으로 무라사메를 지켜보고 있었다.

"생각지 못하게 지난 며칠, 다케치요 님께서 고뿔에 걸려 고열이 났습니다. 괴로움은 약간 가셨지만, 무슨 생각을 하셨는지 그 후세히메의 구슬을 간절히 원하십니다.

다름 아닌 쇼군가 도련님이 조르시는 것이라 사도 태수님도 말릴 수가 없어, 9월 9일의 약속을 3월 3일 상사(上巳) 축하연 때로 앞당겨 주십사 부탁을 드리고 오라고 하시는데……."

"3월 3일."

중얼거린 것은 아와 태수가 아니라 무라사메였다.

"게다가 사도 태수님이 무릎을 치며 말씀하시기로, 3월 3일은 여자의 명절, 그렇다면 마님께 와 달라고 부탁하여 마님께서 후세히메의 구슬 여덟 개를 헌상해 주신다면 더욱 길할 것이니, 어쩌면 다케치요 님의 쾌유도 빨라질지도 모른다며, 부디 들어 주십사 하는 말씀이십니다."

무라사메의 안색은 종이처럼 변해 있었다.

그 얼굴을 응시하며, 한조는 또 말했다.

"이미 날짜도 얼마 없으니, 만일 들어 주신다면 이 핫토리 한조가 이참에 여덟 개의 구슬과 마님을 수호하여 에도로 돌아오라는 명을 받고 왔습니다."

마지막 흥행은 3월 3일

1

핫토리 한조가 무라사메의 얼굴을 응시한 데에는 이유가 있다.

첫째로는 이 여인이 일전에 자신이 에도에 있는 자신의 저택 닌자 곳간에 가두고 심문한 여인과 동일 인물인가 아닌가, 하는 것이다.

그때 닌자 곳간의 여자는 '나는 아와 태수 사토미의 아내 무라사메다'라고 고백했다. 그것을 한조는 거짓이 아니라고 믿었다. 왜냐하면 그 여자가 심문을 받으며 보인 의연한 기백, 무어라 말할 수 없는 청량함이 이것은 절대로 속인(俗人)이 아니다, 태어나면서부터 영주의 가문에서 자라 영주의 아내가 된 여성이다, 라는 직감을 그에게 느끼게 했기 때문이다. 후에 사도 태수 혼다 님도 그것을 듣고, "사토미의 아내는 사가미 오쿠보의 손녀, 절대 평범한 사람이 아닐세. 이번 닌자술 싸움에 본인이 틀림없이 나섰을 것이라고 나는 보네" 하며 고개를 끄덕였다. 즉, 에도의 후세히메의 구슬 탈환의 소용돌이 속에 몸을 던졌다가 한조에게 붙잡힌 그 여인이, 진실로 사토미의 아내라는 것은 충분히 있을 수 있는 일이라고 말한 것이다. 그래서 자신도 과연 하고 무릎을 치며, 즉시 이 다테야마로 와서 그 진실을 확인했다. ——그런데 영주의 아내는 틀림없이 다테야마성에 어린 학처럼 우아하게 앉아 있었다. 만약을 위해 동행한 오쿠보가의 로조도 그것이 무라사메 님이 틀림없다고 증언했다.

그러나 그때 에도의 여인은 분명히 닌자 곳간에 갇혀 있었고, 그녀가 탈출한 것은 자신이 에도로 돌아간 후의 일이니 그런 일은 있을 수 없다. ──있을 수 없는 일인데, 사실 그 일이 있었다.

이쯤 되니 한조는 무라사메는 두 명 있다고 생각하지 않을 수 없었다. 무라사메의 그림자 무사가 존재하는 것이다. 그럼 그때 에도에 있었던 것이 무라사메일까 그림자 무사일까, 아니면 다테야마에 있었던 것이 무라사메일까 그림자 무사일까.

아무리 그림자 무사라고는 해도 세상에 이렇게 꼭 닮은 여인이 두 명 있다는 것은, 이 눈으로 본 현실이 아니라면 믿을 수 없을 정도였다. 이자가 그때 어느 쪽이었는지, 지금 눈앞에 똑똑히 보면서도 결국에는 혼란스러워질 정도다.

그러나 한조의 혼돈에 비쳐 드는 한 줄기 빛이 있었다. 그것은 적어도 에도의 닌자 곳간에 있던 여자는 틀림없이 여성이었다는 것이다. 그것은 직접 심문해 보고, 고통으로 떨리는 진주 같은 아름다운 유방을 목격했으니 확실하다. 그에 비해 다른 한 명의 무라사메는.

그때 곳간 지붕으로 탈출한 척했던 무라사메가 곳간 안의 무라사메와는 다른 사람이었던 것은, 나중에 조사하여 지붕이 정말로 깨지지 않았던 것으로 판명되었으나, 그것은 여자가 아니었던 것이 아닐까 하고 지금에 와서 생각되는 구석이 있다. 그것이야말로 사토미의 코가 일당, 그것도 후나무시로부터 들었던 길거리 곡예사를 밤눈에 잘못 본 것은 아닐까 하는 생각이 드는 것이다. 그것은 그 공중에 쳐져 있던 밧줄을 건넜다는 것, 또 나중에 추격하니 멋진 몸놀림으로 개를 타고 도망쳤다는 것에서 생각한 것이다.

게다가 그 곡예사가──지금에 와서 생각하면, 그것은 여자가 아니라 남자가 아닐까 하고 생각되는 사실이 있다. 수하의 쿠노이치들과 새삼 검토해 보고 생각이 미친 것이 있다. 그것은 요시와라의 니시다야를 외박진으로 포위했을 때, 얼굴을 숨기고 일부러 사타구니를 보여 도망친 한 남자에 대한 것이었다. 그때는 여자를 붙잡는 것이 목적이었기 때문에 얼떨결에 놓쳤으나, 그것이 코가 사람이었다면 그 전에 해자 가장자리에서 유녀로 둔갑하고 대담하게도 혼다 저택의 평정소 접대에 섞여 들었으리라는 추정이 성립한다.

여자로 착각할 정도의 코가 사람. ──그것은 남자다!

그러나 그 미소년의 얼굴을 후나무시도 몇 번인가 보았을 테고, 그것이 무라사메를 꼭 닮은 얼굴로 바뀌었다고는 믿기 어렵다. 하지만 실제로 무라사메가 두 명 있으니, 그자가 둔갑했다고 믿지 않을 수 없다.

그러면 여기에 있는 무라사메의 얼굴을 한 여인은 진짜 무라사메일까, 아니면 코가 사람인 그림자 무사일까?

그 닌자 곳간에서 이를 악물고 몸부림치며 견디고 있던 무라사메, 요전에 한조가 이곳에 확인하러 왔을 때 비에 젖은 꽃처럼 고개를 숙이고 있던 무라사메, 그것도 동일인으로 보이지만, 지금 또 이곳에 천진한 눈을 하고 이쪽을 마주 보고 있는 무라사메도 그 양쪽 다이기도 했던 것 같은 기분이 들고, 어느 쪽도 아니었던 것처럼도 보여, 여기까지 알아낸 한조도 생각을 멈추지 않을 수 없었다.

'어쨌거나, 이대로 에도로 데려가 사도 태수님을 뵙게 하는 것이다. 다른 곳도 아닌 에도성의 한가운데에 두면, 꼬리를 드러내지 않

을 수 없을 테지.'

핫토리 한조는 공격하듯이 말했다.

"사도 태수 혼다 님의 말씀을 들어 주시겠지요."

무라사메는 힐끗 남편인 아와 태수를 보고, 그러고 나서 조용한 웃음을 띠며 말했다.

"말씀, 알겠습니다. 이 무라사메, 확실히 에도성에 가서 다케치요 님께 후세히메의 구슬을 바치도록 하지요."

2
―――

무라사메가 직접 후세히메의 구슬을 들고 3월 3일, 에도성에 등성하라는 쇼군의 명령이 사도 태수 혼다에 의해 아와에 전해진 것을 알고, 이누무라 가쿠타로는 경악했다.

경악의 이유는 두 가지였다.

하나는 물론, 구슬을 헌상할 기일이 당겨진 것이다. 이쪽은 9월 9일이라고 생각하고 그것에 맞춰 찬찬히 군략을 짜고 있었는데 멋대로――그것도 대폭으로 기일을 당기다니, 폭거도 이런 폭거가 없을 것이다.

손을 꼽아 세어 보니 3월 3일까지는 앞으로 이레밖에 없다. 다테야마에서 에도까지 30여 리, 그 쇼군의 명령을 전하러 간 핫토리 한조는 그대로 무라사메 님과 동행하여 에도로 올 예정이다, 라는 정보인데 그렇다면 이미 그 일행은 다테야마를 출발했을지도 모른다.

남은 구슬은 셋. '효(孝)', '의(義)', '예(禮)'.

이레 안에 그 세 개의 구슬을 빼앗을 수 있을까. 불가능하다, 고 그는 속으로 외쳤다. 공연히 군법에 통달한 만큼, 그는 그 사실을 똑똑히 알 수 있었다.

남은 구슬은 세 개지만, 남은 이가의 여자 닌자도 세 명이다. 후나무시, 다마즈사, 후부키——이 세 사람이 과연 지금도 세 개의 구슬을 가지고 있는지 어떤지를 확인할 수는 없지만, 아마 그들 이가인의 자존심에 걸고 끝까지 그녀들에게 지키게 할 생각일 것이다. 그것은 세 여자 중 후나무시와 다마즈사가 핫토리 저택에 틀어박혀 밖으로 나오지 않는다는 사실에서도 알 수 있다. 그리고 핫토리 한조는 분명히 필살의 진을 치고 있다.

또 한 명인 후부키는.

그녀는 한조를 따라 은밀히 아와로 갔다. 그녀는 한 번 온나가부키로 둔갑하여 다테야마에 간 적이 있으니 공공연히 사람들 앞에 얼굴을 내놓지는 않겠지만, 그자가 한조를 따라간 것은 애초에 한조가 다테야마에 간 것이 그곳에 있는 무라사메가 과연 진짜 무라사메인지 아닌지를 확인하는 것도 한 가지 목적이니, 그 목적에 협력하기 위해서일 것이고, 또 하나는 오는 길에 '여인'인 무라사메에게 가까이 다가가 그녀의 저항을 막기 위해서는 여자가 편하다고 판단했기 때문일 것이다.

후부키가 과연 구슬 하나를 가지고 있을지 어떨지, 이것도 의문이지만, 혹 그녀의 긍지에 걸고 그것을 가지고 있다 해도 무라사메의 저항, 즉 코가 사람과의 연락을 막기 위해 동행한 후부키가 경계를 하지 않으리라고는 절대로 생각되지 않는다. 하물며 핫토리 한조라면 어떠하랴. 이 또한 필살의 진을 깔고 있을 것이 분명하다.

거기에, 이누카와 소스케와 이야기해 쳐들어간다. ──엉망진창인 이누타 고분고나 사납기 그지없는 이누사카 게노, 또는 이누에 신베에 무리와 달리 공연히 군법을 보는 눈이 있는 만큼, 그런 짓을 해서 구슬을 빼앗을 수 있으리라고는 이누무라 가쿠타로에게는 생각되지 않고, 무엇보다 그런 무모한 잡병이나 다름없는 개죽음 같은 행위는 그의 마음에 들지 않는다. 무엇보다 구슬 하나를 빼앗아 봐야 별수 없다. 구슬은 앞으로 세 개, 전부 다 모이지 않으면 무의미한 것이다.

애초에 가쿠타로는 다른 놈들처럼 쉽게 죽을 생각은 없었다. 아니, 전혀 죽을 생각은 없었다.

다른 놈들이 무라사메 님을 볼 때마다 마치 무언가 씐 것처럼 곧장 구슬을 향해 돌진하고, 그리고 아니나 다를까 죽고 만 것은── 그리고 그 죽음이 무라사메 님에게 깊은 감동을 준 듯한 것은 조금 부럽지만, 그렇다 해도 완전히 무의미하다고 생각하고 있다. 굳이 죽을 필요는 없다. 구슬만 빼앗으면 되지 않는가.

그는 구슬을 전부 빼앗고 무라사메 님의 고민을 없애고 나면── 자신은 아무렇지도 않은 얼굴로 지금까지와 똑같이 살아갈 생각이었다. 곧 전쟁이 일어나고 오사카성은 멸망할 것이다. 스승 오바타 간베에는 득의양양하게 개선할 것이다. 어쩌면 그 이중 스파이 계략이 들켜 오사카성에서 죽임을 당할지도 모르지만, 그래도 상관없다. 오바타 군학의 일문은 더욱 번성할 것이 틀림없다. 자신이 건재한 한은 말이다. 오바타의 도장(道場)을 물려받을 사람은 자신 이외에는 없겠지만, 자신이라면 스승과 같은 비열한 병법을 물리치고 그것을 정정하여 제왕의 군학을 수립하고, 후세까지 이누무라 군법의 이름을 빛낼 것이다. ──가쿠타로에게는 이런 야심이 있었다.

그런데 이누무라 군학도 없이 앞으로 이레 사이에 그 유명한 핫토리 일당이 사수하는 세 개의 구슬을 전부 빼앗으라니. ──아무리 나라도 손쓸 도리가 없다.

그는 벽을 향해 앉아 있었다.

그리고 두 번째로 그가 깜짝 놀란 것은 그 구슬을 무라사메 자신이 들고 오라는 쇼군의 명령 때문이었다.

핫토리 한조가 아와에서 무라사메 님을 데려온다. ──그 무라사메 님은 무라사메 님이 아니다. 말할 것까지도 없이 이누즈카 시노다. 아무리 뭐라 해도, 시노가 끝까지 무라사메 님인 척을 할 수 있으리라고는 생각되지 않는다. 들키지 않을 수 없을 것이다. 시노는 주살될 것이다. 가엾지만, 시노에게는 죽어 달라고 할 수밖에는 없다.

그러면 남자가 둔갑한 마님인 줄은 모르고, 그자를 에도로 보낸 사토미가는 어찌 될까. 사토미가도 전혀 몰랐던 일이라고, 이것은 끝까지 밀어붙일 수밖에는 없을 것이다. 시노는 천 년 묵은 늙은 여우가 둔갑한 것이었다고 하자. 그 늙은 여우 때문에 후세히메의 구슬 세 개를 빼앗겼다고 하자. 그것으로 통하지 않는다면 다시 수색을 시작하겠다고 하여 시간을 벌자. ——시노를 마님으로 둔갑시킨 것은 오히려 잘된 일이었다, 하며 경악하는 마음은 곧 가라앉고, 이누무라 가쿠타로는 가슴을 쓸어내렸다. 진짜 마님이 불려 갔다면 도망칠 길이 없었다. 시노라면 다른 사람이 보기에는 여우가 둔갑한 것으로밖에 보이지 않는 방법으로 죽어 줄 것이다, 역시 내 병법은 훌륭했다, 하며 그는 네모난 코를 벌름거렸다.

이것으로 우선 조용해질 것이라고 생각한 이누무라 가쿠타로를, 그렇게 두지는 않겠다는 듯 그 등에 채찍을 휘두른 자가 있었다. 옆에 있는 무라사메였다.

"다테야마로 돌아가겠어요."

하고 말하거나,

"그대가 아무것도 하지 않는다면, 이누카와 소스케에게 가겠어요."

하며 초조해하는 무라사메 님에게, 어쩔 수 없이 가쿠타로는 이번에 아와로 내려간 사도 태수 혼다의 명령을 보고했다. 다만 3월 3일에 다테야마에서 무라사메가 출발하여 에도성에 등성한다는 것은 도저히 끝까지 숨길 수 없으리라고 판단하고 한 일이었다.

과연, 무라사메 님은 가쿠타로 이상으로 경악했다.

"3월 3일까지 나머지 구슬을 전부 되찾을 수 있을까요, 가쿠타로."

두 팔을 비틀어 대며 말한다.

"어떻게든, 필사적으로 노력해 보겠습니다."

일단 그렇게 대답하지 않을 수 없다. 그렇게 대답한 채, 그는 움직이지 않는다. 움직일 수가 없는 것이다.

"불려 나오는 것은 시노예요. 가쿠타로, 시노는 죽을 수밖에 없어요."

무라사메 님은 눈물이 고인 눈으로 헐떡이듯이 말했다.

"그것을 구하기 위해, 지금 생각 중입니다."

시노는 늙은 여우가 둔갑한 것으로 하고 죽어 달라고 할 생각이다, 라고 대답할 수는 없다.

"생각 중——이라고 느긋한 말을 하고 있어도 늦지 않을까요?"

"어떻게든, 늦지 않도록——."

"시노를 죽게 해서는 안 돼요. 그자는 팔견사 중에서도 가장 아름다운 사내예요. 누구보다도 더 죽이고 싶지 않은 자라고요——."

마음속으로 가쿠타로는, 시노, 하루라도 빨리 죽어 버리게, 하고 생각했다.

"시노를 죽이면 가쿠타로, 그대도 죽으세요."

"예에."

그날 밤, 무라사메 님은 오바타 저택에서 갑자기 사라져 가쿠타로를 놀라게 했다. 창백해져서 찾고 있자니, 그녀는 날이 밝기 전에 돌아와 그대로 쿨쿨 잠들어 버렸다.

그러자 아침이 되어 기묘한 것을 알리러 온 사람이 있었다. 전날 밤, 마쓰바라 소로에 있는 사도 태수 혼다의 저택에 누군가 이런 종이를 붙인 자가 있다는 것이다.

"여러분, 사도 태수 혼다 님의 흥행, 이가와 코가의 구슬을 둘러싼 닌자술 싸움입니다. 승부는 어찌 될까요. 마지막 흥행은 3월 3일. 아무쪼록 구경해 주시기 바랍니다."

가쿠타로가 아연실색해 있는데 무라사메가 와서,

"그건 나예요."

하고 사랑스러운 웃는 얼굴로 말했다.

"가쿠타로, 구슬은 어떻게 해서라도 3월 3일까지 되찾아야 해요."

"위험한 일을——."

가쿠타로는 태어나서 처음이라고 해도 좋을 떨리는 목소리로 말했다. 그리고 꾸짖었다.

"만일 들키면 어쩌시려고요. 구슬의 일이 없어도, 사토미가는 무사하지 못할 텐데요."

"사토미에 관한 일도 그렇지만."

하고 무라사메는 의연하게 말했다.

"나는 전에는 사도 태수 혼다와 이름을 나란히 했던 사가미 태수 오쿠보의 손녀로서, 사도에게 반격을 하지 않는다는 것은 참을 수가 없어요. 그래서 고분고의 망령의 도움을 빌려 그렇게 적어 두고 왔어요. 가쿠타로, 알겠어요? 3월 3일까지 반드시 나머지 구슬을 되찾아 주세요."

"예에."

가쿠타로는 숙연하게 말하며 엎드렸다.

"어떻게 시노를 구하고 구슬을 빼앗을지, 그대의 병법을 보고하세요."

이누무라 가쿠타로는 당황했다. ──움직이기 시작했다. 움직이지 않을 수 없었다.

이틀째였다. 무라사메는 가쿠타로를 불러내어 물었다.

"어찌할 건가요?"

"예, 이제 이리되면 일거에 구슬을 되찾는 것 외에는 방법이 없습니다. 그러기 위해서는 핫토리 한조 수하의 여자 닌자들이 에도성에 모이는 3월 3일, 그 3월 3일의 에도성에서 되찾을 수밖에 없지요."

"3월 3일, 핫토리 일당이 에도성에 모이나요?"

"아와에서 오신 무라사메 님을──물론 이누즈카 놈입니다만─뵈려고, 그자들이 모일 것이 틀림없습니다."

"그 여자들에게서 구슬을 빼앗으려면?"

"우선 우리도 에도성에 들어가야 합니다."

"들어갈 수 있나요?"

"지금 생각 중입니다. 아니, 이것은 그냥 생각하고 있는 것만이 아니라, 전혀 가능성이 없는 것은 아니라 지금 이누카와 소스케와 착착 일을 꾸미고 있습니다."

"시노는 어떻게 할 건가요?"

거기까지는 생각할 수 없다, 고는 말할 수 없다.

"에도로 오고 있는 시노에게는, 조만간 어떻게든 연락을 하겠습니다."

사흘째였다. 가쿠타로는 또 무라사메에게 불려 갔다.

"에도성에 들어갈 방법은 생겼나요?"

"제가 오늘 사도 태수 혼다 님의 집에 다녀왔습니다. 그리고 에도성에 들어갈 방법을 찾아왔습니다."

"그것은?"

그러나 이누무라 가쿠타로는 미소를 지었을 뿐 대답하지 않았다. 늘 보던, 무엇을 생각하고 있는 것인지 알 수 없는 중후한 웃음이 아니다.

그는 장대한 야심을 버린 것이다. 그는 죽을 결의를 한 것이다. 에도성에 들어갈 그의 계획을 성공시키려면——그는 백에 아흔아홉은 죽어야만 했다. 그러나 만일 그것이 이루어진다면, 그는 죽어도 후회는 없다고 생각했다. 물론 무라사메 님을 위해 죽는 것이지만, 그 전대미문의 군법이 성공한다면 군학자 이누무라 가쿠타로로서의 체면은 서는 것이라고 생각했다.

그 처절한 미소를 보고 무라사메의 얼굴에 불안한 그늘이 스쳤다.

"이누무라. ——그대 3월 3일에 에도성에서 죽는 것은 아닌가요?"

"아니, 죽지 않습니다."

무라사메의 불안한 표정에 가쿠타로는 만족했다.

"저는 오사카성에서 죽을 것입니다."

하고 터무니없는 대답을 했다.

무라사메는 물끄러미 그의 얼굴을 응시하고 있었지만 이것은 판단할 수 없었는지, 잠시 입을 다물고 있다가 이윽고 또,

"시노는 어찌할 건가요?"

하고 물었다.

"시노에게는 에도에 오고 나서 이야기를 할 것입니다. 아니, 저희는 에도에서 움직일 수가 없습니다."

"그 전에 시노가 죽는다면? ——만일 그 전에 오는 길에 시노가 핫토리 한조 때문에 정체가 발각된다면, 그자는 죽어야만 해요."

"아니, 그놈은 같은 편이지만 방심할 수도 없고 빈틈도 없는 교활하고 사람을 우습게 여기는 녀석입니다. 좀처럼 쉽게 발각되지 않고, 뻔뻔스럽게 끝까지 둔갑하여 에도로 들어오겠지요. 시노에 대해서는 걱정하지 마십시오."

"아니! 아니! 아니!"

무슨 생각을 했는지——아니면 시노 따위는 염두에 없는 이누무라 가쿠타로의 속내를 민감하게 꿰뚫어 보았는지, 무라사메는 어린 소녀처럼 몸부림치기 시작했다.

"그대는 시노를 죽게 할 생각이에요. 시노를 죽여서는 안 돼요. 굳이 말하자면 후세히메의 구슬을 버리더라도——시노는 죽여서는 안 돼요!"

내박진(內縛陣)

1

"후세히메 님의 구슬을 버려도 된다고 하셨습니까."

과연 이누무라 가쿠타로는 얼굴을 잔뜩 찌푸렸다. 그러면 지금까지 무엇 때문에 고생한 것인가? 라기보다 무라사메가 너무 당치 않은 소리를 하니, 그렇다 해도 분별이 없다――고 내심 탄식한 것이다. 실은 또 하나, 무라사메가 너무 시노를 걱정해서 적잖이 언짢다는 것도 있다.

"그건 안 됩니다. 시노 따위는 어떻게 되더라도 구슬은 빼앗아야합니다. 구슬을 빼앗지 않으면 사토미가가 멸문합니다. 마님도 무사하실 수는 없고요."

"……이누무라."

무라사메는 가쿠타로를 노려보며 말했다.

"3월 3일, 에도성에 들어가서 훌륭하게 구슬을 되찾을 궁리는 어찌할 것인가요?"

"그것은――."

이누무라 가쿠타로는 무겁게 말하다가, 우선 입을 다물었다.

실은 가쿠타로는 이 이야기는 별로 하고 싶지 않았다. 작가가 집필 전에 그 모티브를 말해 버리는 것을 좋아하지 않는 것처럼, 대(大)군사로서 임하는 그는 자신의 군략을 사전에 털어놓는 것을 싫어한다. 그리고――사실은, 이번 일에 한해서는 그다지 자신이 없었다. 얼마 전부터 가능한 한 손을 쓰고는 있지만, 역시 소 잃고 외양간 고치는 식의 거친 책략임은 피할 수 없다.

　그러나 이 경우, 무라사메 님의 발을 동동 구를 듯한 불안을 달래기 위해서는 일단 설명하지 않을 수 없었다.

　"제가 일전부터 사도 태수 혼다의 집에 간 것은."

　하고 그는 말하기 시작했다.

　"서쪽에 가신 스승 오바타 간베에가 쇼군가에 직접 말씀을 올려야 할 중대한 용건이 있어 수일 내에 에도로 돌아올 것이라고 보고하러 간 것입니다."

　"뭐라고요, 이 저택의 주인이 돌아오는 건가요?"

　"거짓말입니다."

　"거짓말."

　"제가 에도성에 들어갈 궁리로──즉 3월 3일, 간베에가 등성하려다가 갑자기 병에 걸려 어쩔 수 없이 저를 대역으로 등성시킨다는 것으로 했습니다."

　"그 용건이란 무엇인가요?"

　"말씀 올려야 할 중대한 용건이란 지금부터 생각할 것이지만, 그것은 오사카의 내부 사정에 대해서 한껏 큰일 같은 것을 지어내면 되겠지요. 그 김에, 오사카에 계시는 센히메 님이 사토미가의 여덟 개의 구슬 이야기를 들으시고, 꼭 그것을 보고 싶다고 말씀하셨다고 하여──같은 날 등성해 있을 핫토리의 여자들에게서 나머지 구슬을 빼앗을 것입니다."

　"이누무라."

하고 무라사메는 말했다.

"하지만 그러면 사토미가에서 여덟 개의 구슬을 바친 것이 되지 않지 않나요?"

"아니, 일단 핫토리에게서 빼앗으면, 그대로 같은 시각에 성내에 계실 무라사메 님, 사실 시노에게 건넬 것입니다."

"건네면 그대가 의심을 받지 않을까요?"

"저는 재빨리 도망쳐서 자취를 감출 것입니다."

"에도성에서, 그렇게 쉽게 도망칠 수 있나요?"

"그래서——간베에가 오사카를 떠날 때 먼저 급사(急使)를 보내, 그 온나가부키를 준비하도록 하라고 말했다고, 사도 태수 혼다에게 분명히 말해 두었습니다. 애초에 스승 오바타 간베에는 올해 1월에 에도를 떠날 때, 핫토리의 쿠노이치들을 온나가부키로 꾸며 오사카 성에 데리고 들어가기로 되어 있었거든요. 물론 그것이 첩자라는 것을 모르고, 오사카에서는 요도기미주1) 님을 비롯한 여관(女官)들이 꼭 에도의 온나가부키를 보고 싶다고 바라고 계시니, 간베에가 다시 오사카로 돌아갈 때 꼭 이것을 데리고 가고 싶다고 청해 두었습니다."

"그래서요?"

"핫토리의 쿠노이치는 이미 다섯 명이 죽었으니, 이것으로 온나

주1) 淀君(요도기미), 도요토미 히데요시의 측실. 본명은 아자이 차차(淺井茶々) 또는 아자이 기쿠코(淺井菊子). 아자이 나가마사의 장녀로, 어머니는 오다 노부나가의 여동생 이치(市)다. 도요토미 히데요리의 생모로, 히데요시가 죽은 후 히데요리를 모시며 오사카성에서 지냈으나 오사카성이 함락될 때 성안에서 자결하였다.

가부키를 꾸리는 것은 이제 불가능합니다. 그래서 이번에는 진짜 온나가부키로 해도 된다고 하고, 지금 요시와라에서 흥행을 하고 있는 가쓰라기 다유 극단을 추천해 두었습니다."

"가쓰라기 다유 극단——."

"그곳의 교겐사는 이누카와 소스케입니다."

"아!"

"그 온나가부키를 간베에가 등성할 때 한 번 보고 싶다, 은밀히 에도성으로 불러 달라고 청해 두었지요."

"그것을?"

"제가 위태로울 경우, 이누카와 소스케와 짜고 성안에 흩어져 소동을 일으킨 후, 그 틈을 타서 도망칠 생각입니다."

라고 말했지만, 실은 가쿠타로는 그다지 영리한 방법은 아니라고 혀를 차며 자기비판을 하고 있었다. 일단의 작전은 짜여 있지만 그 넓은 에도 성내에 한 줌밖에 되지 않는 온나가부키를 흩어 놓는다고 해서 그리 큰 소동이 일어날지 어떨지는 의문이고, 그녀들을 데리고 온 이누카와 소스케와 서로 호응할 수 있을지 어떨지는 불안하다. 한참 더 궁리를 해 보고 싶지만, 그날 억지로 세 개의 구슬을 빼앗아 버리기 위해서는 이러한 어리석은 책략 또한 어쩔 수 없다고 결심한 것이다.

다만 그는 자신만은 도망칠 생각이었다. 오사카까지 도망칠 생각이다.

그가 그 에도성 등성으로 '죽음'을 각오했다는 것은 목숨의 죽음이라는 의미도 물론 있지만, 또 하나 '야심의 죽음'도 의미하고 있었다. 왜냐하면 오바타 간베에는 전혀 돌아오지 않을 테니, 이런 일은 나중에 들키지 않을 수 없기 때문이다. 그것은 그가 이 오바타 도장을 물려받고 이누무라 군학을 퍼뜨린다는 야심을 스스로 버리는 것이었다.

대신 그는 오사카성으로 들어갈 것이다. 오사카까지 도망칠 수만 있다면 오사카성에 들어가기는 쉽다. 스승인 간베에가 도쿠가와 측의 스파이라는 것을 오사카 측에 알리면 된다. 간베에 선생은 쫓겨나고, 자신이 대신하여 군사가 된다. 아니, 간베에 선생은 쫓겨나는 것만으로는 끝나지 않겠지만, 그것도 이제 어쩔 수 없다.

다만 이누무라 가쿠타로는 자신이 오사카성의 군사가 되어도 어차피 오사카는 멸망할 수밖에는 없으리라고 통찰하고 있었다.

그의 네모난 얼굴에는 슬픔이 떠올랐다. 그것은 자기의 미래에 대한 슬픔이기도 했지만, 동시에 그렇다 해도 대체 자신은 어째서 이런 자기 파멸이라고나 해야 할 행동으로 나가야만 하는가, 하는 스스로도 정체를 알 수 없는 슬픔이기도 했다.

하지만 지금 물끄러미 무라사메 님의 얼굴을 올려다보면, 그런 슬픔이 눈처럼 사라져 버리니 이상하기 그지없다.

그럼에도 불구하고,

"이누무라. ……하지만 시노는 구슬을 바치기 위해 어떻게 해도 뒤에 남게 돼요. 하물며 그대가 만일 소동을 일으킨 후라면, 더더욱 도망칠 길이 없겠지요."

하고 무라사메 님은 또 시노 이야기를 하기 시작했다.

이 이누무라조차 야심을 버리는 것입니다. 하물며 시노 따위의 운명을. ——이라고 가쿠타로는 말하고 싶을 정도였다.

그러나 무라사메 님은 벌떡 일어섰다.

"마님, 어디로 가십니까?"

"시노를 맞이하러 가겠어요."

"엇……."

"아와에서 나올 시노와 바꿔치기하겠어요. 적어도 바치는 사람이 내가 아니면——시노가 남자인 것이 밝혀지면, 모든 것은 엉망이 되지 않나요. 무엇보다 시노가 죽어야만 해요."

무라사메는 걷기 시작했다.

입을 네모난 동굴 모양으로 만든 채 지켜보고 있던 이누무라 가쿠타로는 순식간에 구르듯이 달려가 무라사메 앞으로 돌아가서 털썩 엎드렸다.

"마님, 기다려 주십시오. 그냥 맞이하러 간다고 하셔도——아와에서 오는 시노를 지키는 것은 핫토리 한조입니다. 시노가 남자인 것이 들킨다면 에도성까지 갈 것도 없이 시노의 목숨은 저승으로 날아갈 것입니다."

그리고 신음하듯이 외쳤다.

"우선, 우선 기다려 주십시오. ——제가 어떻게 해서라도 시노를 구할 테니."

"기뻐요, 과연 이누무라 가쿠타로로군요."

무라사메는 손뼉을 치더니 앉아서 가쿠타로의 손을 잡았다. 그러는가 싶더니, 그대로 어리광을 부리듯이 그의 가슴에 기대었다.

이성을 잃고 껴안고 싶은 것을 필사적으로 누르려니 그것만으로 이누무라 가쿠타로는 온몸의 기력을 소모한 듯한 느낌이 되어 멍한 머리로 "……시노 이 멍청한 놈" 하고 약하게 욕을 하고는, 하는 김에 "가쿠타로 이 멍청한 놈" 하고 중얼거렸다.

2

바닷가의 가도를 십여 명의 행렬이 북쪽으로 나아갔다.

대부분은 평범한 아시가루^{주2)}풍의 무사지만, 두세 명은 말을 탄 자도 있었다. 그것뿐이고 일견 아무런 특징도 없는 일행이지만, 자세히 주의하여 보면 바다에서 부는 바람을 거무스름하게 만드는 듯한 오싹함이 있었다.

그중에 단 하나 가마가 움직이고 있다. 그것과 나란히, 단 한 명 여자가 걷고 있다. 아름다운 여자지만 그 발은 흐르듯이 빠르다.

무라사메 님을 호송하는 핫토리 한조와 핫토리조이고, 여자는 후부키였다.

무라사메 님은 가마 안에서 나전 상자를 공손하게 안고 있다. 쇼

군가 도련님에게 드릴 헌상품이니 물론 한조에게는 보여 주지 않지만, 안에 사토미가에 대대로 전해져 오는 후세히메의 구슬 여덟 개가 들어 있다고 한다. ──하지만 그것이 실은 다섯 개밖에 들어 있지 않은 것을 한조는 알고 있다. '효(孝)', '의(義)', '예(禮)'의 세 개의 구슬은 아직 핫토리조의 손에 있기 때문이다. 실제로 동행하고 있는 후부키는 그중 '효(孝)'의 구슬을 가지고 있다.

아와에서 가즈사, 시모사로──에도로 가까워지면서, 그러나 한조는 몇 번인가 고개를 갸웃거렸다. 그것은 무라사메가 너무나도 침착하기 때문이었다. 여덟 개의 구슬을 헌상해야 하는데 구슬은 다섯 개밖에 없다. 그럼에도 불구하고 그녀의 태도에는 불안한 듯한 구석이 전혀 없었다. 본인이 마님이라고 부르는 것도 이상할 정도로 천진하고 사랑스러운 만큼, 그것은 오히려 요기(妖氣)마저 느끼게 했다.

"저자──혹시, 그 코가 놈이 아닐까."

진지하게 그렇게 생각했을 정도다. 그러나 무라사메는 분명히 여인이었다. 밤마다 숙소에서 가까이 모시고──기실 감시하고 있는 후부키가 분명히 그렇게 증언했다. 이것은 틀림없이 진짜 무라사메다.

"사도 태수님이 말씀하신 대로다. 사랑스러운 얼굴을 하고 있지만 사가미 오쿠보의 손녀, 과연 보통 사람이 아니야."

그녀의 침착한 태도에 한조는 그렇게 고개를 끄덕였지만, 그러나 고개를 끄덕일 수 없는 것은 왜 그녀가 그렇게 침착한가 하는 것이었다. 나머지 세 개의 구슬을 어찌할 생각일까?

"……으음, 3월 3일까지 구슬을 전부 되찾을 생각이겠지."

한조는 마침내 그렇게 판단했다.

"가소로운 것. ……그렇게는 두지 않을 것이다. 그 정도는 이쪽도 잘 알고, 핫토리 저택에서는 후나무시, 다마즈사를 지키며 필살의 진을 치고 있다. 그리고 이 길에서도, 무슨 일이 있어도 적의 생각대로 하게 두지는 않을 게야."

일행이 시모사의 구리하라[주3]의 역참에 들어선 것은 이미 해 질 녘이었다.

구리하라의 역참은 지금의 후나바시(船橋)다. 이것은 도쿠가와가의 중신 나루세 하야토노쇼[주4]가 다스리는 곳이었다. 다만 하야토노쇼는 이에야스의 7남 요시나오를 보좌하기 위해 지난해부터 오와리[주5]에 살고 있어, 이곳에는 없었다.

일행은 쓸쓸한 마을의 여관에 묵었다. 바로 뒤에 파도 소리가 들려오는 여관이었다.

물론 핫토리조는 '내박진'을 쳤다. 지붕, 길, 나무 그늘에 쥐색 두건과 옷을 입고 숨어 있는 그림자는 엷은 어둠에 녹고 밤에 가라앉아 보통 사람의 눈에는 보이지 않지만, 외부에서 잠입하려고 하는 자는 개미 한 마리도 통과시키지 않는 초대 핫토리 당주 이와미 태

주3) 栗原(구리하라), 현재의 지바현 후나바시시(市)에 존재했던 번의 이름.
주4) 나루세 마사나리(成瀬正成)를 말한다. 전국 시대에서 에도 시대 초기에 걸쳐 살았던 무장이자 영주. 1567년 도쿠가와가의 가신 나루세 마사카즈(成瀬正一)의 장남으로 태어났다. 하야토노쇼는 관직명.
주5) 尾張(오와리), 현재의 나고야 부근을 가리키는 옛 지명.

수의 독창적인 '내박진'이다.

그러나——서쪽에서 다각다각 하는 말발굽 소리를 울리며 구리하라로 달려온 한 마리의 기마가 있었다. 그는 여관 앞으로 가까이 오더니,

"핫토리조의 두목, 핫토리 한조 님은 계십니까."

여관 전체에 울려 퍼질 듯한 목소리로 말했다.

"사도 태수 혼다 님이 보내셔서 왔습니다. 어제 오사카의 성에서 오바타 간베에가 돌아와 한조 님과 이야기를 나눌 것이 있으니 서둘러 돌아오시라고 합니다. 간베에 문하의 제자인 이누무라 가쿠타로, 사자(使者)로 왔습니다."

이렇게 대놓고 나타나면 '내박진'도 막을 수가 없다.

큰 목소리를 듣고 핫토리 한조는 당황했다. 오바타 간베에가 돌아왔다는 이야기도 처음 듣지만 그보다 닌자의 두목인 자신의 이름과 소재를 밝히다니, 오히려 울분을 금할 수가 없었다.

그러나 이누무라 가쿠타로라는 남자라면 알고 있다. 알고 있는 정도가 아니다. 올해 겨울, 요시와라의 유녀집에서 오바타 간베에, 오다 우라쿠사이와 밀담을 할 때 찾아와, 역시나 큰 목소리로 자신들의 이름을 외쳐 대어 곤혹스럽게 만들고, 화가 나게 했던 남자다. 차라리 처치해 버릴까 하고 생각했지만 간베에가 말렸다. 그때 간베에는 쓴웃음을 지으며,

"참으로 바보처럼 정직한 사내라 가끔 어찌할 수 없을 때도 있지만, 저래도 묘하게 군학의 비사(秘事)는 터득하고 있다오. 게다가 저

래 봬도 병법에 대해서는 실로 버리기 어려운 생각을 할 때가 있소. 약간 과장해서 말하자면, 뭐 천재라고 해도 좋을 테지. 오늘 일에 대해서는 내가 책임질 테니, 우선 눈감아 주시오."

라고 말했다.

얼굴을 본 것은 그것이 처음이지만, 그 후 간베에가 오사카로 간후에는 종종 빈 집을 지키는 역할로 사도 태수 혼다의 저택에 연락을 하러 왔고, 한두 번은 '군학에 참고하겠다'며 자신의 저택을 견학하러 온 적도 있다. 이쪽이 귀찮은 얼굴을 하고 있어도 전혀 아무렇지도 않게 뻔뻔스럽게 찾아와 낯 두껍게 여기저기를 보고 다녔다. 나중에 소문을 들으니 정말로 스승 간베에에 뒤지지 않는 정묘한 군학 강의를 한다고 하였으나, 평판은 어떤지 몰라도 한조가 보기에는 그다지 실전에는 도움이 될 것 같지 않은, 이론만 앞세우는 병학가로 생각되었다. 자신만만하다기보다 손을 댈 수 없을 정도로 잘난 체하는 사람이고, 강직하다기보다 경직되어 있고, 게다가 이상하게 뻔뻔스러운 남자다.

그 이누무라 가쿠타로가 지금 생각지도 못하게 이런 곳에 찾아왔다. 늘 그렇듯이 상대를 가리지 않는 큰 목소리로,

"한조 님, 서둘러 함께 돌아가시지요."

하고 또 고함친다.

그러나 자신의 이번 용무는 사도 태수 혼다만이 알고 있는 일이라, 한조는 이 사자의 말에 놀라면서도 그를 의심하지는 않았다. 설마 이 당당한——지나치게 당당한 남자가 올해 겨울부터 사투를 벌

여 온 상대, 당면한 적이라고는 생각할 수가 없었다.

"오바타 님이 돌아오셨다고?"

한조는 채비를 하고 나왔다.

"그것은 또 왜인가?"

"오사카의 군사로서 초청받았으면서 도쿠가와의 첩자 노릇을 한다는 비열한 역할을, 오래 할 수 있을 리는 없지요."

"앗, 쉿."

한조는 당황하며,

"그렇다고 해도, 내일이면 에도로 돌아가는 나를 오늘 밤에 서둘러 부르시다니?"

"참으로 저도 이상하기 그지없습니다. 고작해야 닌자 나부랭이를 이렇게나 의지하시다니, 조정의 대(大)군사라는 혼다 님께도 어울리지 않는 일이지요──."

"앗, 쉿."

한조는 그를 감당할 수가 없어 후부키를 불렀다.

"그럼 들은 대로의 용건으로 나는 먼저 돌아가겠다. 너는 그자를 지키며, 틀림없이 내일 에도로 돌아오너라. 밤중의 경계를 게을리하지 마라."

"알고 있습니다."

후부키는 서늘하게 웃으며 고개를 끄덕였다.

"이 후부키에게 실수는 없습니다."

핫토리 한조는 이누무라 가쿠타로와 함께 에도로 말을 달렸다.

구리하라의 역참에서 2리를 간 후, 교토쿠^{주6)}에서 드넓은 밤의 에도가와강을 배로 건넌다. 배는 이누무라 가쿠타로가 어디에선가 찾아온 것이었다. 서쪽으로 건너가 한조와 함께 말을 내리고, 다음으로 자신의 말을 내리기 위해 배로 돌아오더니──그대로 장대를 짚어 물가에서 멀어졌다.

"아, 이보게, 어디로 가는가."

"핫토리 님."

하고, 벌써 2, 3간이나 멀어진 물 위에서 이누무라 가쿠타로는 웃었다. 어딘지 모르게 제정신이 아니다. 괴조(怪鳥) 같은 웃음소리였다.

"닌자의 두목답지 않군요. 이렇게나 쉽게, 보기 좋게 꼬여 나오다니."

"뭐라고?"

"실은 스승님과 내기를 했습니다. 그 유명한 핫토리 한조 님을 보기 좋게 꼬여낼 수 있을지 어떨지. 그런 일은 불가능하다고 스승님이 말씀하셨지요. 쉬운 일이라고 제가 말했습니다. ──해 보니, 별것 아니군요──켁켁켁."

갑자기 이누무라 가쿠타로는 장대를 손에서 떨어뜨렸다. 한조가 던진 수리검에 오른쪽 상박이 꿰뚫린 것이다.

"크악."

하고 그는 평소의 장중한 군학자답지 않은 비명을 지르며 비틀거

주6) 行德(교토쿠), 지바현 이치카와시(市)의 지명. 에도가와(江戸川)강의 동쪽 기슭에 있다.

리더니 물안개를 피우며 물속으로 떨어졌다.

배가 한 마리의 말을 실은 채 흘러간 후, 수면에 사람 그림자는 없었다.

핫토리 한조는 잠시 멍하니 강기슭에 서 있었다. 당했다! 하고 생각한 것이다. 한조쯤 되는 자가 이렇게 정면에서 뻔뻔스럽게 속아 넘어간 것은 이 세상에 태어난 후로 처음 있는 일이다. 아니, 너무나도 위압적으로, 뻔뻔스럽게 찾아오는 바람에 오히려 걸려든 것이다.

"그놈…… 혹시."

그자도 사토미의 코가 사람이 아닐까, 이 생각이 퍼뜩 한조의 가슴을 스쳤다.

지금의 이누무라 가쿠타로의 거동, 웃음은 평소와 다른 광적인 데가 있었지만, 그러나 지금 자신을 끌어낸 것이 단순히 군학에 미친 자의 장난이라고는 생각되지 않는다. 그가 정말로 사토미의 코가 사람이었다면, 그가 지금까지 오바타 간베에를 통해 어느 정도 조정의 비밀에 정통해 있는 것도 분명하니, 이것은 지금 자신이 꼬여나온 일 따위보다 훨씬 전율할 만한 일이었다.

그런데 그자는 무엇 때문에 나를 꼬여낸 것일까? 설령 내가 없어도 쉽게 깨질 이가의 내박진이 아니고, 설령 그것을 깬다 해도 어쩌려는 것일까?

그때, 지금 건너온 동쪽 기슭에 검은 그림자가 대여섯 개 나타났다. 밤이었지만, 한조는 그것이 구리하라의 여관에 두고 온 부하들이라는 것을 꿰뚫어 보았다.

"어이, 한조다, 한조는 여기에 있다."

낮게, 그러나 그 목소리는 수면을 건너갔다.

"너희들은 어찌 된 것이냐."

"후부키 님이 살해되었습니다."

떨리는 목소리가 돌아왔다.

"게다가, 아무래도 그 구슬은 빼앗긴 것 같습니다!"

닌자술 '농(弄)'

1

사도 태수 혼다가 보낸 사자에게 불려 간 두목 핫토리 한조가 뒷일을 맡긴 여자 닌자 후부키는,

"이 후부키에게 실수는 없습니다."

하고 가슴을 펴고 대답하고는 곧 구리하라의 여관 안쪽으로 되돌아갔다.

참근교대라는 것이 없었던 시대의 일이라, 혼진[주1]이라고 칭할 것도 없다. 하물며 이곳은 영주라기보다 아직 하타모토라고 해도 좋을 나루세 하야토노쇼의 영지이고, 성하(城下)마을이라기보다 한적한 어촌이라고 하는 편이 적당한 구리하라의 역참이다. 그래도 어쨌거나 영주의 정실과 동행하고 있으니 가장 좋은 여관에 묵었지만, 그래 봐야 누추한 시골 여관이었다.

무라사메는 그중 한 방에 있었다.

심야의 일이라 이미 침구는 깔려 있었지만, 그녀는 그 위에 단정히 앉아 있었다. 아까 후부키가 한조에게 불려 갔을 때 함께 일어난 그대로의 모습이다.

"후부키, 무언가 이변이 일어났나요?"

하고 무라사메는 물었다.

"마님께서 걱정하실 만한 일은 아닙니다."

주1) 本陣(혼진), 에도 시대의 역참에서 영주나 막부의 관리, 특사 등이 묵던 공인된 숙사. 영주의 수행원이 너무 많아 혼진만으로 숙박할 수 없는 경우에는 와키혼진(脇本陣)이라는 예비 숙사에 묵었다.

하고 후부키는 냉담하게 대답했다. 그리고 여관에서 달려가 멀어져 가는 말발굽 소리를 듣고는 옷을 벗고, 무라사메와 나란히 깔려 있던 침구에 먼저 몸을 눕혔다. 마님의 시중을 든다는 명목이지만, 물론 감시를 위해 같은 방을 쓰는 것이었다.

그래도 얼굴을 들고,

"마님, 내일 아침에 일찍 일어나셔야 합니다. 주무셔요."

하고 말했다.

"예."

무라사메는 순순히 고개를 끄덕이고, 마찬가지로 침구에 몸을 눕혔다.

한조 일행이 떠난 말발굽 소리가 사라지고 이가 사람들이 되돌아오자, 여관은 해명(海鳴) 외에는 원래의 정적으로 돌아왔다. ……그 안에 여전히 핫토리조의 내박진이 쳐져 있으리라고는, 여관 사람들 중 누구도 알아채지 못했을 것이다.

……문득, 후부키는 형용하기 어려운 요기(妖氣)를 느꼈다. 무엇이 어찌 된 것인지 그녀 자신도 설명할 수 없는 요기다. 굳이 말하자면 이곳에 있는 인간 이외의 누군가가 물끄러미 자신을 바라보고 있는 듯한.

——그것은 닌자 특유의 육감이었다, 고 말하고 싶지만,

"후부키."

하고 무라사메가 가느다란 목소리로 불렀다.

"누군가 있는 것이 아닌가요?"

무라사메도 무언가 묘한 느낌이 든 모양이다. 겁먹은 듯한 눈을 크게 뜨고 후부키를 바라보고 있었다.

후부키는 말없이 일어나 방 주위를 둘러보았다. 둘러보았지만, 분명히 누구의 그림자도 보이지 않았다. 그녀의 닌자 귀에도 누가 움직이는 기척도 감각되지 않았다. 적어도 누군가가 보고 있다——는 이상한 느낌이 미치는 범위에는.

"후부키, 왠지…… 나는 무서워요. 나를 안고 자 주세요."

후부키는 잠시 무라사메를 바라보았다.

여자가 보아도 껴안아 주고 싶을 듯한 무라사메 님이다. 대체 영주의 정실은 어떤 피부를 하고 있을까. ……라는 호기심이 얼핏 후부키의 가슴에 꿈틀거렸다. 그러나 그 호기심이 갑자기 혼돈한 의심으로 바뀐다. 그렇다는 것은, 후부키는 무라사메의 맨살을 이전에 본 적이 있기 때문이다.

에도에 있는 핫토리 저택의 닌자 곳간에서 심문했을 때, 채찍 아래에서 몸부림치던 그 하얀 나신. 그때는 물론 9만 2천 석의 아와 영주의 정실인 줄은 알 길도 없었지만, 후에 두목 한조에게 들으니 그것은 틀림없다고 한다. 또 한 사람, 무라사메와 꼭 닮은 코가 사람이 출몰하여 이쪽의 눈을 흐린 흔적은 있지만, 그때의 여자는 분명히 진짜 무라사메였다고 한다. ——그렇게 단정한 한조도, 그 무라사메를 붙잡아 에도로 끌고 오는 것이나 마찬가지인 이번 여정에서는 가끔 문득 망설이는 빛을 보였다. 후부키 자신도 백에 아흔아홉은 이 무라사메가 그때의 여자라고 지금은 고개를 끄덕이지만, 새삼 뚫어져라 바라보고 있자니 동요를 금할 수 없는 부분이 있었다. 그것은 이 무라사메가 몹시 우아하고, 너무나도 침착하기 때문이다.

적어도 그때의 여자와 이 무라사메는 둘 다 여성이다.

그것은 이 눈으로 보아 확실한 일이기는 하지만, 그러나 그때는 별개로 치고 이번 여행에서는 곁에는 있지만 무라사메의 나신을 똑똑히 본 것은 아니다.

——그렇다.

하고 후부키는 고개를 끄덕였다.

——그때 심문한 채찍이나 밧줄 자국이, 몸 어딘가에 남아 있을 것이 틀림없어.

"알겠습니다."

하고 후부키는 말했다.

그리고 자신의 요에서 무라사메의 요로 옮겨 갔다.

그래도 작은 등롱은 켜져 있지만, 시골 여관답게 몹시 초라한 등롱이었다. 침구도 허술하다.

그런데…… 무라사메의 요로 옮긴 순간, 순식간에 요도 등롱도 호화로운 영주의 안채로 일변한 것처럼 여겨졌다. 물론 환각이다. 기분 탓이다. 그런 줄은 알고 있지만, 후부키는 취했다. 취하게 한 것은 무라사메의 향긋한 체취이고, 고귀한 살결의 감촉이었다.

"무서운 것은 없어요, 마님……."

그렇게 말하면서, 후부키는 태어나서 처음으로 천한 닌자라는 자신의 내력을 부끄러워했다.

가능하면 상대의 가슴을 벌리고, 아직 남아 있을 멍 자국을 확인해 보고 싶다——그런 생각으로 동침한 후부키였지만, 그것을 망설이게 한 것은 그녀의 그녀답지도 않은 이 수치심이었다.

"무서워요. ……왠지, 나는 무서워요."

양팔을 가슴에 웅크리고, 무라사메는 몸을 바싹 붙인다. 발끝이 후부키의 발끝에 닿고, 허벅지가 후부키의 허벅지에 닿았다.

후부키는 또 취기를 느꼈다. 아까의 취기와는 다른 요기를 띤 취기였다.

"후부키, 안아 주세요……."

"마님……."

무라사메의 향긋한 향기가 콧구멍에 얽히자 후부키는 지잉 마비되는 듯한 기분이 들고, 마치 평범한 여자처럼 부끄러워 헐떡였다.

"무서워, 무서워요……."

무라사메는 여전히 헛소리처럼 말하면서——놀랍게도, 후부키의 몸 위로 부드럽게 올라탔다. 그렇게 되면서도 후부키쯤 되는 자가 거의 무방비했던 것은 상대를 영주의 정실이라고 믿었기 때문이지만, 또한 일종의 형용하기 어려운 요사스러운, 감미로운 마취에 끌려들어가 있었기 때문이 틀림없다. 후부키는 어지러운 기분으로 눈을 감고 있었다.

반짝, 하고 그 눈꺼풀에 하얀 빛이 튀었다.

후부키는 눈을 뜨고, 눈을 부릅떴다.

반짝인 것은 칼날이다. 후부키는 무라사메가 어느새 입에 물고 있던 단도를 손에 드는 것을 일순간 보았다. 무라사메가——?

크게 벌어진 무라사메의 새하얀 가슴에는 유방이 없었다!

"보았느냐. 코가 닌자술 쿠노이치 속이기!"

절규하며 벌떡 일어나려고 한 후부키 위에서 단도가 한일자로 떨어져, 그 목에 자루까지 들어갔다.

그대로 무라사메는 튀는 피에서 몸을 피해 마조(魔鳥)처럼 뒤로 펄쩍 뛰었다. 그리고 씩 웃으며, 목이 꿰뚫린 여자 닌자 후부키가 소리도 없이 경련하는 것을 바라보고 있었다.

후부키는 아까 자신을 보고 있던 '누군가'가 이 무라사메 자신이었던 것을 알았다. 안 순간 절명했다.

후부키가 절명하는 것을 지켜보고는, 무라사메는 가까이 걸어가 그 몸을 뒤져서 어디에선가 한 개의 구슬을 찾아냈다.

"역시 가지고 있었군."

하고 얼굴에 어울리지 않는 난폭한 말투로 중얼거리고 그 구슬을 등롱에 비추어 보며,

"효(孝)."

하고 읽었다. 틀림없이 이누즈카 시노의 목소리였다.

이누즈카 시노. ——그러면 아와에서 온 무라사메는 시노였던 것일까. 이누무라 가쿠타로가 믿는 바에 따르면 그렇지만——그러나 얼굴이나 자태는 그렇다 쳐도, 동행하고 있던 핫토리 한조나 후부키가 남자인 시노에게 보기 좋게 속고 있었던 것일까.

시노는 소리도 없이 방을 나갔다.

2
─────

시노는 소리도 없이 옆방으로 들어갔다.

"마님."

거기에 또 한 명의 무라사메가 조용히 앉아 있었다.

"여섯 번째 구슬, 효(孝)입니다."

무라사메는 내밀어진 구슬을 보고, 시노를 보았다.

"후부키는?"

쉰 목소리로 묻는다.

"죽였습니다. 죽이지 않으면 구슬을 빼앗을 수는 없는 여자 닌자라, 어쩔 수 없었습니다."

무라사메는 침묵했다.

"그럼 마님, 이 시노가 말씀드린 대로 하십시오. ······그리고 에도로 들어가시면 오바타 간베에의 저택으로 오십시오."

"이누무라는, 있을까요."

"핫토리 한조에게 오늘밤의 내박진을 깬 것이 발각되어 죽었을지도 모르겠군요."

시노의 엷은 웃음을, 무라사메는 깜짝 놀란 듯이 노려보았다.

"시노, 그건."

"아니, 아니, 그놈은 위엄 있고 성실한 얼굴을 하고 있어도, 그래 봬도 같은 편이지만 방심할 수도 없고 빈틈도 없는 교활하고 사람을 우습게 보는 놈이니, 좀처럼 쉽게 발각되지 않고 뻔뻔스럽게 한 조를 끝까지 속인 후 에도로 돌아가겠지요. 가쿠타로에 대해서는 걱정하지 마십시오."

이것은 오바타 간베에 저택에서, 이누무라 가쿠타로가 무라사메 앞에서 시노를 평했던 말과 완전히 똑같다.

"오늘 밤의 일보다도, 오바타 저택에 계속 계셨던 무라사메 님이 사실 시노였던 것을 알면 이누무라 가쿠타로 놈, 자못 속이 뒤집히겠지요."

하며 시노는 또 씩 웃는 얼굴이 되었다. 무언가가 떠올라 짓는 웃음이다.

그렇다. 그 핫토리의 닌자 곳간에서 무라사메 님을 구해 낸 직후, 아와로 가서 무라사메 님을 대신하라는 이누무라 가쿠타로의 명령을 어기고 진짜 무라사메를 다테야마로 돌려보내고 자신이 약삭빠르게 오바타 저택에 남아 버린 이누즈카 시노였다.

여러 가지로 판단한 끝에, 그는 무라사메를 가쿠타로 곁에 두는 것은 위험하다는 결론을 내린 것이다. 그래서 자신은 에도에 남고, 자신을 완전히 무라사메 님이라고 믿고 묘하게 한숨을 쉬거나 감격하거나 하는 이누무라 가쿠타로를 놀리며 속으로 쿡쿡 웃고 있었는데——사도 태수 혼다가, 무라사메가 직접 구슬을 가지고 에도로 오라고 핫토리 한조를 마중보냈다는 소식을 듣고 깜짝 놀랐다.

구슬은 아직 다섯 개밖에 빼앗지 못했다. ……일찍이 아와 태수 사토미가 다케치요 님에게 약속한 구슬은 여덟 개. 전부 모아 헌상하지 않으면 무라사메 님은 무사하지 못할 것이다.

나머지 세 개의 구슬을 빼앗을 방책을 가쿠타로에게 들었지만, 그것이 성공할지 어떨지는 몹시 의심스럽다. ……그것을 성공시키려면 자신이 현장에 있을 필요가 있다. 무라사메 님보다 자신이 더 잘 해낼 수 있다. 무라사메 님이라면 죽을 수밖에는 없는 궁지라도, 자신이라면 분명히 빠져나와 도망쳐 보일 것이다.

그렇게 결심하고, 시노는 다시 한번 무라사메 님과 바꿔치기를 하기로 했다. 이누무라 가쿠타로의 엉덩이를 두들겨 오늘 밤, 이 구리하라의 역참에서 핫토리 한조를 꾀어낸다는 터무니없는 곡예를 시킨 것은 그 때문이다. 한조를 꾀어낸다——그 사실보다도, 그 소동을 틈타 이 여관에 미끄러져 들어가는 것이 목적이었다. 시노는 무라사메와 교대했다. 옷도 바꾸었다. 그리고 여섯 번째 쿠노이치 후부키를 쓰러뜨리고, 여섯 번째 후세히메의 구슬을 빼앗았다.

"그보다."

하고 시노는 이상하다는 듯이 무라사메에게 말했다.

"마님, 구슬 다섯 개만 가지고 에도에 가려고 하셨는데, 이제 포기하신 것입니까?"

"아니요." 무라사메는 조용히 고개를 저었다.

"다케치요 님께 헌상할 때까지는 틀림없이 그대가 나머지 세 개의 구슬을 모아 줄 것이 틀림없다고, 이 무라사메는 믿고 있었어요."

역시 다테야마에서 에도로 가는 무라사메가 차분하고 침착했던 것은 이 확신 때문이었던 것이다. ……시노는 아연실색하여 무라사메 님을 바라보았다.

무라사메도 시노를 바라보고 있다. 소녀처럼 맑고, 한결같이 믿는 눈동자였다.

시노는 눈을 깜박였다. 그 속눈썹이 눈물로 축축해져 가고 있어서, 당황하며 튕겨 냈다.

'……쳇, 당해 낼 수가 없군. 눈물이 나잖아. ……그건 그렇고, 내가 오늘 밤에 이곳에 오길 잘했군. 이렇게 완전히 믿어 주시는 분께 바람을 맞힐 것이냐. 내버려 두면 이대로 에도성으로 끌려가서서 어떻게 되어 버릴지 알 수 없는 참이었단 말이다…….'

그는 이누무라 가쿠타로가 처음에 무라사메 님을 이대로 에도성에 들여보내 버릴 심산이었던 것을 떠올렸다. 아와에서 오는 무라사메 님을 완전히 이 시노라고 믿고 있기 때문이었지만, 아니, 아무래도 친구로서의 보람이 없는 박정하고 너무한 놈이다.

차라리 그놈은 핫토리 한조에게 오늘 밤의 가짜 사자(使者) 일을 즉각 간파당해, 그 자리에서 죽어 버리는 편이 나았다. 그랬다면 그 소동으로 나와 무라사메 님을 바꿔치기하는 것이 더 쉬웠을 테지, 하고 시노는 생각했다. 그리고, 이쪽도 그다지 친구로서의 보람이 있는, 박정하지 않은 놈이라고는 말할 수 없군, 하며 우스워졌다. 어쨌거나 적을 속이기 전에 동료를 속여야 하니 큰일이다.

그래도 어떻게든 일단 협력의 태세로 보이려는 목적은 하나, 무라사메 님의 기쁨을 사기 위해서.

시노는 무라사메 님 앞에 놓인 나전 상자에서 다섯 개의 구슬을 꺼내, 지금 자신이 가져온 '효(孝)'의 구슬과 함께 천으로 싸서 무라사메 님 앞에 놓았다.

"마님. ……그럼, 시노는 갑니다."

"그대…… 모레 에도성에 가서 죽는 것은 아니겠지요."

무라사메 님의 눈에 빛나고 있는 눈물을 보고 시노는, 에도성에서 죽어 버려도 여한은 없다고 생각했다. 그러나 씩 웃으며 한쪽 보조개를 만들고는 고개를 저었다.

"무슨…… 이 시노가 그리 쉽게 죽을 리가 없지요. 코가류(流)의 곡예로, 하타모토 8만 기의 간담을 서늘하게 만들어 보여 드리겠습니다."

그리고 빈 나전 상자를 자신이 들고 천에 싼 구슬을 무라사메에게 건넨 후, 그녀를 또 그 옆방으로 이끌었다.

3월 3일을 모레로 앞두고 이 여관에도 어린 소녀가 있는 것인지, 거기에는 히나단이 만들어져 있었다. 천자, 궁녀, 다섯 명의 악공, 마름모꼴의 떡, 단술, 복숭아꽃. 그것들을 아름답게 장식한 붉은 양탄자의 단 밑에, 그는 무라사메 님을 숨겼다.

"그럼 안녕히."

약간 감상적으로 말한 후, 곧,

"아니, 모레 또 뵙겠습니다."

하고 가볍게 말하고, 시노는 그곳을 떠났다.

최초의 참극이 있었던 방으로 돌아간다. 목을 꿰뚫린 여자 닌자 후부키의 시체는 그대로다. 잠시 물끄러미 그것을 바라보며 주위에 귀를 기울이고 있던 시노는, 이윽고 그늘에서 한 줄의 밧줄을 꺼내 남쪽의 장지창을 열고 그것을 늘어뜨렸다. 창 아래는 바다였다.

그는 후부키의 시체를 안아 들고 창문 가까이에 엎드리게 한 후, 그 한 손에 밧줄 끝을 감았다.

"──누가──누가."

씩 웃으며, 그는 외치기 시작했다. 여자의 목소리였다. 틀림없이 후부키와 똑같은 목소리였다.

"괴한이다! 괴한이 들어왔습니다!"

순식간에 무시무시한 소리가 집을 울리며 진동하고 이가의 무리가 쇄도해 왔다.

이가 사람들이 방에 뛰어들어 왔을 때 그 눈에 비친 것은 활짝 열린 장지문 맞은편에 펼쳐져 있는 밤바다와, 하늘의 강과, 그리고 창 아래에 밧줄을 손에 감고 숨이 끊어져 있는 후부키와, 요 위에서 떨고 있는 무라사메 님의 모습뿐이었다.

구르다시피 뒤를 쫓아온 부하의 급보를 듣고, 핫토리 한조는 구리 하라의 역참으로 달려 돌아갔다.

"무라사메 님의 이야기를 들으니 아무래도 괴한은 밧줄을 타고 바다에서 침입했지만 후부키의 반격을 받고 당황해서 다시 도주한 듯합니다. 무라사메 님은 주무시고 계셨는데, 갑작스러운 고함에 잠에서 깨셨을 때는 이미 괴한의 그림자는 없고, 이 밧줄을 쥐고 쓰러져 가는 후부키의 모습만이 보였다고 합니다."

부하의 보고를 듣고 한조는 후부키가 쥐고 있는 밧줄을 보고, 창으로 다가가 바다를 내려다보았다.

바다는 어둡고, 그저 해명 소리만을 내고 있다.

이 밧줄을 이런 형태로 하여 어떻게 괴한이 올라온 것인지, 또 도망쳐 간 것인지, 어지간한 한조도 오리무중인 기분이 들었지만——이미 그 솜씨는 알고 있는 사토미의 코가 사람이라면 어쩌면——어쩌면이 아니다, 실제 사실로서,

"보십시오, 후부키의 목을."

부하가 가리켰다.

지금은 반듯이 눕혀져 있는 후부키의 목에 반짝이는 것이 있었다.

도려내어진 상처에 쑤셔 박혀 있는 구슬 하나. 그 글씨는 '농(弄)'.

"후부키의 효(孝)의 구슬은 빼앗겼는지, 어디에도 없습니다."

이를 악물고 보고하는 부하에게 대답도 하지 않고, 핫토리 한조는 무라사메를 돌아보았다. 무라사메는 요 위에 앉아 나전 상자를 가슴에 꼭 껴안고 있었다.

핫토리의 내박진, 외박진이 깨진 것은 의심의 여지가 없다. 게다가 그것은 후부키를 쓰러뜨린 괴한에 의해서만 깨진 것이 아니다.

그 이전에, 그 이누무라 가쿠타로라는 가짜 사자에게 깨진 것이다. 하필이면 이 한조 자신이 보기 좋게 그 수법에 넘어간 것이다.

한조는 분노로 오히려 가라앉은 목소리로 말했다.

"마님. 그 상자 안을 확인해 봐도 되겠습니까?"

"음."

무라사메는 아무렇지도 않게 가슴의 상자를 무릎에 내려놓았으나 문득 한조를 올려다보더니,

"아니요, 그건 안 됩니다."

하고 고개를 저었다.

"안 된다니, 왜, 왜입니까?"

무라사메는 엄하게 말했다.

"쇼군가의 도련님, 다케치요 님께 바칠 이 구슬을 그 전에 천한 신분의 사람에게 보일 수는 없습니다."

무슨 생각으로 하는 말일까. ──지금만이 아니다. 다테야마를 떠난 후로 신비로울 정도로 침착했던 어린 아가씨, 아니, 무라사메 님이었다.

한조의 가슴에 이때 마(魔)와 같은 의혹이 스쳤다. 괴한이 들어왔다는 것은 거짓말이다. 혹시, 전부 이 마님이 꾸민 일이 아닐까 하고 생각한 것이다. 그러나 곧 그는 그 생각을 지웠다. 이 마님은 사람을 죽일 수 없다. 게다가 다테야마를 떠난 후로 가까이 있으면서 그 사람 됨됨이는 직감하였고, 또 이런 천진한 부인에게 그리 호락호락 당할 후부키가 아닐 것이다.

그러나 범인이 누구든, 후부키의 빼앗긴 '효(孝)' 구슬은 지금 그 나전 상자에 들어 있는 것이 아마도 틀림없을 것이다.

한조는 물끄러미 병아리처럼 사랑스러운 마님을 노려보고 있었으나 갑자기 부하를 돌아보며,

"좋다, 오늘 밤에는 더 이상 이곳에는 묵지 않겠다. 당장 출발한다. 밤사이에 이대로 에도로 간다!"

하고 외쳤다.

속으로,

'……무라사메, 무엇을 생각하고 그리 침착한 것이냐. 구슬은 아직 두 개가 핫토리조의 수중에 있다!'

하고 외쳤으나, 실은 핫토리 저택에 두고 온 두 개의 구슬에 불안감을 느끼기 시작하고 있었던 것이다.

한밤중, 소란스러워진 핫토리조는 무라사메를 지키며——기실 감시하며, 에도로 출발했다.

——일행이 떠나고 정적으로 돌아와 그저 희미하게 모래 먼지만이 떠돌고 있는 구리하라 역참의 밤공기 속에, 문득 하나의 그림자가 나타났다. 동시에 어둠 속에서 홀연히 한 마리의 거대한 하얀 개가 나타났다.

"시노의 팔방이니?"

무라사메는 속삭이며 그 개에게 가볍게 올라탔다. 개는 질풍처럼 달리기 시작했다.

대군사(大軍師)

1

구리하라 역참에서 에도의 소토사쿠라다까지 약 6리. 이누무라 가쿠타로는 아직 새벽이 되려면 멀었는데 그곳의 오바타 간베에 저택으로 달려 돌아온 무라사메를 맞이했다. 걱정이 되었는지, 그는 그곳 문 그늘에 서서 기다리고 있었던 모양이었다.

"……무라사메 님."

부르는 소리에, 무라사메는 팔방에서 내렸다.

"오오, 오랜만이에요, 이누무라 가쿠타로. ……이 개가 데려다주지 않았다면 이 저택도 모를 뻔했어요."

이누무라 가쿠타로는 묘한 얼굴을 했으나,

"아니, 마님이 돌아오실지, 핫토리조가 쳐들어올지, 어느 쪽이 먼저일지 기다리고 있었습니다. 한조는 일단 핫토리 저택으로 돌아가 후나무시, 다마즈사의 안부를 확인하고, 그 후 혼다 저택으로 가서 오바타 간베에가 돌아온 것이 맞는지 확인한 후에 이곳으로 올 테니, 빨라도 날이 밝은 후일 거라고 짐작하고 있었습니다만."

그는 하늘을 올려다보며 말했다.

"한편, 마님은 팔방을 타고 오실 테니, 제가 한조를 꼬여내는 것을 지켜보신 후에 구리하라를 출발하신다 해도 마님이 더 빠르실 거라고는 생각하고 있었습니다…… 자, 이것으로 우선 안심이군요. 빨리 들어오십시오, 핫토리가 오기 전에 저도 할 일이 좀 있습니다."

"——할 일이라니요?"

무라사메는 멍한 얼굴을 향했다. 이누무라 가쿠타로는 또 의아한 듯이 말했다.

"이것은 어제 말씀드렸을 텐데요. 내일 저는 오바타 간베에의 대역으로 등성하여 핫토리 쿠노이치들로부터 나머지 구슬을 빼앗을 생각이었지만, 어젯밤 이누무라 가쿠타로로서 한조를 속였으니 이제 이 이누무라 가쿠타로는 에도성에 들어갈 수는 없습니다. 그렇다면——."

무라사메는 무언가 생각에 잠겨 있는 듯했다.

"저는 오바타 간베에 자신으로서 등성할 수밖에는 없습니다."

이 기묘한 말을 듣고도 무라사메는 다른 생각에 빠져 있어 왠지 귀에 들어오지 않는 것 같았다.

"마님, 이누무라 가쿠타로의 얼굴은 여기까지가 끝입니다."

가쿠타로는 초조한 듯이 말했다.

"이상한 얼굴이지만, 부디 이 가쿠타로의 얼굴을 기억해 주십시오. ……마님, 무엇을 생각하고 계십니까?"

"시노를 생각하고 있어요."

"아! 또 시노입니까. 시노는 도망쳤겠지요. ……그놈은 이쪽에는 이제 필요 없는 인간이지만, 글쎄, 어디로 도망쳤을지."

"시노는 에도성으로 갔어요."

"예?"

"나머지 구슬은 반드시 빼앗아 보이겠다며."

눈을 크게 뜨고 있던 가쿠타로는 이윽고 쉰 목소리로,

"마님. ……마님, 시노를 만나신 겁니까?"

하고 말했다.

"만났어요. 나를 감시하고 있던 후부키라는 핫토리조의 여자가 한조에게 불려 밖에 나가 있는 사이에 시노가 들어와, 저와 바꿔치기했어요……."

이누무라 가쿠타로는 네모난 입을 딱 벌리고 뚫어져라 무라사메 님을 바라보았다.

그가 알고 있는 한으로는——아와에서 온 무라사메 님이 시노일 터였다. 알고 있는 한으로는, 이 아니다. 그 자신이 그렇게 명령했다. 그 시노를 에도에 보내서는 안 된다, 무슨 짓을 해서라도 도중에 구해 내라고 무라사메 님이 어린애처럼 애태우는 바람에, 어쩔 수 없이 온갖 지장을 무릅쓰고 그를 구한다는 모험을 감행한 것이다.

구리하라 역참에서 사도 태수 혼다의 사자로 둔갑하여 거짓말을 지껄였다. 그 큰 목소리를 들으면, 감이 좋은 시노이니 이쪽이 구하러 간 것을 눈치채고 그 틈에 도망쳐 줄 것이다, 라는 것이 가쿠타로의 군략이었다.

진짜 무라사메가 따라간 것은 그 사실을 똑똑히 지켜보지 않으면 안심할 수 없다고 하여 동행한 것에 지나지 않는다.

"그럼, 그럼——, 아와에서 오신 무라사메 님은?"

"나예요. 이 무라사메예요."

하고 진짜 무라사메는 말했다.

이누무라 가쿠타로는 경악을 지나쳐 백치 같은 얼굴이 되어 있었다.

그럼 줄곧 이 저택에 자신과 함께 살고 있었던 것은 무라사메 님으로 둔갑한 시노였다는 뜻이 된다.

여러 광경이 가쿠타로의 머리를 주마등처럼 스쳐 지나갔다.

띠를 매게 하고, 머리카락을 묶게 하고——심지어는 목욕하는 모습을 훔쳐보게 하고——생각해 보면 과연 그놈, 유방은 보여 주지 않았다! 목욕을 하고 있는 모습조차도, 아슬아슬하게 유방 아래는 물에 담그고 있었던 것이다. 널빤지의 구멍으로 들여다본 자신을 돌아보며 놀렸는데——참으로, 그놈이라면 할 법한 장난이다!

그것에 대해 흐릿한 감상에 빠지거나, 크게 감격하거나, 콧김이 거칠어지거나, 왜납거미처럼 엎드려 황공해하던 자신의 모습을 떠올리니, 그는 온몸이 뜨거워지고 마구 고함을 지르고 싶어졌다.

그놈——같은 편인 나까지 속였다!

시노 그놈은 무라사메 님과 바꿔치기하여 아와로 가라는 내 군략을 뻔뻔하게 어겼을 뿐만 아니라, 그 닌자술 '부조'를 역으로 이용해 이 중요한 때에 나를 희롱했다. 그 닌자술 '부조'를 펼친 것이 자신인 만큼 부아가 치민다. 늘 시노만 신경 쓰는 무라사메 님을 이상하다, 이상하다고 생각하고 있었는데, 자기 자신을 신경 쓰고 있었던 것이 아닌가.

게다가 억지로 구리하라 역참에서 내게 그런 당치도 않은 짓을 시키고——덕분에 내 병법은 근본에서부터 개정하지 않을 수 없게 되었을 뿐만 아니라, 그 결과로 나는 스스로도 꼭 싫지만은 않다고 생

각하고 있는 이 군사에 어울리는 엄숙한 '얼굴'을 잃는 꼴에 빠지고
말았지 않은가.

그렇다, 그놈은 소매치기의 명수라고 들었다. 멍청한 기술을 배
워 가지곤——이라고 경멸하고 있었는데, 그놈은 자기 자신과 무라
사메 님을 소매치기로 바꿔 놓았다. 그 엄청난 소매치기에 내 군법
이 졌다니!

"이누무라."

하고 무라사메 님은 말했다.

"시노는 에도성으로 갈 거예요. 보셔요, 이렇게 후부키에게서 효
(孝)의 구슬을 빼앗아, 빼앗은 구슬은 이걸로 여섯 개."

그녀는 품에서 천에 싼 여섯 개의 구슬을 꺼내 보여 주었다.

"나머지 두 개는 에도성에 가서 빼앗겠다고 시노는 말했어요."

여섯 개의 구슬도 눈에 비치지 않는 것처럼 망연자실해 있던 가쿠
타로는 간신히 겨우 정신을 차리고, 멋대로 지껄이기는, 하고 마음
속으로 욕을 했다. 물론 시노에 대해서 욕한 것이다.

"하지만 나는 걱정이에요. ——그는 에도성에 가서 죽으려는 것
이 아닐까요."

멋대로 죽어 버려라, 하고 가쿠타로는 생각했다.

그러나 다시 생각해 보면 이것은 애초의 자신의 계획대로가 아닌
가. 완전히 여덟 개의 구슬을 수중에 넣기 전에 무라사메 님을 에도
성으로 보내는 것은 위험하다. 일이 성사되기 전에는 무라사메 님을
이 저택에 두는 편이 안전하다는 자신의 판단이 사실이 된 것이다.

차라리 나는 에도성에는 가지 않겠다. 시노, 멋대로 궁지에 빠져 죽어라.

"아니! 아니! 아니!"

물끄러미 가쿠타로를 바라보고 있던 무라사메가 갑자기 소리치기 시작했다.

"그대는 시노를 죽게 할 생각이에요. 시노를 죽여서는 안 돼요."

가쿠타로는 깜짝 놀랐다. 구리하라의 역참으로 가기 전에 '무라사메 님으로 둔갑한 시노'가 외친 것과 같은 말이 아닌가.

"얼떨결에 시노의 주장을 듣고 바꿔치기했지만, 시노는 죽여서는 안 돼요. 굳이 말하자면 후세히메의 구슬을 버리더라도——시노는 죽여서는 안 돼요!"

그러고 나서 무라사메는 가쿠타로의 마음을 빨아들일 듯한 눈물의 눈빛을 보이며 중얼거렸다.

"만일 시노가 죽는다면…… 내 마음속에 그 사람만 남겠지요. 그는 나를 죽게 하지 않으려고 나 대신 에도성으로 들어간 거예요."

이누무라 가쿠타로는 다시 한번 찬물을 뒤집어쓴 듯한 기분이 되었다.

실은 구리하라에 시노——라고 그는 믿고 있었다——를 구하러 갈 때, 바보 같다고는 생각하면서도 한편으로는 이대로 시노를 구슬 빼앗기 작전 계획에서 내팽개치고 자신만이 무라사메 님에게 좋은 모습을 보일 수 있다, 고 생각을 고쳐먹은 것도 있었던 것이다. 그런데 반대로, 이제 와서 무라사메 님에게 그런 말을 듣는 처지가 되었으니 그로서는 수지가 맞지 않는다. 입장이 난처하다.

그러나 이것은 정말로. ──하고, 가쿠타로는 다시 묘한 눈빛으로 상대를 보았다.

진짜 무라사메 님일까?

"마님. ……마님은 진짜 마님이시지요?"

무라사메는 말없이 가쿠타로를 바라보고 있었지만, 이윽고 뺨을 살짝 붉히며 조용히 자신의 가슴을 헤쳤다. 약간 푸르스름해지기 시작한 빛에 풍만한 유방이 반쯤 보이자,

"……아이쿠!"

하고 가쿠타로는 몸을 떨며 손을 저었다.

"알겠습니다! 우선, 우선, 우선 기다려 주십시오. ──저는, 어떻게 해서라도 시노를 죽도록 내버려 두지는 않을 테니까요."

무라사메는 손뼉을 치며 그의 가슴에 뛰어들어왔다.

"기뻐요. 과연 이누무라 가쿠타로로군요."

이성을 잃고 껴안고 싶은 것을 필사적으로 누르려니, 그것만으로 이누무라 가쿠타로는 온몸의 기력을 소모한 듯한 느낌이 되어 멍한 머리로 "……시노 이 멍청한 놈" 하고 약하게 욕을 하고는, 하는 김에 "가쿠타로 이 멍청한 놈" 하고 중얼거렸다.

2

"자, 드디어 내일, 에도성에서 공식적으로 춤을 추게 되어 있는데."

하고 이누카와 소스케는 조용히 말하며, 꽃처럼 흐드러지게 핀 수십 명의 여자들을 바라보았다.

날이 밝기 전의 오바타 저택이다.

앞에 있는 것은 온나가부키 가쓰라기 다유 극단의 여자들이었다.

──이누카와 소스케 옆에는 가쓰라기 다유도 앉아 있다. 스물일고여덟 살 정도의 요염하기 그지없다고 형용해야 할 미녀였다.

"쇼군께 보여 드린 춤이 그분 마음에 든다면 극단은 이 집의 주인, 고명한 대(大)군학자 오바타 간베에 님과 함께 교토로 서쪽 지방으로 가서, 오사카성에 소속된 온나가부키가 된다. 도쿠가와가와 도요토미가를 잇는 기예라고도 할 수 있지. 사도가시마 극단, 무라야마 극단, 이쿠시마 극단 등 온나가부키는 많이 있지만, 그렇게 영예로운 온나가부키는 천하에 없다. ──가쓰라기 극단의 이름을 빛나게 할 우담화의 날이 왔다고 해야 할 것이야."

"산시로 님."

하고 가쓰라기 다유가 말했다.

"그것은 알고 있지만, 왜…… 오늘 아침에 이곳에 온 것입니까?"

실은 아까, 아직 날도 밝지 않았는데 요시와라에서 불려 나와 이기오이자카의 오바타 저택으로 이끌려 온 것이다. 춤을 쇼군께 보여 드리는 것은 오바타 간베에의 천거에 의한 것이라는 이야기는 들었으니 그것은 이상하지 않지만, 이 새벽에 급히 소집된 것을 그녀는 이상하게 생각하고 있다. 부르러 온 오바타의 제자 이누무라 가쿠타로라는 남자도, 에도 산시로도, 약간 당황하고 있었던 듯하다.

"그게 말이지요."

하고 지금은 침착하게 산시로는 말했다.

"이 남자를 부르러 보낸 것은 저라…… 실은 제가 갑자기 어떤 생각을 해낸 것이 있습니다."

"어떤 생각이요?"

"……그런데 다들, 내가 일견 여자를 싫어하는 것으로 보이는——그런 사람이 된 유래를 알고 있느냐."

하고 산시로는 다른 말을 꺼냈다. 모두 어안이 벙벙해 있다.

그러나 그가 하는 말은 유래는 모르더라도 사실로서는 인정하지 않을 수 없었다. 겉으로 보기에는 신경질적인 미남이지만 극단의 안무, 연출을 할 때는 귀신처럼 무서워진다. 여자들이 졸도해도 채찍을 휘두르는 등 세상에 이렇게 잔인한 남자는 없을 거라고 생각될 정도이지만, 그런데도 화를 내거나 도망치려고 하는 여자가 한 명도 없었던 것은 이 교겐 작가 겸 연출가의 예술적 정열과 재능이 뼈저리게 느껴지기 때문이었다. 그래서 오히려 여자들은 그에게 심취하고, 그에게 존경과 애정을 느끼고 있었다. ——사실을 말하면 가쓰라기 다유를 비롯해 극단의 무희들은 모두가 그에게 반해 있었다고 할 수 있다.

그런 여자들에게 둘러싸여 있어도 그는 전혀 관심이 없는 듯하고, 또한 그렇게 보였기 때문에 더더욱 극단의 평화가 유지되고 있었던 것이지만, 사랑이나 연심이라는 감정이 선천적으로 없는 것처럼 보이던 남자가 지금 처음으로 스스로 그것을 입에 담았다.

"당신이라는 사람은 이상한 분이라고 생각하고 있었지만…… 스스로도 그것을 알고 계셨다니 더욱 이상하군요."

하고 가쓰라기 다유가 마른침을 삼키며 말했다.

"유래는 몰라요. 말해 주서요."

"실은 이전에, 나는 춤을 가르치던 두 여인을 사랑했다."

"앗, 당신이 사랑을──그것도 두 명을──이것은 또 생각지 못한 욕심쟁이네요."

무희들은 웃었다.

"우스우냐. 하지만 웃을 일이 아니다. 두 사람을 사랑하면서도, 나는 어느 쪽을 선택할지 망설이고 있었지. ……그러다가 갑자기 어느 날, 두 여자가 서로를 찔러 자해하고 말았다."

무희들은 갑자기 침묵했다.

"죽고 나니, 그 두 여인을 잊을 수가 없다. 나는 일종의 지옥에 떨어졌지. ……내가 일견 여자를 싫어하는 것으로 보이는 남자가 된 것은 이 일이 원인이다."

침통한 눈으로 일동을 둘러보며 잠시 침묵한 후, 산시로는 말했다.

"내일의 춤, 실은 내 취향으로 모두 똑같은 얼굴을 하고 춤을 춰 주었으면 한다. 아니…… 모두 똑같은 것이 아니라, 두 개의 얼굴인데 그것이 두 개의 조로 나뉘어 한 조씩 똑같은 얼굴을 하고 춤을 춘다면, 성에 계시는 분들이 얼마나 깜짝 놀라시겠느냐."

"산시로 님——그 두 개의 얼굴이란 당신이 사랑하신 여인의 얼굴이 아닙니까?"

하고 가쓰라기 다유가 외쳤다.

"그렇습니다, 저에게도 일생일대의 중요한 무대. 그렇다면——."

"잠깐만요, 그렇다고 해도 우리가 그런 얼굴로 바뀔 수가 있나요?"

"화장을 하면."

하고 산시로는 고개를 끄덕였다.

"이 남자는——오바타 선생의 첫째 제자이면서, 적을 속이는 군법술의 하나로 놀라운 화장의 명수다."

에도 산시로는 가쓰라기 다유와는 반대쪽을 턱으로 가리켰다.

거기에 이누무라 가쿠타로가 네모난 얼굴로 앉아 있었다. 그 앞에는 커다란 술병과 포개어 쌓은 술잔이 놓여 있다.

"이자가 내 지시대로 화장을 해 줄 것이다."

하고 산시로는 말했다.

"다만——지금부터 화장을 하지 않으면 내일까지 다 마칠 수 없을 정도로 손이 많이 가는 화장이니——화장하는 동안, 얼굴을 움직이면 곤란하다. 그래서 이 술을 마시고, 자고 있는 사이에 화장을 해

달라고 할 것이다."

잠시 침묵을 지키고 있던 여자들의 눈이 점차 빛나기 시작했다. 누군가가 헐떡이듯이 말했다.

"그 화장을 하면, 당신이 사랑하셨던 여인과 똑같은 얼굴이 되는 건가요?"

핫토리 일당이 오바타 저택의 문을 두드린 것은 그로부터 약 1각 후였다.

환희(幻戲)

1

   핫토리 한조는 새벽에 에도로 달려 돌아와, 저택에 있는 후나무시와 다마즈사와 나란히 그들이 지키고 있는 두 개의 구슬이 무사한 것을 확인하고는, 이번에는 사도 태수 혼다의 저택으로 서둘러 갔다. 구리하라의 역참에 찾아왔던 이누무라 가쿠타로라는 남자가 사도 태수의 가짜 사자인 것은 이미 9할까지는 분명하다 해도, 만약을 위해 확인하지 않을 수 없었던 것이다.

   사도 태수를 만나 물어보니, 즉시 이누무라 가쿠타로가 가짜 사자인 것은 분명해졌다. 하지만 그 이외에 생각지 못한 말을 들었다. 그 이누무라 가쿠타로는 며칠 전 혼다 저택에 와서, 스승인 오바타 간베에가 오사카에서 돌아올 것이라 말했다는 것이다.

   "올해 1월에 오사카에 갔을 간베에가 벌써 돌아오다니 이상하다고는 생각했지만, 설마 나까지 속이려는 생각은 아닐 걸세. 요도기미 님의 소망으로, 에도의 온나가부키를 데리고 돌아가려는 용건이라고 하던데."

   하고 사도는 말했다.

   "그 이누무라라는 남자, 기괴한 놈이로군……그자가 사토미가의 코가 사람이었다고?"

   "그것은 백에 아흔아홉 그럴 것이라 생각하옵니다만."

   하며 핫토리 한조는 고개를 갸웃거렸다. 어젯밤에 자신을 구리하라의 역참에서 꾀어내는 것이 목적이었다면, 며칠 전부터 사도 태수 혼다 님까지 같은 말로 속이고 있었다는 것은 지나치게 꼼꼼하여 오히려 이상하다.

"좋습니다. 제가 당장 오바타 님의 저택에 가서 알아보고 오지요. 거짓인지 진짜인지, 간베에 님은 어제——아니, 그저께 돌아왔다고 했으니까요."

이렇게 해서 핫토리 한조는 부하를 이끌고 기오이자카에 있는 오바타 저택으로 찾아갔다. '고슈류 군학 지도'라는 커다란 간판이 걸려 있는 문을 들어가 사람을 부르니——제자가 나와,

"맞습니다, 스승님께서는 그저께 돌아오셨습니다."

라고 말했다.

"뭐라, 간베에 님이 돌아오신 것은 참말인가."

한조는 눈을 휘둥그렇게 떴다.

"그렇다면 왜 사도 태수 혼다 님을 찾아뵙지 않으시는 겐가. 사도 태수님께서는 몹시 기다리고 계시네."

"그게, 도카이도주1)를 밤낮없이 서둘러 돌아오시는 바람에 몹시 지치신 듯하여."

하고 제자는 대답했지만, 사실은 그도 이상하게 생각하고 있었다.

핫토리 님이 찾아오시면 그렇게 말하라는 명령을 받았기에 이렇게 대답했지만, 실은 아까 누군가가 두들겨 깨워 일어나 보니 거기

주1) 東海道(도카이도), 에도 시대의 5대 가도 중 하나. 에도에서 교토를 잇는 길로, 53개의 역참이 설치되어 있었다.

에 홀연히 스승 간베에가 서 있어서 깜짝 놀랐던 것이다. 실로 아닌 밤중에 홍두깨라고나 해야 할 스승의 귀가였지만, 실제로 간베에가 거기에 있고 그렇게 말하니 더 이상 의심할 수가 없었다.

"어쨌든 뵙고 싶네."

한조는 여우에 홀린 듯한 얼굴로 안내되었다.

오바타 간베에는 책상에 기대어 핫토리 한조를 맞이했다. 실로 올해 1월에 헤어진 간베에가 틀림없었다. 일대의 군학자다운 장중한 풍모지만, 정말로 제자가 지금 말했다시피 피로가 아직 풀리지 않은 창백한 얼굴을 하고 있었다.

"아니, 사도 태수님께서 그렇게까지 마음을 쓰고 계셨단 말이오?"

헤어진 이후의 인사를 나누고는, 간베에는 황송해하며 말했다.

"내일 제자 이누무라에게 미리 수배시켜 둔 온나가부키를 데리고 등성하여, 그곳에서 사도 태수 혼다 님을 뵐 생각이었소. 자세한 이야기는 그때 직접 말씀드리도록 하지."

"이누무라——이누무라 가쿠타로."

한조는 이 경우, 간베에보다도 그 남자가 더 마음에 걸렸다.

"오바타 님, 갑작스러운 물음이지만, 그 이누무라 가쿠타로라는 제자는 본래 어떤 내력을 가진 자입니까?"

"——아니, 이누무라가 무슨 짓이라도 했소?"

하고 간베에는 가슴이 덜컥한 듯 한조의 얼굴을 보았다.

"그자는 젊은 나이지만 군학의 천재라 장래에는 내 후계로 삼으려고 생각하고 있었는데, 집을 비운 동안 나 대신 강의를 시켜 두었더니 자만이 지나쳐 조금 이상해졌는지 어제——이가의 종가 핫토리 한조 님을 속임수로 꾀어낼 수 있을지 내기를 하자고 하더군——너무 바보 같은 소리라 상대하지 않았더니 혼자 흥분해서 뛰쳐나갔는데, 혹시 이누무라가 그대에게 뭔가 무례한 짓을 한 것은 아니오?"

핫토리 한조는 더욱더 여우에 홀린 듯한 얼굴이 되었다.

어젯밤에 자신에게 이누무라 가쿠타로가 저지른 짓은 실로 기괴한 것이지만, 지금 오바타 간베에로부터 이야기를 들어 보니 기괴하기는 해도 앞뒤는 맞는다. 분명 가쿠타로도 같은 말을 했던 것 같다.

그렇다면 그것은 진실일까. 그자를 사토미의 코가 사람이라고 본 것은 자신의 지나친 생각일까. 그자는 단순히 군학에 미친 자에 지나지 않는 것일까. 그러고 보니 그때의 거동에는 확실히 보통 사람이 아닌, 미치광이 같은 구석이 있었던 것 같다.

"아니, 대단한 일은 없었습니다."

하고 한조는 아무렇지도 않게 고개를 끄덕였다. 설령 이누무라가 이 간베에의 제자라 해도, 자신의 어젯밤의 실수를 이 군학자에게 하소연하는 것은 이가조의 두목인 자신의 체면에 관련된 것이다. 적어도 지금은 말하지 말아야 한다, 고 판단한 것이다.

"어쨌든 무사히 돌아오신 것을 축하드립니다. 그 말씀은 사도 태수님께 보고해 올리지요."

핫토리 한조는 석연치 않은 기분으로 일어섰다.

"모쪼록 잘 부탁하오. ——내일 아침에 내가 등성해서, 오사카의 일에 대해 사도 태수님께 말씀드리겠소."

전송하려고 일어서려다가, 오바타 간베에는 웃 하고 신음하며 오른팔을 눌렀다.

"왜 그러십니까?"

"아니, 길을 서두른 나머지 별것도 아닌 일에 팔을 좀 접질러서 말이오."

한조를 보내고 나서, 오바타 간베에는 혀를 내밀었다.

"팔을 너무 많이 써서 상처가 아프군."

"이누무라."

하고 등 뒤에서 목소리가 들렸다. 무라사메가 거기에 서 있었다.

"보신 대로 핫토리는 쫓아냈습니다. 이것으로 제 군법의 밑그림은 더욱더 그럴듯하게 그려 낸 것이지요."

하며 간베에는 웃었다. ──그 얼굴에 이누무라 가쿠타로의 그림자도 머물러 있지 않은 것에, 무라사메도 아까부터 그것을 보고 있음에도 불구하고──또한 그의 닌자술 '부조'에 대해서는 이누즈카 시노가 자신과 꼭 닮은 얼굴로 변한 것을 통해 알고 있음에도 불구하고──무라사메는 여전히 아연한 마음을 지울 수가 없다.

오바타 간베에는 이누무라 가쿠타로였다. 그는 자기 자신의 얼굴에 '부조'를 시도하여 스승 간베에로 변모한 것이다.

본래 그는 에도성에 등성해 구슬을 빼앗는다는 무모한 일에는 소극적이었다. 그러나 무라사메 님을 위해 굳이 그 일을 해낼 결심을 굳혔다. 그때는 스승의 대역으로──이누무라 가쿠타로 자신으로서 등성할 생각이었다. 그러나 시노를 구해 달라는 무라사메 님의 간절한 바람도 묵과하기 어려워, 어젯밤 그런 속임수를 짜낸 것이다. 이제 이누무라 가쿠타로로서는 행동할 수 없다. 그는 광인이 되어 영원히 모습을 감춘 것으로 장사지내야 한다. 그때 에도가와강에서 핫토리 한조에게 어느 모로 보나 광인처럼 보이게 하고, 그의 수리검을 꼴사납게 오른팔에 맞아 보인 것은 이 복선을 위해서다. 이누무라 가쿠타로를 미치광이로 만들어 버리면, 오바타 간베에에게는 아무런 흠집도 나지 않고 그 행동은 자유로워진다.

그러나 이누무라 가쿠타로에게는 흠집이 났다. 아니, 영원히 그 모습을 지우고 말았다. 게다가 그것은 또 무라사메 님의――이번에는 진짜 무라사메 님의, 시노를 구해 달라는 바람 때문이었다. 그는 이 여인을 위해, 재삼 간단히 자신의 군법을 변경했다.

"그럼."

하고 이누무라 가쿠타로는 고개를 끄덕이고는 당지문을 열고 별실로 들어갔다.

거기에는 수십 명의 여자가 아름다운 물고기처럼 누워 깊이 잠들어 있었다. 그 안에 이누카와 소스케만이 팔짱을 끼고, 새파란 얼굴을 하고 앉아 있었다.

가쓰라기 다유 극단의 여자들이다. 하지만 그들의 얼굴은――그 절반은 이가 쿠노이치 후나무시로, 나머지 절반은 다마즈사의 얼굴로 바뀌어 있었다.

가쿠타로는 이 여자들에 대한 닌자술 '부조'의 수술을 반쯤 마치고 핫토리 한조를 만난 것이다. 팔이 아픈 것은 수리검의 상처 때문만

이 아니라, 오늘 아침부터 시작한 이 필사적인 수술 때문이었다.

2

1614년 3월 3일.

상사(上巳)의 연회——소위 말하는 삼월 삼짇날.

이날은 명절의 예(禮)로서 여러 영주들이 쇼군을 알현할 수 있기 때문에, 에도성 안팎은 엄숙하고 화려한 행렬로 가득 찬다.

이 가운데, 그렇다고 해도 보기 드문 무리가 성에 들어왔다. 가쓰라기 다유 극단의 온나가부키 무희들이다. 그녀들은 모두 아름다운 두건을 쓰고 눈만 내놓고 있었지만, 이것은 물론 신분상 행동을 삼간 것이리라. 감독하는 남자 한 명과, 그리고 오바타 간베에가 이를 인솔했다.

영주들에 대한 인사는 제쳐두고, 사도 태수 혼다는 우선 오바타 간베에를 만났다. 그가 데려온 온나가부키의 사람들은 옆방에 대기시켜 두었다.

"예기치 않게 갑자기 돌아와, 수상하게 생각하셨겠지요. ……실은 교토에 간 것으로 하고 에도로 돌아왔기 때문에, 마음이 급해 충분한 연락도 하지 못했습니다."

하고 간베에는 조용히 말했다.

평소에 알던 대로 장중한 병법가 오바타 간베에가 틀림없다.

"그럼, 이누무라 가쿠타로라는 자를 통해 온나가부키 운운했던 그 일은 사실인가."

하고 사도 태수는 말했다.

"요도기미 님이 에도의 온나가부키를 소망하신다고?"

"바로 그렇습니다. 허나 제가 이 일을 맡은 것은."

오바타 간베에는 여기에서 놀라운 계획을 사도 태수에게 털어놓았다.

그것은 곧 예정되어 있는 오사카성 공격 때——센히메 님을 어떻게 해서라도 간토로 돌려보내야 하는데, 그 일을 온나가부키 무리에게 돕게 한다는 착상이었다. 그리하면 오사카 측을 방심하게 만들 수 있지만, 평범한 온나가부키로는 곤란하니 미리 이쪽에서 충분히 타이른 온나가부키를 보낼 필요가 있다, 라는 것이었다.

"흐—음."

하고 사도 태수는 신음했다. 이거라면 간베에가 급히 돌아온 이유도 충분히 고개가 끄덕여진다.

"그 온나가부키는 쓸 만한가."

"저도 전에 구경하여 그 훌륭함에 감탄한 지 오래입니다만, 특히 그 칼춤은 모두 일제히 홍매(紅梅)의 고소데에 금실로 무늬를 짠 화려한 비단 하오리를 걸치고, 붉게 물들인 잘록한 모자를 쓰고 하얀 칼날을 번득이며 어지러이 춤을 추는데——눈을 빼앗을 만큼 현란한 것입니다. 그 의상을 지참하게 하였으니, 지금부터 보시지요."

"춤이 아니라——그 여자들의 근성이 말일세."

하고 사도 태수가 말했을 때, 핫토리 한조가 들어와 보고했다.

"사도 태수님. ……사토미의 무라사메 님이 헌상하실 물건을 가지고 지금 등성하셨습니다."

물론 한조 자신이 전날 밤부터 핫토리 저택에 붙들어 두었던 무라사메를 데리고 등성한 것이다.

"호, 어디에 있는가?"

"휘파람새의 방에."

"후나무시와 다마즈사는?"

"그곳 복도에 대기하고 있습니다."

"두 사람, 그 물건은 가지고 있는가?"

"틀림없이 가지고 있습니다."

"그래서…… 사토미의 안주인은 침착하던가."

"예."

"흐음."

이 문답을 듣고 있던 오바타 간베에가 문득 말했다.

"한조 님. 이야기는, 그 후세히메의 구슬에 대한 것이오?"

이 일에 대해서는 오바타 간베에도 알고 있다. 언젠가 혼다 저택에서 밀담을 나눌 때, 사토미의 코가 사람으로 생각되는 자가 숨어들어와 놀라게 한 적이 있었는데, 그때 간베에가 그 밀담의 주역으로 동석하고 있었기 때문이다.

"그렇다면 좋은 기회요. 그 구슬, 거기에 후나무시와 다마즈사가 있다면 다시 제게 좀 보여 주시오."

"……아니, 무엇을 하시려고요?"

"실은 사토미가에 전해지는 여덟 개의 백옥에 대해서는 이미 오사카성에서도 알고 있고, 우연한 기회에 그 이야기가 나왔을 때 센히메 님이 꼭 그것을 보고 싶다고 말씀하셨는데——어떠십니까. 사도 태수님. 이것도 오사카 측에 아첨할 수단 중 하나로, 여덟 개의 구슬은 제게 주실 수는 없겠습니까."

"그것은 상관없네만——."

"거기에는 구멍이 있던가요? 저는 센히메 님께 구멍은 없다고 말씀드렸는데, 지금 생각하니 구멍이 있었던 것 같기도 하군요——."

"구멍은, 있네."

"역시 그랬습니까, 어쨌든 좀 보여 주십시오."

후나무시와 다마즈사가 불려왔다.

"두 사람, 가지고 있는 구슬을 오바타 님께 보여 드려라."

그 말에, 후나무시와 다마즈사는 각각 품에서 하얀 천에 싼 구슬을 꺼내 오바타 간베에에게 건넸다.

"호오. ……의(義)와 예(禮)."

간베에는 그것을 손바닥에 올려놓고 빛에 비추며 황홀한 듯 바라보았다. 언제까지나, 언제까지나.

"그럼 한조, 무라사메를 만나지."

사도 태수는 간베에를 버려두고 일어섰다.

"구슬은 여섯 개밖에 가지고 있지 않을 텐데, 어떤 인사를 할지—."

사도 태수는 나갔다. 조금 망설였지만, 핫토리 한조도 그 뒤를 쫓았다.

"자네들도 안 가나?"

하고 오바타 간베에는 후나무시와 다마즈사에게 말했다.

"그 구슬, 돌려주십시오."

"아니, 무엇 하려고. 이야기는 들었네. 구슬은 내가 맡아 두고 있어도 문제는 없을 텐데."

"아니요, 사토미의 숨통을 끊을 때까지는, 저희가 그것을 갖고 있고 싶습니다. 지금까지 죽은 여섯 명의 동료를 위해서도."

"그런가, 호오, 여섯 명——죽었나. 잠깐, 잠깐, 그렇다고 해도 이 요사스럽고 아름다운 구슬은 참으로 보기가 좋군. 이참에 보여 주고 싶은 사람이 있네."

하며 벌떡 일어섰다.

"오바타 님, 그것은 누구입니까?"

"가쓰라기 다유 극단의 무희들일세."

"가쓰라기 다유 극단?"

"온나가부키의 무희인데, 이제부터 도쿠가와가의 손발이 되어 일해 주어야 하는 자들일세. 걱정 말게, 걱정 마."

하고 말하면서 간베에는 당지문을 열고 옆방으로 들어갔다. —— 후나무시와 다마즈사가 허둥지둥 그 뒤를 쫓는다.

쫓고, 들어갔다가, 두 명의 여자 닌자는 눈을 크게 떴다. 거기에는 똑같은 두건, 똑같은 의상의 여자들 수십 명이 공손하게 손을 짚고 엎드려 있었다. 그것은 좋지만, 그 뒤에 무릎에 손을 얹고 단정하게 앉아 있는 감독인 듯한 남자의 얼굴을 보고 두 사람은 앗 하며 입 속으로 외쳤다.

"오랜만이라고 해야 할까."

씩 웃은 것은 에도 산시로였다.

"그대들, 보통 사람이 아니라고 생각하고 있었는데 그렇군, 성(城)과 관련이 있는 사람들이었나."

에도 산시로야말로 애초의 발단, 후나무시, 다마즈사 등이 사토미가의 구슬을 빼앗는 방편으로서 온나가부키의 춤을 배웠을 때, 손에 손을 잡고 가르쳐 주었던 스승이다.

"이들은 이가의 이름난 여자 닌자일세."

오바타 간베에는 태연하게 소개하고, 두 명의 여자에게 두 개의 구슬을 건넸다.

"자, 보아라. 이것이 그 유명한 난소(南總) 사토미가의 구슬이다."

두 개의 구슬은 차례차례 여자들의 손에서 손으로 건너간다.

물끄러미 그것을 바라보고 있던 후나무시가 갑자기 형용하기 힘든 경악의 비명을 질렀다.

"……수상한 자! 이자들, 수상한 자들이다!"

"왜, 왜 그래, 후나무시——."

"다마즈사, 보렴, 이 여자들의 얼굴——모두, 나와 네 얼굴이다."

"엇."

동시에 여자들은 일제히 복면을 벗었다. 수십 명의 반반이 틀림없이 후나무시와 다마즈사를 꼭 닮은 얼굴이었다. 후나무시로 둔갑한 여자들은 후나무시와 마찬가지로 모두 한쪽 눈을 감고.

"춤을 추어라, 칼춤을 보여 드려라."

하고 에도 산시로가 소리쳤다. 여자들이 일어섰다.

"이가조, 나오십시오!"

하고 후나무시가 절규했다.

에도 산시로——이누카와 소스케는 씩 웃으며 이누무라 가쿠타로에게 속삭였다.

"정말로 그 말대로로군. 이누무라, 조심성이 많은 놈들이라, 이 주위 일대에 분명히 이가 사람들이 대기하고 있네. 역시 미리 의논한 대로 날뛰지 않으면 그 구슬을 가지고 밖으로 도망칠 수는 없을 게야."

그리고 그는 질타했다.

"춤추어라!"

여자들은 일제히 하얀 칼을 뽑았다. 그리고 춤추기 시작했다.

"나의 사랑은

달이 구름에 가리우듯

꽃이 바람에 지듯 덧없어라."

그녀들은 성에 들어온 후로 에도 산시로에게서 처음으로 그의 비원(悲願)을 듣게 되었다. ——이제 물러나려야 물러날 수 없다고 체념하고, 화를 낸 여자는 없었다. 본래 그녀들은 처음부터 에도 산시로를 위해서라면 죽음을 마다하지 않을 마음이었다.

여자들은 춤추면서, 그 방의 사방으로 하얀 칼날을 번득이며 퍼져 갔다. 그것은 꽃이 거세게 날리는 것 같았다. 구슬은 어디로 가버렸는지 알 수 없었다. ——광기처럼 그것을 쫓으려던 후나무시와 다마즈사를 향해, 이누카와 소스케의 손에서 하얀 빛이 날았다.

그것은 솔잎 같은 광류(光流)를 그리고, 팟 하고 소리를 내며 두 여자 닌자의 띠가 절단되었으나, 그녀들은 그것만으로 벗어났다.

앞쪽에서 기다리고 있던 이누무라 가쿠타로가 그 옷을 붙잡았다.

"일부러 놓쳤다. 너희들이 지금 죽는다면 마술을 쓸 수가 없거든."

두 여자 닌자는 달걀처럼 빙글빙글 돌면서 그대로 또 피했다.

"오십시오! 이가조!"

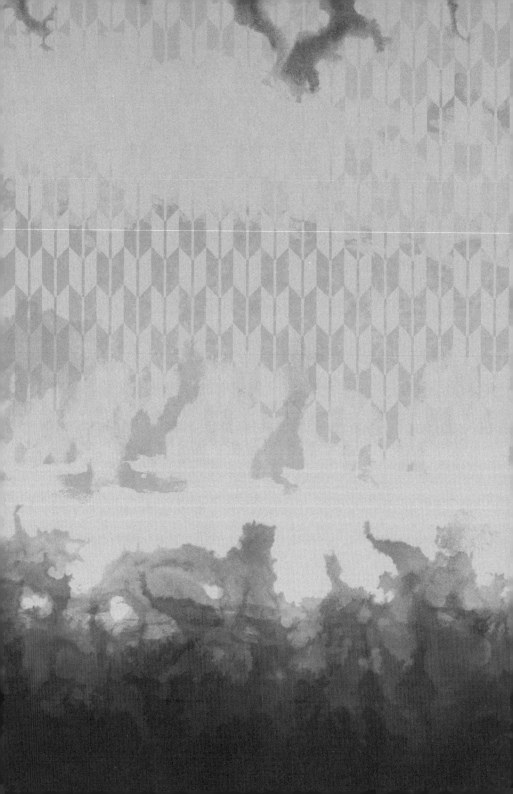

빈 구슬

1

"……수상한 자! 이자들, 수상한 자들이다!"

최초의 후나무시의 절규를 들었을 때, 사도 태수 혼다와 핫토리 한조는 그곳에서 가까운 휘파람새의 방에서 여우에 홀린 듯한 얼굴을 마주 보고 있었다.

"어찌 된 것인가, 한조."

"글쎄요."

무라사메가 없었던 것이다.

휘파람새의 방이라고 하는 것처럼, 높은 소란 반자 천장 가득 휘파람새와 벚꽃을 그린 방이었다. 바로 조금 전에 한조는 무라사메를 그곳으로 안내한 후 사도 태수를 부르러 나갔다. 그녀 혼자 두고 나왔다고는 하지만, 휘파람새의 방 중 한쪽 면은 벽, 다른 삼면은 당지문과 툇마루인데, 그 어느 쪽도 부하인 이가 사람들이 슬며시 감시하고 있다. 무엇보다 이제 와서 무라사메가 모습을 감추리라고는 어지간한 한조도 예상도 하지 못했다.

"이것은 기괴하군."

하고 한조가 중얼거렸을 때, "……수상한 자다! 이가조, 나오십시오!" 하는 후나무시의 절규가 들리고——이어서 여자들의 노랫소리와 함께 다다미 위를 성난 흐름처럼 달리는 듯한 울림이 일기 시작했다.

"이는 무슨 일인지. 사도 태수님, 잠시 기다려 주십시오."

달려 돌아가는 한조의 앞쪽에서 두 명의 알몸의 여자가 달려왔다. 후나무시와 다마즈사다.

여자이지만 사납고 날쌔기 그지없는 후나무시와 다마즈사가 이 정도의 일을 당하며 어린 소녀처럼 도망쳐 온 것은 물론 단순한 공포 때문이 아니다. 너무나도 의외의 일에 경악한 것은 사실이지만, 그보다 이미 빼앗긴 구슬을 순간적으로 다시 빼앗을 수 없겠다고 판단했기 때문에, 그리고 또 이 큰일을 두목인 한조에게 알리려고 초조해졌기 때문이다.

"두목님, ……오바타 간베에 님은 사토미의 코가 사람입니다!"

"가쓰라기 다유의 극단도——."

어지간한 핫토리 한조와 사도 태수 혼다도 앗 하며 놀랐다.

설마 그들은 오바타 간베에까지는 의심하지 않았고, 그래서 그가 천거한 온나가부키까지도 의혹을 품지 않았던 것이다. 그러면——

"두목님, ……거기 두 사람, 사토미의 코가 사람입니다!"

"성 안에 흩어지면 큰일입니다, 빨리, 붙잡으십시오!"

그렇게 외치면서, 이어서 몇 명의 여자들이 달려왔다. 이 또한 실오라기 하나 걸치지 않은 알몸에 하얀 칼을 들고 있다.

그 얼굴을 보고 한조는 눈을 부릅떴다. 달려온 것은, 보라, 어느 여자도 후나무시 또는 다마즈사와 꼭 닮은 얼굴이 아닌가.

"두목님, 수상한 자라니요?"

여기저기에서 부하인 이가 사람들이 난입해 왔다. 그에 대해,

"수상한 자는 저자다."

"저 여자를 붙잡으십시오!"

"그보다 구슬을."

"구슬을 누군가가 가지고 있을 터——."

무수하다고 해도 좋을 여자의 목소리가 오가고, 그녀들은 서로 얽히고 또 사방으로 흩어지기 시작했다.

"한조!"

사도 태수 혼다는 돌아보며 백발을 곤두세우고 절규했다.

"멈추어라!"

하고 당황하며 외친 것은 이가 사람들에게 쫓긴 여자들이 성안으로 널리, 무작정 난입해 가는 것을 보았기 때문이다. 때는 마침 3월 3일이라 영주들이 총등성하는 날, 여기에 알몸의 여자들이 흩어진다면 돌이킬 수가 없다.

"오오, 멈추어라!"

이가 사람들이 쫓아가 검은 머리카락을 움켜쥐고 끌어당기면,

"다마즈사입니다!"

하고 여자가 소리친다. 그 얼굴은 틀림없는 같은 편의 다마즈사라 "어이쿠" 하며 저도 모르게 기세가 죽은 틈에 여자는 도망친다. 때로는 뒤도 돌아보지 않고 하얀 칼을 던져, 이가 사람의 얼굴에 피보라가 튄다.

이제 이 일대는 사분오열, 형용하기 힘든 혼란의 소용돌이로 변하고 말았다. 이 안에서 더욱 안쪽으로 나아가려고 하는 무리가 있는가 하면, 또 바깥으로 달려가려고 하는 무리도 있다. ——장소가 장

소인 만큼 이가 사람들도 당황하고 쩔쩔매느라 정신이 없었다.

"잠깐, 한 사람도 놓치지 마라!"

어질어질한 기분으로 바쁘게 움직이고 있던 핫토리 한조는 몇 초 후에 여자들도 사도 태수도 내버려 두고 구르듯이 달려갔다.

"특히, 오바타 간베에와 감독으로 온 사내를——."

어디를 보아도 미로 같은 에도성 안이다. 그 곳곳에서 투쟁의 울림이 일어나고 있었다. 그 안에서 또 노랫소리가 들린다.

"광명편조(光明遍照), 십방세계(十方世界)

염불중생(念佛衆生), 섭취불사(攝取不捨)

나무아미타불, 나무아미타."

그것에 섞여 깜짝 놀랄 듯한 비명. ……얼굴이 온통 흙색이 되어 우두커니 서 있던 사도 태수 혼다는 자신의 실수로 일어난 이 빈틈투성이의 파탄에, 그 노랫소리에도 비명에도 귀를 덮고 싶은 기분이 들었다.

"아니, 오바타 간베에, 기다려라!"

하고, 어느 회랑에서 이가 무리를 상대로 칼을 섞고 있던 오바타 간베에의 모습을 보고, 핫토리 한조는 노발대발하여 달려갔다.

"네놈은 언제부터 도쿠가와가를 배신하고 사토미의 개가 되었느냐!"

"개! 개!"

오바타 간베에는 기괴한 고함을 질렀다.

"팔방, 오너라."

한조와 이가 사람들을 가르고, 네댓 명의 알몸의 여인이 칼날을 번득이며 쇄도해 왔다.

"이가조! 다마즈사입니다, 거기 비키세요! 이자는 제게 맡기십시오!"

그 모두가 다마즈사의 얼굴을 하고 있다.

혼란 사이에 간베에는 타타타타 하고 도망친다.

그것을 보자마자.

"두목님."

한 명의 다마즈사가 창백한 얼굴로 돌아보며 외쳤다.

"다른 다마즈사는 모두 죽이십시오!"

외치더니, 칼을 거꾸로 쥐고 자신의 목을 향해 목덜미까지 꿰찔렀다. 일순 꼿꼿이 서는가 싶더니, 그녀는 하늘을 향해 털썩 쓰러졌다.

과연 핫토리의 쿠노이치다. 자신의 죽음으로 현혹하는 여인들을 일거에 장사지낼 각오를 한 다마즈사였다.

"베어라, 베어!"

핫토리 한조는 미친 듯이 고함치면서 달려들어, 그곳에 있던 두 명의 다마즈사를 비스듬히 베었다. 그 콧등을 무언가가 날아와 호되게 때렸다.

"난(亂)."

하고 멀리서 오바타 간베에가 외쳤다. 구슬 하나가 한조의 발치에 떨어졌다.

"난(亂)의 구슬이다. ……예(禮)의 구슬은 이미 받았다!"

그리고 한 명의 이가 사람을 베었지만, 그 또한 온몸이 붉게 물들어 있었다. 일찍이 노자라시구미의 거친 무사를 가볍게 처리했을 정도의 사내지만, 오늘의 상대는 이가조다. 게다가 그의 오른팔은 그저께 한조의 수리검을 맞은 터다.

"천하진호(天下鎭護)를 목표로 하는 대군사(大軍師) 이누무라 가쿠타로에게 난(亂)의 구슬을 준 것이 네놈들의 화근이다. 꼴 좋게 되었구나."

"뭐, 뭣이, 이누무라 가쿠타로?!"

"놀랐느냐, 나는 바로 이누무라 가쿠타로다. 스승 오바타 간베에도 이 정도의 대군법(大軍法)은 이루지 못할 테지. 아하하하하. …… 허나 이제 오사카까지는 갈 수 없으려나."

무슨 뜻인지, 이가 사람들은 영문도 알 수 없었다. 그러나 이누무라 가쿠타로는 이 고빗사위가 되어서도 아직 도망칠 생각이었던 것으로 보인다.

"하기야 아무 인연도 없는 이 여인들을 죽이고 내가 살아남는다면 군사(軍師)의 의리에 어긋나지. 그러면——, 아하하하하."

기다리고 있었던 것처럼 웃는 턱을 쳐들었다. 그 목에 핫토리 한조의 수리검이 깊이 꽂혔다. 이누무라 가쿠타로는 이미 시체의 꽃다발로 변한 무희들 위로 혈소(血笑)를 울리며 쓰러졌다.

한조와 이가 사람들이 달려갔다. 시체를 뒤졌으나, 찾는 구슬은 어디에도 없었다.

한편, 이누카와 소스케도 다른 방에서 절규하고 있었다.

"오른쪽으로, 오른쪽으로."

그 목소리에 따라 몇 사람의 알몸의 여자가 오른쪽으로 달린다.

"왼쪽으로! 거기, 뛰어라!"

왼쪽에서 다른 몇 명의 알몸의 여자가 공중제비를 돌고 이가 사람들의 칼이 허공을 베었다.

이누무라 가쿠타로를 군사(軍師)로 본다면, 이자는 실전의 부대장일 것이다. 칼이라면 춤에 휘두르는 칼밖에 모르는 무희들이 멋지게 이가 사람들을 희롱했다. ——그것을 이누카와 소스케는 춤의 호흡으로 해내고 있는 것이다!

물론 여자들도 피투성이가 되어 있다. 게다가 피에 취한 것처럼 그녀들은 달리고, 날고, 춤추고, 칼을 휘두른다. 그때마다 이가 사람들이 이상하게 쓰러져 가는 것은 기이한 인형을 사용하는 닌자술 같았다.

이누카와 소스케는 딱히 자신이 닌자술을 쓰고 있다고는 생각하지 않는다. 그 자신도 몇 자루의 수리검을 맞아 피투성이가 되었으면서도, 여전히 '피의 환상곡'을 귀로 들으며 새로운 검무의 창조에 무아지경이 되어 있는 것이다.

"돌고, 칼을 휘둘러라."

동시에 또 한 명의 이가 사람이 몸을 뒤로 젖혔다. ——여자들 중 한 사람, 무시무시하게 실력이 좋은 자가 있었다.

그도 당연한 것이, 이것은 핫토리 쿠노이치의 후나무시였다.

"팔방! 팔방!"

이누카와 소스케는 가끔 꿈에서 깬 듯이 절규했다.

그 목소리를 들을 때마다 후나무시도 정신을 차렸다. 그리고 부르르 떨었다. 자신이 한 기괴한 짓에 깜짝 놀란 것이다. 하지만——다음 순간 "오른쪽으로 오른쪽으로!" 하는 호령을 들으면 그녀의 다리는 오른쪽으로 오른쪽으로 움직인다. 마치 무언가에 씐 것처럼.

——아마 그것은 일찍이 이 에도 산시로에게 채찍질을 당하며 맹훈련을 받은 여파, 일종의 조건반사이기도 했을 것이다.

그러나 이가의 쿠노이치가 코가 사람에게 속다니?

오른쪽으로, 오른쪽으로, 지금 에도 산시로의 목소리대로 움직이면서, 후나무시는 희미하게 눈을 떴다. 감겨 있던 왼쪽 눈을 죽을힘을 다해 떴다.

거기에서 '열(悅)'의 글자가 빛나기 시작했다.

"저것이다!"

"후나무시는 저자다!"

그것은, 이 또한 취한 듯했던 이가 사람들의 마수(魔睡)를 깨우는 데 이상한 효과를 발휘했다. 단순히 어느 것이 진짜 후나무시인가, 그 환영인가 하는 것을 감별하게 했을 뿐만 아니라, 이가 무리에게 적의 '닌자술' 그 자체가 깨진다는 작용을 나타냈다.

"베어라, 베어라."

별안간 칼에서 피를 털어 낸 이가 무리의 어지러운 습격에, 여자들은 피보라가 되어 쓰러져 간다.

"큰일이다!"

하고 이누카와 소스케는 신음했다.

닌자술을 걸고 있다는 의식은 없으니, 그것이 깨졌다는 의식도 없다. 다만 그는 이때 정원 쪽에서 멀리 개 짖는 소리를 들었다. 자신들의 등성에 맞추어, 그와 전후해서 들여보내 두었던 두 마리의 팔방이다. 그 방향으로——개 쪽으로 가려고, 아까부터의 사투는 그것을 위해서지만, 앞으로 수십 걸음을 남겨 두고 바야흐로 절망적인 죽음의 포위에 빠지고 만 것을 안 원통함의 목소리였다.

"오오, 저 개는."

완전히 각성한 후나무시가 그쪽으로 달려가려고 했을 때, 그 목덜미를 수리검이 꿰뚫었다.

"이누카와."

수리검이 날아온 천장에서 누군가 불렀다.

"구슬을 주게."

소란 반자의 한쪽 구석에 극락조처럼 화려한 그림자가 머물러 있었다. ——무라사메다. 아까 홀연히 휘파람새의 방에서 모습을 감춘 무라사메다. 아니, 그것은 이누즈카 시노였다.

이누카와 소스케는 씩 웃더니, 칼을 버리고 양팔을 품에 집어넣었다. 그 양팔이 휘둘러지자 두 줄기의 하얀 빛이 천장으로 날아갔다.

동시에 그의 두 어깨는 등 뒤에서 비스듬히 베였으나, 그는 마지막 힘을 짜내어 멀리 후나무시를 향해 또 한 개의 구슬을 내던졌다.

"재미있구나, 이번 생의 마지막에 절묘한 춤을 춰 준 상을 주마.

받아라, 희(戲)의 구슬이다!"

그리고 그는 털썩 엎어졌다.

천장의 극락조에는 물론 수리검이 거꾸로 내리는 은색 비처럼 집중되고 있었다. 그러나 그 그림자는 붉은 비를 내리면서, 상인방을 빙글 돌아 툇마루로 사라졌다.

이가 사람들이 툇마루로 쇄도했을 때, 화려한 그림자는 어디에도 없었다.

2

"사도 태수 혼다 님의 부르심을 받고 아와 태수 사토미의 아내, 사가미 태수 오쿠보의 손녀 무라사메, 지금 찾아뵈었습니다."

홀연히 에도성 정문에서 해자를 사이에 둔 문 앞에 선 젊은 미녀가 그렇게 자신을 소개하자, 문지기들은 깜짝 놀랐다.

아까 이가조의 핫토리 한조가 무라사메를 데리고 들어간 것을 알고 있으니 아연실색하였고, 게다가 거기에 있는 미녀가 아까의 무라사메와 똑같은 얼굴을 하고 있는 것을 보고 어찌 판단해야 할지 알 수가 없었다.

그러자.

"오오, 무라사메, 무라사메 아니냐."

불쑥 나타난 쉰대여섯 살 정도의 노인이 있었다. 노인이라고 하지만 피부는 기름을 바른 듯한 정기로 가득 찬 인물로 긴 창을 들고 있었는데,

"이거, 묘하군——오늘 무라사메가 아와에서 찾아와 등성할 것이라는 소문을 듣고 보러 온 것인데, 늦지 않아서 다행이다. 무라사메, 어찌 된 것이냐?"

하고 그리운 듯이, 또한 의아하다는 듯이 말했다.

"앗, 증조부님!"

하고 무라사메는 외쳤다.

"이 무라사메, 아와 태수를 대신하여 사토미가에 대대로 전해 내려오는 후세히메의 구슬을 다케치요 님께 헌상하러 왔습니다."

"……뭐, 네가?"

아무것도 모르는 노인은 고개를 갸웃거렸으나 곧,

"어쨌든 가자, 이리 오렴."

하며 앞장섰다.

긴 창을 짚고 성큼성큼 들어가는 노인을 지켜본 채, 그것을 말리는 사람도 없다. ——그도 그럴 것이, 이자는 무라사메의 조부 사가미 태수 오쿠보의 숙부에 해당하는데, 성미가 괴팍하고 호탕하여 그 때문에 3천 석의 하타모토에 머물고 있는 오쿠보 히코자에몬 다다타카였다.

두 사람이 해자를 건너는 다리의 중간까지 왔을 때——앞쪽의 정문에서 화려한 그림자가 가볍게 날아 내려왔다. 그것이 난간을 새

처럼 날아 건너온다.

"괴한이다!"

히코자에몬이 깜짝 놀라 휘두른 창 위로 공중제비를 돌더니, 그 새는 그대로 해자 맞은편으로 단숨에 날아갔다.

"앗…… 시노."

그 시노의 몸에서 붉은 피가 비처럼 해자로 쏟아져 간 것을 보고, 무라사메는 걸음을 멈추고──문득 품에 이상한 감촉을 느끼고 손을 넣었다. 그러자 거기에 두 개의 구슬이 들어 있었다.

'예(禮)'와 '의(義)'.

이 경우에 시노는 훌륭하게 마지막 구슬을 무라사메의 품에 소매치기로 넣고는 도망쳐 간 것이다.

3

어느새 휘파람새의 방의 소란 반자에, ──한 틀에 한 글자씩,

"여러분, 사도 태수 혼다 님의 흥행, 이가와 코가의 구슬을 둘러싼 닌자술 싸움입니다. 승부는 어찌 될까요. 마지막 흥행은 3월 3일. 아무쪼록 구경해 주시기 바랍니다."

벚꽃 위에 묵흔을 남기며 쓰여 있는 것을 망연히 올려다보고 있던 사도 태수 혼다와 핫토리 한조는, 이윽고 눈을 주위로 옮겼다.

방바닥, 기둥, 벽, 당지문 곳곳에 선혈이 튀고, 부러진 칼이 꽂히고, 그리고 주위는 온통 이가 사람의 시체라고 해도 좋을 지경이었다. 그중에는 물론 후나무시와 다마즈사의 시체도 있다. 그것을 정리하려고 움직이고 있는 살아남은 이가 사람들의 모습도 마치 망령 같았다. ——두 사람은 참혹하게, 오히려 증오에 가득 찬 눈으로 서로 마주 보았다.

그때, 멀리서 소리 높여 부르는 목소리가 들렸다.

"사도 태수 혼다, 사도 태수님은 어디에 계십니까."

성큼성큼 걷는 발소리와 함께 또 포효했다.

"에잇, 비켜라, 히코자에몬이다. 오쿠보 히코자에몬이다!"

두 사람은 깜짝 놀라 또 얼굴을 마주 보았다.

"약속드린 대로, 아와 태수 사토미의 처 무라사메가 사토미가에 대대로 전해 내려오는 후세히메의 구슬, 하나, 둘, 셋, 넷, 다섯, 여섯, 일곱, 틀림없이 여덟 개를 지금 가져왔습니다!"

발밑에 있는 시체의 색깔이 비친 듯한 낯빛의 사도 태수 혼다와 핫토리 한조의 귀에, 바야흐로 벼락처럼 울리는 커다란 목소리였다.

"물러서거라, 부정(不淨)한 이가 놈들! 다케치요 님께 헌상할 구슬, 충효제인의예지신이 나아가신다!"

4

봄바람에 벚꽃이 지는 도카이도.

산도 물도, 오가는 여행자조차도, 보이는 모든 것이 포근하고 느긋한 풍경 속에 서쪽으로, 서쪽으로 걸어가는 이형(異形)의 그림자가 있다.

아가씨풍, 마님풍. ——아니, 화려한 의상을 길게 끌고 있지만, 그 모든 것이 너덜너덜하고 피투성이다. 걸어가는 발자국에서 점점이 핏방울마저 떨어져 간다. 걷고 있다기보다 헤매는, 공중에 떠 가는 환상 같다.

사실 역참의 관리들이 수상하게 여기고 붙잡으려고 했지만, 그 아름답고 처참한 그림자는 스—욱 하고 신기루처럼 도망쳐 쫓는 사람의 간담을 서늘하게 했다.

"부인, 어디로 가십니까?"

미친 여자라고 생각하고 친절하게 다가오는 사람이 있으면 여자는 꿈결처럼,

"코가로."

하고 대답했다. 이누즈카 시노였다.

코가로——코가 만지다니로.

——이보게, 시노. 코가에 가서 무엇을 할 텐가? 무엇 때문에 만지다니로 가나? 모르겠네. 나는 그저 에도에서 도망치고 싶을 뿐이야. 아니, 아와에서 한 발짝이라도 멀어지고 싶은 마음만으로 이렇게 걷

고 있는 것일세. 켁, 바보 같은 짓을 했군. 동료는 모두 죽어 버리지 않았는가. 그 바보 영주를 위해서. 아니, 아닐세. 무라사메 님을 위해서일세. 아아, 무라사메 님 곁에 있고 싶군. 하지만 있을 수 없어. 나는 무라사메 님과 꼭 닮은 얼굴이 되어 버렸거든. 같이 있으면 사람들이 기분 나빠할 테지. 사람들뿐만이 아닐세. 이 내가, 나에게 반하는 것 같아서 기분이 나빠. 무라사메 님은 이 세상에 한 명이면 족하네. 이보게, 시노, 자네 이 세상에서 사라져 버릴 생각인가?

갑자기 시노는 길가로 달려가 풀에 엎드리더니 거기에 떨어져 있던 찢어진 우산으로 몸을 숨겼다.

찢어진 우산 틈으로, 시노는 가도를 따라 동쪽으로 가는 여행자를 지켜보았다.

모래 먼지투성이가 된 여행자는 중얼중얼 헛소리처럼 중얼거리고 있었다.

"어디로 가신 걸까, 그 여덟 명의 아드님들은…… 이 큰일에, 행방도 알 수 없게 여기저기 돌아다니고 계시다니, 자식은 반드시 부모를 닮는다고 하거늘. ……아아, 그 옛날의 선조 팔견사의 이야기를 어릴 때 조금 더 들려 드렸다면, 충효제인의예지신의 근성이 확실하게 깃들었을 텐데……."

충복 다키자와 사키치는 지나쳐 갔다.

여행자가 한바탕 끊기고, 조용해진 가도에 그저 하얀 빛만이 가득 찼다. 나른한 봄바람에 불려 날아온 바다제비가 찢어진 우산 위에 불쑥 앉았지만, 우산은 언제까지나 움직이지 않았다.

인법팔견전

초판 1쇄 인쇄 2023년 10월 10일
초판 1쇄 발행 2023년 10월 15일

저자 : 야마다 후타로
번역 : 김소연

펴낸이 : 이동섭
편집 : 이민규
디자인 : 조세연
영업 · 마케팅 : 송정환, 조정훈
e-BOOK : 홍인표, 최정수, 서찬웅, 김은혜, 정희철
관리 : 이윤미

㈜에이케이커뮤니케이션즈
등록 1996년 7월 9일(제302-1996-00026호)
주소 : 04002 서울 마포구 동교로 17안길 28, 2층
TEL : 02-702-7963~5 FAX : 02-702-7988
http://www.amusementkorea.co.kr

ISBN 979-11-274-6234-5 04830
ISBN 979-11-274-6079-2 04830(세트)

NIMPO HAKKENDEN YAMADA FUTARO BEST COLLECTION
©Keiko Yamada 2010
First published in Japan in 2010 by KADOKAWA CORPORATION, Tokyo.
Korean translation rights arranged with KADOKAWA CORPORATION, Tokyo.